寺山修司の〈歌〉と〈うた〉

編集――齋藤愼爾
白石　征
渡辺久雄

春陽堂書店

寺山修司の〈歌〉と〈うた〉―――目次

望郷のポエジー ✳ 寺山修司アーカイブⅠ

〈歌〉の原郷へ ✳ 寺山修司論

対談&鼎談セレクション ✳ 寺山修司アーカイブⅢ

カバー写真——1967年6月、青森へ向かう列車内で原稿を書く寺山修司
撮影＝菅野喜勝／写真提供＝朝日新聞社
装丁——髙林昭太

望郷のポエジー

寺山修司アーカイブI

寺山修司の一〇〇首

俵 万智●選
Tawara Machi

†十五才

森駈けてきてほてりたるわが頰をうずめんとするに紫陽花くらし
とびやすき葡萄の汁で汚すなかれ虐げられし少年の詩を
わが通る果樹園の小屋いつも暗く父と呼びたき番人が棲む
海を知らぬ少女の前に麦藁帽のわれは両手をひろげていたり
そら豆の殻一せいに鳴る夕母につながるわれのソネット
夏川に木皿しずめて洗いいし少女はすでにわが内に棲む
吊されて玉葱芽ぐむ納屋ふかくツルゲエネフをはじめて読みき
列車にて遠く見ている向日葵は少年のふる帽子のごとし

草の笛吹くを切なく聞きており告白以前の愛とは何ぞ
ペタル踏んで花大根の畑の道同人雑誌を配りにゆかん
ころがりしカンカン帽を追うごとくふるさとの道駈けて帰らん
ふるさとの訛りなくせし友といてモカ珈琲はかくまでにがし
ふるさとにわれを拒まんものなきはむしろさみしく桜の実照る
倖せをわかつごとくに握りいし南京豆を少女にあたう
罐に飼うメダカに日ざしさしながら田舎教師の友は留守なり
声のなき斧おかれありそのあたりよりとびとびに青みゆく麦
空のない窓が夏美のなかにあり小鳥のごとくわれを飛ばしむ
野の誓いなくともわれら歌いゆけば胸から胸へ草の実はとぶ
青空のどこの港へ着くとなく声は夏美を呼ぶ歌となる
青空より破片あつめてきしごとき愛語を言えりわれに抱かれて
一本の樫の木やさしそのなかに血は立ったまま眠れるものを
一枚の羽根を帽子に挿せるのみ田舎教師は飛ばない男

†空には本

一粒の向日葵の種まきしのみに荒野をわれの処女地と呼びき

チエホフ祭のビラのはられし林檎の木かすかに揺るる汽車過ぐるたび

莨火を床に踏み消して立ちあがるチエホフ祭の若き俳優

音立てて墓穴ふかく父の棺下ろさるる時父目覚めずや

向日葵は枯れつつ花を捧げおり父の墓標はわれより低し

啄木祭のビラ貼りに来し女子大生の古きベレーに黒髪あまる

父の遺産のなかに数えん夕焼はさむざむとどの畦よりも見ゆ

冬の斧たてかけてある壁にさし陽は強まれり家継ぐべしや

だれも見ては黙って過ぎきさむき田に抜きのこされし杭一本を

赤き肉吊せし冬のガラス戸に葬列の一人としてわれうつる

胸の上這わしむ蟹のざらざらに目をつむりおり愛に渇けば

夏蝶の屍をひきてゆく蟻一匹どこまでゆけどわが影を出ず

跳躍の選手高飛ぶつかのまを炎天の影いきなりさみし

向日葵の顔いっぱいの種子かわき地平に逃げてゆく男あり
下向きの髭もつ農夫通るたび「神」と思えりかかわりもなし
マッチ擦るつかのま海に霧ふかし身捨つるほどの祖国はありや
鼠の死蹴とばしてきし靴先を冬の群衆のなかにまぎれしむ
マラソンの最後の一人うつしたるあとの玻璃戸に冬田しずまる

†血と麦

きみのいる刑務所とわがアパートを地中でつなぐ古きガス管
父となるわが肉緊まれ生きている蠅ごと燃えてゆく蠅取紙
ウィスキイの瓶を鉄路に叩きつけ夜を逢いにゆく一人もあらず
一匹の猫を閉じこめきしゆえに眠れど曇る公衆便所
死ぬならば真夏の波止場あおむけにわが血怒濤となりゆく空に
血と麦がわれらの理由工場にて負いたる傷を野に癒しつつ
すでに亡き父への葉書一枚もち冬田を越えて来し郵便夫
無名にて死なば星らにまぎれんか輝く空の生贄として

冬蝶が日輪に溶けこむまでをまとまらざりきわが無頼の詩
わが家の見知らぬ人となるために水甕抱けり胸いたきまで
林檎の木伐り倒し家建てるべしきみの地平をつくらんために
きみが歌うクロッカスの歌も新しき家具の一つに数えんとする
木の匙を川に失くせしこと言えず告白以前の日のごと笑めり
齢《よわい》きて娶るにあらず林檎の木しずかにおのが言葉を燃やす
歌ひとつ覚えるたびに星ひとつ熟れて灯れるわが空をもつ
一本の樹を世界としそのなかへきみと腕組みゆかんか　夜は
鷹追うて目をひろびろと青空へ投げおり父の恋も知りたき
腋毛濃き家庭教師とあおむけに見ており雲雀空に墜つまで
胸にひらく海の花火を見てかえりひとりの鍵を音立てて挿す
日傘さして岬に来たり妻となりし君と記憶の重ならぬまま
わが撃ちし鳥は拾わで帰るなりもはや飛ばざるものは妬まぬ
うしろ手に春の嵐のドアとざし青年は已にけだものくさき

愛されているうなじ見せ薔薇を剪るこの安らぎをふいに蔑む

紫陽花の芯まっくらにわれの頭《ず》に咲きしが母の顔となり消ゆ

湖凍りつつある音よ失いしわが日と木の葉とじこめながら

実験の傷もつ鼠逃げだして金網ごしに陽のさせる箱

護岸工事の歌なきひとり逝きしことタンポポ咲きしことを記さん

幻の陽のあたる土地はらみつつ母じぐざぐと罐詰切りおり

壁となる前のセメント練り箱にさかさにわれの影埋めらる

思い出すたびに大きくなる船のごとき論理をもつ村の書記

大工町寺町米町仏町老母買ふ町あらずやつばめよ

† 田園に死す

地平線縫ひ閉ぢむため針箱に姉がかくしておきし絹針

兎追ふこともなかりき故里の銭湯地獄の壁の絵の山

売りにゆく柱時計がふいに鳴る横抱きにして枯野ゆくとき

間引かれしゆゑに一生欠席する学校地獄のおとうとの椅子

町の遠さを帯の長さではかるなり呉服屋地獄より嫁ぎきて
夏蝶の屍《かばね》ひそかにかくし来し本屋地獄の中の一冊
生命線ひそかに変へむためにわが抽出しにある　一本の釘
たつた一つの嫁入道具の仏壇を義眼のうつるまで磨くなり
老木の脳天裂きて来し斧をかくまふ如く抱き寝るべし
中古《ちゆうぶる》の斧買ひにゆく母のため長子は学びをり　法医学
畳屋に剝ぎ捨てられし家霊らのあしあとかへりくる十二月
売られたる夜の冬田へ一人来て埋めゆく母の真赤な櫛を
亡き母の真赤な櫛で梳きやれば山鳩の羽毛抜けやまぬなり
亡き母の位牌の裏のわが指紋さみしくほぐれゆく夜ならむ
鋸の熱き歯をもてわが挽きし夜のひまはりつひに　首無し
子守唄義歯もて唄ひくれし母死して炉辺に義歯をのこせり
てのひらの手相の野よりひつそりと盲目の鴨ら群立つ日あり
呼ぶたびにひろがる雲をおそれゐき人生以前の日の屋根裏に

かくれんぼの鬼とかれざるまま老いて誰をさがしにくる村祭
その夜更親戚たちの腹中に変身とげゐむ葬式饅頭
燭の火に葉書かく手を見られつつさみしからずや父の「近代」
老父ひとり泳ぎをはりし秋の海にわれの家系の脂泛きしや
吸ひさしの煙草で北を指すときの北暗ければ望郷ならず
母を売る相談すすみゐるらしも土中の芋らふとる真夜中
おとうとの義肢作らむと伐りて来しどの桜木も桜のにほひ
「紋付の紋が背中を翔《た》ちあがり蝶となりゆく姉の初七日」
わが息もて花粉どこまでとばすとも青森県を越ゆる由なし
地球儀の陽のあたらざる裏がはにわれ在り一人青ざめながら

†テーブルの上の荒野

蹴球に加はらざりし少年に見らるる車輪の下の野の花

十五才＝22首、空には本＝18首、血と麦＝30首、田園に死す＝29首、テーブルの上の荒野＝1首（寺山修司コレクション1『全歌集全句集』思潮社版を底本とした）。

（季刊「現代俳句　雁24」一九九二年十月）

寺山修司の一〇〇句

三橋敏雄●選
Mitsuhashi Toshio

†自選全句集＝花粉航海より

目つむりていても吾《あ》を統《す》ぶ五月の鷹
ラグビーの頬傷ほてる海見ては
九月の森石打ちて火を創るかな
文芸は遠し山焼く火に育ち
燃ゆる頬花よりおこす誕生日
林檎の木ゆさぶりやまず逢いたきとき
土曜日の王国われを刺す蜂いて
母は息もて竈《かまど》火創るチェホフ忌
流すべき流灯われの胸照らす

大揚羽教師ひとりのときは優し
夏井戸や故郷《くに》の少女は海知らず
暗室より水の音する母の情事
愛なき日避雷針見て引返す
勝ちて獲し少年の桃腐りやすき
逃亡や冬の鉛筆折れるまで
便所より青空見えて啄木忌
草餅や故郷《くに》出し友の噂もなし
北の男はほほえみやすし雁わたる
野茨つむわれが欺せし教師のため

いまは床屋となりたる友の落葉の詩
同人誌は明日配らむ銀河の冷え
鉛筆で指す海青し卒業歌
テレビに映る無人飛行機父なき冬
花売車どこへ押せども母貧し
わが夏帽どこまで転べども故郷
かくれんぼ三つかぞえて冬となる
母とわが髪からみあう秋の櫛
夕焼に畳飛びゆくわが離郷
秋まつり子消し人形川に捨て
車輪の下はすぐに郷里や溝清水
一帰燕家系に詩人などなからむ
父と呼びたき番人が棲む林檎園
枯野ゆく棺のわれふと目覚めずや
方言かなし菫《すみれ》に語り及ぶとき

浴衣《ゆかた》着てゆえなく母に信ぜられ
胸痛きまで鉄棒に凭《よ》れり鰯雲
螢火で読みしは戸籍抄本のみ
土筆と旅人すこし傾き小学校
絹糸赤し村の暗部に出生し
独学や拭き消す窓の天の川
待てど来ずライターで焼く月見草
倒れ寝る道化師に夜の鰯雲
他郷にてのびし髭剃る桜桃忌
軒燕古書売りし日は海へ行く
草の葉で汗拭く狼少年のわれ
山鳩啼く祈りわれより母ながき
剃刃に蠅来て止まる情事かな
魔にもなれずマント着て立つ広場かな
歴史の記述はまずわが名より鵙の贄

テーブルの上の荒野へ百語の雨季
芯くらき紫陽花《あじさい》母へ文書かむ
詩人死して舞台は閉じぬ冬の鼻
木の葉髪日あたるところにて逢はむ
沖もわが故郷ぞ小鳥湧き立つは
月蝕待つみずから遺失物となり

†われに五月を（抄）より

麦笛を吹けり少女に信ぜられ
木苺や遠く日あたる故郷人
胡桃《くるみ》割る閉じても地図の海青し
揚羽たかし川が故郷を貫ぬくゆえ
ひぐらしの道のなかばに母と逢う

†わが金枝篇（抄）より

読書するまに少年老いて草雲雀
訛り強き父の高唱ひばりの天

†わが高校時代の犯罪（抄）より

押入れに螢火ひとつ妹欲し
鏡台にうつる母ごと売る秋や

†未刊全句集＝浪漫飛行より

ふるさとの山の姿や絵双六
ヒヨコ抱いて写真に入りし春日かな
教室に帽子わすれし春の風
放課後のピアノ弾き終へ法師蝉
秋晴れや自炊の口笛おのずから
シベリヤも正月ならむ父恋し
もしジャズが止めば凩《こがらし》ばかりの夜
春の虹手紙の母に愛さるる
帰燕のあと窓には見えぬ海恋ひし
蟬鳴いて母校に知らぬ師の多し
べつの蟬鳴きつぎ母の嘘小さし

木の実ふるわが名谺《こだま》に呼ばすとき
秋風に母が髪梳く鏡の傷
雁わたる浮浪児の唄そろふとき
木の葉髪父が遺《のこ》せし母と住む
短日の望遠鏡の中の恋
夜の木枯祈りしあとも灯を残す
聖前夜馬が海への道ふさぐ
遠雪崩《とおなだれ》にペン置く母も寝し頃か
トラックが枯野越え来て女おろす
足袋《たび》脱ぐや畳つめたく母あらず
夕星さむし風呂屋母より先に出て
氷柱《つらら》風色噂が母ににて来しより
叱言欲しや下宿の軒に燕来て
夕焼に父の帆なほも沖にあり
下宿の畳掃けばなつかし西日の縞

ふるさとの夜明けの草履《ぞうり》露めくよ
耕すや遠くのラジオは尋ねびと
雁来紅母の姙まん日を怖る
葱刻めば遠くつかれし煙突よ
君と腹這う苜蓿《うまごやし》にて肘よごし
黒穂抜く母と異なるわが故郷
友訪はむさかさに提げて葱青し
アカハタと葱置くベッド五月来る
逢びきの見るかぎり麦刈り去らる
頰かすめとぶせきれいや愛欲す

（『寺山修司俳句全集』全一巻／新書館版を底本とした）

（季刊「俳句世界」第6号／一九八八年九月）

JOHN.COLTRANE

1967年6月、都内の喫茶店で原稿を執筆
撮影＝菅野喜勝／写真提供＝朝日新聞社

月光仮面

マントを着て仮面をつけるとだれでも月光仮面になれると思って、屋根からとびおりて足を折った男がいた。

新聞記事によると、彼はもう四十をすぎた保険外交員で「正義の味方」になりたいと願ったのだ、ということであった。

それを読んで私は思ったものだ。「正義の味方になるためには、どうして仮面をつけたり、変装したりしなければならないのだろうか」と。

私の少年時代には、正義の味方は素顔のままであった。たとえば、名探偵明智小五郎も、「少年探偵団」の諸君も、仮面をつけたり、変装したりすることはなく、「どこの誰だか知ら」れず、「疾風のようにあらわれて、疾風のように去ってゆく」のは、怪人二十面相の方であった。

第二次世界大戦を境として、この論理――正義の素顔は、悪の素顔へと倒錯していき、正義は居場所を失い、姿をくらまさなければならなくなった。そして、「疾風のようにあらわれて、疾風のように去ってゆく」正義の味方についての、期待と失望とが私たちの中に入りまじるようになっていたのである。

私たちは、やがて「正義の味方」ではなく、正義そのものを疑いはじめ、その尺度の判定など存在しないことを知るようになっていった。

大きな声ではいえないが、怪人二十面相と明智小五郎とは同一人物であり、月光仮面と小児誘拐魔とは同一人物なのであった。正なる自我と悪なる分身、あるいは悪なる自我と正なる分身とは一人の人格の中で分裂し、それを繕うために「変装」が必要とされていたのである。

私たちの小学校の修身の先生は、戦後、婦女暴行事件を起して新聞記事になった。

私たちは、悪から切りはなされて自立した正義などは存在せぬこと。そして、もし、それが存在したとしても、そのことを判定することなどだれにもできぬということを、戦後の民主主義の教育の中で教えこまれた。

正体がはっきりせぬ以上、正義も正義の味方も「疾風のようにあらわれて」「疾風のように去って」ゆかねばならない。

それでも、私たちは正義の味方、月光仮面の出現を待ちわび、それがやってくると拍手が起ったものだった。おそらく、それをブレヒトのようにいうならば、「正義の存在しない時代は不幸だが、正義を必要とする時代は、もっと不幸だ」ということになるだろう。

どこの誰だか知らないけれど
誰もがみんな知っている
月光仮面のおじさんは
正義の味方だ　良い人だ
月光仮面は誰でしょう

だが、私たちは、自分たちの必要としている正義そのものを検討してみることに、熱心だったとはいえなかった。だから、正義が「悪の変装」であったかもしれず、この両者は政治化によってたちまち立場を転倒してしまうかもしれないのだ、ということについても、吟味することをなまけていたのである。エルンスト・フィッシャーは正義について書いた短いエッセーのなかで、『プラウダ』紙編集長ミハイル・コルツォフのことにふれている。

ミハイルは演説した。

「この世界にはひどくむずかしいことが起るだろう。いずれにせよ、どんなことが彼の身の上に起るにせよ、考えてくれよ、君たちふたり、考えてくれ、僕が君たちに残す最後の言葉を……思い出してくれ、スターリンはつねに正しいのだってことを……」

そして、一二月に作家同盟で講演を行った翌日逮捕され、死地に赴いた。

一九四二年のことであった。

そして、一九五四年になってから、名誉を回復された。それは、彼が「つねに正しい」といった男の、死んだあとになってからのことだった。

私たちは「正義」が政治用語であると知るまで、長い時間と大きな犠牲を払わねばならなかった。

たとえば、野球少年だった私にとって、ストライクは正義で、ボールは悪であった。そして、それを判定するのは審判であった。

審判は神聖であり、ことジャッジに関するかぎりは、いかなる抗議も無駄である、と野球ルールにも明記されてあった。ピッチャーは、正義と悪とを同じボールによって使いわけ、そのことによって魂の二者択一というように共存していたが、審判はそれを一球ごとに判定し、正義と悪とを分類してみせるのであった。

だが、あるとき、一人の野球通の豆腐屋のおじさんが、こんなことを話してくれた。

「おまえな、金田ストライクというのがあるのを知ってるか」

私は、「何のことだ?」とききかえした。

「ジャイアンツの金田投手が登板したとき、審判がTだったら、絶対にストライクが多くなる」と豆腐屋のおじさんはいった。「そのわけは金田もTも、むかし、ピッチャーだったころにさかのぼるのだよ。

そのころ、金田は日本一の名投手だったが、Tは二線級でいつも貧乏しておった。それで、金田はよくTに背広のお古をやったり飲みに連れて行ってやったりした。

それが今は、腕のおとろえた投手と、審判という関係になった。Tは金田に恩返しがしたいので、くさい球でもみなストライクにしてしまうというのだよ」とおじさんはいった。

「つまり、他の審判のときよりも、ストライクが多くなるということなのだ」

私は、それが事実かどうかたしかめることなどできなかった。しかし、投じられた一球がストライクと判定されるか、ボールと判定されるか（正義と判定されるか、悪と判定されるか）を支配する科学が存在せず、人格にそれをゆだねる限りは、政治が介在してくるのは当然だと思った。正義と悪とは、つねに相対的な関係であり、同じ行為が正義として扱われたり、悪として取沙汰されるのは、その行為をとりかこむ状況、政治の問題だったからである。

そうなってくると、正義も悪も、「――のための正義」「――のための悪」であり、それは同時に「――のための月光仮面」であることを暗示するものなのであった。

さて、事件が起った。情勢はきわめて不利である。私は心の中で救いを求める。「月光仮面の出現やいかに」。すると、白いマフラーを風になびかせて、正義の味方がやってくる。オートバイのひびき。私は顔をあげる。すると、月光仮面だと思ったのはパトカーの警官だった。

月光仮面の、あのマフラーとオートバイは、潜在的には警官のイメージである。

そして、私たちの時代にパスポートをもった「正義」というのは、結局は法律上の正義、警官の正義というものに通底している。

そこで、政治的に弱体な時代にあっては、大衆は「もう一つの正義」「もう一つの法」を要求するのだが、そのこと自体がすでに管理と支配について無条件に受身である大衆のみにくさの反映であるともいえないだろうか？　法と正義が維持されているときには、「味方」など必要はなく、それがだれかによって破られたときにのみ、法と正義の味方としての月光仮面が呼出される。大衆は、じぶんたちで法と正義の検証などにふみこむことをせず、あらかじめできあがっているそれを守るために月光仮面を働かせる。

月光仮面の「おじさん」は「正義の味方だ　良い人だ」というとき、私たちは「正体もあかさず、疾風のように去ってゆく」うしろめたい仮面の男を疑わないわけにはいかないのだった。

考えてみれば、月光仮面は私立探偵社で安月給をとっている、変装癖の中年男である。

彼は、素顔ではまったく非力だが、変装したときには別人のように活動的になる。それは変装することによって、社会的抑圧から解放され、思いがけぬ力を発揮できるからである。

だが、変装した人間は変装したときから「もう一つの世界」に属する。それは、仮面の、あるいは虚構の世界であり、私たちの日常的現実の外にある世界である。

私は、こうした空想的な現実原則を、変革のための媒介物として行使することに可能性を見ないわけではないが、彼の「立ちあがる」動機が、つねに日常的現実の中に根をもっているということを見落すわけにはいかない。つまり、彼の「正義」は、彼の空想的な現実原則の中で生成されたものではなく、あくまでも、できあがっている正義なのであり、「もう一つの現実」は、現実としてではなく、ただのモードとして、マフラーと仮面とオートバイを支給する役割しか果していないのだ。

したがって、独身で、外食生活をし、手淫常習犯の探偵社の調査員が、マフラーと仮面の威をかりてふりまわす「正義」は、農家の次男坊が警官になってふりまわす「正義」と変るものではなく、ただ警察力の不備を補完する予備権力としてしか月光仮面の意味は存在しないのであった。

月光仮面のロマネスクが、私の中で死んでしまったのはなぜだろうか？

月光仮面ばかりではなく、怪人二十面相も死んでしまった。「怪人二十面相が、あんまりつかまらないので、ぼ、ぼくらは老人になってしまいました」

と、老いたる小林少年が語り、全員口をそろえて合唱する。

ぼ、ぼ、ぼくらは老人探偵団

という唄を作った私は、男色家の明智小五郎に利用され、実在せぬ怪人二十面相（実は明智小五郎の変装したすがた）を追って、みじかい青春時代を無駄にしてしまった少年探偵団の諸君が、老いてはじめて、「悪とは正義の変装」にすぎず、一つの社会の正義は、もう一つの社会の悪なのだ、ということに目ざめても遅い、ということをからかったのであった。

つまり、月光仮面も少年探偵団も、ベトナム戦争のような国際的な事件には出動できない。そこでは、正義と悪とが複雑に交錯し、お互いに正義を名のりあっているので、それに参加をしようとする者は、自らの「正義の選択」を迫られるのだが、月光仮面の「おじさん」も、少年探偵団員も、与えられた「正義」のためにばかり働いてきて、それを見きわめる「正義観」など、もつことができなかったのである。

だが、正義のために働こうとするものは、自らの正義をつくり出さなければならない、というのが私の月光仮面への最初の注文である。

そして、自らの正義をつくり出すということは、自らの法をつくり出すということであり、その管理単位としての「もう一つの国家」をも生成しなければならないだろう。

ネチャーエフは、自らのカテキズム（教理問答）をもって一つの法とし、正義の名において同志たちを銃殺していった。

連合赤軍にあっても、彼らの法と正義が、彼らの同志への「人民裁判」と「処刑」を行った。それは、まだ公認されていない法だったため、日常的現実を支配しているもう一つの法に、犯罪としてからめとられてしまったが、月光仮面があらわれたとしたら、彼は「正義の味方」として、どのように振舞っただろうか？

Ｆ・ローデルは「法は諸科学の中のキルリー鳥だ」と書いている。

キルリー鳥は、うしろ向きに飛ぶ鳥であり、法もまた古来の原則や先例を墨守して、

「革新を悪とし、旧套を徳としてきた」

のであった。

だから、正義はいまのところ、自らの国家を生成しようとしている革命家たちをのぞけば、きわめて保守的なものであり、そして「うしろ向きに飛ぶ」ものだ、ということになり、革命家を犯罪者に変えてしまう魔術師である。

私は月光仮面がマントをひるがえして飛ぶとき、「前向き」だったか「うしろ向き」だったか、よく覚えていない。

だが、マフラーと仮面という、「制服」で出動してくる月光仮面をあてにしていたこともあったような気がする。それは、自己の限界につきあたったとき、その壁を破る「超能力」への期待であり、それを踏台にして、あるがままの自分を超克する——ということにつながるものであった。

しかし、それが「正義の味方」であって、だれのためにも力を貸してくれるものではないのだ、と知ったときから疑いがはじまった。「正義」というのは、ただのオプティミスティックな政治用語であり、月光仮面は現体制が雇った用心棒にすぎないと知ったら、「正義の味方だ良い人だ」というのは警察官募集のキャッチフレーズのように見えはじめたのである。

それでも恥ずかしいことに、私の机の抽出しには今でも捨てる機会を逸した月光仮面が入っているのである。

（「朝日ジャーナル」一九七二年四月六日号）

青い山脈

女学生の寺沢新子に来たラブレターが問題になった。

国漢の主任教師である岡本が、ＰＴＡ会でそのラブレターを読みあげることになり、緊張して立ちあがった。

「お断わりして置きますことは、これは何分にも重要書類でありまするので、一字一句、原文のままに読みまするから、左様にご了承を願いまする」

　それから読みあげたのは「あゝ、ヘンすいヘンすい私のヘン人・新子様。ぼくは心の底から貴女をヘンすておるのです」という、意味のとりにくいものなので、一人が質問すると、岡本教師は老眼鏡をはずし、黒板に大きく、

〈恋〉

〈変〉

　とならべて書いた。

「つまり、『恋』と書くべきところを、国語力が幼稚でありまするために、『変』と間違えて書いておるのであります。でありまする故、こゝの一節は、正しくは、――あゝ恋すい恋すい私の恋人・新子様。ぼくは心の底から貴女を恋すておるのです――」

　しとすとが違っているのは、この舞台が青森県の女学校だからであって、そのことについては国漢の岡本教師も寛大であるということになっている。これは石坂洋次郎の小説『青い山脈』の中の「理事会開く」というヤマ場の一シーンであるが、この小説が発表されたあたりを一つの契機として、戦後の、一〇代男女の性問題がにわかにクローズアップされるようになったのだ。

　恋という字を書けなかったラブレターの差出人に、国語教師としての責任を感じた岡本は、

「私は、平素、性に関する汚ならしい熟語はなるべく生徒に教えないような方針をとっているのでございます」

　と弁解し、それに対して進歩派の沼田校医は、

「性の問題が汚ならしいという意見には、医者の立場から反対です。もし、それが真実ならば皆さんは、汚ならしく結婚して汚ならしく子供を生んだことになる」

　といって孤立することになっている。

　この小説が書かれた昭和二二年といえば、六・三・三制の男女共学制が実施された年であり、ストリップショーが解禁された年でもあった。

　しかし、世論はまだまだこうした変化に対しては批判的であった。

『青い山脈』の中でも、松山浅子というマセた女学生が次のような作文を書いている。

「男女共学について――私は男女共学に反対であります。なぜかといいますと、男と女は、生れつき能力も使命も違っているのですから、それをいっしょにして教育すると、どちらも不徹底な人間ができるし、操行の上でも、いろいろ汚ならしい間違いが生ずると思うのです。

　クラスの中で男女共学に賛成している人たちを見ますと、自分が美人だとうぬぼれている人が多いようです。男の生徒と一緒だと自分がモテると思っているのです。それからまた、

男女関係に興味を抱いている人も賛成者です。その中にはセップン映画を三回見たという人もあります。私は日本の婦人はやはり貞節が大切だと思います」

たかがラブレターを受取ったくらいで、学校中が大騒ぎになるというのも滑稽だが、しかしその背後には、あきらかに抑圧的だった従来の性道徳の崩壊の兆があり、権威的装置としての「学校」がいち早く、その前ぶれを予感したのだということができるかもしれない。

戦後民主主義の収穫は決して多くはないが、この「道徳的統制から性―経済的調整」(W・ライヒ)に限っては、格別に評価していいもののように思われる。

こうした性道徳の検証は、なによりも家父長制の「家」の崩壊と共にあらわれてきた。

多くの父は戦場で死に、さらに多くの父は非力化していった。家父長の地位が失墜すると、紐帯を失った従来の「家」は解体へと向った。

もともと、娯楽的、経済的、宗教的、教育的、保護的、性的―諸機能を「家」の外へ代行されるようになってから、「家」は血族的なつながりと、その核としての家父長によって、かろうじて支えられていたのだが、家父長が権威を失墜してしまうと、「家」はたちまち、無実化していった。

そこで、「家」を出た家族たちは、べつの集団、べつの人間関係を組織するために、それにかなった倫理を要求しはじめた。

そのために、性についての新しい問題がクローズアップされはじめたのである。

W・ライヒは「家族の政治的機能」の二重性について、次のように書いている。

一、家族は人々の性をゆがめることで、家族自身を再生させる。家族自身を永続させることで、家父長的家族は、性的抑圧とそれに伴うすべての結果を永続させる。すなわち、性障害、神経症、精神病、倒錯と性犯罪をである。

二、家族は、いつも生活と権威を気にしている個人を作り出し、そうすることで、大衆が一握りの権力者に支配される可能性を、繰返し繰返し作り出している。

(いってみれば、こうした家族の解体の契機をつくった父親殺しの犯人アメリカ軍隊こそ、性革命の水先案内人だった、ということになるのかもしれないのだった。)

『青い山脈』の小説が書かれてから、映画化されて上映されるまでの三年間のあいだに、私は疎開先の大三沢から、青森市へと引越してきた。

私の父は刑事だったが、出征して、戦後の二一年九月三日にセレベス島(現在のスラウェシ)で、アルコール中毒で死んだ。

帰国した戦友にきくと、父は現地のねずみをサカナにして、医務用のアルコールをのみ、中毒で死んだということであった。

届けられた遺骨は、白くなった親指の骨だったが、それが父のものかどうかは、たしかめようがなかった。

母は裁縫用のハサミをとり出して、「自決」しようとし、「まずお前がさきに」といって私の襟首をつかんだので、私は母をつきとばして逃げ、公園へ行って一人で泣いていた。

やがて母は米軍のベースキャンプで働きはじめ、化粧するようになって、私に、

「何歳ぐらいに見える?」

ときくのだった。

私は、少年ジャイアンツの会に入会し、学帽にGのバッジを光らせて得意になっていた。『青い山脈』は、私にとっては、小説ではなく、映画であった。

母が私を青森の映画館にあずけて、九州の炭鉱町へ行ったあと、「捨てられた」私は映画館に入りびたり、煙草の味をおぼえた。

当時の私にしてみれば、

若く明るい　歌声に
なだれは消える　花も咲く

という「青い山脈」の主題歌の歌詞は空疎なものであり、むしろ、美空ひばりの「ねずみの心はねずみ色、かなしいかなしいねずみ色」という方が似合っているように思われた。


昭和二四年七月に下山事件、つづいて三鷹事件が起きた。少年のヒロポン患者が続出し、「老けて暗い歌声」が、街々に流れていた。

しかし、私は「青い山脈」という映画によって、性について考えるはじめての機会を与えられたことはまちがいなかった。

私がオナニーをはじめて知ったのは、昭和二四年である。私の寝泊りしている映画館の落書が、オナニーの「独習書」の役割をはたしたのだ。

夏休みのある朝、掃除しようとして男子便所のドアをあけると、「まずズボンを下ろせ」とあり、つづけて「パンツもおろせ」「右手がかるく、せがれを握れ」「上下にこすれ」と、きわめて写実的な図入りで指示してあるのだった。半ば好奇心から、その通りにしていると、私は次第に体が小きざみにふるえだすのを感じた。やがて、全身に電流が走り、オナニーのことを「自家発電」とよぶことの意が了解できた。私は、翌日、さっそく友人の〈ソバジン〉（ソバカスのあるニンジンというニックネームを短縮した、卓球部の男）に、そのことを話し、〈ソバジン〉は、私の見ている前で、実行してみて、「なかなかいい」といった。

きいてみると、同級生の大半はオナニーの経験者であり、なかには一メートルはなれたところに森永牛乳の空ビンを立てて、それをめがけて発射するというのや、牛のレバーでく

るんでこするというのもあった。

母なし子の島田は、母親のかたみの指輪をした指でこすらないとオルガスムスに到達しないというのであり、「プラチナの冷たい感触がなんともいえない」というのであった。だが、オナニーは性的予備行為などではなく、いわば性的失業者（セックス・プロレタリアート）である中高校生たちの自己慰謝にすぎないのだった。

「大人たちだって、やりたいときにやれないいんだ。おまえらは、自家発電でがまんしてればいいんだ」

と、卒業生の井田さんはいった。

実際、制度としての性の解放は、人たちの性意識を変えるまでに至るものではないようにみえた。

昭和二二年一一月、姦通罪は廃止され、「妻の婚外セックスの権利」は認められた。同月、結婚雑誌の主催した多摩川畔の集団見合には三〇〇人の男女が参加して話題になった。

昭和二三年にはアベックという言葉が生れ、皇居前広場は「性の解放区」になった。

「みんなやりたがっているのだ」と〈ソバジン〉はいった。「やる権利」を獲得したい。だが、どうやってやればいいのか、だれとやればいいのか、その後の数年間、一〇代の私たちには、性の綱領も要諦もなかったのである。

石坂洋次郎は『青い山脈』『石中先生行状記』『山のかなたに』を通して、それまでタブーとされていた性の問題に市民権を与えた。

まったく平均的なモラルをもった青森美人の寺沢新子と、純情高校生（当時は旧制中学生）の六助を主人公にして、好奇心をくすぐる性のエピソードをおりこみながら、石坂洋次郎の意図したのは「じめじめした陰気な、因習にとらわれた封建性」を打破して、「明るい、人間性に即した、民主的な社会」を志向するということであった。

たしかに、政治による解放は、人間の解放のなかでの部分的な「解放」にすぎないのだという見通しを示した意味で『青い山脈』のなかのモラル問答は、時代に即したものであった。

だが、その石坂洋次郎も、性を「家」の外へ持出して、「家庭」（マイホーム）へ移管させようとしただけの倫理主義者だった、といえるのだった。

私たちは、生殖から切離された性、遊戯としての性、生産としてではなく消費としての性、出会いとしての性、虚構としての性について思い及ぼうとするとき、性を「社会的に」だけ解放しようとする『青い山脈』の性論議が、ものたりなくなっていった。

そんなころになって、私たちは本屋の片隅で『リベラル』や『夫婦生活』を立読みするようになっていうた。桂木洋子の「乙女の性典」が封切られたころには、まだセックスは犬か犯罪者がするものだと思っていた私も、若尾文子の「十代の性典」が封切られるころには、オナニーも克服し、同級生の「皮かむり」の悩みを、よってたかって「手術してやる」ところまで成長していたのである。

私たち、高校生セックス・プロレタリアートは、最初の性体験を『綱領のない革命』と考え、その予備行為として、まずシンボルとしての性対象をめざした。

私は、若尾文子へファンレターを書いたのである。


若尾文子さん、お元気ですか?

あなたの「十代の性典」を、港町の青森大映で三回見て、四回目の帰りにポスターを盗んで帰った日から、もう二〇年たちました。

しかし、セーラー服を着て、手招きするあなた、セーラー服のスカートを鉄刺線にひっかけて、下着を見せながらほほえみかけているあなたの面輪は、いまでも頭を去ることはありません。あなたの出現は一つの啓示であり、ぼくは、あなたにファンレターを毎日出したものです。

返事は来なかったが、あなたがスクリーンにあらわれるだけで、ぼくらは満足でした。

性的失業者（セックス・プロレタリアート）であったぼくたちハイティーンは、まず幻想の中であなたと性交し、それから日常的な現実の中で、べつの女の子と同じ行為を再現したのです。イギリスでは、

「世界を知りたいなら、英国海軍に入隊せよ!」

と書き、異国女の全身像をポスターにしたが、それは性的飢餓につけこんで若者をつろうとする英国の国策であった、とW・ライヒは書いています。しかし、ぼくたちにとっては、

「世界を知りたいなら、大映映画館の未成年入場お断りを突破せよ!」

だったのです。

マリノフスキーは原始人の性生活の一例として、「親の性行為を見せつけて、子に性の知識を植えつける」例をあげ、そのことがやましくも、うしろめたくもなく、きわめて健全で、自然で、叙事詩的でさえある、と書いていますが、ぼくたちの性典は、いかさまなストーリーで古い性倫理をおしつける大映映画「十代の性典」そのものではなく、まさにスクリーンにうつし出されるあなたの、まぶしい素肌だったことを思うと、セーラー服の下の白い素肌こそ「綱領なき革命入門」だったと思わざるを得ません。

きのう、ぼくのところへ遊びに来た女子高校生のみどりさんが、ボーイフレンドが泊って行った土曜の夜のことを話してくれました。

ボート部長のボーイフレンドは、はげしくみどりさんにアタックし、そのためみどりさんは声をあげ、嗚咽し、一晩中眠れなかったそうですが、朝になるとガラリと戸をあけて入ってきたみどりさんの母親が、

「おまえ、あんなに声を出したりして、ほんとに感じがわかい

ってるのかい？」

といったというのです。

「お母さんたら、自分だけが感じると思ってるのかしら」と、みどりさんはいいました。

ぼくは思わず、あの「青い山脈」の一節を歌いだしたくなりました。

古い上衣よ　さようなら
さみしい夢よ　さようなら
青い山脈　バラ色雲へ

倫理の「古い上衣」にわかれを告げて、性の自由の山脈を歌ったころ、遅れてきた政治解放の方は、まだ首相が労働運動指導者を「不逞の輩」とよび、ゼネラル・ストライキがGHQの介入で中止させられていたりしたのです。

「いそがばまわれ！」「えらぶなら、近道を！」

それが現代人を解放するための、戦略というものではないでしょうか？


（「朝日ジャーナル」一九七三年五月四日号）

東京の空から鳥がいなくなる、か

という見出しの週刊誌のキャンペーン記事を読んだ。

これはなかなかショッキングな見出しである。なぜなら、よく考えてみると、東京の空に鳥がいっぱいいた、という記憶が僕にはないような気がするからである。

先日、ぶらりと上野の動物園に行って、不忍池に浮かんでいる水鳥を見ていたら、見知らぬ老人がこんなことを話してくれた。

「こんなに一杯、鳥がいますがね、このうち半分以上は野鳥でしてね。

夜になるとどこかへ行ってしまうんですよ。……だから、動物園で飼っているのは、ほんの半分以下にすぎませんな」

私は、池の水の上にかたまっている鳥の群衆が、埃っぽい東京の空をとび去ってゆくさまを想いうかべてみた。しかし、そうすると、心はいつのまにか田園に回帰してゆき、私はふいに自分が少年時代に復ってしまうような気がしてならなかった。

　そこで、私は「東京の空から鳥がいなくなる」というのは、過去進行形なのではないか、と考えた。

　これからはたぶん、東京の空をとぶ鳥を一杯見ることが出来るようになるだろう。今日から明日、明日から明後日へとつながってゆく時間の慣習などは案外、表面だけの現実かも知れない。

　私は夜、ベッドへ入ってからも、ぼんやりと、考えていた。

(忘れていたことを思い出す)

　それも、夜忘れていた約束を朝になって思い出すなどという短時間の出来事ばかりではない。

　これから先にするであろう約束をいま思い出したり、十年前のある夏の約束を、ふい今になって思い出してみたりする。

　にがい後悔と、そして甘やかな哀惜。

　たとえば、アパートの鍵をかけ忘れたまま旅に出かけて、旅先でもそのことに気づかず、旅から帰ってくる。

　そして、鍵のないドアの把手がするりとあいてしまったことにも、何のこだわりもなく、またすっぽりと旅行までの日常生活に入ってしまう。

　そしてそれから十年もたって、そのみじかかった旅行での思い出などもすっかり古びてしまい……私はいま、結婚して妻とベッドを並べて寝ている。

　窓の外は雨だ。

　枯芝の手入れをしてやらなくっちゃな……と思いながら私は煙草をふかしている。しずかな妻の寝息がきこえる。

　そんなとき、突然に私はあのアパートの、かけ忘れた鍵のことを思い出すのだ。(そうだ、ドアの鍵をかけ忘れていた)だが、いまからどうしてそれを間にあわせることが出来ようか。ああしかし、鍵をかけ忘れてきた……というにがい心。

　そしていつのまにか私は眠ってしまっている。点滅は明なり、というがほんとうに点滅することは明るいことであろうか。

　眠りながら私は、東京の空を思い浮かべている。曇った空には無数の鳥が群れているが、私はもう、それを見る目を閉じてしまって、眠りに落ちているのである。


(「宝石」一九六三年三月号)

故郷

　男はだれでも故郷をもっている。それは女にはないものである。

女は、生きてきた月日を思い出すとき、それが夫であったり、家であったり、山鳩の啼いている森であったり、お祭りであったりする。だがそれは故郷とはべつのものだということを男は知っている。

故郷というのは、二度と帰ることの出来ないものであり、いつもさびしいものなのである。

故郷は、土地でも人でもない――もっとあいまいで形のないものである。土地や家に帰ることは出来ても故郷に帰ることが出来ない、ということは男ならだれでも知っている。

祖国ということばと同じように、故郷ということばも、いつも懐かしいひびきを持っているくせに、その実体を知ることが出来ないのである。ウィリアム・サローヤンが書いている。

「男は、がらくたである。一生、地の上をがらくたを引っぱって歩く。行く先々に、がらくたを引っぱって行く。止まるたびごとにがらくたを積み重ねる。がらくたの中に住んでいる。がらくたを愛している。がらくたを崇拝している。がらくたを集めて、がらくたの上に突ったたって番をする」

（"Rock Wagram"）

少年時代に、私は汽車が好きであった。あの蒸気の音は心臓までもあつくするのであった。

私は日曜日の朝、そこに長くとどまっていた貨物列車を使ってかくれんぼをして遊んだ。連結器を飛びこえて、機関車に移ったとき、一羽のキアゲハ蝶をつかまえた。それは、小さいがよく澄んだ色の羽を持っていた。

私はしばらく、その狭い機関車の中の暗がりで、蝶をとばしてまどろんでいたが、やがてその蝶を石炭タンクに閉じこめて、蓋をして出て来てしまった。逃げないようにしておいて、あとでみんなに見せてやろうと思ったのである。だが、そのまま忘れてしまって家へ帰り、一年たち、十年たち、今日になってしまった。

ふと、今ごろになって思い出すことは、あの蝶を閉じこめたまま機関車はどこか遠い土地へ旅立ってしまっただろうか？　それとも今でもあの修理不能のままで、雨にさらされたまま、投げ出されているのだろうか？　ということである。蝶は死んでしまっただろうか？

もし死んでしまったとして、あの私の少年時代の土地でか？　それともどこか遠くの私さえも行ったことのない土地でだろうか？

魂について語ることは、なぜだか虚しいことである。だが、魂を持たないものには、故郷など存在しないのである。

（『ふしあわせという名の猫』一九七〇年三月）

寺山修司の思い出

✴

追悼文選

われに五月を

中井英夫
Nakai Hideo

いま寺山修司の葬儀から帰ってきたところだ。体調とみに整わず、弔辞を読むあいだ、声も手もふるえ放しだった。不整脈が昂じ、二時からの告別式は失礼したというのも、その前のもうひとつの死が心にこたえ、いても立ってもいられない気持のまま過ごしてきたせいであろう。

その死の挨拶状に私はこう書いた。

……故人が昭和二十年代に作品社を興し、有馬頼義、吉行淳之介、中城ふみ子、塚本邦雄、寺山修司氏等の初期作品を世に送ったことも遠い昔となりましたが、……

その作品社（第二次）社主だった田中貞夫に無理をいって、寺山の最初の作品集『われに五月を』を出してもらったのは昭和三十一年暮れのことだが、それは当時寺山がネフローゼという難病にかかり、もう絶対に助からないと宣告されていたからである。これほどの稀有の才能を、一冊の本も残さずに死なせてたまるかという気持だったが、彼はどうにかそれを克服して、ラジオドラマからテレビ、そして舞台から映画へと輝かしい飛翔はなしとげられた。だが当時の歌壇の、新人に対する徹底した無理解と、投げかけられた罵言の数々だけは忘れられない。時間がおありの方は、そのころの雑誌などを調べてごらんになるのも一興であろう。

長い年月がすぎ、田中貞夫は寺山の死の丁度一週間前、同じ水曜日に息を引き取った。食道から口腔、のどから舌と進んだ末期の癌で、多量の麻薬の投与で呼吸困難となり、苦しみぬいたあげくだったが、死の朝には遺族三人に別れの挨拶を書く勁さを失いはしなかった。

——われに五月を。

それはいま私にとって痛恨の詩句に変った。折柄、薔薇たちは美しく咲き出し、香り高く揺れているのに、やはり〝五月は喪服の季〟だったというのか。

二十才　僕は五月に誕生した
僕は木の葉をふみ若い樹木たちをよんでみる

いまこそ時　僕は僕の季節の入口で
はにかみながら鳥たちへ
手をあげてみる
二十才　僕は五月に誕生した

（「五月の詩・序詞」）

この軽やかな序詞に飾られた、一部二色刷の瀟洒な詩歌集は、いま二つの死を結んで私の内部をつらぬく光の糸となった。

寺山の芝居や映画については、ほとんど何も語る資格はない。案内は貰うのだが、何かとのっぴきならぬ事情があって行かれぬことが多いからだ。従って当然別な筆者にと思うのだが、緊急な場合でそれも望み得ないだろうから、一、二のエピソードで埋め合せをさせていただこう。

寺山に最後に会ったのは一昨年の十月か、「アサヒグラフ」に映画の話を連載していてどうしても「草迷宮」を見たいと思い立ったときだった。大体が元麻布などという怪しげな地名にある天井桟敷は、迷路のそのまた奥のという感じで、一度も行きつける筈もないのだが、そのときは六本木の交番が「ハイこれ」といって地図をくれたので何とか辿り着くことが出来た。

何とかいう外人夫妻がやはり見たいといって来ており、寺山の作品の所有権はここにないので、どこか他のところ、香港か上海で見たことにしてくれない？　などといって妖美なその作品と、初期のものらしい街に扉が出没する短篇とを見せてくれた。そのあと近くの喫茶店に連れ立ったが、寺山ってこんなにのっぽだったろうかと思うほど、その姿は大きく見え、そしてそれはどこかしら影法師のような、捉えどころのない形とも思えた。

外人といえば、寺山の葬儀で、英語やらフランス語やらの弔電というものを初めて聞いた。そして私も弔辞というものを書いたのは今度が初めてで、青山斎場に行ったのは横溝正史氏の葬式以来のことである。もう喪服を着るのはいやだ。本当にいやだ。

芝居の方では渋谷の天井桟敷で見せてもらったものが印象深い。題も忘れてしまったくらいだからその内容というのではなく、開幕前、私の前にいた二人の青年がこんなことを話し合っていたからである。

「オレたちってテレビで育ったから、いつも眼の前にあるものにしか気を取られない、そんな生き方しか知らないんだよな」

そしてまさにその瞬間、二人の背後から最初の登場人物が「もしもし」と話しかけた。あまりにもみごとな幕開けなので、あとで寺山に「あれも演出なの」と聞くと「まさか」といって笑っていたが、こんな暗合は他にもいくらでもあったことだろう。

影法師のように大きかった巨人ないし虚人は、確かに影の王国の主宰者だった。天井桟敷の解散話は胸に痛いが、今後はアングラならぬそちらの世界で本当の活動を続けるべきではなかろうか。


（「週刊読書人」一九八三年五月二十三日号）

水晶仏と薔薇

寺山修司と、その最初の作品集『われに五月を』を出した、もと作品社社主田中貞夫が、丁度一週間を隔てて死んでしまったことについては、すでに『週刊読書人』五月二十三日号を始め、いろんなところに記したので、ここでは書庫を整理していたら出てきた鉛筆書きの、当人たちも覚えていないであろう、ある日のエピソードを語ることにしよう。

それはいまからほぼ三十年前の、昭和二十九年十二月のことで、寺山は前月の『短歌研究』十一月号で、第二回短歌研究新人賞を得てデビューしたばかりだった（この新人賞という名は、私が辞めたあと第四回から杉山正樹が改めてつけたので、第三回までは五十首詠募集といういい方だったが、これからは便宜上その名で呼ぶことにする。また寺山の応募原稿の題は「父還せ」だったのを、私が勝手に「チェホフ祭」と変えたいきさつについては潮出版社版『黒衣の短歌史』に詳しい）。

そのころ私は西荻窪のアパートに住んでいたのだが、そこへ寺山と友人の北村満義、それに第一回新人賞の中城《なかじょう》ふみ子と並んで評判を呼んだ石川不二子の三人が遊びに来た。そこでどんなきっかけからか、私を含めた四人で即興の短歌を作り、名前を隠して誰の作が最高か投票しようということになった。三十分ほどだったか、四人で三十六首ほど作り、丁度来ていた田中貞夫に全部を清書してもらった。投票は最高が一人につき三点、以下二点、一点は任意に、むろん自作には入れないという約束で始めたのだが、その結果、寺山の自信作、

　日あたりてしづかな海よ亡き父の肩の広らな写真のなかに

は私の三票、石川の二票で二位となってしまった。そのときの寺山の悔しがりようといったら！　というのは、そのとき一位になったのは、寺山と石川の各三票、そして北村の一

票を得た、私の次の歌だったからである。

　帆船は若く眩しく流れゆき我は水夫の顔を忘れき

何というはしたなさ。寺山は十八歳、私は三十二歳だったというのに。まあでもその時の寺山の作品、むろん全歌集にも載っていない数首を再録しておこう。

　少女の詩嘆きやすくて図書館の窓に春海かたぶきてあり

　亡き父の遺業の冬田ひらたくて耕しつづく海青き日を

　われは少女の奴隷となれりあほむけに春の怒濤に目をつむりつつ

　夏怒濤に沿ひて駈け去る少年のもりあがる肩もすでに父似る

　ふるさとの町ある地図は日あたりて海は小皿のかたちを成せり

　死刑囚はひるねしておりBonjourをくりかへしいる海の鸚鵡《おうむ》よ

　事務をとるしづかな叔父も少年の日の海どこに失くしてきたる

ついでに私の歌ももう一首。

　いつよりか見知らぬ人と歩みゐるかくも美しき小さき渚に

これはむろんジェラール・フィリップ主演の、ついに日本では封切られなかった映画の題をふまえての一首。そして寺山の名誉のために申し添えると、全得票では寺山が断然多かったので御安心いただきたい。

　ところで『週刊読書人』の寺山修司追悼には、SF作家の山野浩一氏が、昏睡する四日前に競馬場で会ったことから、寺山の活動を四期にわけ、本当のライフワークは『空には本』『血と麦』『田園に死す』の三歌集であり、これについては誰もが絶讃を惜しまないと記しているが、さてどうだろう。寺山の短歌に対する雨あられの罵言を確かにこの両頰に受けた私としては、冗談じゃないと密かに呟くしかない。でも、もういい。何もかも、〝われに五月を〟をいう一句で救われたのだ。

　そして吉行淳之介が、結核と喘息とを克服していまも生きぬいているように、寺山もネフローゼを何とか退治してそれからの三十年を生きた。ただし田中貞夫だけは、ガン末期の苦しみをつぶさに見せ、そして本当におだやかな死顔となって彼方へ去った。

　かねて内田百閒が水晶仏というものを飾り、事のあるたびそれを浄めて拝むと書いているので、私もそれに似たものをと先日デパートへ探しにいった。ところがその日はほとんどの店が休みで、ふだんあまり行ったことのない渋谷の東急で綿引孝司という方の、青衣の仏めく像を見つけ、あ、これだと買って帰った。

ところが田中を偲ぶ薔薇宴を開いた折、その綿引氏は田中ともども何回かお会いした工芸家だと教えられ、奇縁におどろいた。そしてその日、庭の薔薇は俄かな豪雨のためにことごとくうなだれ、ほとんど地面に頭をつけるばかりになったのだった。

（「潮」一九八三年七月号）

塚本邦雄

Tsukamoto Kunio

満月の帆

僕は知る　風のひかりのなかで
僕はもう花ばなを歌わないだろう
僕はもう小鳥やランプを歌わないだろう
春の水を祖国とよんで、旅立つた友らのことを
そうして僕が知らない僕の新しい血について
僕は林で考えるだろう
木苺よ　寮よ　傷をもたない僕の青春よ

寺山修司の第一作品集『われに五月を』は、右の数行を含む「序詞」を巻首に飾つてゐる。

このやうな明るいテノールの高唱を中心に纏めた二十七行の詩は、たとへそれが堀辰雄とルイ・アラゴンと、某と某と某の詩の、あらはな本歌取りであらうとも、否、それゆゑになほ、彼の傑れた才能を示してゐた。そして、この詩の最終聯に「二十歳　僕は五月に誕生した」を繰返し、その一行を以つて終つてゐる。李賀の「長安有男児　二十心已朽」を意識して逆手に取つたマニフェストではあるまいが、この一行の意味は重い。

彼は二十歳、一九五六年の新年、まさにこの序詞を草してゐたであらう時点に「誕生した」のではなく、誕生したかつたのだ。文学的出発即人生への出発、これは必ずしも彼だけの発想ではない。むしろ古典的な「立志」のパターンではあるが、寺山修司の場合は背水の陣を敷いての宣言であつた。『われに五月を』は一九五七年一月一日、作品社刊であり、発行者は「田中貞夫」となつてゐる。この発行名儀人も亦、著者にやや先んじて、一九八三年、黄泉の客となつた。短歌・俳句・散文詩・半創作日記を構成排列したこの処女作品

集は、多分発行日より幾分早く、一九五六年歳晩近くに出来上つたのだらう。私への献本の献呈箋代りの緑色刷原稿用紙の切れつ端にはMerry X'masと朱書して、その下に、待ちかねてゐた本がやつと出来《しゆつたい》したこと、一冊を先づ私に送ること、書簡の往来が最近間遠になつてゐるのが寂しいことなどが、あどけないやうな文体と筆蹟で小さく書きつけられてある。そして、私は既に三十代も半ばだつたにもかかはらず、当時この、逢つたこともない早熟の天才に刺戟されて、あたかも同年代の青年のやうに、新しい文体を模索し、その熱意と野望を、頻々と彼への消息に書き綴つてゐた。

　思へば、同じ作品社を発行所として、『われに五月を』の前年一九五六年の三月に、私は既に、第二歌集の『裝飾樂句《カデンツァ》』を上梓してゐる。爾来、彼は私の三年を一年で生き、私が晩秋に到つて知ることを初夏五月に知り、私が三十五歳でやうやく会得したことを二十五歳で卒業してこれに訣別し、この歩みの遅い先達を、遥か前方から顧みて、困惑に似た笑みを湛へつつ、四半世紀奔り続けた。その頃、彼は私に、行末、たとへ互に憎み合ふ日が来たとしても、決して一方が一方を憐れむやうにはなりたくないと、珍しく述懐調で呟いたことがあつた。幸か不幸か、憎み合つたことは一度もなかつた。憎み合ふすべもなく、彼は二十九歳、一九六五年八月刊『田園に死す』を最後に、短歌と呼ぶ、彼に青春即生を与へた形式と訣れた。

　寺山修司の出発は『われに五月を』刊行の三年前に遡る。夙に伝説的な、昭和短歌史の一齣であり、今更喋々する要もないが、一九五四年十一月、第二回短歌研究新人賞に「チエホフ祭」が推された時、この十八歳の青年は、最早引返すことのできぬ、試行錯誤の首途をしてゐた。この記念すべき秀作五十首詠の標題が「チエホフ祭」であつたことに、私は微かな嫌悪を覚えた記憶がある。どのやうに表記しようとロシア語の発音からは遠いものを、仮に「チェホフ」にしようと「チェーホフ」であらうと、五十歩百歩だと囁く声も聞えた。

　だが、彼の「チエホフ祭」は、それが草田男『火の島』の「燭の灯を煙草火としつチエホフ忌」を本歌とし、また一聯中には、該句集及び『萬緑』に影響された歌が少からぬことは一目瞭然であつた。彼は草田男が忠実な歴史的仮名遣ひ表記に従つて、外国語外来記を片仮名で用ゐる場合も、促音を小さくはせず「ニイチエ」「シヨパン」「バツト」としてをり、「チエホフ」もその一つであることに、音数に惑はされて気づかなかつたのか、気づかぬふりをしてゐたのだらう。そのやうな取るに足らぬ瑣事、口に出して言へば一笑に附されるやうなたわいのない好みの問題が、その後、彼を評価する度毎に、私の心中に意外に濃い影を落し続けて来た。

　彼は何にも拘泥しなかつた。融通無礙であつた。私が傍にゐて蒼褪め、あるいは面を赤らめるほどの露骨な飜案俳句や換骨奪胎短歌も、怯まず臆せず、堂々と発表した。事実その中の三分の一は、原作品を顔色無からしめるばかり成功してゐた。貧しくて退屈なオリジナルよりも、絢爛たるコピーを、とまでは言はなかつたにせよ、この世に真にオリジナリティを主張できるいかなる作品があるかと開き直つて、その高飛車な「創作」態度を、有無を言はさず納得させるだけの才気と勇気を十分過ぎるくらゐ持つてゐた。彼の本歌取り作品こそ、古典のそれの典型に迫るものであり、本歌を想起することによつて、いよいよ、その変奏手法の面白さの醍醐味を知ることができた。そして、つひに、彼のすべての作品に、人はあり得べき本歌を幻想するに到つた。これは単に短歌作品に限つたことはない。演劇「大山デブ子の犯罪」から映画「田園に死す」を含むすべての作品に、である。

　たとへそれが、考へられる限りのオリジナリティに支へられた作品であつても、かつまた、その創作性乃至は創始性の純潔さによつて輝いてゐる時でさへも、彼の作品に馴れた者は、何らかのパロディであることを期待した。時にはそれが彼自身の作のパロディの試みであつても、人は原典探しに一種の戦慄的快感を覚えた。そして最後に、他に典型無く、また他の誰にも模倣を許さぬ潔さに満ちて、四十七歳の生涯を閉ぢた。

森駈けてきてほてりたるわが頬をうずめんとする紫陽花くらし

「初期歌篇」燃ゆる頬

蝶追いきし上級生の寝室にしばらく立てり陽の匂いして

そら豆の殻一せいに鳴る夕母につながるわれのソネット

蛮声をあげて九月の森に入れりハイネのために学をあざむき

知恵のみがもたらせる詩を書きためて暖かきかな林檎の空箱

ふるさとにわれを拒まんものなきはむしろさみしく桜の実照る

傷つきてわれらの夏も過ぎゆけり帆はかがやきていま樹間過ぐ

歳月がわれ呼ぶ声にふりむけば地を恋う雲雀はるかに高し

蝶とまる木の墓をわが背丈越ゆ父の思想も超えつつあらん

夏シャツに草架つけしまま帰るわれに敗者の魅力はなきか

遠き帆とわれをつなぎて吹く風に孤りを誇りいし少年時

「同」記憶する生

雉子の声やめば林の雨明るし幸福はいますぐ摑まねば

ドンコザックの合唱は花ふるごとし鍬はしずかに大きく振らん
失いし言葉かえさん青空のつめたき小鳥撃ちおとすごと
「同」季節が僕を連れ去ったあとに
萱草に日ざしささやく午後のわれ病みおり翼なき歌かきて
漂いてゆくときにみなわれを呼ぶ空の魚と言葉と風と
「囚れしぼくの雲雀よかつて街に空ありし日の羽音きかせよ」
「同」十五歳
死者たちのソネットならん空のため一本の樹の髪そよげるは
ひまわりの見えざる傷のふかくとも時はあてなし帆船のごとく
一本の樫の木やさしそのなかに血は立ったまま眠れるものを
空は本それをめくらんためにのみ雲雀もにがき心を通る

一九七一年著者三十五歳の一月、風土社刊『寺山修司全歌集』によれば、右の二十一首を含む「初期歌篇」と題する百四十首制作は、「一九五七以前　高校生時代」との注が冒頭に附されてゐる。推測を加へるなら、高校生時代の作品を下限とし、上限は「チエホフ祭」五十首等を除く二十一歳までの作品といふことになろう。もつとも、一九七〇年十月に、この全歌集の解題文を依頼され、全集原稿の校訂をも試みつつ執筆した私の記憶によるならば、当時、著者は回想によつて挿入添加した歌も少からずあり、中には一九五七年以前とは考へられないものも混つてゐたやうだが、たとへさうであつても、作者が断じた期限は、その時点から真実と化する。初期・中期作品に、間歇的に出没する「遠き帆」「帆」が、山口誓子『遠星』中昭和二十年作の白眉「炎天の遠き帆やわがこころの帆」を因とすることは、敢へてことわるまでもあるまい。彼は誓子・草田男・西東三鬼ら、当時の「天狼」作家の句を、ほとんど諳《そらん》ずるまで読み、彼らの月旦にかけてはその辛辣・的確なること、右に出る者がなかつた。

私は常に石田波郷の『雨覆』と下村槐太の『光背』を推して譲らず、侃々諤々、意見の一致を見るのは、私がその次に愛する三鬼『夜の桃』であつた。そしてその意見の楽しい対立は、自他の実作の上にも歴然と影を落してゐるやうだ。それはそれとして、彼が高校生時代、一卵性双生児と言はれた今一人の早熟の天才、京武久美と共に拠つた歌誌は「荒野」、その当時の歌が、たとへ初出のままでなくとも「燃ゆる頬」に混つてゐるとしたら、彼の才は天才と言ふのも過少評価に類しよう。

若書きはすべてを決する。寺山修司の真価・真骨頂を『空には本』後半から『血と麦』前半、すなはち、昭和三十年代初めからの二、三年に搾つて、その代表作を「マッチ擦るつかのま海に霧ふかし見捨つるほどの祖国はありや」とする評価方法に、私は必ずしも反対ではない。だが、その若い円熟は、十代末期の、あまりにも危《あやふ》い早熟の実の中にすべて兆してゐる。昭和三十年代初めと言へば、やうやく寺山修司のきらめく才能への讃美と反感が渦を描きつつあつた。そして、彼を形容・象徴する文句は「無傷の青春」であつた。いかにも傷ありげに見え、かつ見てもらひたかつた戦中派・戦後派の考へ出した、お仕著せの、安易なキャッチ・フレーズを、彼は苦々しげに舌打ちしつつ、しかも甘受してゐた。

まこと、何が「無傷」であらう。傷だらけの幼・少年時代を送つた世代に、どうして、突然変異のやうに「無傷の青春」が迎へられようか。彼の歌は、句は、一見純樸・清新・柔軟・鮮麗で、その表面に何の暗さも苦みも止めてゐないやうではある。だが、その向日性の感性の皮膚の、一枚下を流れる血は、苦汁《にがり》と酸を存分に含み、作者はそれに耐へて、何事もなかつたやうに、常に明日に向いて生きようと、強ひて力めてゐたのだ。

「傷つきてわれらの夏も」と歌ふ時、かへつて作者は救はれてゐる。「幸福はいますぐ摑まねば」と決意しつつ、彼の手許から幸運の女神は摩り抜けた。これらの歌の殆どが、作者の一生を蝕み続けてゐた宿痾ネフローゼの、満月面《ムーンフェース》症状の下に創られてゐたことを知る者は少い。彼は、健康と呼ぶフィジカルな幸福と引換へに、天才と呼ぶ形而上の瑞運を存分に摑んで、四十七年の中の二十七年を、まつしぐらに奔走し通してゐたのではあるまいか。

（「短歌」一九八三年七月号）

春日井建
Kasugai Ken

帆はかがやきて過ぐ

寺山修司氏の初期歌篇が作られたとき、私もまた青春にあった、という偶然の幸福は測り知れないものだったと思う。あの明るく、まっさらで、自在な歌の数々を、まるで私の上にも拡がっている空に書かれてでもいるかのように読むことができたのだから。

最初に会ったのは昭和三十三年の秋、寺山修司二十二歳、私は十九歳だった。

今でも私は、寺山氏の歌なら二十首や三十首たちどころに諳んじることができるけれども、当時私が一等気に入っていた一首は、

わが撃ちし鳥は拾はで帰るなりもはや飛ばざるものは妬まぬ

私はこの歌の酷薄な少年性が好きだった。思えば氏は、その後も飛ぶ鳥を撃ちおとしては後ろを振り向かないで歩きつづけたのではないか。時代に、政治に、風俗に、そして幾つかの表現形式に向かって遊撃をつづけながら。「短歌」もまた氏の撃った鳥の一羽だったのかもしれない。

寺山氏が歌壇に登場した「短歌研究新人賞」受賞作品「チエホフ祭」は、私には懐しい作品である。

一粒の向日葵の種まきしのみに荒野をわれの処女地と呼びき

桃いれし籠に頬髭おしつけてチエホフの日の電車に揺らる

チエホフ祭のビラのはられし林檎の木かすかに揺らる汽車過ぐるたび

莨火を床に踏み消して立ちあがるチエホフ祭の若き俳優

五句三十一音の平らかな調べを持っている定型空間は、あくまでやさしく、みずみずしい。しかし、現代短歌の古典とも言い得るこれらの歌は、その方法において今日なお問題を提起しつづけている。「偉大な思想などにはならなくともいいから、偉大な質問になりたい」と書いた氏の、「質問」の一つがここにある。即ち、私性文学である短歌の「私」の位置である。作中の「われ」は生身の「われ」からどこまで離れることができるのか。一人称で書かれた「われ」は、寺山氏の分身であることはまちがいないのだけれど、その「われ」にさえ、創られたものであることに対する批判は消えさったわけではない。

ところで、初期歌篇には、寺山氏の「歌作時代」後半の作品に見られる土俗の闇を叙したようなフォークロア性は影が薄い。素材一つ一つには、林檎の木、そら豆、にんじん、納屋、処女地、地平線といった農村生活の日常から選びとられたようなものがあるけれども、発想自体は、むしろフランスの心理小説風の、知的で、繊細な透明感のあるものである場合が多い。

抄出した「わが撃ちし鳥」一首を見てほしい。飛ぶものは妬んでも、飛ばぬものには素気ないという微妙な心の動きは、野の少年のものではない。

これは、同じような素材を扱った次の作品群を見ても同断である。

雲雀の血すこしにじみしわがシャツに時経てもなおさみ

しき凱歌

失いし言葉かえさん青空のつめたき小鳥撃ちおとすごと

われの神なるやも知れぬ冬の鳩を撃ちて硝煙あげつつ帰る

みずうみを見てきしならむ猟銃をしずかに置けばわが胸を向き

これらはどう見ても、早熟な少年の洗錬された憂愁を見るべき歌である。氏の初期歌篇が、「無傷の青春」と呼ばれて、若い世代の感性の抽象と見られたのも、このあたりの事情を物語るのだろう。

実際、「わが撃ちし鳥」一首を収める「真夏の死」という作品には、「ささやかな罪を犯すことは強い感動を避ける一つの方法です　ラファイエット夫人」とエピグラムがある作品で、冒頭の一首は、

ダリアの蟻灰皿にたどりつくまでをうつくしき嘘まとめつついき

というきわめてしゃれた、心理的な歌である。

寺山修司氏は、しかし、いつまでも「無傷の青春」を書きつづけたわけではない。〝生き急ぐ〟スピード感覚で、氏は『空には本』『血と麦』と鮮度の高い青春歌集を作りあげ、次には自分の原体験を明示するという『田園に死す』を書くことになる。初期作品の明るさに比較するとき、影のように暗い歌集である。

鷹追うて目をひろびろと青空へ投げおり父の恋も知りたき

そら豆の殻一せいに鳴る夕母につながるわれのソネット

海を知らぬ少女の前に麦藁帽のわれは両手を拡げていたり

蚕声をあげて九月の森に入れりハイネのために学をあざむき

鵙の巣を日が洩れておりわれすでに怖れてありし家欲りはじむ

＊

老父ひとり泳ぎをはりし秋の海にわれの家系の脂泛きしや

亡き母の真赤な櫛で梳きやれば山鳩の羽毛抜けやまぬなり

情死なりし川の瀬音をききながら毛深き桃を剥き終るなり

間引かれしゆゑに一生欠席する学校地獄とおとうとの椅子

暗闇のわれに家系を問ふなかれ漬物樽の中の亡霊

前者は初期作品、後者は『田園に死す』より抄出した。こうした対比を見れば明らかであろう。明るかったものは暗く、

優しかったものは怖ろしく、美しかったものは醜さにとってかわっている。

寺山氏にとっては、その生まれ育った前近代の風土を書くことは必然だった。早熟な才能にとって、フランス心理小説風の世界のなかに自分を写すことは、決してイリュージョンとばかりはいえない内面の真実性があったはずである。それゆえに、氏の仮構の青春のデッサンは単なる外国風の気取りに終ってはいない。だが、そうした昇華された世界だけで人は生きつづけることはできないものだ。氏は逞しい作家精神をもって故郷を書きはじめる。

そのとき、五音、七音の連なる韻律は実に恰好の力となった。経文、御詠歌、和讃、子守唄、祭文、浪花節といった土着の謡のリズムが呪的に交感しあって、風土の古さ、暗さが露わに映しだされることになった。

されればと眠る母見れば　白髪の細道　夜の闇　むかし五銭で　鳥買うて　とばせてくれた　顔のまま　仏壇抱いて高いびき　長子　地平にあこがれて　一年たてど　母死なず　二年たてども　母死なぬ　三年たてども　母死なず　四年たてども　母死なぬ　五年たてども　母死なず　六年たてども母死なぬ　十年たちて　船は去り　百年たちて　鉄路消え　よもぎは枯れてしまふとも　千年たてど　母死なず　万年たてど　母死なぬ

『田園に死す』に載る長歌「修羅、わが愛」後半の一節である。嗟嘆の調子に口をあわせて読み進むとき、韻律それ自体が風土の前近代性を撃つ武器であることが理解されよう。その歌い口の幻術によって、一つの風土は、変質され歪曲され、戯画化されて現出する。

しかし、これらの作品から、もう一人の「われ」を書いてきた寺山氏が、自分自身の生身にかえったと推量するのは誤りである。氏が、「実際に体験しなかったことも、思い出の裡である」とも記していることを忘れてはなるまい。

以前にフランス心理小説の主人公に「われ」を仮託した心と、恐山の里へ「われ」を仮託した心との間には、実はさしたる距離はなかったのだ。だから、その「実」と「虚」との間の詩的空間を見なければ、寺山氏の世界を見たとは言えないだろう。

寺山氏の主要なテーマの一つ、「母」という素材一つを見ても、事実としての母「寺山ハツ」と、創作された「寺山セツ」との間は劃然とした一線がある。「ハツ」と「セツ」ほどの違いが、事実上のふるさとと創造上のふるさととの間にもある。そのことが、東北出身の作者によって東北の闇が書き込まれても、どこかであっけらかんと乾いた空間となっていることの秘密だろう。

『田園に死す』には、他に「新・病草紙」「新・餓鬼草紙」

という作品が収められている。名古屋の関戸家秘蔵の草紙本のパロディである。寺山氏の才智が縦横に駆使された力作といっていい。現代の韻律文学において、こうした方法で書かれた作品はちょっと他に例を見ない。

寺山氏は、現代芸術においていわゆる前衛的な仕事をした人であるが、定型詩作品において見るかぎり、その仕事ぶりは様式性を知悉した古典主義者の風貌がある。独創的な作品のむこうに原本がある。その醒めた本歌取りの精神はむしろ歌の正統派を思わせる。

それにしても、氏の三冊の歌集『空には本』『血と麦』『田園に死す』は、戦後短歌の持った大きな収獲であり、その仮構された世界は今後とも注目されつづけるだろう。

寺山修司氏の多才多芸の仕事の源泉には「歌」があった、氏は何をやっても、その叙情は歌に通じていた、と見る人は多い。『田園に死す』の跋文で氏は、「こんど歌集をまとめながら、しみじみと思ったことは、ひどく素朴な感想だが短歌は孤独な文学だ、ということである」と記した。

川舟の少年われが吐き捨てし葡萄の種子のごとき昨日よ

傷つきてわれらの夏も過ぎゆけり帆はかがやきていま樹間過ぐ

寝ころべば怒濤もつとも身にせまる屋根裏にいて詩を力とす

時はすばやく過ぎる。そのことを寺山氏は出立の日から知っていた。このささやかな文章を終ろうとすると、愛誦する氏の歌が私の胸に浮かび溢れてやまない。

（「短歌」一九八三年七月号）

鶴見俊輔
Tsurumi Shunsuke

寺山修司の思い出

寺山修司の短歌をはじめて読んだのは、深作光貞編集の「律」でだった。

春の野にわれの忘れてきし椅子は　鬼のため　わが青年のため

寺山は活字にするたびに少しずつかえたから、この形でのこっていないかもしれない。それから「現代の眼」で読んだのか。

マッチするつかのま海に霧ふかし　身すつるほどの祖国はありや

この二つの歌は、その言葉どおりかどうかわからないが、そのイメージは私の中に即座に住みついて、二十数年後の今も、ここにある。

こどもの時に読んだ歌ならばともかく、中年に達してから眼にふれた歌としてはめずらしい。

まだ路面電車というものが東京にあったころ、宮城実という新聞学者・明大教授とのりあわせた。この人が短歌をつくることを知っていたので、戦後の短歌では私には寺山修司ひとりが特別におもしろいのですが、どうでしょうと聞くと、このおだやかな人に偏向をただしてもらいたいと思ってたずねたのだが、私もそうだと言われておどろいた。専門歌人の間でもそういう評価があったものらしい。

森秀人が寺山修司を思想の科学研究会にさそったのだと私はおぼえているが、加太こうじだったのかもしれない。この両者は、私よりも前に、寺山と近づきだった。

しばらくして寺山は、思想の科学研究会の総会で話をした。キャッチボールの民主主義という主題で、会合を活気あるものにした。「思想の科学」をしゃべる思想雑誌にしてほしいという提案をこの場に彼はしたが、それから十数年たって、何歩か、その方向に歩いたというところだろうか。

流行歌を、思想としてとりあげるのは、思想の科学研究会の初期からのプログラムで、南博、いぬい・たかし、佐瀬仁、加藤秀俊、園部三郎、見田宗介、加太こうじ、佃實夫、久米茂、森秀人の諸氏が活躍した。学問の世界では早く着手したと言えるだろう。これに対して、寺山修司は、年代系列、内容分析、記号の頻度などとまったくかかわりなく、いつどこでその歌を自分は聞いたか、その歌は自分にとって何だったかを、書きとめる方法をとおして、流行歌の思想をとりだした。私たちの仕事をひっくりかえすことをとおして、流行歌論に新しい一ページをくわえた。

それは寺山修司の『誰か故郷を思わざる』という評論集に入っているだけでなく、「思想の科学」一九六三年一〇月号の「流行歌に見る大衆思想――アカシアの雨にうたれて」という多田道太郎、森秀人との座談会にもあらわれている。

このころ寺山は雑誌「思想の科学」に肩入れして、売れ行きをひきあげるのに力があった。『幸福論』（一九六八―九年）連載は、彼にとって重い仕事で、原稿をとりに行った編集者那須正尚は、しばらくそこで雑談しているうちに寺山がいねむりをしはじめたと言って同情していた。こういう忙しい人が原稿をつづけてわたしたというのは、そのころの「思想の科学」の編集者が個人として気にいられていたからで、当時の編集者たち、那須正尚、高崎宗司、吉田貞子の諸氏が人間的魅力のある集団をつくり得ていたということである。

連載対談『語りつぐ戦後史』にも出てきてうちとけて話をした。彼が肩入れをしたのは、「思想の科学」のもっている「がせねた性」、あるいはいかがわしい性格であって、論壇のハイド・パークみたいなものとして、これの存在を支援してくれた。「思想の科学」ならびに研究会は、寺山修司をどれほど理解していたかはうたがわしい。

新聞で「のぞき事件」が報道されてたたかれた時、彼を勇気づけたいと思って、京都太秦の「奴婢訓」の公演に行った。大入満員で冬の寒い日なのに外に立っている人の列があった。新聞でたたかれてもびくともしないのを知って安心して帰った。

「今はまだ千早城」(「思想の科学」一九六九年一一月号)にはっきりあらわれていることだが、成功は彼にとって何ものでもなく、名声は彼を腐敗させることがなかった。私は長い間、彼の愛読者だったが、会ったのは、今考えてみると二度か三度にすぎない。

(「思想の科学　会報」108号／一九八三年十月)

寺山修司へ

山田太一
Yamada Taichi

寺山さん

あなたは「死ぬのはいつも他人ばかり」というマルセル・デュシャンの言葉を口にしていたことがありましたが、そして、あなたの死は、私にとって、もとより他人の死であるしかないわけですが、思いがけないほどの喪失感で——あなたと一緒に、自分の中の一部が欠け落ちてしまったような淋しさの中にいます。

あなたとは大学の同級生でした。

一年の時、あなたが声をかけてくれて、知り合いました。大学時代は、ほとんどあなたとの思い出しかないようにさえ思います。

手紙をよく書き合いました。逢っているのに書いたのでした。さんざんしゃべって、別れて自分のアパートへ帰ると、また話したくなり、電話のない頃だったので、せっせと手紙を書き、翌日逢うと、お互いの手紙を読んでから、話しはじめるというようなことをしました。

それから二人とも大人というものになり、忙しくなり、逢うことは間遠になりました。

去年の暮からだったでしょうか。あなたは急に何度も電話をくれ、しきりに逢いたいといいました。私の家に来たい、家族に逢いたいといいました。

そして、ある夕方、約束の時間に、私の家に近い駅の階段をおりて来ました。

同じ電車をおりた人々が、とっくにいなくなってから、あなたは、実にゆっくりゆっくり、手すりにつかまって現われました。私は胸をつかれて、その姿を見ていました。あなたは、ようやく改札口を出て、はにかんだような笑みを浮べ「もう長くないんだ」といいました。あなたは、昔からよくそういっていたので、またはじまったと、笑って応じましたが、その時は冗談にならないものが残ってしまいました。

その晩は、どの時をとっても、哀惜とでもいうような感情が底流に流れているような夜でした。

あなたは、私の本棚を見せろ、といい、どの棚もどの棚も丁寧にたどって、昔の本を見つけると「なつかしいねえ」と声を高め、ミシェル・フーコーを読んだか？　ジャック・ラカンはどうだと、本棚と本棚の間の狭い空間が学生時代に逆行してしまったような時間をすごしました。

それから続けて二度逢い、最後は深夜、あなたの家の前で、タクシーに乗る私と妻を送ってくれたのでした。それから一週間もたたないうちに、あなたは倒れてしまいました。終りの四カ月に、再び濃密な思い出を残して――。

十八歳の時の「チェホフ祭」からはじまり、あなたの作品には、幾度もおどろかされ、感嘆もしましたが、私には、あなたは何より、姿であり声であり、筆跡でありました。それらは、かけがえのない魅力を持っていて、いまはただ、とどめようもなく燃えつきてしまった輝きを惜しんで、うずくまるばかりです。本当に、あの世というものがあるなら、再会して、狭い片隅で、時間を気にしないで、本の話を、心ゆくまでしたいものだと――切望してしまいます。せめて、そんな時の来るのを、あてにして。

じゃ、また――といわせて下さい。

（一九八三年五月九日　東京・青山葬儀所にて）

八木忠栄

Yagi Chuei

エキサイティングな存在

寺山さん、あなたの本通夜から今帰ってきたところです。

(変ですね、こんな言い方……)

午後から降りはじめた雨は、今なお降りつづいています。この雨は、私たちがなりふりかまわず流す悲しみの涙であり、あなたの無念の涙ではないでしょうか。正直言って、私はこの雨がありがたかった。ゆらぐ気持を静かな雨に多少なりとも慰められる思いで、濡れながら帰ってきました。

通夜の席にすわってビールを飲みながら、やっぱり詩人は少ないなあ、と痛感しました。五人くらいしか見かけませんでした。あなたの悲報を伝える新聞には「詩に演劇に意表の手法」「詩人の壮絶な最期」「前衛詩人」「天井桟敷の主宰者で詩人の……」といった評言が目につきましたが、あなたは詩人とのつきあいは少なかったし、詩人たちはあなたに対して冷やかだったことは、あなたがいちばんよくご存知でした。

しかし、また、あなたは既成の詩や詩人たちの世界などにおさまりきっていられるキャラクターではなかった。

私が詩人でありながら、いわゆる現代詩の多くに興味をもてないのはそれが単に行為の結果であり、スタティックな記録にすぎないからなのだ。

(「行為とその誇り」)

と記すあたりに、詩の遊撃者、挑戦者としての決意と誇りがうかがえるのでした。

あなたに言わせれば、あらゆる詩は定形詩であり、「印刷機の発明が詩を堕落させた」ことになります。だから、殴りながら書く詩、走りながら書く詩、飛びおりながら、泳ぎながら書く詩、ということを敢然と言い放ちました。多くの詩人たちは驚き呆れて顔をしかめ、ソッポを向きました。それがあなたが最も軽蔑していた〝詩壇〟という巣窟でしょう。

おぼえていますか、寺山さん。もう二十年近い昔あなたが私にくれた最初のハガキ。同人誌のお礼のなかに「マリリン・モンローのおまんこから世界をのぞくような詩を書いてください」という一言がありました。仰天しました。いかなる詩の入門書の何万語にもまさる一言でした。

あなたがかかとの高いサンダルをはき、背をこごめるようにしてこちらへやってくると、周囲の空気がせわしく騒ぎ、あなたが独特の早口でしゃべりはじめると、刺激的な世界が切り口あざやかに見えてくるのでした。それは詩の世界のなめらかになってしまった皮膚を、荒々しく逆撫でする行為に感じられ、私はいつもしびれるような思いに駆られました。

現代詩人の多くは、なぜか不幸にはにかんで自己分析をしては出発点の周りをまわっているだけ、とあなたは指摘していましたね。それに比べて、あなたはコートの衿を立て、不満と無頼と怒りを全身から発散させ、ときに足駄やサンダルをはいて、多勢の若い劇団員たちをひきつれ、精力的に幅広く仕事を次々にこなしていった。知の世界では稀有なタイプのタフガイ。

そのへんのことを松本俊夫氏は次のようにうまく指摘していました。「彼ほど想像力が豊かで、頭の回転が速く、口八丁手八丁、旺盛な好奇心を燃やしてあらゆるものに挑戦し、そのいずれにも刺激的な成果をあげているエネルギッシュな才人は、ほかに類例をみない」

寺山さん、じっさいあなたはエキサイティングな存在でした。忙しい男でした。とがってとがって走りつづけ、燃えつづけた人でした。けれども、じつは誰よりも淋しがり屋でした。故郷や母から結局は逃れられない純情な万年青年でした。あなたの短歌や詩を読むと、あのどうしようもなく暖かく淋しい青森訛りがつきまとってきます。今夜、あなたの故郷も雨でしょうか。

あなたと具体的なプランニングをしてあった『寺山修司全詩歌集』は、遠からず実現することでしょう。しかし、心に残るのは第一詩集『書見機』のことです。厳密な意味での単行処女詩集をあなたはもっていなかった。それを作ろうとして何年も手間どっている途中で、私のほうが出版社を辞めてしまいました。「あなたが辞めても、あがった原稿はまず最初にあなたに見てもらうよ」と約束してくれましたね。

一月十五日に会って、あなたのアパートへ行ったとき、紙袋をとり出して「ホラ、やってるよ」と真面目くさっていた。私は「ちゃんと仕上ってからでなきゃ見ませんぜ」と言って、そのままになってしまいました。残念でなりません。でも、第一詩集が中絶してしまうというのは、あなたらしい出来事かもしれませんね。

さあ　A列車で行こう
それがだめなら走って行こう
一にぎりの灰の地平

かがやける世界の滅亡にむかって！

（「ロング・グッドバイ」）

あなたの「ロング・グッドバイ」はあまりにも性急すぎた。恨めしいA列車は、さらったあなたを乗せて、どこらへんを突っ走っているのでしょうか？　今も急げや急げの汽笛だけが、ここまでポー、ポー、ポーと聞こえてくるようです。

書きたいことはたくさんありますが、私は今夜、雨の音に耳をかたむけながら、もう眠ってしまいたい。あなたが「歴史」という評論のなかにも引用されていたアラン・シリトーの『長距離ランナーの孤独』の一節を引いて結びにします。

おれ自身があのゴールのロープにとびこむのは、おれが死んで、向こう側に安楽な棺桶が用意されたときだ。それまでは、おれはどんなに苦しくとも、自分ひとりの力で田野を走ってゆく長距離ランナーなのだ。

これはそのままあなたの声だ。私たちがとり残された田野は確実に淋しさを増す。今度こそは、ゆっくり横になってやすんでください、寺山さん！

（「週刊読書人」一九八三年五月二十三日号）

十代のナイーブな結晶に戻る

山野浩一
Yamano Koichi

寺山修司が昏睡に入る四日前に中山競馬場で彼に会った。互いに腹を突つき合い、子供のようにじゃれ合って、彼は「まだ生きてるよ」といった。彼の死の前日、阿佐谷の病院に見舞いに行くと、彼はもうほとんど死んでいた。

ほどかれて少女の髪にむすばれし葬儀の花の花ことばかな

（『田園に死す』）

寺山修司の創作活動には四つの時代があった。第一期は安保までの天才歌人の時代、青森高校での俳句活動に始まり、早稲田大学入学と闘病生活——、この間に書かれた『空には本』と『血と麦』は、のちにまとめられた『田園に死す』とともに寺山修司の名を永遠にとどめることになった。彼はライフワークという言葉が好きで、新しい仕事にかかる時にはいつもこの言葉を口にしたが、彼の本当のライフワークはこの時期に終っていた。他の寺山修司の作品は必ずしも満足に評価されることはなかったが、この三つの歌集については誰もが絶賛を惜しまない。のちの彼の仕事の主要なエッセンスは全てこの三つの歌集につめこまれてあり、寺山修司の世界の結晶そのものであった。

だが、彼はそうした至高の芸術作品を生み出すことよりも、社会との、或いは多くの人々との強い結びつきを求めた。交友の時代、スキャンダリストの時代とも呼ぶべき第二期に入る。この時代に彼は多くの友人を得た。学生時代から彼を支持し続けてきた塚本邦雄と中井英夫。そして闘病時代に親友となった山田太一。彼が恩師と慕ってきた谷川俊太郎。映画界での松本俊夫、篠田正浩。放送界での和田勉、萩本晴彦、更に土方巽、黛敏郎、石原慎太郎、堂本正樹、竹内健、中平卓馬、唐十郎、横尾忠則、ファイティング原田、鎌田忠良、三島由紀夫、村上一郎、清水浩二、安部進、宇佐美恒夫、河野典生、虫明亜呂無、そしてむろん、九条映子と寺山はつ。ともかくこの時代の交遊録だけでたちまち紙数が尽きてしまうので、他の多くの親友たちの名を挙げなかった点については失礼させていただく。彼はこの時代に多くの敵も持ったし、友人たちの中にも後に喧嘩別れした人々もある。また唐十郎のように何度も親友となり、喧嘩もした華々しい交際もあった。彼は多くの友人を持ちながらも孤独であり、人づきあいはうまくなかった。唐との関係について彼から相談を受けたことがあった。私は「先輩のあなたの側から唐のしごとに敬意を示さなければだめだよ。唐はずっとあなたにそうしてきているんだから」といった。むろん彼はそうした。寺山修司はいつも自分を弱い人間と考えており、まず他人に対して警戒心を示した。それは多くの場合誤解され、さまざまな仕打ちとなってはね返ってきた。彼はそうしたことにいらだち、怒り、反逆した。戯曲「血は立ったまま眠っている」、放送のための叙事詩「犬神の女」、評論「戦後詩」、評論集『遊撃とその誇り』『みんなを怒らせろ』、映画シナリオ「夕陽に赤い俺の顔」など、この時代の彼の作品は全て戦闘的だ。家出のすすめとして書かれた『現代の青春論』によって何人もの少年少女が家出をした。そして彼の戦いは壁にぶつかっていった。日生劇場、石原プロ、NHKなどのメジャーは彼のスキャンダリズムや前衛性や反逆性を受け入れることができず、こうしたメジャー内部での寺山支持派が敗北していった。この時期には彼のための企画が次々と流れてしまった。また、彼が特に意欲を示した詩や小説の評判もよろしくなかった。長篇叙事詩『地獄篇』と小説『あゝ、荒野』は彼の構想通りの完結に至らなかった。

彼は東由多加と出会い、演劇実験室「天井桟敷」を設立した。メジャーに依存せずに、自前で創造の場を持ったわけである。この第三期は寺山修司にとって更に大きな苦難の時代となった。スキャンダルばかりが強調され、彼の演劇活動はほとんど認められなかった。

「おれを暖かく迎えてくれるのは歌壇と競馬界だけだよ」と彼はいっていた。だが天井桟敷の活動そのものは順調だった。田中未知、萩原朔美、J・A・シーザー、岸田理生など、天井桟敷に若い才能が育ち、演劇はヨーロッパ各地で大成功をおさめた。「毛皮のマリー」「人力飛行機ソロモン」「盲人書簡・上海篇」などの戯作や『馬敗れて草原あり』などの競馬エッセイがこの時代の主たる仕事である。そして天井桟敷への評価がようやく高まった時、彼は再び入院した。寺山修司は自分の命がさほど長くないことを知って、そのまま突っ走る。第四期は映画の時代である。「田園に死す」「書を捨てよ、町へ出よう」など、彼の映画は大成功した。演劇も「奴婢訓」「レミング」などの傑作を意欲的に発表し続けた。

四月十七日、彼は皐月賞の中山競馬場へ行ってテレビ中継にゲスト出演し、夕方にはドイツ映画祭で講演を行った。次の日から彼は高熱に悩まされ、二十二日に突然意識を失った。そして五月四日の正午すぎに彼の心臓が活動停止した。寺山修司は十代の頃のナイーブな結晶の中に戻っていった。戦死だった。

マッチ擦るつかのま海に霧ふかし身捨つるほどの祖国はありや
（『空には本』）

（「週刊読書人」一九八三年五月二十三日号）

1967年6月、世田谷区の自宅にて。月に2回開かれる「サロン」で若者たちと
撮影＝菅野喜勝／写真提供＝朝日新聞社

同郷の天才

長部日出雄
Osabe Hideo

おなじ津軽に生まれて、向こうは青森高校、一年上のこちらは弘前高校だったが、寺山修司という名前は当時から知っていた。

地元の新聞「東奥日報」の俳句欄で、ほとんど毎回のように天地人の上位に選ばれ、名前とともに紙面に出ていた句の作者は、高校生であるとわかったから、意識しない訳にはいかない。

東京に出て、大学はおなじ早稲田に入って間もなく、かれは「チェホフ祭」で短歌研究新人賞を受け、「昭和の啄木」などと呼ばれはじめたので、顔は知らなかったけれど、ますます強く意識させられた。

最初に顔を合わせたのは、芝居や映画の脚本を書きはじめたころのかれに、週刊誌の記者として会いに行ったときで、ぼくはたぶん上述のようなことを初対面の挨拶として口にしたろうとおもう。

それにたいして、かれはのっけにこういった。

「あなたは、青カンをしたことが、ありますか」

そう聞かれたとき、おいでなすったな……とおもった。

歌人、俳人、詩人としてのかれには、まことにナイーブでみずみずしい感覚を、溢れるばかりに湛えた天才、という印象を受けていたが、そのころ書きはじめた芝居や映画の脚本には、鬼面人を驚かす才気と衒気――もっと当時の実感に即していえば、ハッタリも少なからず感じていた。

だからこちらが話を聞きに行ったインタビューの冒頭において、逆に前記の質問をされたとき、先制攻撃のジャブをいきなり鼻先に見舞われた気がした。なんと答えたかは覚えていない。初対面の印象は、一種のハッタリとして記憶に残ったが、時が経つにつれてだんだんそれが変わってきた。あのとき、かれはぼくを挑発していたのだ。

二十代前半の男が、いかにも自分を善良で誠実な人間であると示す風の訥訥とした話しぶりで、じつは同郷でして、とか、すると大学に入ったのは昭和二十九年ですか、とか、はは あ、とか、なるほど、とか、そんな挨拶をかわして笑い合い、ついには訛りを丸出しにして、熱心に語り合ったとしても、いったい何がわかったことになるのだろう。

それよりも、「あなたは、青カンをしたことが、ありますか」と聞けば、相手の反応や、返答の内容で、じつにいろいろなことが見えてくる。決まりきったインタビューの場が、劇的空間に変わる。

メジャーとマイナーの区別をつけない考え方と生き方を、徹底して貫き通すことによって、ついには大劇場と小劇場にたいする若い人の価値感を逆転させてしまった寺山修司にとっては、同年代で同郷の冴えない週刊誌記者のインタビューを受ける短い時間も、生涯に一度しかないボクシングの試合であり、二度とおなじようには演じられることのない芝居の一幕であったのだ。

同郷で同年代の天才に抱く感情は、複雑なものである。なかなか手放しでは褒められない。

訃報に接する二年まえ、傑作『百年の孤独』を観たとき、その素晴らしい舞台成果を称賛した文章の最後に、ぼくはこう書いた。

「寺山修司の衰えをみせぬ実験精神とハッタリ、変わりつづける仕掛けと変わらぬ志は、大したものだ。開演前に見かけた寺山修司は、相変らずレインコートを、腕を通さずに羽織っていた。スーパーマンのマントに似たあのスタイルの一貫性も、スゴイ」

すこし冗談めかした書き方になっているのは、手放しで称賛することへの照れ隠しで、ぼくにもようやく、寺山修司のハッタリとみえていたものは、惰性と化した世界を活性化させるための挑発であり、眠りかけている精神を目覚めさせるための平手打ちであることが、はっきりわかってきていたのだ。

顔を合わせた最後は、倒れる数日まえ、渋谷の東急名画座へ「ドイツ映画祭」を観に行ったときで、講演を終えたかれは、ひどく顔色が悪く、体の不調が歴然としていたので、言葉をかわすことはできなかった。

肝硬変になったことは、まえから知っていたし、医者は仕事をやめなければ生命の保証はできないといっているのに、寺山は仕事をやめようとしない、という話も聞かされていた。

青山斎場に二千数百人の参列者を集めて行なわれた葬儀・告別式ほど、大勢の若い男女が目を真っ赤にして泣いている光景は、見たことがない。

このときばかりはぼくも、全力疾走で四十七年の人生を駆け抜けた不世出の天才を、手放しの拍手で送りたいとおもった。

（「俳壇」二〇〇六年五月号）

流行歌の思想

寺山修司アーカイブII

歌謡曲

あの日の船はもう来ない

寺山修司
Terayama Shuji

これから越えてゆこうとする山を見あげてスタブロスという少年が訊ねる。

「アメリカには、これより大きい山があるの?」

バルタンという友だちが答える。

「アメリカじゃ何だって大きいのさ」

「他にどんなものが?」

するとバルタンが立ち上る。「決心しろよ、もうすぐ汽車が出るんだ。

アメリカへ行きさえすれば、あとは何とかなるだろうよ」

これは、エリア・カザンの映画「アメリカ・アメリカ」の冒頭のシーンである。私は、便所の匂いのする高田馬場の二流館で、この映画を観ながら、トルコ支配下のギリシア人がアメリカに描いている自由のイメージなどよりも、もっと素朴にアメリカに「行く」という思いつきに感動したものだった。


一体、「行くべきアメリカ」はどこにあるのだろうか? それはスタブロスやバルタンが考えているように、海抜三九一六メートルのエルシアス山を越えていった彼方に、広大な両腕をひろげて、二人を待ちうけているのだろうか? それとも、J・Pサルトルが「アメリカ論」のなかで繰返しているように、絶望的なコンフォルミスムの桎梏にがんじがらめになっていて、「アメリカじゃ、全市民の宝は警察ですよ。警察の力を利用するのは当り前ですよ。外国人のことまでは手がまわりませんね」というほど夢をうらぎるような国家になってしまっているのであろうか?

私の少年時代には、「行くべきアメリカ」はなかったが、その代りに「行くべき東京」があった。私はモミアゲの長い

エリア・カザン『アメリカ　アメリカ』（1963年制作／1964年日本公開）

流行歌手真木不二夫の「東京へ行こうよ」という歌にそそのかされて、スタブロスやバルタンのように旅に出たのである。
私の詩のなかにはいつも汽車が走っていた。大久保正弘作詞の

思う丈ではきりがない
行けば行ったで何とかなるさ

という一節が、私の家出の指針になった。東京へ行くことは、故郷を捨てることではなくて、「故郷をさがす」ことだったのである。だが故郷としての東京、またはアメリカとは、地球儀にマークされている東京やアメリカと同じものなのであるか、ということが問題である。戦後歌謡曲のなかだけでも「東京の青い鳥」（詞・牧喜代司）「東京は恋人」（詞・横井弘）「東京の空はなぜ青い」（同前）が「東京へ行こうよ」（詞・大久保正弘）に引きつがれ、やがて「東京だよおっかさん」（詞・野村俊夫）「東京見物」（詞・井吹とおる）となって実現された東京のイメージが、やがて「東京が何さ」（詞・高月ことば）「東京は知らん顔」（詞・横井弘）「東京なんて何さ」（詞・松井由利夫）「東京が泣いている」（詞・横井弘）と幻滅して「さよなら東京」（詞・永六輔）へと変っていったことは興味ぶかいところである。

「駄目よ　東京なんて」
つぶやきながらふるさとの
空の青さを見つめてる

と歌った能沢能子の「東京帰りの女」（西森しげ緒詞）のように、東京への幻滅を媒介にして田舎の美しさを再発見する――つまり、夢への幻滅の代償として、現実の価値を再創造するときの「東京」とは、一体何だったのか？　それはほんとは「行くべき約束の土地」ではなく、はるかに望郷しておくにとどめるべきだったのではないだろうか？

藤本二三代は「こんなところへ二度来るもんか」と歌い

ネオンがなにさ　東京がなにさ
みんなうわべの　飾りじゃないか
（高月ことば詞）

と、東京を否定している。

たしかに、彼女が否定するように、「東京」は地方に住む少年少女たちにとっては、所詮は虚構だったにすぎない。少年時代には私も、他の友人たちと同じように「東京」という言葉をきくだけで、胸がさわぎ、心がおどったものであった。そして、「東京」はスタブロスやバルタンの考えるように「行くべき約束の土地」だと思い、何とかして虚構を現実に変えて、自分のものにしたいと思っていたのである。

だが、十年たって東京に住んでいる今でも、私は「東京」という言葉をきくたび、やっぱり胸がおどり、心がさわぐのはなぜであろうか？　それは、さがすべき故郷としての「東京」は、いわばそれ自体として思想だったのであって、決して地名などではなかったのだということの証しなのである。

戦後歌謡曲のなかにうたわれたアメリカはまずは微笑をもって登場した。

『平凡』の人気投票で一位を占め、白い背広を着て歌った小畑実の「アメリカ通いの白い船」（石本美由起詞）は

君と頬よせ　あこがれ語り
胸にハワイをうかべみる
若い二人の淡い夢のせ
今日も行く行く
アメリカ通いの白い船

というのである。

当時まだ小学生だった私は、この小畑実の歌の中にえがかれている「アメリカ」と、私の住んでいたベースキャンプのアメリカ人とのあいだ、つまり虚構と現実とのあいだを何によって充めたらいいのかまるで見当もつかなかったが、それでも「アメリカ」というとてもすばらしいユートピアがあるのだ、ということだけは漠然とわかるような気がした。当時、ほとんど浮浪児同様にモク拾いなどしていた私のまわりでは、ベースキャンプでの殺人、ロンリーなオンリーたちの狩込み、そして貧困と栄養失調がひろがっていた。そのくせ、「若い二人の（体ではなく）淡い夢（だけを）のせて」アメリカ通いの白い船がいつも歌の中だけで走りつづけていたのである。

＊この「アメリカ通いの白い船」をうたった小畑実は、やがて国

籍が朝鮮人であるという暴露記事が出るようになって人気が下火になっていった。朝鮮動乱をはさみ、「小畑実はアメリカへ行って永住するそうだ」というゴシップもあった。
しかし、その「淡い夢」がどのように挫折していったかは、私に知るよしもない。小畑実は、アメリカから帰ってきていまは芸能プロダクションの仕事をしているということである。

アメリカが、その美しいユートピアのイメージを歌われつづけたのは、恐らく朝鮮動乱までである。いつもマドロス姿で歌って、地方の公会堂などでは圧倒的な人気のあった瀬川伸の「港シスコのマドロスさん」（松坂直美詞）は

霧のシスコの港の娘
さぞや波止場で待つであろ
かもめ泣け泣け　嬉しじゃないか
明日は上陸
可愛いあの娘と踊るのさ

とアメリカ女のことをうたっている。霧のシスコというのは、サンフランシスコのことであるから、恐らく日本人のマドロスなどよりも体の大きいアメリカの大女のことであり、しかも日本人のマドロスを「さぞや波止場で待つであろ」というのだから、街娼のことでもあろうか？　それとも、すでに鬼畜米英といったイメージは「日本人歓迎」の金髪美人のイメージにぬりかえられてしまったのであろうか？「サンフランシスコのチャイナタウン」（渡辺はま子歌、佐伯孝夫詞）、そして「夢のホノルル」（志賀良司詞）といった歌には、いずれも美しいアメリカ、「行くべきアメリカ」のことが歌われている。

たそがれのハワイから懐しの便り
ハワイからハワイから
星の中から飛んで来た来た
花蔭のアロハオエ
キスの匂いのするような
たそがれのたそがれのハワイ航空便

という「ハワイ航空便」などを聞いていても、そこには占領国アメリカのイメージなどはいささかもなく、ただ甘美で魅惑的な誘いがあるばかりである。中学生になったばかりの頃の私は、ベースキャンプの裏山の農家で馬の世話や、鶏小舎掃除をしていたものだったが、その頃流行った歌に暁テル子の「ミネソタの卵売り」（佐伯孝夫詞）というのがあった。
一見オンリー風にメーキャップした暁テル子が、牝鶏のように尻をふりながらうたうのは、

コココココ・コケッコ
コココココ・コケッコ
私はミネソタの卵売り

という自己紹介である。

私はミネソタの卵売り
町中で一番の人気者

つやつや生みたて買わないか
卵に黄味と白味がなけりゃ
お代は要らない
ココココ・コケッコ

私は鶏小舎を掃除しながら、ふと「どうしてミネソタのことを歌わねばならないのだろうか?」と不思議に思った。現実にこうして、青森の大三沢にだって「黄味と白味とある卵」を売っている卵売りがいるのに、「遥かなアメリカ」のミネソタ州の地方都市の卵売りのことを歌わねばならない理由がよくわからないような気がしたのである。しかし、そのことは今にして思えば大戦による故郷喪失、すなわち失なわれた魂の故郷の代償として「ここより他の場所」を想いうかべるための、一つの方法論だったのである。そこには全く、アメリカでなければならない必然性などないのであって、ただ「失なわれた故郷」のスタンド・フォー Stand for としての役割しかなかったのだとも言える。「美しいアメリカ」「行くべきアメリカ」を扱ったものがまるでヒットせず、「行くべき東京」の歌ばかりがヒットしたことの一つには作曲上の理由があることは勿論だが、その他にも戦後史のにがい軌跡がある。レコード・ディレクターがいかにアメリカから占領アメリカ人のイメージをひきはなして論じようとしても、アメリカが魂の「もう一つの国」にはなり得る筈はなかったのである。

アメリカを歌った歌謡曲は数多くあるのに、アメリカ人を扱った歌謡曲がほとんど稀有であるというのが面白いところである。つまり、歌謡曲のなかで歌われてきたアメリカは戦後日本人の意識のなかでは、国家というよりは潜在的な故郷だったのであり、その限りにおいてはファンの歌謡曲のなかに故郷をさがし出そうとする心情とは合致しなかった訳ではない。ただ、アメリカということばが、意外にも故郷よりも国家というイメージを強く持つようになってきた戦後史の幾つかのエポックを見落すわけにはいかないだろう。

「解放」そして「朝鮮動乱」、そして「安保」を経て「ベトナム戦争」にいたるアメリカの苦渋は、ファンが歌謡曲のなかに求めつづけている故郷の平穏さとは、あまりにもちがいすぎる。

ましてアメリカ人は、そのなかのStand inとしてはファンとへだたりすぎているのである。今、アイ・ジョージの「硝子のジョニー」を、誰もアメリカ人だなどとは思わないことだろう。

ひろいこの世はメリーゴーラウンド
歌でくるくる　廻るよ廻る
楽しい夢とあこがれを
愛のリボンで結んでしめて
鳶色の瞳と黒い瞳と

ここが四つの二人の瞳

これはマーガレット・オブライエンが来日して、美空ひばりと映画に共演したときに歌った「二人の瞳」(藤浦洸詞)であり、戦後歌謡曲中で唯一の、アメリカ人との「友情」を扱ったものであろう。「鳶色の瞳と黒い瞳と、ここが四つの二人の瞳」という歌詞は、きわめて重大な(大げさに言えば)安保にまでつづいてゆく日米交流の糸口になるわけなのだが、どういうわけかこの歌はヒットしなかったし、この路線も歌謡曲のレパートリーからは消えてしまったのである。

「解放」から「朝鮮動乱」までの時期における歌謡曲のなかのアメリカは鈴木一郎の「ジープは走る」(吉川静夫詞)に代表される外国人の印象である。

　朗かなアメリカ兵は
今日もオープンでスピードアップ
街の並木を風切って走る
ハローハロー
ジープは走るジープは走る
鮮やかな星《スター》のマーク
ふかす煙草もうれしやキャメル
街の人波気軽に走る
ハローハロー
ジープは走る　ジープは走る

この「ジープ」、そして「アメリカ通いの白い船」がしだいに姿を消して「安保闘争」に移行してゆく戦後史については、今更語ることは何もない。アメリカがすでに歌謡曲のモチーフではなくなってしまったということは、虚構としてのアメリカがしだいに政治的に顕在化してきたということであって、(同時にメイド・イン・アメリカの歌そのものの輸入と共に)さがしもとめていた故郷ではなくなっていったということになるのである。かつて「東京ブギウギ」や「サム・サンデー・モーニング」「アジャパーサンバ」といったヒットソングの中に汎濫した英語(アメリカ語)もすっかり姿をひそめてしまった歌謡曲の世界では、しだいにその「さがすべき故郷」を前近代の日本人の心情にもとめて、回帰しつつあるという傾向をおびはじめているが、このへんで「われわれにとって故郷とは何か?」をもう一度、考え直してみてもいいのではないだろうか?

(「思想の科学」一九六七年十一月号)

ああ歌謡曲！

寺山修司
Terayama Shuji

むかしの戦士は、死ぬときに「天皇陛下、万歳！」と叫んだ。

だがいま巷の孤独なお手伝いさんたちは、「天皇陛下、万歳！」と叫ぶかわりに、歌謡曲の一節を口ずさむのである。

おれの墓場は　おいらがさがす
そうだその気でゆこうじゃないか

と歌っていると、死にかけた希望がまた甦ってくるのである。


人と人とのあいだに「出会い」があるように、人と歌とのあいだにも「出会い」がある。

そして、行きずりのまま終ってしまう歌もあれば、一生ついてまわる歌というのもあるのである。

私との間で印象的な「出会い」をした歌といえば美空ひばりの「悲しき口笛」であった。どういうものか、私はこの歌をきくたびに人と別れるという羽目に陥ったのである。

はじめてこの歌を聞いたときは母と別れるときで、青森の駅裏の夜泣きソバの屋台で、私と母とはあついナベ焼きをすすりながら、この歌をきいていた。

私は十五歳の少年であり、まだ詩などを書きはじめてはいなかった。

二度目にこの歌を聞いたときは一緒にボクシングを練習していた同級生が自動車にはねられて死んだときであった。三度目にこの歌を聞いたときは、私は結婚の約束までしていた女の子と別れることになり、二人で北海道のはずれの小さな旅館にいた。

どんよりと曇った空に、さむい鉄道の汽笛がこだましていて、どうにもやり切れないような焦立ちが私の中にはあった。

私はもう破局だということをわかっていた。だがラジオのスピーカーから、

いつかまた逢う指切りで
笑いながら別れたが
白い小指のいとしさが

という鼻にかかったひばりの声が、約束というものの頼りなさを歌いはじめたときにはじめて、「終ったなあ」という実感を持つことができたのである。

私はしだいに「別れのときにはこの歌がきこえる」という感じから、「この歌がきこえるからには、必ず誰かと別れることになるだろう」という感じへとかわっていった。そして、「悲しき口笛」の前奏の口笛が流れ出すと、「また一人、誰かが去ってゆくのだ」と思うようになった。

だから私は、美空ひばりが嫌いである。

彼女の歌は、私にはツイていないのである。

ところで、私をふくめて街には歌謡曲人間というのが少なくない。彼らは大抵孤独あり、組織も地位も名声も持っていない。

ただ、自分が挫折しかけたときに、うろおぼえの歌謡曲の一節を口ずさむことで、その難関をくぐり抜けてきたのである。

それは、たとえばアリババの「ひらけ！　胡麻《ゴマ》」という呪文のようなものなのかも知れない。

たとえば歌謡曲人間の一人であるヒデ子さんの場合。

彼女は「吃り、対人、赤面恐怖」になやまされる孤独なお手伝いさんである。ひどい秋田訛りがあるので、人前でものをしゃべるのがひどく大儀である。だから、近所の人たちからよく、「あの子は、無口だねえ」といわれる。だが、彼女自身は一人で階段の拭き仕事などをしていると、ふと口をついてでてくる歌がある。それは、畠山みどりの「出世街道」で、

やるぞ見ておれ　口には出さぬ
腹におさめた
一途の心

というのである。

前後の歌詞は知らないが、ここだけはよく知っていて、特に「口には出さ——ぬ」と声をはりあげるところでは、自分でもびっくりするような太い大きな声が出ることがある。

彼女は「口には出せぬ」と思っていた悩みが、実は「口には出さぬ」という意志的なものだと思いこむようになってから、少しずつ自信が湧くようになってきた……。

二年前、満員電車の中で手をにぎられたときには、相手はニキビの出た大学生だったが、目の前が急にあかるくなったような気がした。

大学生の汗っぽい手が、赤ぎれの自分の手をすっぽりと包

みこんでしまったとき、彼女は、声にならない声で畠山みどりの、

恋をしましょう　恋をして
浮いた浮いたで暮らしましょ
熱い涙も流しましょ

という歌をうたったのである。

だが、その大学生にお茶を誘われ、映画に誘われて、やがてホテルへ二度ほど行ったあとで「お互いのために」別れようと言い出されたときには、二階からころげおちるほどガックリ来てしまった。

だが、思い直して気分一新のために銭湯へ駈けこみ、首まででたっぷり湯につかっていると、またまた畠山みどりの歌が口をついてでてきた。それは、いわば自分自身のためのアジテーションのような歌なのであった。

あんたこの世へ何しに来たの
男ばっかり追いかけず
なって下さい大物に

これを二度も三度も繰り返して歌っているうちに、しだいにニキビの大学生との出来事を忘れ、彼女は新しい野心に燃えてきた。実際、彼女の野心は「大物」になることだったのである。流行歌手の「大物」になってお金を沢山ためるということが彼女の念願であった。

しかし、チャンスもなければ、準備資金もない。それどころか、次第に都会生活にスポイルされて、飼い馴らされてゆくような気がしてならない。家出して、秋田から「上野行」夜行列車に乗ったときの彼女は、

あすは東京へ出てゆくからにゃ
何が何でも勝たねばならぬ

という村田英雄の歌に、自分の気持を託していたものだった。

グラマーだったがひどく乱暴で、ピョンととび上がると何メートルさきまででも飛んでゆける富永一朗のマンガの主人公のようなヴァイタリティが、彼女の身上なのだった。だがしだいにそうしたヴァイタリティは失われてきた。

拭き掃除の途中で、階段を半分降りたところに腰を下ろしていると、わけもなく大きな溜息が出てくることがある。

「年なんだなあ」

とも思うのだが、そればかりでもないような気もする。

「また一つ、威勢のいい歌謡曲でも探して来なきゃ！」と思いながら、彼女はレコード屋へ入ってゆく……。

——歌謡曲人間なんて一杯いるけど。

と一人の運動家の友人が言った。

——結局、アランの「幸福論」みたいな弱さがあるんじゃないかね？

——どうしてだね？

と私は訊ねた。

――つまり、雨が降れば雨傘屋と一緒に喜び、日照りがつづけば洗濯屋とともに喜ぶ、さまざまの出来事のたびにそれを素直に受け止めて歌にしてしまうのでは抵抗することにはならないだろう。

と彼は言った。

――それはいわば何にでも順応してしまうということだ。だが必要なことは順応するってことじゃなくって、歌謡曲にして歌ってしまう前にぐっとふみとどまるってことじゃないかね。

そうすると口惜しさが身内に積みかさなっていつでも爆発できる反抗的な人間になることが出来るのだ。

――だが、と私は反対した。人生のクライシス・モメントを、たった一分間の歌に置換えてしまうことが出来るのは逞しさなのではないだろうか?

自分の悲しみを客観化できないうちは、とても歌いとばすことなど出来るものではない。そして、ほんものの反抗的人間ってのはこうした客観性を持った人間のことだと思うよ。

私はヒデ子さんと、ときどき逢うことがあるが、彼女はまだまだ「大物」になれそうもない。お手伝いさんという仕事はかなりの重労働であって、とても歌のレッスンに通ってる暇などないからである。

その後、ボーイフレンドも出来ないし、依然として孤独である。だが、彼女は決してカースン・マッカラーズの小説の題名のように、「心は孤独な猟人」ではない。

彼女はいつでも上機嫌で、丸顔の鼻のまわりに小皺をよせて笑っているのである。近頃もっともよく歌ううたは「人生並木路」で

泣くな妹よ　妹よ泣くな
泣けば幼い二人して
故郷を捨てた甲斐がない

というところが、はげましになるのだそうである。

私は、ほうと感心して言った。

――妹さんも一緒に上京して来たんだね?

すると彼女は大笑するのであった。

――あたしにゃ、妹なんかないのよ。

何言ってるのよ。……これは、ただの歌謡曲じゃないのさ!


（「アサヒグラフ」一九六六年九月十六日号）

流行歌にみる大衆思想

アカシヤの雨にうたれて

多田道太郎 Tada Michitaro
森 秀人 Mori Hideto
寺山修司

流行歌と差別

多田 「差別」の特集をやるときいたから、それならなぜ流行歌を取り上げないか。あの中にある差別の感情を抜いてはぐあいわるかろうというわけです。寺山さんは流行歌のゾウケイはどうですか？

寺山 僕は終戦の時、一〇才ですから、戦後最初のティーン・エージャーな訳ですよ。だからティーン・エージャーを対象にした戦後歌謡曲発展史と、僕らの自己形成史は、否応なしに交錯する。そんなイミでは、多田さん、森さんよりも歌謡曲を身近かに感じられるといえるでしょう。それに、戦後の歌謡曲は東京と地方という対立を主題にしたもの（「東京へ行く」歌か、「故郷へ帰る」歌かに属するもの）が非常に多い訳ですが、それのピークに当る昭和二十六年の真木不二夫の「東京へ行こうよ」（発売禁止になった）に煽られて、僕なんかも東京へ出て来た訳です。つまり「東京へ行こうよ。話していたって仕様がない。行けば行ったで、何とかなるさ」という歌詞などは、発売禁止にはなったが僕らを家出させるに足る位の力を持っていた。だから、そのあと体制側が大路はるみにうたわせた「私は東京へ来たけれど、あっちを向いてもこっちを向いても狼ばかり！」という「私は東京へ来たけれど」なども、実は、僕らに向けられていた、と言える訳です。こうした地方人の差別感情が、歌謡曲を媒介にしてどう変って来たか。ということなんかは、もっと正面から問題にしてもいいことではないか。

森 差別にもいろいろあって、人種による差別、職業による差別、性別による差別、不具者に対する差別など。アメリカでは黒人差別の問題が大きいわけですが、黒人たちはハーレム（黒人街）の生活の中から彼ら独特の音楽であるジャズを生み出した。それが今ではソ連をふくめて、若者たちが胸をときめかす、インターナショナルな性格を持つ音楽として迎えられている。日本で明治以後、一番大きく差別されてきたのは朝鮮人ですね。彼らの音楽もとりあげて見たい気がしますが。地方で言えば、差別といえば部落問題がクローズアップされる。三浦つとむの考証によれば、この被差別部落から浪曲の源泉が出ている。門付《かどづ》けですね。これは声聞師《じょうもんし》村というのが関西にあって三味線をつくっていた。これは獣の皮でつくるわけで、この楽器を武器にして、蔑視の的になっている部落を出て流浪しはじめる。

　浪曲といえば、桃中軒雲右衛門が、それまでのものを集大成して、日本の大衆芸術として育てあげた第一人者だと言われます。ところがその雲右衛門の中にすでに弱みがあるわけで、部落の中の犯罪者を擁護する語りものとして京阪神でもてはやされていた浪曲の前身から、部落的、土着的なものを捨てていって普遍化させたわけですが、その普遍化に問題があるわけです。このパターンは現在の流行歌の中にも連綿と続いていると僕は思うわけです。

寺山　つまり、それが東京と地方という対比になっている訳ですね。地方の「近代化」が、居残り近代化ではなくて、一度東京へ行って帰ってきたものによって「出戻り近代化」される……というのが歌謡曲の命題です。たとえば村田英雄は「王将」の中で

　「明日は東京に出て行くからにゃ
　なにがなんでも勝たねばならぬ」

と歌う訳ですが、これは実に切実な問題なんだ。

　それともう一つ、差別感情に結びつけて問題になることは歌謡曲が、合唱されがたいものである……ということです。つまり、民謡は皆で一緒に歌うが、歌謡曲は一人のときに歌う。この一因には、歌謡曲と個人の欲望というのが、うらはらになっているので、簡単には連帯化されがたい……という事もありますが、歌謡曲はいつでも孤絶している。いい例では、滝沢英輔の映画「絶唱」で、小林旭と浅丘ルリ子の恋人同士が、はなればなれの場所で、時間をきめて同じ歌をうたう、というシーンがありました。これは、ある意味では、変則的な合唱には違いないのだが歌同志は決して合流しない。歌ってるときの二人にとって重要なのは合唱特有の連帯感ではなくて、むしろ〈同体感〉と言った感じのものなんですね。僕の考えでは、歌謡曲の可能性の一つに、この〈同体感〉といったものが挙げられてもいいのではないかという気がする。

多田　浪花節の歴史の中で、桃中軒雲右衛門というのは獅子身中の虫という気がしますね。浪花節を聞いていると、なにか上からのしかかる重いものをグーッと除けようという感じの発声法ですね。差別という抑圧があるから声が出なくなってしまったという感じ。それを今度は中から突きぬけようとする。ものすごい力を感じるのです。黒人霊歌もおそらく、発生的には浪花節とあまりちがったものじゃないと思うんです。黒人霊歌のほうは近代の機械文明と芸術的にうまく適応した。機械的な身ぶりをしながらしかも心は泣いている。これが今の欧米人、日本人までを全部つかまえたわけですね。日本の浪花節のほうは、そういう機械文

明に適応しながら反抗するということをようしなかった。チョボクレ、門付け、祭文語りといった形で続いて来たが、僕らが知っているのは雲右衛門以後であるわけです。その雲右衛門というのは、紋付袴で堂々と出てきて、天下国家を一席論じて、われわれ人民を教化するわけね。そうするとたいへん息苦しくなってくるわけですよ。差別され、抑圧されている者の力強い芸術のエッセンスみたいなものを逆にひっくりかえして、とんでもないものにしてしまった。

森　大正から昭和にかけて、メロディックな音楽である流行歌が日本に普及してくる。小学唱歌を見てもわかるけど、それが明治政府の方針だったんだな。リズミックなものが殺されてきたわけです。民謡のなかのシンコペートされる部分が殺された。それが流行歌を生むわけでしょう。こうして唱歌、つぎに流行歌と、大衆が世代を追いながら受容する過程で、浪花節よりも流行歌のほうが手っ取りばやいことを発見する。長い語りものよりも、流行歌ならいくつかのフレーズで完結するからね。そこで浪曲の中の非天下国家的なもの、情緒的なものが流行歌に吸収された。つまり民謡—浪曲—流行歌という系譜が成立します。その結果浪曲は、ますます虎造的な大衆文学として発展していって浪曲発生の原点としては発展しなくなったんではないかな。

歌謡曲の孤絶性

森　いわゆる語りもののほうは、昭和四年頃から、私製文部省といわれる講談社が、広範な読者層にむかって大衆文学の大安売をはじめている。語りものについてはだから大衆は充足してきたわけだ。そして戦後の浪曲衰微の主因が講談社によって用意されます。その間隙を縫って、流行歌は反語りものとして延びたわけですね。

寺山　モダーン・ジャズというのは（ヴォーカルをふくめて）、何人かで演奏する。その何人かというのはそれぞれアドリブ・パートを持っていますから、おれの吹いてるトランペットはあいつのサックスに追い抜かれるんじゃないかというような、個人間の不安が常につきまといつづける訳です。そこできめられたステージの上での生存競争が生れ、その競争が、最後にきめられたテーマへ戻ってきて、合奏するときには同志間の言いようもない連帯感が生れる訳です。それに比べると日本の歌謡曲というのは、ひとつの歌をみんな別々の所で歌って、それがヒットすると結果的には合唱のように聞こえるだろうというふうに考えられる。ジャズ・コンボのような連帯感がなくて、つねにさみしい。

森　さみしい歌なら、アメリカにもブルースがある。あれもひとりで歌うものですよね。合唱では成りたたない。

寺山　そう、WCハンデイのセントルイスブルースの「沈む日を見るのは　いやだ」というのは日本の歌謡曲にもつよくある。

　しかし、ブルースはスピリチュアル的な発展の他に、もう一つ、ワーク・ソングからブギーへ発展していった歴史をもってる訳ですよ。ところが、日本の場合、

「枯れすすき」から畠山みどりまで、一貫してつらぬいてきたのは反ワーク・ソング的な、合唱しない精神な訳ですよ。

多田　その畠山みどりも二番の文句ではこうなってるでしょう。「人に好かれていい子になって落ちてゆく時ゃひとりじゃないか」。

寺山　まあ、逆の立場から言えば、愚連隊というのは隊を組むのでなしに孤立するべきだというような発想もあるわけですよ。孤立しながら反抗し、その反抗が根深い所で〈同体感〉を呼びさまして見知らぬ人たちと結びついていくのなら孤絶感もまた大切にしなければいけないんじゃないかという気もします。

多田　それが日本では、一人ぼっちの孤絶じゃなしに、二人が多いんじゃない？

かけあいというか、「あなたと呼べば」というのがはやったけど、それ以前からあるね。呼びかけ合う、二人だけの孤絶。最近、アメリカでもそういうのができたらしいね。アメリカのポピュラー・ソングはじまって以来のかけあい。「ポールとポーラ」ね。アメリカが日本の歌謡曲をまねしたのかもしれないけど。

寺山　歌声喫茶なんかで、合唱曲にネタが切れて歌謡曲をはじめる。そこで「アカシアの雨にうたれて」というのをみんなで一緒に歌うのをきくと、すごくなまぐさい感じがするね。つまり、ひとりだけの、人からは不可侵の部分を一緒にうたいあうという感じだな。

> 作詞　水木かおる
> 作曲　藤原　秀行
>
> 一、アカシアの雨に打たれて
> このまま死んでしまいたい
> 夜があける日がのぼる
> 朝の光のその中で
> 冷めたくなった私を見つけて
> あの人は涙を流して
> くれるでしょうか
>
> 二、アカシアの雨がやむとき
> 青空さして鳩がとぶ
> むらさきのはねのいろ
> それはベンチの片隅で
> 冷めたくなった私の脱けがら
> あのひとを探してはるかに
> 飛び立つ影よ

多田　僕は「はじらいの文化」だと思いますね。はじらいということが、特殊日本的価値としてあるわけね。ベネディクトの罪の文化か恥の文化かというのでいえば、日本は恥の文化にはいってしまうが、罪でも恥でもない、はじらいというものがある。自分だけの価値で、人には通用しないけれども、大事に持っているものがある。恥というと、それは制度化されてちゃんとあるもの、武士としてはこれがはずかしいとか、女としてあるまじきとか。はじらいというのは価値プラス孤立かな。これを公衆の広場に出されると、はじらいの持つほんのりした味がパーッと消えてしまって、むごたらしい感じになってしまう。

森　イタリー映画の「刑事」というので、クラウディア・カルディナーレの演じる若い女中が、警官に連行される恋人の後を追って走りながら、声いっぱいに叫ぶ。そのわめき声がそのまま歌になっているわけですよ。そういうものが日本にはもともとない。欲望が日本ではなにかかわるいことだという考えが残っている。

今の流行歌の中でゆるされるのは性の欲望ですよ。女がひとりの男を、結婚という形式で法的に所有して、しかる後に欲望をとげるわけです。この場合欲望は、結婚という形で相手に伝達される。ところが、「アカシヤの雨」で出てくるのは、直接的欲望の側面ではなくて、それを媒介としている。この歌が流される時に生まれる思想は、結婚したいと思ったができない女が、雨にうたれて冷たくなって死んでしまいたい。そうすればあの人は、それを見て涙を流してくれるでしょう、というので、愛情が赤裸々にぶつかっての上での挫折では決してない。そこがやっぱり、日本の流行歌の特質じゃないか。

多田　時代劇に鳥追い女というのがよく出てくるね。旅の空で、若様とお姫様の結ばれるのを、自分の思いはおさえて助力して、ひとり淋しく去ってゆく。あれが女の人には深くふれるところがあるんだろうな。あれ以上利口な失恋対策はない。

寺山　イタリー映画で、フェリーニの「甘い生活」というのがありましたね。話しかけようとしても声がとどかない。街全体の事情に通じている大コミュニケーションの記者が自分の奥さんと話をする暇がないというような。大きいコミュニケーションに小さなコミュニケーションが潰されていくプロセスがえがかれている訳です。たしかにフェリーニの言うような意味では、ぼくらは、理解不能の領域を多く持った時代に生きているということが言えるでしょう。しかし、その場合のリゴリスチックな「ひとり」という感じと、歌謡曲でいうところの「ひとり」というのはちがうと思うんだ。歌謡曲の中で言ってる「さみしい」だとか「ひとりだ」とかいうのは、全体の中に入らないからひとりだということでもないし、あるいは一対一の話し合いができない、ディスコミュニケーションによって愛が不条理だから「ひとり」だというのでもない。つまり、その場合の「ひとり」はあくまでも、数字的な「一人」に多くの要因があるという感じなのです。つまり、最大公約数的な「一人」の感情って訳なんですよ。

疎外の美学

森　さっきの欲望のことですが、島倉千代子の「逢いたいなあ、あの人に」はあきらかに、ひとつの欲望ですね。あの歌が象徴しているものは、女が男性に対して持っている欲望のかたちなんだな。月給が高くて、まじめな人を自分の夫にほしいという。流行歌の愛好者には女性が多いのもそうした女の受身の位置が存在するからだ。ジャズにはあの人が私を置いて行っちゃった。私も汽車に乗って、あの人を追いかけましょうというようなのがよくあるが、悲劇的ではないね。なぜなら、欲望は悲劇でなく、本来は快活なものなのだから。日本の流行歌では欲望はつねに隠微なものとして表現されている。そしてそれはそのまま日本の大衆の意識構造だった。

寺山　日本の流行歌の欠点の一つは、行動と直結したものがすくないことですね。たとえば「逢いたいなあ、あの人に」というのは、窓べりに立ってても歌える。ところが「東京へ行こうよ。行けば行ったでなんとかなるさ」になると、反対するか、賛成するか、ということになります。だから公安庁なんかが、これは売るなということで発禁のレッテルを貼る。

森　「アカシアの雨」なんてくだらない、ベートーベンのほうがいい、という女性がいますが、彼女はそこで、日本の近代から脱落しちゃっています。ほんとうはこの歌によって、隠微な欲望の表現しかしてこなかった流行歌の世界が、疎外された大衆の、女の魂をなまなましく歌いあげることに成功したのです。この歌は日本型近代であり、日本型ブルースだと確信して毎日うたっているんです。

寺山　歌というものを素朴に二分すれば、挽歌と相聞歌しかないということが出来る訳です。ところが歌謡曲に限っていえば、挽歌、相聞歌のほかに家出歌というのがあると思う。歌謡曲の中で「あなたが好きだ」というのは、結婚というパターンの中へはまり込もうというのではなくて、田舎の若い女性にとっては、結婚は家を脱出するひとつの方法なんですよ。ただ、その先のプログラムは歌にはない。だからひとつの眠りからめざめて、またべつの眠りに落ち込むことになる、そのへんが歌謡曲の限界なんだな。大体、地方の文化は東京からの出戻り人がつくっているわけですよ。東京なんかに行ってもだめだ。故郷をまもれ、というのは出戻り人の思想なので、それでもいったん東京に出なければ出戻り人にはなれない。

多田　東京の山の手で育って、東京がいやになって出てゆく人なんか、少しはいるだろうが、そういう人は流行歌と無縁なんだな。ぼくなんか、東京にいると、学生時分のはなしだけど、何とか逃げだしたくてしかたない。「東京」によって差別されてるようなかんじ。

寺山　田舎へ「帰りたい」というのはありますがね。東京の山の手で育って、ピアノなんか習っている人は、なかなか歌謡曲なんか口にしないですよ。

森　流行歌は、疎外されている階級に訴えかけることによって成立している企業でしょう。田舎の青年にとってはそれが家出のすすめになるかもしれないけれど、都会の青年にとっては、今ある状態からほかの状態へ移行しようというイメージに直結する。

寺山　そうね。

森　神戸のプレス工や旋盤工に会ってきいて見ても、みんな仕事をやめたがっている。面白くないって。職場は明治のように牢獄ではないにしてもその束縛感には能動感もふくまれているからやりきれなさがいっそうはげしくなる。女工哀史の時代には、女工はむしろ売られてきた遊女とおなじで、工場は牢獄だった。だからここから逃亡することが女工たちのモチーフになるわけで事実、当時の女工たちは平均して六ヶ月ぐらいの勤続で逃げてしまっている。それがいまでは六年も八年も勤続する。かくして自由の概念が大衆のなかで逆転してきたわけです。大衆にとって、自分の敵は自分だということの自覚のみが、かれらの人間復権につながるわけです、今日では。アカシアの雨にうたれて、誰のために殺されるのではない、自分のなかになにかで殺されていく死骸というイメージは、その意味で、ものすごく象徴的です。ジャズファンのなかにこの歌を好きだというものが多いのもこの歌が、疎外の美学を表現しているからだと思いますね。バーなどへ行っても、この歌の好きな女性は、その場ではもっとも近代といえる層です。クラシックファンが日本の前近代を象徴し、流行歌ファンが、日本の近代を象徴する時代は、もうここから始まってきています。

寺山　それはそうなんだが、「疎外」という言葉で片づけちゃうと、一寸便利すぎるって感じもするんだね。「疎外」という言葉が生きているのは、農村よりもむしろ都市に多いんであってね。ところが疎外されている都市のホワイト・カラー族なんかはそれほど歌謡曲と結びつかない。いま、歌謡曲のお客さんはハイティーンと老人たちであってね。これは、「現在社会が自分をさほど、必要としていない」というイミでは疎外されているが、パッペンハイムなんかの言う「疎外」とは違った感覚——たとえば「差別」のある変型したもの——じゃないかって気がするんです。

森　流行歌が表現するものが、作者のデッチあげた観念では流行歌にはならないね。流行歌は最下層の若い大衆の内部的狂気を集めて、それにかたちをあたえるわけですね。そこに一つの階級的な思想的なカオスの泉がある。

　蒲田に僕の友達で、既婚の女工さんがいるんだ。彼女が未婚の同僚たちに自分の結婚写真を見せると、「ワーッ、きれいだわー」なんていって、それが楽しくてしようがない。見せるほうでは、今の結婚生活は不幸なんだが、結婚の思い出が楽しいんだな。

寺山　アル中のおじさんが、中学の時運動会で一等だったなんて話ばっかりを、いつもやっている。一生のうちで一番よかったことばかりを話す人は、もう人生のクライマックスを終った人たちなんだな。歌謡曲を支えているのは、それをまだ終らない人たちであり、老人の歌謡曲ファンというのはまた別に論じられていいものだと思うんです。ここで例をあげますと映画でスチーヴンスの「陽のあたる場所」という題になったドライサーの「アメリカの悲劇」の主人公、クライド・グリフィスは、たとえば歌謡曲を支えている層の典型的な人間像だと思うんです。つまりプレス工か何かで、都市の陽のあたる場所に出たくてしようがない。しかし、集団を組むとか、組織を逆手につかうことによってのしあがろうという智恵や戦略はない。なりゆきまかせから、だんだん絶望的になってゆきながら、なおかつ希望を失わない、そのへんを島倉千代子なんかが上手に歌ってくれるんですよ。

絶望との適当距離

寺山　ただね、歌謡曲の致命傷は、ほんとの意味でのニヒリズムがないということなんだ。絶望が歌謡曲の享受者の前提になっているんだ。絶望しなければ歌謡曲は歌わない。しかも絶望は歌の中にあるのでなく、歌う人の心の中にひろがっているとと思うんだ。だから歌謡曲の中では、その毒が非常にうすめられてしまっている。

森　たとえばね。女の子が「アカシヤの雨にうたれて」を歌う時、ある程度突き離して、対象化していると思うんだ。自分では絶望と希望の断層をみたすことができない。そこへたまたま流行歌が降りてくる。自分は非常に不安定なわけですよ。若い人はつまらないことですぐ死ぬしね。「オカチメンコ」と言われただけで絶望して自殺した、二六才の女性がいたけど。だから、流行歌を歌う心情の中には、「このまま死んでしまいたい」と歌うことの中で、自分のそうした不安定な状態を対象化してとらえていると思うんだ。

多田　絶望の適当距離というものがあるんだな。絶望はそのままだと、絶望したネズミが鼻のアタマをカラカラにするみたいにどうしようもないものだけれど、そいつを歌ったり書いたりすると、その絶望からある距離を置けるという安心感があるわけね。だから歌謡曲では能動的ニヒリズムにはまずならない。歌謡曲は対象とのあいだに距離をおくか、ふんわかしたクッションをおくという意味で、「美的」とはいえるね。

寺山　つまり節度があるわけだよ。仲曽根美樹の「川は流れる」では、「錆ついた夢のかずかず　ある人は心つめたくある人は好きで別れて」と歌われる。この「ある人は……」という客観性だな。これには節度がある。つまり、コンフェッションしないで自己慰藉するんですよ。ビリー・ホリデイなんかが、徹底的にコンフェッションして自己慰藉するのと、丁度反対になっている。つまり多田さんの言ったクッションがあるわけね。そのために我を失なえないということが問題です。

森　大衆が持っている絶望の奥行きね、工場の中なんかで感じるそれはすごいですよ。もうどうなってもかまわないといったどろどろしたものがある。駄目になってしまうすれすれのところでこらえている。しかし大衆はそれを自覚的に表現することはできないし、自覚することを避けて生きている。人間は絶望と対面することよりも、希望を持っていたい動物なのだから、そのドロドロした大衆のカオスを流行歌の中に提示できはしないか。「このまま死んでしまいたい」といった歌詞の中には対象化されうるそうした呪文があるのではないか。歌はほんらい呪文でしょう?

寺山　支那の葬式に泣き男ってのがあったね。きめられた時間だけ雇われて泣きにいって、お金をもらうの。その前後は路ばたでヤキトリ喰ってワイ談してたりして、上きげんでも葬式になるとワンワンと泣く。歌謡曲ってものは、どうしようもない日常の中にたまり場をつくって、そこで自分のための泣き男、泣き女になって泣くわけです。それはそれで僕は意味のあることだと思いますが……逆に言えば、おなじものが、百姓一揆をひき起すかもしれないようなエネルギーを、抒情して押し流してしまうのだ……という感じがある訳です。

多田　いろんな情緒の溜め池があって、

あの歌を歌えばこうなるという感じが自分でわかるね。「黒い花びら」なんかは大都会でひとりショボッと夜道をあるくとき歌うし、そういういくつかの泣き男を、自分の中で持っているという感じがする。

コールとしての流行歌

多田　僕は大正末から昭和はじめの流行歌が一番身にしみているんですが、それをきいていて眼に浮かぶのは、竹久夢二の絵なんです。山があって、男と女が向こうを向いて佇立している。お互いは向きあってもいないし背中あわせでもない。これからどこへ動いて行こうというのではない。ただ立っている。向うに希望があるみたいだけどないみたい。その感じがジーンとくるわけですよ。「おれは河原の枯れすすき」なんてのがピタッとくる。

森　戦前の流行歌には純一性があったと思うな。「枯れすすき」にしても「銀座行進曲」にしても、メロディーと歌詞がつながっていた。いろんな意味で「よき時代」だったんだな。というのは、流行歌そのものが、初期資本主義にある一定のムードを持っていた。たとえば「サムライ・ニッポン」など、インテリから労働者、女中までをふくむ広い層に愛唱された。これは流行歌の蜜月といえるでしょう。

「アカシヤの雨」のなかの「夜があける。日がのぼる」というところなど、メロディーそのものとしては実に堂々としている。山の上に立って歌うジャズボーカルの「インディアン・ラヴ・コール」を思わせる。なにか自立した女の昂然としたものが、この部分のメロディーにはあるんですよ。しかし、アカシヤの雨にうたれて死んでしまいたいというところには、なんら能動的姿勢はない。非常にカッコわるい、ぶざまな死にかたです。しかもあの歌は、サドの世界のようにギラギラしたものを持っている。

寺山　と言うより、「死にたい」という気持は、大低誰にもあるんだよね。「アカシアの雨にうたれて」は、その、死にたさを抒情的に美化したことでウケている。つまり、自然全体が自分の死の脇役になってくれる、そしてコスミックな世界に消えいるように死んでゆける。これと歌っているあいだの見事な死の昇化作用が、自からに対する挽歌の役割をしている訳です。

歌謡曲はムード派私小説の伝統をひいていると思うんですけれどね。いつも「私」のことばっかりだ。しかも、その「私」がコンフェッションされるのではなくて、客観的にとらえられる。雨にぬれて死んでゆく人を、七メートルくらい離れたところで傘をさして見てる人じゃないんだ。離れて見れば、たしかにぶざまな死にかたですよ。そういうもう一つの眼を拒否しているから、歌謡曲は簡単に自からの泣き歌になり得る可能性を持っているんだな。つまり、リアリズム歌謡曲ってのはないんですよ。

森　僕が歌謡曲を私小説より買うわけは、ああした死にかたそのものは非能動的だけど、現在の絶望的な非人間的状況そのものを、死体というかたちで対象化し、かっこ悪い死に方を視覚的に美化させるかたちで歌いあげている点なんだ。単純な美化の構造は持っていない。一度止揚されているわけですよ。

寺山　あの歌は西田佐知子が全部歌いおわって、マイクにむかってニッコリとおじぎをするところまでワン・セットになっているんだ。つまり「アカシアの雨にうたれて」死んでしまいたい、と言った人がケロッとして笑っておじぎをする。そのケロッとして笑うところまでであの歌が成立っているんです。

森　自殺は近代の思想です。自殺の美学というのが日本の流行歌に登場するのは、じつに大きなことだと思う。どこへ行っても大勢の女が「死んでしまいたい」なんて歌っているというのは、日本の女性史としてもちょっと大変なできごとだと思うな。

寺山　百人、二百人の集団で「このまま死んでしまいたい」と歌うのがなまぐさいという観点は、依然として僕はゆずらないけれど、しかし、歌ったあとで二百人みんながニコニコしているところまで考えれば、これは壮観だと思うな。その場合でもやっぱり僕は、一つの歌を別々に歌っているという感じは残るが。

森　他者を拒否している孤絶の社会であっても、それが今までの流行歌のように隠微に拒絶するのでなく、積極的なかたちで拒否してゆく。そういう流行歌を、たんにある作詞者がいいものをつくったという偶然性ではなく、大衆が求めるものとして、企業のほうがつくり出してゆくようになればね。今までの流行歌は執着の歌だけど、「アカシヤの雨」にうたれては、それが淡くなりつつある過程を見せている。流行歌が、「あなたと私は別々よ」というようなものに将来なる可能性を暗示するものがあると思うんだ。孤絶しつつ連帯するというコール（はるかな呼びかけ）としての流行歌に進む方向だね。

寺山　コールとしての流行歌というのはいいね。つまり一人一人がコールしあう。変なことというけど、日本中の時計が十二時に一緒に鳴っているはずなのに、それが大きな音できこえないのはなぜだろうかと思うことがあるんだ。時計は機械だから狂うけど、人間のコールなら、やがては全国ひとつ呼び声になってきこえることがあるだろうということだね。これは歌謡曲の「同体感」のオンパレードですよ。

多田　実際には生きてピンピンしている人間が、「アカシヤの雨」の歌の中ではハタと倒れますね。この歌を歌うたびに倒れて、倒れた虚像がズーッとつみかさなる。死屍ルイルイだね。むかしのうただと「どうせおいらは」というムードがおもで、倒れた者のドラマがない。「アカシヤの雨」で倒れて気持よくなって、立ちあがって歩き出すと、そのとたんに植木等に「てなこと言われていい気になって」とやられる。あの茶化す感じ、おもしろいな。構造が二重にも三重にもなっている。

寺山　「どうせおいらは」という発想は、身体の弱い人や胃弱の人のものの考え方でね。リポビタンかリキホルモンでものむと解消しちゃう。ところが、「病葉を今日も　浮かべて　街の谷　川は流れる」

というのは、リポビタンをのんでもどうにもならないある現実なんだよ。そのへんのちがいが、単なる境涯ムードの戦前歌謡曲とのちがいですね。

差別の立体化時代

森　差別ということに戻れば、アメリカの黒人ジャズ・マンにきいてみると、差別されている黒人社会のトータルな感情の共同体みたいなものが根強い。

ところが日本の被差別部落などは階級が細分化されて、集団として差別されている感覚がない。ジャズが生まれた時には、綿畠で、白人社会からの疎外感覚をイデオムとしていた。楽器なんかもない。手づくりのもので演奏したりして、そこからブルースも出たわけだ。

日本の部落でも、資本主義の中では被差別の意識が拡散してくる。

寺山　部落民の問題と同じように、田舎の人対都会の人、醜男にハンサム。家の中で月給とってくる人ととらない人、などなど差別にも大小いろいろあるわけだよ。僕なんかでも、差別という観点で自分を限定してみれば、いくつか差別されていると思う。たとえば標準語が言えない。方言訛りの差別だって差別の一つです。それから、僕は病人ですから走れないし、泳げないし、飲めない。これだって共同生活の上では差別される一つの因になるんですよ。そうしたことは「社会的差別」に限ってもずい分ある訳ですから部落民だけの問題でなくもっと立体的に差別を考えないと意味がない。

多田　昔は縦の差別だったんじゃないかな。未解放部落の中にもう一つの未解放部落がある。なにも根拠がないのに、差別が縦に系列化される。今は差別が横にも広がって、非常に立体的になってきているね。

森　しかし資本主義がより発達してくれば、日本的差別というのもかわってくるのではないかな。店員不足になると、主人よりも店員の方が強くなってくる。主人が店員にお茶をもっていったりするようになってきている。

寺山　人に全然命令したことのない地方の作男なんかが、東京へ出てタクシーに乗ると、「旦那どちらへ行きましょう?」と聞かれる。つまり、自分の意志で他人が動く、ということにぶっつかる訳ですよ。とたんに彼は人を「動かす」側になるわけですよ。強烈な体験だ。だからタクシーに乗ると快感を感じる、と言う田舎の人がいるんです。

差別が立体化するというのはつまり、自分が差別する側にも、される側にもまわるということで、そういうふうならいいけれど、差別が立体化してもなおかつ、全部マイナスの側にまわる人もいる。そういうのは、社会構造の問題の他にも問題をもってるんじゃないだろうか。

多田　『戦没農民兵士の手紙』に、農村の一女性が兵士に送った手紙が収録されている。その文句がすっかり流行歌調なんだな。

「……北風吹き荒む頃きっと愛しい貴方のお言伝えかと、窓辺によれば冷い風がしのび込む。……毎日来る日も来る日も小さき胸を悩ましましょう。過ぎし日のことばかり後から後から、されど私はやっぱり一人なのだ。……貴方へ上げた写真は永遠に貴方のそばにおいてね。つれなき浮世の二人であった。……」

流行歌の枠の中で、自分の気持を訴えている。あれは感動的だな。『江分利満氏の優雅な生活』で、これを笑えるか、といっているが、たしかに借り物の表現のむこうになにかがある。その表現のつたなさを笑う前に、奥に秘めているものに打たれますね。この手紙を大事に持って戦死した兵士がいたわけです。これを書いた女性も、おそらくあんまり幸せな暮しはしていないだろう。そういう日本の農民になぐさめを与えるのは、流行歌しかなかったわけね。流行歌が、情緒を発散させる道具というよりも、もっと重いものであり続けたということがある。

寺山　いままでの歌謡曲というのは、歌が大衆をなぐさめる……という縦の線で成立っていた訳ですが、これからは、そうした一つの歌をべつべつの場所で歌いあうことによって横に〈同体感〉をもってむすびついてゆく……とうい風にかわっていくべきだと思います。大切なのは、歌詞のもっている美学とかモラルとかいうことだけではなくて、大衆にいま必要とされているのが民謡でも、歌曲でもなくて歌謡曲である……ということです。ぼくは歌謡曲一揆とまでは言いませんが、感受性の公約数が見えないもう一つの共同体を生み出して、「陽のあたる場所」を獲得してゆく……ということを大切にしたい。だから歌謡曲は「さみしい歌」でもよいのだ、と考える訳です。

森　資本主義の一般的熟化の過程にある今日の日本において、さまざまなものが逆転しはじめている。差別者が差別され、被差別者が差別し、ナショナルなものとインターナショナルなものが入れ乱れ、革命家が反動家になりつつある。こうしたカッコ悪い時代こそ、明日をつくっていくとすれば、アカシアの雨にうたれて死んでしまいたいという歌を思いきり明るく歌っている世代だけが、ぼくには光栄ある世代に思えるのです。

（「思想の科学」一九六三年十月号）

ロバと私　寺山修司

王様がいないのに
家来がいっぱいいる
ほんものの金がないのに
にせ札がいっぱいある
首がないのに
老労働者がいっぱいで
死体がないのに
墓がいっぱいある

何から何まであべこべだ
あべこべだ
仕方がないから
水爆実験が終ってから
反対運動し
自殺してから　遺書を
かくことに決めよう

（「文芸朝日」一九六二年六月号）

1967年6月、取材で青森市を街歩き
撮影＝菅野喜勝／写真提供＝朝日新聞社

資生堂化粧品
-80

歌謡・迷宮世界の可能性

松田　修
Matsuda Osamu
寺山修司

コードとしての歌謡

寺山　ああ、そんなにたくさん準備していらっしゃる。

松田　いや、「歌謡」のカードならいいですけど……。ともかく私が口びらきということですので思いつくままに申しますと、今日、学問の世界で「学際共和国」的な言い方が非常に流行っていますね。狭いジャンル意識を超えてゆこうということで。そういった文脈から、にわかに浮上してくるのが、人類学とか民俗学とか、複合的な、極端に言えば、得体の知れない学問だと思います。そういった意味では歌謡などというジャンルは、はじめからしまいまで得体の知れない、いかがわしい、なにかわけのわからない、――現実的には、日常的な意味では、あらためて問い返すまでもなく、わかる、わからぬを超えて自明の存在で、いわばわれわれの生活とともにあるジャンルだけれども、しかし少しつきつめれば、いったいそれは文学なのか音楽なのか、まさに自明どころではない、言ってみれば、複合的「存在」としてあるわけでしょう……。いかがわしいものこそが復権する、こういう危うい季節に、いかがわしい氏素性の知れぬものの代表として、「歌謡」を見直してみるということは、非常に今日的なことではないか。

歌謡のそういうアンビギュイティというか、両義性というか、曖昧性というか、そういった性格のなかに、日本の本質をみることができるのではないか。「コード」ということばがこのごろ耳につきますね――コンピューターなんかの関係もあるのでしょうけれども――歌謡とは、やはり、そういう得体の知れなさのなかで、日本を考えてゆくうえの一つのだいじなコードではないかと思うのです。

これは前に東京新聞にざっと書いたことがあるのですが、平岡正明氏が「九段の母」（水前寺清子の）――はじめから楽しい歌を引きあいに出しますけれども

――に非常に感動したという。平岡氏に教えられて、私ははじめて「九段の母」という歌謡曲に接したわけですけれども、たしか昭和十四年だったか、靖国神社の臨時例大祭での歌だそうですね、寺山さん、ご存じですか。

寺山　きけばわかるかもしれません。

松田　遺族である老婆に托した歌で、うろ覚えですが「上野駅から　九段まで　杖をたよりに　半日がかり　せがれきたぞや　会いにきた」という、これだけで私は非常に感心してしまったのですが、「上野駅から　九段まで」という言いかたのなかに、「上野駅」と規定することの意味を思うのです。どこから来たっていいような、千葉から来たって、新潟から来たって、茨城から来たっていいようなものですけれども、「上野駅」というこの短い一つの地名によって、われわれがイメージするのは、やはり「東北」以外の何ものでもない。青森なら青森、岩手なら岩手、どこかの小駅から――駅に出るのでさえ実は何時間もかかってしまう、そういう僻地からの上京――。杖をたよりにというのは、コースの具体としての上野から靖国神社＝九段までの距離Xキロメートルを表わすだけの表現ではなくて、上野までの到達のためのながあい時間、「上野駅」前史ともいうべき時間を含む「杖をたよりに」なのですね。そうすると「上野駅」ということの一語が非常にエヴォカティヴであって、「上野駅」以前と以後、靖国＝九段までの無限の距離が一語に塗り込められているということで、ここで浮上してくるのは、日本文学において、とくに芸能の世界で典型的な道行の伝統ですね。ワキとは、いつの日にもはるばると流離《さすら》ってゆくものである。そういう空間遍歴の伝統を喚起することによって、老婆はこの場合、喪失した時間を取り戻して、息子と会えるわけでしょう。でないと、上野から逆に九段までの物理的にはなんでもない距離を、彼女は杖をたよりに半日がかりで歩かなきゃいけない、時間をかけなければ時間が回復できないというようなことが、――だれが作詞したか忘れましたけれども――実に表現経済学的にビシーッと収まっているわけですね。「せがれきたぞや　会いにきた」という。やっと辿りついてみると、非常にりっぱな神社であってびっくりしたけれども、そこで出たものは、「思わず出ましたお念仏　せがれ許せよ田舎《いなか》もの」というのですね。思わず南無阿弥陀仏《なむあみだぶつ》と言ってしまった、神前に額《ぬか》ずいて。言ってしまってはっと思う。――ここは神社だからお念仏いっちゃいけなかった。せがれ許せよ、私はどうせ田舎の婆さんなのだから、母親の言うことだから許しておくれよ、という言ってみれば非常にほほえましい造型なのですけれども。

神道と仏教という根元的対立の問題、しかもそれは原理的には鋭く背反するものでありながら、実際は、「思わず出ましたお念仏」は、神であるせがれによってたやすく許されるであろうという、土着的部分における通底関係が、ここにみごとに表出しているわけですね。ほんとうになんでもない歌なのだけれども、これが昭和十四年だったかに臨時例大祭用につくられる。それはまさに歌謡のもっている即興性、一回性の一面であって、それが使い捨てられていっていいわけなのだけれども、使い捨て用の歌謡なんだけれども、使い捨てられないで、また水前寺清子によって復活している。——寺山さんもご自分の芝居については「使い捨て」論者らしいですね。結果論的になりますが、使い捨てられないで復活してきた、こういうところに歌謡のいのちというか、歌謡を支えるもののいのち、歌謡の根ざすところのいのちを、私はみる。

こんな、ありふれたさりげない歌のなかに、日本文化を解いてゆく、現代の日本だけではなくて過去の、あるいは未来の日本さえも解くようなキーがある。あえて言えばコードとしての歌謡というものが可能なのではないか。長々と申しましたけれども、そこら辺からひとつ。

寺山　今のは非常に興味深いお話ですけども、ひところから歌謡を問題にするときに、その要素であることばや叙事性から入るのが、とても流行った。少し流行りすぎたという気もしたものです。ぼくなんかもずいぶん歌謡曲を引用するのが好きで、たとえば「旅の役者と空ゆく鳥は　どこのいずこで果てるやら」とか、「ひとに好かれていい子になって　落ちてゆくときゃひとりじゃないか」とかいったフレーズを拡大して、これを日常の異化の材料として用いたものです。エーリッヒ・ケストナーに『人生処方詩集』というのがありますが、ぼくにとっても「歌謡」というのは人生処方的な実用性をもつものとして扱われてきた。ところが、その実用性は「歌謡」の全体性としてではなく、ほとんど歌詞の部分だけの抽出にすぎなかったように思われるのです。今度松田さんにお目にかかって「歌謡」について話をするということになって、ぼくは非常に歌謡曲的に淫してきたなあ、と自分のことを思っていたので、ちょっと考えてみたわけですね。

そうすると、歌謡曲というか、もっと本来的な意味での歌謡の対極に現われるのはやはりドラマなんだなという気がしたわけです。つまり、歌謡というのは今おっしゃったような意味で非常に曖昧な両義性をもったものですけれども、しかし、本質としてはかなりモノローグ的な世界構造をもっている。つまりモノローグの多面体である。だからモノローグで集団をとらえるということには適しているが、他者との葛藤を生成しにくい。それに対してドラマというのは本質的にダイアローグの世界構造で成り立っている。ドラマはその本来的なダイアローグの構造を個的に分断して扱うことで文学として語られてきたが、歌謡のほうは逆に非常にモノローグ的な構造をもちながら、集団のなかでのみ継承されてきた。つまり集団の共有物として語られてきた。その本質と継承のされ方がちょうど対照的だったということに気がついたわけです。

たまたま吉本隆明氏が近松について書いた文章にドラマの発生について書いたくだりがありまして、「ドラマというのは、昔は日記文学と説話文学と歌物語があって、そういうもののなかから、所作事とか道行とかト書の部分を全部引いたことばの部分から出生した」と述べている。つまりドラマにならなかった部分というのは、音曲歌舞のかたちでドラマから切り捨てられたというわけですが、ぼくは、なにかちょっと違うのではないかという気がしたわけです。
というのは、ドラマを、ことばだけでとらえようとして、所作事とかしぐさを排除してゆくと、孤立した個の内部へ退行することになる。少なくとも上演形態としては集団モノローグ化する。しかしぼくらが実際に芝居をやっていて感じるドラマというのは、ト書とか所作とか――道行とさっきおっしゃったけれども――人間の動きを指示する部分とことばの緊張関係のなかにしか存在しない。肉体が立ち止まって行為から切りはなされ、しゃべりはじめるというのは、もうほとんど歌謡の世界なんです。ところが吉本隆明氏は、そこからまさにいろんな夾雑物を取り除いてドラマの世界が始まる、というふうに言っているわけで、そこがぼくとまったく違うのではないかという気がしたわけですよ。
そうすると歌謡というのは、案外に文学的なものだったのかなという気がして、それを文学の領域で引用し、非常に利用価値があったのですが、いつのまにか、歌謡のなかの節まわし、音曲の部分を見落としてしまうことになる。――どうなのでしょうね、松田さん。歌謡を語るときに、歌謡の実用性――ぼくらがどういうときに歌謡を使うかというと、たとえば念仏的に唱和して繰り返すことによって健康衛生的に役に立てるとか、日常の現実がうまく進展しないとき、歌謡のフレーズをうまく引用して理詰めではなく、むしろ呪文的に全員がなんとなく了解しあうといった袋小路的な和解の役割があって、それをどこまでもどんどん延長させてゆくコードは、円環的に、いわゆるエンドレスにすることによって、そのコードが世界を閉じてしまうから、絶対遠くへはゆかないという安心感がある。そういうかたちで歌謡の負の役割というものがあるのではないか。
だから、歌謡のなかの歌詞を引用しながら語ってゆくことはいつのまにか自己肯定を前提にしてしまうことになるのではありませんか。

松田　コードという意味が、私の申しますのと、おっしゃるのと、すこし違いますね。ドラマと歌謡を、吉本隆明氏が、どうおっしゃったかは別として、私はダイアローグ・モノローグの二分法的に区分しうるものとは思えません。ドラマが単なることばでないほどには、歌謡もことばではなく、歌謡が単なる肉身と動きでないほどにはドラマも肉体と動きではない。対立・背反の関係でないというところは、わかるのですが、それからあとの展開がちょっと……。歌謡は語っちゃいけないというわけですか。承わりそこねたかな。

寺山　いや。歌謡は語れば語るほどおもしろくなってゆくけれども、語ることによって引用可能なフレーズ化してゆく歌謡は、歌謡が本来的に育ってきた集団社会からだんだん遠ざかってゆくことにならないかという心配がちょっとあって、そういう過ちをぼくたちはずっと長い間、犯してきたのではないかという気がするのです。

松田　なるほど、歌謡のことば性は否定しない、否定しがたい歌謡の面白さだけれど、その面白さが逆作用して、歌謡そのものの本質を侵犯するというのですね。

寺山　たとえば井沢八郎の「ああ、上野駅」という歌謡曲がありますでしょう……、「上野は俺らの心の駅だ　くじけちゃいけない人生が　あの日ここからはじまった」という詞です。ここでの上野駅というのは、もう地誌的な上野を表わすものではなくて記号としての上野駅になっている。東北から来る人間のすべてにとって「上野駅」というたった一行は数千の謎の答に変わる。それをみんなが了解しあって共有するということによって、逆に上野駅のあのごつごつとした、「自分はいつも右から二番目の便所にしか入らない上野駅」とか、「猪熊弦一郎の壁画の左から二番目の女を見るのが好きな上野駅」とかいった上野駅の固有性が失われる。それでみんなが上野駅ということばを口に出すとき少しずつ節がついて類感的な呪術となり、歌謡性を獲得することによって実体としての「上野駅」というのを消失させてしまう。そういう構造が歌謡のなかにあるのだとすると、その辺はどんなものなんだろうかという気がするのです。

松田　なるほど。私は上野駅から無限の補助線をひきえ、Aの上野駅もあればBの上野駅もある。百人おれば百人の個体史に即した「上野駅」があり、その多様性のゆえに、それを無化してはならないので、それらを括って貫通する共通項――民族の集合的無意識に近いものがある、個体経験が民族経験にはねかえる、そんな構造を認めることから、私は出発しているのですがね――。うん……、上野駅と言うことによってかえって上野駅から、なにか消失してしまう可能性があるというわけですね。そういう視点も、それは可能でしょうね。

寺山　つまり、歌謡の歌詞というのは、ある意味で、――ぼくも歌謡の歌詞を書くわけですけどね、歌謡というのは社会的一般化へ退行してゆく、抽象化はあるが固有性はない。そのくせ、ダイアローグ化せずにモノローグにとどまるからとてもしまつが悪いと思うのです。つまり孤立した内部というのを表現上では排除しなければいけない世界です。ところが歌謡の性格として対立物を同時性としてもち込むことのできない世界でもある。つまり、記号化したモノローグの変則性で成り立っている。

「アカシヤの雨に打たれて　このまま死んでしまいたい」というでしょう？　それは西田佐知子の口から言われるわけですね。ところが、「このまま死んでしまいたい」と書いたのは水木かおるという作詞家なわけです。ぼくらは、アカシヤの雨に打たれてこのまま死んでしまいたいのが水木かおるなのか西田佐知子なのかを吟味することなく、その歌をうたう。飲みながらいっしょにうたうというかたちで、「死んでしまいたい人間」というものを幻想というか妄想というか、実在しないひとりのスケープゴートに仕立てあげる。そして、それによって、アカシヤの雨に打たれても死なないで酒を飲んでいる人たち、というものを確かめあうための材料にしかしてないのではないか。

松田　おっしゃることは、その文脈のかぎりでわかります。しかし、根源的に、歌謡を、その歌詞を「書く」というのは、疑問ですね。西田のアカシヤの雨は私も好きですが。歌謡とは本来西田という固有名詞、まして水木の、寺山のという黒《くろ》衣《こ》を拒絶するものですね。今日では、アカシヤの雨に打たれても死なない人と、それを作った人とが、共存しているけれど、本来的には、死なないで歌っている人も作った人も個体ではなく普遍なのです。それを言いもてゆけば、歌謡そのものがなにか無化してしまうのではないか、むしろ無化・空無こそが、歌謡の原核かも……。

寺山　そうなんです。

ドラマかモノローグか

松田　さきほどのお話のなかで、まず、「歌謡モノローグ」論ですけれども、南島の奄美の歌など考えてみても、今日もなお行なわれているのですけれど、民謡にならない段階での掛けあい形式ですね。——歌謡と一口に言っても、伝統的にも、今日的にも種々雑多でしょうからね。しかし掛けあい形式とはなにか、「籠《こ》もよみ籠《こ》持ち　掘串《ふぐし》もよ」というあいうスタイルの歌でも、求婚歌という一つのジャンルの中に置いてみれば、問答形式的なものに解体できる部分があり、事実上雄略なんていう固有名詞はどうでもいい部分があるのでしょう。たとえばまた大国主命というような固有名詞を超えて、うたい手も作詞家も無化したところで、同じような求婚歌が伝承されているわけですが、掛けあい形式だからダイアローグだと言えば短絡にすぎましょうけれども、これはやはりダイアローグと言わざるをえぬ部分もあるのではないか。そうすると、八世紀の古代歌謡、そして今南島に残滴現象的に行なわれている歌謡、私は今日の歌謡、民謡その他について詳しくないのでよくわかりませんけれども、列島を見渡せば掛けあい形式というのは、ずいぶん残っているのではないか。

寺山さんの今おっしゃっている歌謡というのは、やはり非常に近代化されたもので、私たちが今日申しております歌謡曲という意味的限定内部の歌謡という切り取り方ではなるほどなるほどと思わざるをえないのですけれども、もう一つの、歌謡史をさかのぼることによって原基的なものを見つめてゆくという立場から言えば、必ずしもモノローグといえないのではないか。今、気がついたのですが、コードの意味が違っているように、私は、終始「歌謡」と言い、寺山さんは終始「歌謡曲」とおっしゃる、その辺の差ですね。そして歌謡も、クルト・ザックスなどが早く言っているように、原質的・原義的にパトスからくる歌謡もあれば、ロゴスからくる歌謡もあるわけですね。ことばのなかに入り込んでいる歌謡、ことばがむしろ先行してくる歌謡、ことばによって激発されてそしてふくれあがってゆく歌謡というのもあるわけでしょう……。

ですからそういう点から言えば、やはり私の言ういかがわしさというか、歌謡のもっている複合性というのか、必ずしもモノローグとピシッと言い切れないものがあるのではないかな。アリストテレス的範疇論で、歌謡の肉質としての時間は切れないのではないか。

寺山　どうでしょうね。その「モノローグ」ということばですけれど、モノローグというのを文字どおり「独白」というふうにとってしまうかどうか、ということが分岐点だと思うのです。たとえば性行為を例にとりますけれど、ふたりの人間がベッドの中に入ってもその性行為はダイアローグ的であったりモノローグ的であったりする……。お互いの体が単に媒介物になって、お互いがイマジネーションによってしかあるエクスタシーを獲得しないというようなセックスはモノローグだと思われます。ノーマン・メイラーの『彼女の時の時』なんか、そうですね。

それと同じように、古代歌謡のなかの掛けあい、田植歌とか大漁歌のような集団の人たちが呼びあったり引きあったりするあのエネルギーのなかに、ぼくが見出すのはモノローグなんです。つまりことばとことばの出会いとか、Aという人の唱和にBという人の唱和し応えることによってAが変わるという劇的な因果律がなくなって、確認しあいながら積み上げていって、結局それは、共有しているイマジネーションの世界の中でお互いが浄化作用を惹き起こしているだけで、なにかやはり、本来的なダイアローグとは違ったものだ——つまり集団的モノローグの一つの形態だという気がするのだけれど、その辺はどんなものでしょうね。

松田　詳しく分析的にやってゆけば、ゆかなくともですが、私にはわからないことだらけであって、「どんなものでしょう」とおっしゃられるといささか困ってしまうのですけれども……。本来的なという限定をつければ、ダイアローグもモノローグも、どこにもみつけられないのではないでしょうか。対話していても本来的にはダイアローグではない。独白でも本来的にはモノローグではない、となると難しいですね、これは、まさに。

本来的を、勝手にはずして恐縮ですが、近世になってにわかにはっきり浮上してきた「音頭《おんど》」とか「口説き」とかというジャンルがありますね。あのような系列のものは、かなり今のフォークの享受形態に似ていて、だれかひとりリーダーが音頭をとってうたう。それと同じ台詞《せりふ》というか同じことばをまた繰り返す。まさにそれはことばの世界の中ではモノローグなのだけれども、原理的にはそこでダイアローグ、——音頭とりのうたが唱であり、一般大衆がそれに合わせるのが和ですね。この唱和のとき、はたして大衆は変わらなかっただろうか。大衆はリーダーの呼びかけに答えたとき、大衆＝集団自体変化していると思います。本来的にはともかく、ここにはダイナミックスがある。それはリーダーと大衆の間だけのものではなく、その唱和によって盆の精霊なら精霊の鎮魂なり、慰撫なりがなされる。つまりうたう集団がうたうことによる状況の変革——それはダイナミズムでしょう、ダイアローグでしょう。そういう関係がやはりあるわけですね。今まで、私が「モノローグ」ということばを単純にとらえすぎたのかもしれませんが、寺山さんの文脈とは、いささかずれるにしても、ここでとらえ直しておきましょう。

寺山　それで、御詠歌では西国三十三か所を回ります。あれなんか見ていると、ぼくらが市街で地誌的な演劇をやって戸別訪問したりする、あるいはある地下鉄の駅で台詞のひと言めが言われたのにふた言めはそれからふた駅先で言われたりするような、地誌の時間性をたぐり込むことに似てると思うのです。それは、結局は反復にすぎないのだけれども、外面的には反復ではなく「対立」のようにみえる構造というものがあって、歌謡のなかのたとえば連歌なんかでも——松田さんなど非常に専門でいらっしゃるわけだけど——あれも劇的な対立を孕みながら展開してゆくというよりもモノローグの相互慰藉という感じがします。連歌については、また言いますが、もちろんモノローグは否定すべきものではなく、それ自体で非常にすばらしい円環的な世界の達成、抒情による王国の至福性、といったものを見せますが、ドラマを排除しているという点は確かです。つまり、一つの原因に動機が加わって結果が抽出されるという構造から非常に遠いところにある。

そうすると、三十三か所で一つずつ歌を積み上げて回ってゆく「母をたずねて三千里」的な御詠歌構造のなかにあるものも、いろんな場所とかいろんな出会いかたがあるけれど、あれは本質的には出会いではなく反復である。つまり一本道である。ギリシア人のように一本道がいちばん難解な迷路というならば、あの歌はほんとにいろいろ折れ曲がるけれども結局は一本道であって何とも出会うことがない。何とも出会わないというところが御詠歌世界の、呪文的なすばらしさだとも言えると思います。たとえば歌謡曲がけんかをまき起こすということは絶対ありません。しかし、ドラマの台詞を本気で言ってるとなぐりあいになったりすることは当然です。同じ歌をふたりが向きあってうたっていても、絶対対立にならってゆかない点が歌謡の特色です。そういう構造をどうお考えでしょうか。

松田　ドラマであるかモノローグであるか、という問題をつき詰めてゆけば——いささか講壇的な言い方で、ほんとうにはずかしいのですが——結局生産様式の問題になってきて、たとえば複数の協力を要求しないような労働が支える文化圏にはモノローグ的な歌しか生まれず、——高文化か低文化かは別にしてですよ——労働が複数でなければ成就しないような、リーダーとしてそれに従う——まさに寺山さんが「天井桟敷」でなさっていらっしゃるような「指導者」と「協力者」というような——そういう関係が生み出してゆくものと……、それもひょっとしたらモノローグかもわからないし、しかもそれゆえにもっとも対立的なものを孕むようなものをもっているかもわからないし、なにか私は非常に歯切れが悪いのですけれども、このところはうまくスパスパと切れないのがほんとうではないかしら、と思います。

寺山さんも切ろうとなすっているのでは全然なくって、やはり寺山さんの頭の中には片一方の眼でドラマというものを考え、片一方の眼で歌謡というものを考えておられるでしょう——。だから、そこでどうしても対立的になってしまうわけですね。それだとならざるをえないと思うのです。お話うかがっていてあらためて、ドラマなり歌謡なりについて、寺山さんがかなり古典的な考えの持ち主でいらっしゃるような気が……。

寺山　いろいろ痛いことばをおっしゃられているわけですけれど……（笑い）。ただ、どうなのでしょう？　この機会に松田さんからうかがうというかたちで考えてみたいと思っていたことを、もう少しつき詰めますと、たとえばビリー・グラハムが説教集会をやりますね。そうすると、ビリー・グラハムの一つのことばをスピリチュアル・ラリーの参会者全員が唱和する。ヒトラーの場合も同じですね、彼がワグナーの楽劇をバックグラウンドにして演説をしたあとで全員でシュプレヒコールをする。あの世界というのは歌謡的な世界のなかの常に根源的なものではないか。

松田　ドラマティックな……。

寺山　いや、ドラマティックではなく逆だと思うのです。つまり歌謡曲（演歌）のもっている本来的な性格とほとんど同じものではないか。だから、あれが個的な領域であるときには「ものみな歌でおわる」のですけれど、集団化したとき、さらにそれが政治化されたときには、集団がひとりの巨人人格化してファシズム的な構造につながってゆくことになるのではないか。つまり歌謡曲というのは政治革命的に考えたときのメディアとしては本来的には有効性をもっていないのではないか。

松田　もっていない……？　ううん……。

寺山　どうでしょう？　ぼくはそういう感じがします。

　歌謡曲というのは個的にはきわめてアナーキーなものです。それが集団化したときには――アナーキズムというのはすれすれのところですぐファシズムと通底する要素をもっていて――それが歌謡の本来的な性格である。

　だから、「人を斬るのが侍ならば　恋の未練はなぜ切れぬ」とか、「やると思えば　どこまでやるさ　それが男の意気《いき》地《じ》じゃないか」というのをひとりでうたっているときには、それは安サラリーマンの世を嘆く歌だけれども、同じ「やると思えば　どこまでやるさ　それが男の意気地じゃないか」というのを七百人でうたい、二千人でうたい、一万人でうたうときに、それはまさにドラマを排し、一つの、天皇制というか、そういうものをピラミッド的に形成してゆく、ヒエラルキー共同体の構造をむき出してしまう。

松田　わかります。

寺山　だから、やくざが絶対徒党を組んではいけないように、歌謡曲も絶対集団化してはいけないものなのではないか、という気がするのですけれどもね。

松田　私はね、今うかがっていて、アメリカの黒人宗教団体の説教の呪術化、グレイヴィーというのでしたっけね。肉汁ごった煮スープというのですか、それを思い出しました。霊的興奮――リーダーと彼の群衆が醸成する――のなかであれはたしか山崎正和氏のエッセイに出てきたと記憶していますが、肉汁スープのどろどろ煮えたぎりを思わせるとてつもない異様な集会のなかで、リーダーが唱し、集団が和する、そして、同じ脱自《エクスターズ》がおとずれる。それは神の讃美という名の妖しい呪性の世界といっていいでしょう、おそらく。
　そういう雰囲気のなかで合唱してゆくことによって成就されてゆく世界というものが、寺山さんのおっしゃるように円環世界であって、一種の天皇制を思わせるような、ヒエラルキーにすんなりそのままのっかってしまうような、そういうものであるかどうか、私はなお理解できません。繰り返しになりますが、リーダーと付和者による世界づくり、そして世界そのものの変革、天皇制の場合もナチズムの場合も、みなすんなり同じ構造で、最小限この構築過程こそがドラマチックではありませんか。今日的な意味でいうところの歌謡曲に限れば、おっしゃるとおりかもしれない。大いにそうでしょう。しかし、それは歌謡曲であって歌謡ではないのでは……。たとえば明治維新のときの世直しがまさに、――明治維新に限らない、秩父の困民党の例を見ても、色川大吉氏が論じているように、歌謡が占めた役割がどんなに大きかったか――いやこれは逆に寺山さんのご発言にぴったりする史料かもしれませんが、秩父一帯の革命的状況、その悲惨のなかで立ち上がる民衆、それが、うたい上げられている。もっともどんどん話が展開してゆくうちに、一方的に百姓は悪い、暴徒だ、お上はいいという逆の結論になってゆくわけですが、革命でも、体制護持でも、イデオロギーはどうでもよいので、要は歌謡の機能です。リーダーと付随者というかたちではモノローグであっても、それによる状況の変化・変革、これはやはりダイアローグ。リーダーのうたをただ繰り返しただけでしょうか。やはり受けとめ手に変化があった。変化があったから蜂起があり、鎮圧があった。ダイアローグです。革命の歌も鎮圧の歌も構造は同じです。だから、口説きとか音頭とかそういう伝統にまで視点を広げてゆくならば、阿呆陀羅《あほだら》経とかちょんがれとかそういったものにまで視点を広げて歌謡というものを論じてゆくならば、必ずしも円環世界ということにならないのではないか。歌謡曲に限れば、お説のとおりと思います。おそらく三波春夫がなんとか劇場で金襴の着物を着て俵星玄蕃をうたう、そして彼にとっての「神様」たちが唱和するというような、石子順造氏的、キッチュ的世界のなかでは、歌謡曲は、たしかに、集団でうたわれることによって、かえって、歌謡のほんとうのエネルギーの拡大というか、ほんとうの成長を、ほんとうのあり方をゆがめてしまう傾向があるのではないか。歌謡の原質的なものを無力化し、無化してしまうようなそういう危険性を孕んでいる――孕んでいるどころじゃなくて、まさにそれは現実であると思いますけれども、そういった意味では寺山さんとまさに同感なのだけれども、阿呆陀羅経からちょんがれから、あるいはさらにさかのぼって『当世大黒舞』のような近世の歌曲集の中にさりげなく挿入された、苛烈というより他はない鋭い政治批判、まさにあれらこそは歌謡だと思いますけどね。ずれてしまったでしょうか。

寺山　いや、そのとおりだと思います。ぼくは、歌謡を再評価しようという松田さんのお考えにはまったく賛成なのですが、ただ、川上音二郎の「おっぺけぺ節」なんかの、いわゆる政治批判というものの心情性というものについても少しばかり疑いをもっています。

松田　そうですね、どうして「おっぺけぺ節」が今まで頭に浮かんでこなかったのでしょう。

寺山　世直し的、反社会的、反政府的な歌が唱和されることによって、仮に、その時代の政府が倒れたとしても、それはぼくにとってドラマの生成とは思えない。一つのモノローグともう一つのモノローグの交替という感じしかない。

松田　それはわかります。

寺山　「革命」ということばがぼくにとって意味をもつのは、一つのドラマツルギーとしてなのです。つまり世直し歌謡による政権交代と革命というのはまったく違ったものであって、立ったまま生木を引き裂くように、自己のなかで際限なく対立し、分裂してゆくエネルギーがほしい。

松田　よくわかります。寺山さんの立場からはそれはたしかにそうでしょう。たとえば川上音二郎から石田一松に至るまで、己れの志をうたってゆく、それを付随者がまた唱和してゆくというかたちで、それだけで革命がもしか可能なものであるならば、それはやっぱり新しい一つの円環世界であって、古い権力的円環世界と反権力的円環世界とが、単にモノローグとモノローグがまさに対立して、その意味ではドラマでしょうけれども、歌謡内部の本来的な意味でのドラマティックな対立ではない。私はモノローグ内部の対立、唱するものと和するものの差、和することによる変革に執着しすぎ、強調しすぎているのかもしれません。それらを無化することはできませんが、拡大することも誤りですね。もちろん私の文脈は有効だと思いますが、おっしゃるように歌で政府が倒れたならば、これは、革命のすりかえですね。寺山さんのおっしゃる意味をそういう意味でとらえると、問題がすっきりするでしょう。私はいささか誤解してしまって遠回りして申しわけないような気がします。

寺山　いえ、いえ。

松田　結局、ほとんど、二人の間にほとんど差はなかったのですね。つまりモノローグだった！（笑い）

霊媒のいる風景

松田　いたるところにカリスマがいる。まさに寺山さんがお引きになったようにヒトラーであってもいいし、キング牧師であってもいい。だれだっていいわけですけれども。歌謡にとってのイネヴィタブルな毒の機能として。

寺山　いわゆる呪術の世界における霊媒的な役割というふうなものがある集団のなかで類感力を喚起して世界を閉じてゆくという、そういうかたちが歌謡曲のなかにあって、それが現在では森進一とか都はるみという媒体を必要としている。

しかしそれは、古代とか歌謡の発生期とか、それがずっと継承されてきた中世とか近世とか、そういうところでどういうかたちをしていたかについては大いに興味があるのですが、その辺はどんなものでしょうね。

松田　寺山さんが、私に問われるというかたちではこまったなあ、少し試験されている感じですね。自信はありませんが、やはりおっしゃるような構造が連続していると私は思います。モノローグという意味を寺山的文脈であれ松田的文脈であれ、整序して論じてゆくとやはり古代、中世、近世を通じて歌謡は、一種無時間的に呪的であり通していると思います。

寺山　そうすると、モノローグとしての歌謡というかたちで歌謡曲をとらえた場合に、さっきおっしゃった「上野駅から九段まではるばるおふくろさんがやってくる」、そこで「神社で念仏を唱える」、そうした詞の中の登場人物としての母親と、彼女を紹介する霊媒としてのうたい手水前寺清子、このふたりの関係みたいなことに興味がわいてくるわけなのですけれどもね。

松田　母親を何と名づければいいのでしょうか。母親的登場人物としては、私うまく説明できませんが、水前寺清子について言えば——宗教的な世界でも霊媒とそれを操る蔭としての存在があるわけでしょ……。下田歌子と恩田《おんでん》の行者的なたとえば小谷キミと久保角太郎。北村サヨにはそういう演出家があったかどうか知りませんけれども、一般論的には必ずあるわけですよ、信仰の世界の中では。もちろん、必ずあるといったらちょっといかがわしくなってきて、では中山みきにはといわれると自信がない。私は土俗的な信仰史にも弱いのです。でもなかったらないでいい、そういう場合は逃げることはできるので、中山みきは自分の中に演出家と演者の両面を具有していたと言えばそれまでのことであって。

　霊媒とか呪術者の原型は神功皇后でしょう。彼女の場合審神者《さにわ》として武内宿禰がいるわけでしょう。その落伍者としての仲哀帝を含めて——。霊媒は時間を降霊し、審神君は、さ庭ということばそのままに、降霊する時間を招《お》ぎよせる空間の提供者です。異化としての霊のことばが、この小空間、宿禰という男の肉身を濾過して日常にとき放たれてゆく。巫女が媒体なのか、審神君が媒体なのか、私、そこのところ明確に腑分けできないのですが。ともかく、独断を含めて、操り手と操られる者の関係がここにある。この共犯関係は蜒々と続いているわけで、歌謡曲の世界で言えば歌手とその背後にあるもの、プロダクション、作詞家、作曲家、また売り出しのメカニズム、それを今仮に「作詞家」という一語にまとめると話が通りやすいでしょうか。この場合、蔭、背後の演出者が観客ないし享受者にとって透き通って見えている、シースルーである。もちろん、そうでなくて不可視の場合もあるでしょうけれども、それは本質的な問題ではない。透いて見えたって見えなくったって別にどうってことないわけですね。しごくわがままな見方ですけれど、いかがでしょうか。

寺山　松田さんのお話をうかがって、操り手（作り手）としての作詞家と、それからそれをうたう霊媒としての歌手の関係としては非常によくわかったわけですけれども、この歌の場合にはもうひとり登場人物としてのお母さんがとても大切だと思うのです……。

松田　そうですね。私、彼女はどうもうまく処理できないのです。

寺山　その登場人物としてのお母さんの役割ということはどんなものなのでしょう。

松田　まさか水前寺清子を母親とぴったり重ねあわせるわけにはゆかないわけですね。この場合、どうなんでしょう……。はたと行き詰まりますね。「唐獅子牡丹」だったら、高倉健氏とぴったり張りあわせればそれまでのことですね。だけど……、それこそどうなんでしょう？

寺山　……。

松田　そもそも演出者であり、作詞家である寺山さんこそが、こういう問題についてはお答えになる義務があるのではないでしょうか――ちょっと逃げさせて下さい。

寺山　ぼくもよくわからないのですけれども、たとえば「弥三郎節」なんていう歌が青森にあります。あれは作者不明ではあるけれども、当然、作者がいただろうと思うのです。それをうたう人は浅利みきのような地元の民謡歌手です。詞の中で語られているのは嫁いじめの物語なんですね。それで詞の中には登場人物としての嫁が登場してくるわけなんです。そのいびられる嫁と、嫁の悲劇を客観的にうたっている霊媒としての歌手・浅利みきとは、まったく客観的に分離している。観察者としてうたっているわけです。その場合、嫁は引用可能なシンボルであって、うたい手の側ではなくて、きき手の側でつくり出されてゆかないとイメージが成立しない存在ではないか。

松田　しないですね。

寺山　つまり、きき手が自分の半世界の中で人間をつくり出してゆくことで完成する歌謡曲――そのシンボルとしての登場人物と時代感情の関係というのが一つのヒントなのではないでしょうか。

松田　よくわかりませんが、きき手のなかの嫁ということはちゃんと予想されていて、そもそも嫁に合うようにしかつくられていない、という――。嫁との共同作業によって、嫁のアンガージュによって、歌謡というものが完成してゆくとか形成されてゆくというように考えると、ちょっと違うのではないかという気がするのですけどね。

　たとえば「河内音頭」の鉄砲敏三郎や光三郎《みつざぶろう》がうたった場合、兄貴分熊太郎、弟分弥五郎でしたっけ、なんだか名前の記憶は少し怪しいけれども、そのふたりの侠客《きょうかく》ともつかず、女房を寝取られた男ともつかず、いや熊太郎は寝取られるのですが、なんとも、おかしい、今東光的世界の人間が出てくるわけだけれども、――浅吉や清二のきっと先祖なんだろうと思いますけれどもね。そういういかがわしい男たちが登場人物・ヒーローとして出てくる。それは鉄砲光三郎がうたうとき、鉄砲光三郎とそれが重なる部分はもちろんあるでしょう。だけど光三郎はまさに、観客の中の兄貴分と弟分の内なる連帯感に呼びかけてうたっている。観客は、それをきくことによって兄貴分Aと弟分Bになるのではない。きくことによってなるのじゃなくて、すでに自覚的であれなかれ存在としてAでありBであるものが、それぞれ聴衆の中にいるわけ。

1970年10月、東京・渋谷の劇団天井桟敷で
写真提供＝朝日新聞社

それが、音頭によって、肉感・体感にまで昂められる。そうではないでしょうか。
　そういった意味で歌謡曲というものは受動的であって、観客が興奮し、溶け込んでいって熱気がむーんと劇場いっぱいに孕んでいったとしても、それは観客・聴衆そのものが非常に受動的に、自分の本来ある、涙腺なら涙腺を刺激されて、その本源の姿においてそのまま素直に涙を流していればいいのであって、歌に出会ったことによって、——出会ってないのですね。歌に出会って何ものかに、「他者」になったのじゃないと思う。おや、すっかり逆転したではないですか。歌謡におけるモノローグ派、唱と和の均質性同質性の寺山さんが、聴衆参加の登場者造型ということで、むしろダイアローグ派になり、ダイアローグ派の私が、観客聴衆と提供側の前提としての均質性同質性をいうことで、モノローグ派になっている。まるで狂言の「宗論」ですね。

ダイアローグ志向

寺山　でも、「こんにちは赤ちゃん」という歌を堕胎医がうたうのと梓みちよがうたうのとは全然違うわけですね。きのう病院に行って赤ん坊堕ろしてきたばかりの若い女性がこの歌を電車の中で口ずさんでいるのと、それから姑《しゅうとめ》がやっと孫娘が生まれて縁側に腰かけてうたうのともまるで違う。

松田　男がうたう場合と女がうたう場合と、それは違いますわね。

寺山　そうすると、一つの歌を選ぶ自由がきき手の側、——松田さんが今おっしゃったような受動的な受け手の側——にあるということになる。選択することによって生まれてくるダイナミズムが受動と能動を逆転してしまうことにもなるかもしれない。その辺についてはどんなふうにお考えですか？
　もともと「こんにちは赤ちゃん」という歌が幸せで夫婦円満なマイホームでうたわれるべくして作られた歌だということは、前提としてあると思います。鉄砲光三郎の歌と同じように。しかし、終電車の中で堕胎をしてきた帰りの中年の女の人がその歌をうたうということも、当然あるわけですよ。

松田　当然あるとするならきわめて病理現象的な話であって、それを当然と言うとしたならば、現代の病巣の深さということがそこで露呈してくるわけであって——。寺山さんのおっしゃるような意味で、当然あるとは私は思えないけどなあ……。

国文学研究資料館で働いている私が会議の席上「こんにちは赤ちゃん」というのをふっと口ずさんだとしたならば（笑い）、そこまでそれが流行していて、私の意識と無意識とにかかわらず私の生理がうたっているというようなね。そこでは、放送なりPRなりその他メディア論なりにそれが転化していって、恐ろしいとかやりきれないとか、たいへんだとか、やれ終末だとかいうほうへ問題が展開するよりほかしょうがないのじゃないでしょうか。また展開すべきでしょう。少し真面目すぎるかな。

寺山　つまり、十人の男娼がそろって「こんにちは赤ちゃん……」と合唱した場合に、それは「むべなるかな」という感じもあるでしょう?

松田　ああ、もちろんあります。こういう言いかたではどうでしょう。それはまさにふさわしい、十人の男娼が合唱するということ、これほど適切な、この深い病巣を示している現代におけるうたわれかた、享受されかたはないと思う……。もう一つ、現実の使われかたとしてあげましょう。深作欣二の『県警対組織暴力』、あれ、彼の最高傑作だとも思うのですが、その中でチンピラ同士の殺し場が、ドジなチンピラ同士であるためにかえって凄惨なんですが、殺しの間中、ずっと「こんにちは赤ちゃん」をテレビがうたっているのです。すごかったですね。いやこれは余談ですが。

寺山　そうすると歌は操り手、作り手、霊媒によって半分しか作り出されず、あとの半分は受動的で単なる消費者にすぎないと思われている受け手が作っているのだ、というふうに考えてもいいのではないかという気がしませんか。

松田　それはしているのです。そもそも歌謡的円環世界におけるダイアローグとは、そういう意味で申していたのですから。まさにそういう機能もあると思いますね。ただ、現代の「歌謡曲」にしぼって言えば、さきほどのような出会いに、ことばの正しい意味での「出会い」はないかもしれないけれども、そこで非常に刺激されてその歌を乗り越えて、その歌以上に歌であるという地平に到達する人は、それは十万のうちのひとりやふたりはいるかもしれない。それは歌謡曲が違ったものをそこで獲得し、違った視界が開けてきたわけで、それはそれとしての評価をしなければいけないでしょうが、例外ではないのでしょうか。また話が別になりますね。本質的には、寺山さんのおっしゃるように、そこで一つの幕を引いていいのではないかと思いますけれども。

寺山　非常に気の弱いレストランの皿洗いが、いつもどなられてばかりいる。来月あたりボクシングでも習いにゆこうかと思っている。もしかしたら、ボクシングジムに通うということは、彼にとって自己変革になるかもしれないのです。そこで殴りまくられてひどいめに遭って鼻血を流したりしていやになったときに彼の内部で、まさに彼の自己形成上の革命的な契機というのはあるかもわからない。
　ところがたまたまレコード屋で「唐獅子牡丹」のレコードを買った。彼は家へ帰って「唐獅子牡丹」をきいているうちに突然に人生がかわる。外へ出てポケットへ手を突っ込んで「唐獅子牡丹」をうたってみることで簡単に、皿洗いをやって殴られている時間を忘れてしまうことになる。つまり虚構のなかで変身することになるわけです。彼のいわゆる分裂し、引き裂かれて、革命的な自己変革的な契機というのを、歌謡曲によってなんとか辻褄を合わせて変換してしまう。そういう構造が歌謡曲のなかにあるとした場合、受け手が歌謡曲を方法化するのは、エヴァージョン（逃避）にしかならない。さっき松田さんが「これは本来的な意味の出会いではない」とおっしゃった。ぼくもそのとおりだと思うのです。
　つまり、実は出会いを避けるための方便として歌謡曲は非常に便宜的に使われているのではないか、という気がするのですけれど、どうでしょう？

松田　それは寺山さんの演劇においても言えるのではないか。なにがしか現状改革への衝動をもっている若者が、寺山さんが司祭として君臨するところのテアトル・ムーンディの中へはいっていって、そこで、わけはわからないけれども、屋台くずしがあり、騒音があり、ほこりが立ち上がり、マッチがすられ、暗闇があり、なにか自分までが、自分そのものが変わったような錯覚が起こってしまう。そういう錯覚を起こす人しか入ってこない。起こしたいから入ってくるわけです。起こしたくないやつは入ってきやしないです。寺山修司、何だ！　と、ね。だから、そうすると寺山さんはまさに、体制擁護のため、変革衝動をすりかえるため、「エヴァージョン」のための演劇をやっているという論理が可能なのではないか（笑い）。まさにオッペケペエです。『当世大黒舞』です。

寺山　非常に辛辣だけれども、実際、そうなのではないかという気がするのですよ。反体制を体制強化のための補完物にしてしまうような柔構造が、文化のなかにはある。それを打ち破るためには市街劇のように、日常の現実にこちらから異物をもちこむような手段しかないような気もするのです。ぼくが劇場の中で演劇をやるということは、ぼく自身にとっては本来のドラマツルギーの自殺行為だとも言えます。日常的現実のなかにある劇的な想像力を浄化してしまう秘儀は、本来的な日常のなかの劇的なエネルギーを奪胎しますからね。そういう意味では「革命の演劇」ほど反革命的なものはないという感じさえするのです。

松田　少し、歌謡から離れて恐縮ですけれども、広い意味ではやはり入るでしょう。春日井建さんの「われよりは熱き血の子は許しがたく少年院をねたみて見をり」でしたっけ。あの歌は、きわめて象徴的ですね。建は言う。自分より熱い血の子が入る少年院が、そこにある。そして、自分は絶対入らない。ただ、自分より一点の熱い血をもっている少年たちが入っている少年院を、ねばっこく熱く見るだけ、うたうだけ。それでもう彼の行為はそこで途切れてしまって彼自身は絶対無頼の少年にならない。虚構でしか、無頼の少年ではない。歌を作ることで反社会性が中和される。これは、歌だけのことではないでしょう。一歩踏み込めば、すべての文化活動は反革命的である、ということができるのではないか。平岡正明風にあらゆる犯罪が革命的であるならば、すべての文化活動は反革命であるのですね。そこまで問題は拡がってしまって、そのなかに歌謡も吸収されてしまう。そうすると、きょうとりわけ「歌謡とは」といって提出した問題が、そういうものに解体してしまったらちょっと困るのですが。

寺山　そうですね。そこでぼくなんか、本来的なドラマツルギーを復権するためには、虚構のための施設である「劇場」という文脈からはみ出してもっと曖昧なかたちで日常のなかに拡散してしまうということを考えざるをえないという気がする。同じように、歌謡のなかの円環性、自己完結性を解体して、なおかつ、歌謡のエネルギーを維持してゆくための方法が必要だと思うのです。そうでなければ「歌謡」を学際の広場に引き出さず、あくまでも円環的世界の中で成熟させてゆくことに徹底したほうがいいという気もするわけですけれども、その辺はどうなのでしょうかね。

松田　おっしゃるとおりですね。

寺山　つまり、ぼくらの演劇というのは——ぼくらではなくとも世界中の演劇というのは、「演劇」と呼ばれた瞬間にモノローグ的歌謡性のなかに組み込まれてこざるをえない。それを拒絶するためには、つねに演劇的な基本的な原則を検証し解体してゆく——劇場をなくすとか、俳優をなくすとか、台本をなくすというかたちで、出会いの劇的エネルギーをラジカリズムに還元してゆくことが必要だと思っているのです。

　そういう発想からみれば歌謡のなかでも、いわゆる劇行為というか、ダイアローグに対する関心が強くなってきているでしょ……、今ね。それはやはり、劇がモノローグ化し、歌謡がダイアローグ化しようという、——さっき「学際共和国」とおっしゃったけれど、みんな両義性をもって、非常に得体が知れない状態でナマコのようにくっつきあい、地平を隠すことに非常に熱中しはじめている。こういう総合化のなかで歌謡がダイアローグ性を取り込んでいって、つまり円環的な世界を見失ってゆく方向にゆくということは、いいことなのだろうか。

松田　いいことだろうかというよりも、そうあらざるをえないわけでしょう……、歌謡が無化しないためならば。七〇年代以後において無化しないで歌謡が歌謡として残るためには、寺山さんのおっしゃるような意味での非歌謡性というのかな、歌謡が歌謡でなくなるときというのが、それこそ熱く希求されるわけであって……。そうじゃないですかね。

　寺山さんがおっしゃったことについてまことに素朴な質問ですけれども、歌謡のなかにダイアローグ性が今滲《にじ》み出てきつつあるとか、そういう志向が顕著になってきている、という意味のことを今おっしゃったと思うのですけれども、それは具体的にはどういう……、歌謡がドラマに近づいてゆく、ということですか。

寺山　ぼくは、フォークやロックのなかの——即興性に注目しております。もっともぼくはフォークというのはあまり好きじゃないのですけれども、しかし、フォークが非常に即興的臨場性で雨が降るとその場の雨をうたい込んでいったりすることは偶然的なものによって成り立っているという気がするのです。自分の生理的な感受性と外的な条件とがぶつかりあうことによって歌はどんどん変質してゆく。それはしばしば、個人の感受性をはみ出していったりで野次によって歌が中断されたりということがある。ああいうのをみていると、フォークのなかに一種の歌謡離れというか、そういうふうなものに対する可能性があるのかな、という気がする。「合歓《ねむ》の郷《さと》」のような何万と集まったなかでうたわれているフォークのフェスティバルなんかみていると、あそこでは円を描きはじめても、それは輪が閉じられぬまま、いくつも未完成のままでほうり出されていって、対立の同時性というのはしばしば、劇的なエネルギーというものに転化するのかな、という気がするのですけれどもね。

松田　なるほどね。これでもうきょうの結論が出たのではないでしょうか。

遊びをせんとや……

寺山　きょうはぼくは勉強にきたんで、一つききたいことがあるのですよ。

松田　いえ、いえ。冗談じゃない。いじめないでください。

寺山　中学生のするような質問なのですけれど、『梁塵秘抄』の歌のことです。

松田　わからないですよ。『梁塵秘抄』、弱いなあ。

寺山　「遊びをせんとや生まれけん　戯れせんとや生まれけん　遊ぶ子供の声聞けば　我が身さへこそ動《ゆる》がるれ」というのがありますね。あの歌の評釈を読むと、どこでも「遊んでいる子供を見て声を聞いていると、自分の体も思わず働きだして一緒に遊びたくなる」となっています。しかしただそれだけのものなのでしょうか、ということなのですけどね。

松田　つまり、この「わが身」というのはいったい何なのか、という問題ですか。

寺山　ぼくはこの歌をはじめて読んだときに、まだ高校時代なのですけれど、「わが身」のなかに一つの自己形成の軸みたいなものを見出して、突然自分の信じていたものが揺らぐような状態ではないか、と思ったのです。遊んでいる子供を見ているだけで自己形成の因果律みたいなものがぐらっと揺らぐ、——ちょうどルネ・クレマンに『太陽がいっぱい』というアラン・ドロンの出た映画がありまして、ごらんになったと思うのですが。

松田　ええ。

寺山　あの中で、モーリス・ロネを殺したアラン・ドロンが、自分の殺した富豪に化けて贋サインの練習をし、手形の偽造をし、その人間になりすましている。ふっとカーテンのすきまから外を見ると、庭の日当たりで子供たちが遊んでいるのが見えるのですね。ぼくはそのときに、ふと『梁塵秘抄』のそのくだりを思い出したわけです。

　つまり、外でのどかに遊んでいる子供

たちと、人を殺してまで自分の得たいものを求心的に追い求めてかた自分との対比みたいなものの、なんともやりきれない関係というふうなものですね。——その「ゆるがるれ」というのは、思わず一緒に遊びたくなるということではなく、自分の信じていたものが根底からくずれてゆきそうだ、という感じで受け取ったのだけれども、そういう感じ方というのはまったく成り立たないものでしょうか。

松田　小西甚一博士の遊女説をはじめ、難しいところですね。「ゆるぐ」という言葉は、——これはよく調べたうえでないといけないですけれども、やはり物理的生理的な意味での「ゆるぐ」であることはまちがいないでしょうが、今、お話をうかがいながらふっとおもいついた、ほんのおもいつきですが、お伽草子や幸若舞曲とか、あるいは近世初期の仮名草子や評判記に至るまで、「ゆるぎ出る」「ゆるぎいづる」とかいう表現があるのです。いったいどういう人がゆるぎでるかというと、遊女、美女、稚児、役者、そういった特殊な人々が登場するときに「ゆるぎ出る」というのです。

寺山　なるほどね。

松田　私は——ほんのおもいつきですよ、ふっと、今あげた人たち全部が、おそらくかつて神でなかったかという気がするのです。きょうは非常に無責任にものを申してますので……。かつて神であったものの末裔の時空移動、他界から、彼岸から此岸へ移ってくるときに「ゆるきいづる」という表現をしばしば使っている。必ずといわぬまでも、しばしばとは言っていいと思いますね。

だから、ひょっとしたら『梁塵秘抄』何百年の——ではない、この享受史はかなり浅いんだ。いろいろ用心していわないといけないのですけれども、『梁塵秘抄』の享受史の常識を破って、「ゆるがるれ」というのは、シンパセティックナーブであるとするならば、わが身が子供を見た瞬間に一つの深い変質があって、——「変質」というか、「変身」というか、そういうものが「ゆるがるれ」ということばにかけられているのではないか、というと非常に大胆な解釈でして、これは……。

寺山　でも、ぼくはそういうふうでありたいと思うし、そうだと、その歌はものすごく恐ろしい歌だという気がする。

松田　少なくともそういう、私の神なり、仏なりにかけての解釈ではないにしても、根源的震撼を受けたというような、——子供が日だまりの中で遊んでいるというなんでもない日常的風景、それを見たときに衝撃があり、震撼を受けるという、そういう意味での「ゆるぐ」でしょうね。「寺山」説、なるほどと思いますね。

で、もしか「松田」説による「ゆるぐ」ということが、——私はお伽草子から仮名草子にかけてしか知らないのですけれども——ひょっとしてひょっと、平安にまでそういう用例がさかのぼってゆけるものであるならば、おそらく私の解釈にまで拡げて、その解釈は市民権をもちうるのではないか、と思うのですけれどもね。

寺山　それはおもしろいですね。

それと、さらに一段とこの歌からはみ出すわけですけれども、「遊ぶ子供」ということばがたびたびいろんなものに出てきます。しかし、われわれが、「遊ぶ」といった意味での余剰生命が子供にはない。遊ぶ子供なんてものは存在するのだろうか……。子供に遊びなんてあるだろうか、といつも思ってしまうのです。

松田　それは、「遊び」ということばの内容が問題でして、寺山さんの、何でしたっけ？　昔、もう昔になってしまいましたね、あなたのご本を拝読していて、非常にびっくりしてメモしておいたのだけれども、遊ぶということが「殺す」という意味だったのじゃなかったですか。子捨て子殺しなのでしょう？

寺山　ええ、そうです。子供は捨てられることによって「遊ばされる」のです。

松田　私は非常に衝撃を受けて——。山という一つの他界があって、そこに子供を遊びにやる。「遊びにやる」ということは、実は間引いたことなのでしょう。子殺しをしたことなのでしょう……。

だから、「遊ぶ」ということばを「プレイ」という概念にかなり短絡的に結びつけているけれども、もっと、方言の側から、あるいは千年、あるいは何千年かの言語史の時間系をさかのぼることによって「遊ぶ」ということばの呪性をまずはっきりさせなければ、この『梁塵秘抄』というのは解釈できないのではないでしょうか。

寺山　そうですね。

松田　日だまりで遊んでいる子供の遊びと単純に言ってよいかどうかは、疑わしいと思いますね。

寺山　松田さんが「遊ぶ」というと、ぼくは非常によくわかるわけですよ。それは、国文学研究資料館にいる時間じゃない時間が、遊びの時間というわけですね。しかし子供が石蹴りやなわ跳びをしているというのは遊びではない。それと対立する時間を子供はまったくもっていないので、子供にとってそれは日常性なのですよね。「遊ぶ」ということばはやはり大人の用語で、「遊びにやる」とか、「遊ばせる」とか、「遊ぶ」というふうなことは、子供を主体にして使ったときには反日常性が、生死に及んでくる。「遊ぶ子供の声聞けば」というときに、「遊んでいる」のがどういう状態かなということを、ぼくはさっきは『太陽がいっぱい』の映画の中で、外の日だまりでたわむれて遊んでいる子供」という言い方をしたわけだけれども、語源的に「遊ぶ」ということばは、せんじ詰めてとらえ直さなければいけないのではないか。子供が石蹴りやなわ跳びをしていることを簡単に遊ぶということばで総合してしまうことはちょっと違うのではないか、という気がするのですね。

松田　そうですね。「やくざは神である」というのは私の持説であって、寺山さんもやはりご自身が、「やくざのひとり」として認めてくださると思うのですけれども、「遊び人《にん》」ということばそのものが「遊民《ゆうみん》」という外来語の和訓的な置き換えであるにすぎないというふうに考えられています。私自身も今日までそう思ってきたわけですが、「遊び人」という言い方そのもののなかに「遊ぶ」ということの語史的な展開を踏まえてこれをみるならば、「遊び人」ということばそのものに、もっと考え直さなければいけないなにかがあるのではないか、という気がするのです。

寺山　捨てられている状態とか、いろいろあるでしょうね。だから、「あれは遊ばされている子供だよ」ということは、「親に見捨てられている子供だよ」ということです。

松田　親のいる時間と空間が「日常」であり、人間のものなのですね。それからはみ出したものが遊びの時間と空間で、本来非日常。小西博士の「遊女」説のよって来たるゆえんですね。子供の遊びと、遊女の遊びと、非日常の一語で括れますが、それは、人生のはみ出し部分、余計部分なんですね。遊び――小学校でも遊びの時間とは児童が児童なりに組み込まれている社会の体系からはみ出した時間、教師からも親からも自由な、その意味を裏返せば見捨てられた時間です。幼稚園制ができ遊びが商品化すると、それにおをつけて、お遊びという。いやこれは大人も同じでしょうが。

寺山　『梁塵秘抄』で、もう一つ好きなのがあるんですよ。例の〝博打の好むもの〟というのです。二つとも勝手に解釈してこのあいだ高校の国語の先生と話したら、「博打の歌のほうは寺山さんの言うようでいいでしょう。遊びの歌のほうは、そんなものではなくて、ふつうに『遊んでいる』でいいんですよ。」

松田　ああ、やっぱり「松田」説はだめですか……。

寺山　学校の先生ですからね。そういう感じがしたのでしょう。

円環することの拒否

松田　おやおや、私は学校の先生ではないのでしょうか。ともかく私は、寺山さんのご質問のいささか毒を含んだ問題はちょっと棚に上げて、今のわれわれの現代詩が非常に衰弱し、貧困である、――そんなこと言えば詩人は怒るかもしれないけれども――ということの一つの原因を、いわゆる歌謡のなかの詩性の高さというのかな、そういうものに見出されたのは寺山さんなのでしょ？　その問題に移りたいのですが。

寺山　そうですね。ぼくは今でもそう思っています。

松田　――ですね。たとえば、渡哲也氏のうたう「弱いからだに重ねた無理をかくしていたのか濃い目の化粧」というもののもっているポエジーは、決して高いとはいいませんが、われわれの短歌や俳句なんかよりも、あるいは現代詩よりも数等すぐれて、非常に直截的に、なにか感情の琴線に触れるものがある。それはやはり、疑いえないことだと思うのですよ。それは歌謡というものがずっと日本的心情を支えつづけてきたことの一つの表われであって、歌謡千年の歴史のなかでそれをとらえなければいけないと思うのだけれども、だからといって、現代詩が歌謡に食い荒らされて、蚕食されたままでそれでいいのかどうか、という問題があるわけです。

そこで私は思うのだけれども、このあいだ、『田園に死す』をみせていただきましたね、あなたの歌集、あなたのシナリオ・演出監督による映画。そのときにあなたの短歌が実に、――これ、単なるオマージュだけではなくて、ほんとうのところ、負《ふ》の意味も含めて、歌謡的に使われている。すぐれて歌謡的です。あれを受けとめた人は、その意味も含めて歌謡的に受けとめた人が多いのではないかと思うのですね。

　ですから、あの挿入に感動を覚えた人々を腑分けしてゆけば、歌謡的に、短歌の歌謡的部分に感動した人もかなりあるのではないか。それから問題を拡げてゆけば、近世でも「平九節」など、短歌がそのままのかたち、五・七・五・七・七でうたわれているわけですね。「隆達小歌」なんかでも短歌形式のものが非常に多い。――書かれている形態をそのまま信じていいかどうか別にしてね。

　あのとき、私が寺山さんの短歌を非常に歌謡的に感じ、感動したことには、あれを詠み上げた人、あるいはうたい上げた人の声の質とか調子とかが非常に関連しているのでしょう。寺山さんの短歌の時間は永遠ですが、あの映画では一回的に生き切っている。短歌が、もういっぺんうたわれる日、受肉《インカーネート》する日ということが想定されていいのではないか、という気がするのですね。

寺山　それはおっしゃるとおりだと思うのです。ぼくはやっぱり、「体を連れてこないことば」はだめだという感じがしますね。現代詩がだめなのは、孤立した個人の内部へ退行してゆくばかりではない。厳粛に円環的に閉じても狭く研ぎすまされていっても一向にかまわないけれども、それが「体を伴っている」というか、――簡単に言えば肉声によって詠まれているということも含めて――ゴー・ハンド、イン・ハンドでゆかないとだめである。そういう表現になってゆかないと、現代詩はますます衰弱してゆくだろう。

松田　そういった意味では、歌謡がまさに肉体をとにもかくにも伴っているわけですね。

寺山　しかも本人が姿を隠して、霊媒を使うというところまで考えると、歌謡曲の構造的な規模というのは、非常に象徴的ですね。

松田　そして、「享受」のときの話にちょっと考え落としていたのですけれども、変えてゆくことはできるわけでしょう……。歌謡曲というのは。ありとあらゆるバリエーションが可能でしょう。それは最底辺には――あるいは最底辺とわざわざ言わなくてもいいのかもしれないけれども、猥歌――までを含めてどんどん替え歌ができ、そして、音楽的にも変えてゆくことができる。いろんなヴァリアントのうえに今日の歌謡曲はあるわけですね。「網走番外地」など本歌と替え歌の関係が、まさに逆転しているわけですね。享受者意識としては本歌が贋で、替え歌が本歌。

　それは、一つの円環を出ようという、寺山さんのおっしゃるドラマを私なりに、少し歪曲し、あるいは矮小化しているのかもしれないけれども、円環をとにもかくにも出て、他のものに到達しようという一つの新しい地平への意志ではないか、という感じがするのですね。今そこにとにもかくにもある、「存在」としての歌謡がそこにあるにもかかわらず、それに乗っかるだけではなくて、うまうまと霊媒たちにからめとられて、円環の世界の中で安楽往生することへの拒否、ドラマと名づけてもフィクションと名づけても、命名そのものにさして意味はない。違ったものに出てゆこうという意志が替え歌をつくり、ヴァリアントをつくってゆくのだと思います。

寺山　固有名詞を奪い取ったところから歌謡が出発しているという意味で、その円環性というものは、ある程度こわしやすくできているわけですよ。

松田　ものによっては、「うん大学」とか、「うん大生」とか、「うん学生」とかいうようなかたちで、こわしてもらうようにはじめから用意されている。千差万別の「固有名詞」になることによって、「固有名詞」性を無化する。かたちとしてはそうでしょうが、しかし、「うん大生」と「R大生」とは違う。やはり違う。

寺山　そうですね。

松田　そういう詐術が張りめぐらされた、提出のされ方もあるわけですね。

寺山　だから、作詞家の固有名詞と、うたっている歌手の固有名詞と、詞の中に登場してくる「うん大生」の固有名詞、そういうものの複合体になって半世界が相互侵蝕しあっている。しかも残りの半世界はうたう人間が中年か、少年かということでも変わってゆくという、非常に多義性をもっているわけでしょう。

だからちょうど、『アリババと四十人の盗賊』の、しるしをつけられたドアがどんどん増えてゆくとどれがほんとうの「そのドア」かわからなくなってゆくというのと同じように、この歌はどういうかたちで閉じられる円環がいちばん正しい円環かということがわからないことによって、内実的には集団化しないで、群団化してゆくということになる。歌謡曲は合唱すると非常につまらなくなるけれども、ぼくが松田さんに「九時になったら『唐獅子牡丹』うたってください。ぼくもうちで九時になったらうたいますから」というと、これは合唱ではなく、個的にうたっているけれども、離れた所できくと二重唱と同じことになるわけです。

松田　きっと合わないと思いますけれどもね（笑い）。

寺山　それが上田秋成の「菊花の契」のようにまったくかけ離れた土地にいながら全国千人の男が、毎晩九時になると「唐獅子牡丹」をうたったりする。

松田　塚本邦雄さんは断固うたわないと思います（笑い）。

寺山　つまり個的に存在しながらそれぞれのモノローグがちょっとずつ、地誌的に、あるいは時間的にずれることによって生じている、ドラマそのものではないけれども、非常にドラマティックな関係というものを、歌謡曲というのは内包しうるのではないか。そういう感じはあるのではないでしょうか。

松田　それは、今日の歌謡曲のもっている可能性ですね。さきほど私は、短歌の復権、肉体をもつこと、取り返すことによる復権ということを言ったのですが、これはまた聞きなのですけれども、佐佐木幸綱さんが、こともあろうに、松戸あたりのわびしい駅のトイレットで、びっしり壁という壁に岸上大作の歌が書き込まれているのを見て、非常に感動を覚えてなにかにお書きになったそうですね。拝見していないけれども。寺山さん、お読みにならない？

寺山　いや、それは知りません。

松田　岸上大作の歌というのは、ぼくはけっしてうまいともなんとも思わないけれども、一つの時代のシンボルで——不当にもシンボルにさせられてしまった事と不幸があると思うのだけれども、ともかく岸上大作の歌というものが、あの岸上と同じようなひ弱な大学生どもが四畳半ぐらいの下宿で寝ころがって読むためのものだけではなくて、あるいはコーヒー店で音楽を聴きながら読まれているだけではなくて、トイレに書かれたということは、佐佐木さんにとって衝撃であったというのはどういう意味でか知らないけれども、私にとっても衝撃的なのですね。あのトイレという神聖空間の中で、おそらく排泄作業しながら書きつづけた青年がいて、——やっぱり青年だろうと思うんだけれども、それが老女であったらもっとおもしろいと思いますけどね——そしてそれを、排泄行為を続けながら神聖空間の中で読む、このとき、読むの意味は違ってきますね。中年あり、少年あり、老年あり、老婆あり、たくさんたくさんの人たちが読んでゆくわけでしょう。これは岸上の意図とまったく違った享受ですね。

　こういう新しい場所を与えることで、ほんとうに肉体が踊るというように、かたちを伴わなくても、場所つまり状況を与えること、変えることで短歌が生きてくる、突如匕首《ひしゅ》の凶器性を回復するということもあるわけですね。

寺山　それはまったくそうです。岸上大作だけじゃなくぼくなんかも積極的にそういう記述をしたいと思いますね。以前、『書を捨てよ町へ出よう』という映画をつくったときに、「町はひらかれた書物だ」、あるいは「町がいちばんいいノートなんだ」ということが主題でした。紙はもう、「ノート」の材質としては非常に猥小なものにすぎない。とにかく書ける範囲で、いちばん大きい字は二メートル四方ぐらいの文字の大きさで短歌を書いたり、町の壁とかレストランの便所とか、いろんな所に、アフォリズムとか、詩とか短歌とかを書きまくり、映画の中にそういうシーンを挿入していったわけです。

　今、お話聞きながら思ったけれど、ぼく自身も、歌集を出版社から印刷された紙冊子にするということだけではなくて、町の片隅、とくに「モノローグにはモノローグの場所を」という意味では、便所のような個的な空間の中にもち出すべきだ、という気がしました。そして自分の歌集が、——

「東京都にぼくの歌集が十五冊あります。一冊目は目白の川村女学園前の公衆便所の、右から二番目です。第二冊目は新宿の都電車庫前の、廃墟の跡の食堂の、テーブルの上です」と言えるようになってもよい。そういうかたちでどんどん、「書物」という概念を解体していって、文字を町にもち出してゆくということは、とりもなおさず肉体を連れてゆくということとの最初の——少なくとも最初にしてかなり最小限ではあるけれども、作家の誠意なのではないか。

　鉛筆で紙に歌を書いて、それが印刷され、量産されて、本屋の「経済白書」の隣りに並んでいるような状況のなかへは、肉体を連れてゆくことはできない。
松田　北九州に穴井太《あないふとし》という俳人がおられます。
寺山　ああ、知ってます。
松田　あの方の「天籟通信」がときどき特集みたいな大きなものを出すのですけれども、驚いたことあるんです。用紙というか、材質が、紙ではなくて一枚ずつ違うのですよ。一枚がひとりの構成でしたが、日本手ぬぐいあり、デパートの包装紙あり、広告紙あり、紙にしてもありとあらゆる紙を用いて——和紙あり、仙花紙あり、それぞれの作家の個性を主張しながら、しかしやはりすぐれて一冊なのです。これこそ現代の懐紙、あるいは手鑑ではないかと思って、びっくりしたのですけれども。
寺山　そうですね。
松田　書物という閉ざされた形態のなかでさえそういう試みがあり、書物を否定しようという——カルマとしての書物からどうせ逃れられないのだけれども、可能なかぎりは否定しようという熾烈《しれつ》な意志というものがそこに出てきているわけですね。こういうのでも、それぞれの「天籟通信」の同人が、穴井太という司祭を先頭にして、全部肉体を回復しようとした、生理を回復しようとした。生理としての俳句というものをもういっぺんしっかりたたき直そうとしているのだ、ということもいえると思うのですね。
そういうことからいえば、日本の歌謡千年単位の歴史で、歌謡はいつもずうっと肉体をもっていた。失わないでもっていた。歌謡の中でだんだん脱落していった栄養失調分子があったわけですね。それはなにかといえば、短歌であり、連歌であり、俳諧であった。そういう失調分子が再び、「ふるさと運動」をして復帰してゆくことが必要なのではないかと思うのですね。
ぼくはきょう、寺山さんにどうもひっぱられてしまって、歌謡曲ではなくて歌謡の話にゆこうとしつつ、どうしても現代的な眼のほうへいってしまい、そこへもってきて私自身が、古典的な歌謡に詳しくないという弱点をカバーしたい気持もあって、私もその上にすんなり乗ってしまって、これはけっしてダイアローグではなくて、モノローグとモノローグのいたわりあいみたいにきょうの話が進んでしまった傾向がなきにしもあらずだと思うのですけれども、他日のダイアローグを期すという展望で締めくくったらどうかと思うのですが……。
寺山さんがあまりすてきにお話しになるもんで、こっちはすっかりもたもたしてしまってどうも失礼しました。
寺山　いや、ぼくはなにをお話ししたらいいのかまったくわからないで少しは学習しなきゃと思いつつ日にちがたってしまいまして、やってきたらたまたま松田さんが水前寺清子から始めてくれたので、話しやすくなりました。
松田　寺山さんへのサービスが裏目に出てしまって……（笑い）。
（「國文學　解釈と教材の研究」一九七五年八月号）

うた

人はみな主題歌を探す

馬場あき子
Baba Akiko
寺山修司

「うた」はある男には応援歌となり、またある女にとっては鎮魂歌、あるいは呪文であるかもしれません。行く先はさまざまであろうと、私たち現代人はみな、いずこかへの旅路を辿りながら、「うた」という道づれを追い求めているといえるのではないでしょうか。あなたにとっての「うた」を発見する手がかりになれば幸いです。（編集部）

*

寺山　さかのぼって考えると、ぼくにとっての「うた」というのは、歌謡曲よりもわらべ歌って感じがする。ぼく自身が育った青森県の恐山の麓には、子守という職業の人がたくさんいた。雇われてきた子守は、他家の赤ん坊だから、手こずるんですよ。わざとけがさした話もよくあったし、それを捨てて逃げちゃった話もある。実際、ぼくのおふくろなんかも、子守によその塀の中に置いていかれちゃって、そこで育った。

馬場　ほほう。

寺山　だから学校では、やさしい母親の、子を思う心の歌が子守歌だといわれていたけれども、実際にはそうじゃなくて、怨念の歌だと思った。子守はたいてい赤ん坊にやきもちやくし、早く子供を眠らせちゃわないと自分自身が何もできないから、何でも眠らせようとする。ところが、子供は好奇心があるからなかなか眠らないわけで、子守歌は、子守の赤ん坊に対する怨念、憎悪の歌になっていった。津軽の方じゃ、「寝ねば山からもっこ来らね」という。早く寝ないと山からお化けが来るから、早く寝ろ、というんですよね。

だから、歌は非常に残酷なものだという感じと、自分の人生の処方箋に合わせて選ぶことができるときだけ役に立つもんだ、という感じとがあった。

馬場　私は寺山さんとは、歌と出会った世代が大分違うけれども、いま寺山さんがいわれた子守歌とか童謡とかが、やっぱり原点として、その後覚えたいろんな歌よりも重たく残ってるわけね。いま、わらべ歌の世界を怖いと思って聴いてらっしゃった、そうおっしゃったでしょ。私もその点ではとても似た体験を経てきてるわけね。「あなたの後ろにヘビがいる」とか「子とろ子とろ」にしても、夕方になってくると子供の声は一際高くなってくるから、太陽が沈んでくるときの「子とろ子とろ」は、ものすごく怖く響いた印象もあるし、自分の後ろで「だれかさんの後ろにヘビがいる」といわれたときには、自分がとてもきらわれたいやなものに変身しちゃってるんじゃないか、という気持ちも持った。

　私は病身で、友だちもそんなにいなかったから、夕方になると空腹とたたかいながら、きょうは何が食べられるだろうか、と考えてた。すると、その窓の向こう方がずっと暮れていくわけですよ。だから私には、自分の体を健康にしてくれるお医者さんが一つのあこがれとしてあって、すばらしいお医者さんを絶えず心の中で求めていたんだけれども、そのとき、童謡のついている絵本で覚えた「みみずくのお医者さん」という短いフレーズが、いまだに頭から離れない。それは詩じゃなかったかもしれないんだけれども、苦しいときとか困ったときには詩のように思い出されてくる。それが歌との最初の出会いで……。

寺山　ぼくは昔、『花いちもんめ』って歌のことを書いた。あれも一種の、子とろの歌ですよね。最初、「あの子がほしい」っていうと、「どの子がほしい」って答える。「あき子ちゃんがほしい」ってことになって、じゃんけんするんですね。勝つともらうんだけど、そのとき「かってうれしい花いちもんめ」「負けてくやしい花いちもんめ」という。それから「ふるさとまとめて花いちもんめ」で終わるんだけど、この歌のことを書いたとき、女子大生が手紙をくれたのね。「かってうれしい」というのは勝ち負けの勝つじゃなくて、売り買いの意味だ。あき子ちゃんならあき子ちゃんを買うという、農村が非常に貧しいときにできた人身売買の歌で、「花いちもんめ」は、花代が一匁ということだ。そういう手紙をもらった。そんなこと知らないで歌っててびっくりしたってことがある。そうやって考えていくと、歌の背後には必ず時代があって、わらべ歌は、ある村落、共同体の主題歌だったって気がするのね。

　ところが、流行歌は共同体を背景にしてない、個人の経験の主題歌って感じがする。要するに、わらべ歌とか民謡は、いつも村落を背景にしてるけれども、流行歌は個人を背景にしてる。だから、美空ひばりが「生まれて父の名も知らず、恋しい母の名も知らず」と歌うと、おれと同じ年なのに、「あの年で両親の名前を知らないなんて、大した人だなあ、立派だな」と思うわけ。ぼくは片親は知ってるから。自分よりちょっと偉いなあ、と思ったりする。そういうふうに、自分個人の心象とつり合ってるとこが、流行歌の重要な部分だと思う。

馬場　うん、うん。

寺山　一つの歌を聴いたとき、その歌を聴いた場所とそのころの生活状況とがすごくわかる。たとえば、美空ひばりの『悲しき口笛』聴くと、こういうことを思い出す。おふくろが突然、ぼくを映画館に預けて二、三日旅行するっていうんで、駅まで送って出た。ところが、ただの風呂敷包みだと思っていたものに全部家財道具が入ってる。びっくりして、どうすんだと思って、それで初めて捨てられる、生き別れになることに気がついたんだけど、そのとき、ちょうど美空ひばりの『悲しき口笛』がかかってた。その歌聴くと、親子生き別れのドラマが出てくる。その歌は、かなり長い間、はやってたわけだけど、それは必ず一家団欒で聴く歌じゃないってことになっていくわけね。

いつも、一つ一つの歌が背負ってたそのときの自分というのが歌謡曲にはあるし、民謡とかわらべ歌は、村落、自分が住んでた場所全体の心象をしょってる。その違いがあるんじゃないか。

馬場　寺山さんは、ものすごくすばらしい特殊な体験をしたわけだけれども、一般的にはどうだろうというと、やっぱり……。

寺山　特殊じゃない体験はないでしょう。

馬場　かもしれない。とにかく、そのときの出会いがすごく鮮烈で、一つの流行歌の中に自分の幼年時代が全部回復できるってことが、寺山さんにはあるし、私も戦後的な出会いではいろいろそういうものを記憶してるし、自分の情感も込めて歌ったわけけね。だけど、その後、たとえば現代の流行歌の中にそういうの、あるかしら。つまり、ここ一〇年くらいの間では、ないんじゃないかって気がするの。それは、自分個人の環境なり何なりの変化なのか、それとも、流行歌自体のせいなのか……。

寺山　恐らく、それは流行歌のせいではないと思う。歌ってのは、感情を複製するわけでしょ。個人的感情とか個人的心象を複製し、異化することによって固有の経験を一般化する。

だから、ぼくが子供のころに経験した貧しさや孤立感も、たとえば、美空ひばりの歌や、四球スーパーラジオ、あるいはその年のジャイアンツの打順などで一般化され、ぼく固有の濃密なものじゃなくなっていく。それが一種の救いだったと思う。ところが、年をとってくると、感情の複製になれてくるから、歌を聴くとき、最初から歌自体がそういうものとして受け入れられてるわけね。子供のころのように、最初に感情を移入してから一般化して、それからある距離をもってながめるようになる、という手続きがいらない。

馬場　日本人の宴会には、必ず歌が出てくるでしょ。年齢層によってその歌が決まってて、あの人はあの歌だってのがあるわけね。必ずしもそれはその人の得意な歌じゃないかもしれないけれど、とにかく、『枯れ葉』を歌った後に『武田節』が出たり『津軽海峡冬景色』が出たりする。しかも、わりと年をとった人がピンク・レディーの歌を歌う。もちろん、若い者との心のつなぎにしようと思って覚える場合もあるだろうけれども、本当にそれを好んで歌う場合もあると思う。

歌探しは自己の固有性との葛藤

寺山　ほら、こういうことない？　ぼくはラジオ世代なんだ。だから、四球スーパーラジオで『鐘の鳴る丘』とか『君の名は』とかを聴いて育った子供ですよ。

馬場　そうそう。

寺山　すると、大体、ラジオの主人公には主題曲があったでしょ。『月光仮面』でも『赤胴鈴之助』でも、みんな自分の歌を持ってる。「あ、ラジオの主役はいいなあ、自分の歌を持ってる」。

馬場　歌がある。

寺山　やっぱり、みんな、自分の主題歌を探すわけですね。たまたま宴会になると、なぜか『人生劇場』を主題歌にしてる人がいっぱいいて、かち合ったりするんだけれど（笑い）、自分の主題歌を探すってことは、かなり重要なことだと思う。つまり、ぼくは実はもう、アイデンティティという言葉は不毛だ、と思ってるんだけど、かつての近代的な意味での個人が成立した時代には、そういうことと主題歌探しとを両義的にとらえるんですね。それで、人間は、自分の主題歌を探す旅をすることで一生を終ると思う。馬場さんの主題歌は何？。

馬場　ないのよ。主題歌がある人とない人とがはっきり出てくるわけ。

寺山　ぼくは全員持つべきだし、持ってると思うんだけど（笑い）。

馬場　とにかく、宴会では、主題歌のない人がひどくみじめになるわけよ。いつもいつも宴会で違った歌を歌う人がいるけれども、そういう人は決して宴会の花形にはなれない。むしろ、一つの歌しか歌わない人が宴会の主役になれる。そういう妙な構造があるのはなぜだろうなあ、と思ってる。

寺山　宴会は、日常の祝祭みたいなところだから、そういうものが出てきやすいわけだけど、風呂に入ってたりしても主題歌は出てきますよね。

馬場　日本人て、一つのことを反復するのがものすごく好きで、他人の歌を反復するうちに自分のものにしちゃう。反復によって取り込んで自分の主題歌にしちゃうという精神構造があるんじゃないかしら。たとえば、私、子供のころ、盆踊りによく行ったのよね。初めはそれが非日常なわけ。祭りだから、自分の日常から脱してきた喜びってのがあって、一緒になって、「ソレ、ヨイヨイヨイ」って踊る。だけど、次の年にもその次の年にもそれやって、もの心ついてから毎年、毎年『東京音頭』を踊ってると、『東京音頭』の反復に慣れて、それが非日常じゃなくなって、逆に、盆踊り行って踊ることが、共同体の中の一員であるという安心感につながっていく。そういう部分が盆踊りにはあった。そういう反復と、いまの主題歌の反復とは、どっか通じるものがある感じがする。

寺山　自分を複製することで私的な固有性をなくする、といったことは、古い意味での個人の概念から考えると、惰落なんだな。

馬場　うん、うん。

寺山　つまり、それは社会的一般化の中への退行なんだ。だけども、ぼくは、そうじゃなくて、それはある意味で新しい人間形成だって感じを持つ。近代的な、小林秀雄的な意味での主体性などは、すでに人間のとらえ方としては有効じゃない。歌探しを通じて、みんな、自分の固有性との葛藤をしつづけている。その点で、さっきいったように、自分の歌探し、主題歌探しは、人間観を生成するテーマとしておもしろいんじゃないか、と思ってるんだ。

　去年、ぼくはたまたま『草迷宮』という映画をつくった。少年時代に、行きはぐれた母親が始終歌ってた手まり歌があって、その手まり歌が歌われてる場所を探すと、自分の母親がどの地方の人かわかるというんで、手まり歌の歌詞を手がかりに少年が旅をする。ところが、そんな手まり歌はどこにも実在しない。人によって歌詞の覚え方が全然違うことがわかってくる。つまり、自分のアイデンティティがばらばらに解体されていく。そのうち、手まりの持ってる同義反復、トートロジー、つまり、同じ土地から絶対に出ないというか、ほんの一坪ぐらいのところで繰り返していなければならないという、手まりの宿命の中に突然自分の老後を見たりする。

　そういう映画なんだけど、そういうふうに自分の歌、主題歌は、本当の意味では見つかりっこない。見つかりっこないんだけども、ある一般化の中に自分をすべり込ませて、歌探しが終わった、スゴロクでいう上がったって感じになるわけ。そうなったとき、突然、鏡に映ってる自分の顔のしわとか頭の白髪に気がつく（笑い）。

川を流れる手まり
寺山修司『草迷宮』（1978年制作・1983年日本公開）より

馬場　ほら、何の芝居だっけ、寺山さんの芝居で、セーラー服を着た女の子が最初に手まりをつく場面のあるのがあったじゃない。いま寺山さんがいったのと同じことを、私、あの手まりに見てたの。それで、これをテーマに何か短歌をつくりたいと思ったの。そして、ろくな短歌しかつくれなかったんだけども、あの手まりの手つきは、まりをつく手つきでありながら、ある一つの小さな共同体の中で怒りをなだめたり相づちを打ったりする手つきだった。私、すごく感激したのね。それで、この人はセーラー服着てるけど、老いているおばあさんかもしれない。その年をとったおばあさんは、幼いときに手まりをついた手つきで、いろいろさまざまな人の心をなだめなだめしてきたんじゃないか。そう思えるくらい、その手つきはちゃんと思想化されてた。

モノローグであり挽歌だと思う

寺山　泉鏡花の『草迷宮』の中では、手まりは、途中から突然スイカに変わったりする。
馬場　えっ。スイカ？
寺山　スイカって、割って食う。それから、妊婦のおなかにもなる。もう一度自分をはらむかもしれないおなかになったりする。と同時に、性の対象としての乳房も手まりでしょ。地球も巨大な手まりですよね。そういう球体の持ってる円環的な構造は、歌と全く同じでしょ。つまり、歌は、円環的に閉じられてるから、絶対、ダイアローグにはならない。歌は、立方体だけれども、閉じられてるわけよね。泉鏡花が、それをどこまで意識してたのかわからないけど。

馬場　ちょっと話が変わっちゃうけど、歌にリズムとかメロディーを求める人と、言葉を求める人とがあって、歌を求めるといった場合は、メロディーなりリズムなりを求めていて、言葉は求めていないんじゃないかって気がするのね。最近の流行歌の歌詞を見てみると、ものすごく古風でしょ。これがいまの若い人が歌う言葉かと思うようなクラシックな表現のものがすごく多い。

寺山　それは馬場さんが文学者として大成し過ぎたからです（笑い）。ぼくは、歌は歌詞でしかないって気がする。

馬場　そうかなあ。

寺山　だから、ぼくは、外国の歌手が来て歌っても、歌としての感動が全然ない。歌手がそこに現れるというのは、そこに巫女が現れたり霊媒が現れたりするのと同じで、ある呪術的な類感性を呼びさます、性的なエクスタシーに呼びかけるのが歌だと思う。本来、合唱曲であれ、労働歌であれ、あるいはかけ合いの歌であれ、本質的には歌はモノローグであり、究極的には挽歌だと思う。

馬場　でも、きょうも道歩いてて耳に入ってくる言葉なんてのは、「髪が燃えてる」とか「あなたが見つめたら私はどうなった」とかいうたぐいでしょ。

寺山　いや、ぼくはそれがいいんだと思う（笑い）。

私たちも流行歌の歌詞書かなければ

馬場　歌には言葉は陳腐であっても、メロディーが新しいからその新奇さにひかれて心を込めてその歌を口にする、というところがある。だから、メロディーがあって、そこにありきたりのいくつかの言葉をあてはめちゃえば歌ができるんじゃないか、という気がするんだけど。

もちろん、古い時代なら、たとえば『梁塵秘抄』にしろ『閑吟集』にしろ、先に言葉があって、節はものすごくおろそかについてたと思う。ゆっくりだしやわらかいから、純粋に言葉を聞かせるために節があったと思うけども、いまは、リズムなりメロディーなりが先にあって、言葉は虐待されてる。かすかな存在でしかない。言葉の持ってるアピールの力は、希薄なんじゃないかって気がする。

寺山　だけど、呪文てのは、それ自体が高度の意味とか解釈とかを許すものでなくてもいい。たとえば『じんじろげ』って歌がはやると、『じんじろげ』でいい。それから『燃えろいい女！』っていうでしょ。それはそれでいい。これは一種の呪文だから。呪文てのは、書き手に創造的なものが何もなくても、受け手が意味を生成することによっていろんな解読ができるわけでしょ。

馬場　場によって。

寺山　うん。たとえば、ぼくらが子供のころの童謡に『赤い靴』ってのがある。「赤い靴はいてた女の子、異人さんにつれられて行っちゃった」という歌を聴くと、進駐軍占領下で、おふくろの同級生たちがみんな赤い靴はいてパーマかけて立ってると、異人さんが来て連れてったのを思い出す。ぼくら小学生は、それをじっと見てて、「あ、また連れていかれた」と思ってた。あの歌と重複してるのは、戦後史の、がくっと抜け落ちていくいくつかの断面であって、重要なもんだって気がする。その意味では、いまはやってる歌も、それ自体の文脈全体じゃなく、その中の一行とか二行とかが何かの形で、いまの人をひきつけるに足る言葉を持ってるんだと思う。

馬場　それは、寺山さんが流行歌をつくってた時代のことだと思う。

寺山　おれの歌、「時には母のない子のように、黙って海を見つめていたい」「だけど心はすぐ変わる」。あの詞は「だけど心はすぐ変わる」ってのがよくて売れたんだな。安保挫折の時代に、「だけど心はすぐ変わる」ってとこがよかったんだ。

馬場　うん。それ、わかる。だから、寺山さんはもっと流行歌の歌詞を書かなきゃいけないし、本当は、われわれも流行歌の歌詞を書かなきゃいけないんだと思うの。まあ、それが短歌の問題とどうかかわるか知らないけれど、昔は、そういう人たちが多く流行歌の歌詞を書いていたし、寺山さんの書いた流行歌の歌詞には時代の思想が読みとれるのよね。

寺山　それがもう古いんだよ。時代の思想なんていってちゃ。

馬場　いけないの?

寺山　ぼくは、四二歳の人がうっとりするようなものは書けても、一九歳のやつのものは書けないな。英語とか日本語とかがあるように、一八歳語とか二〇歳語とかがあって、一九のやつが書いた言葉を一九のやつが読むわけだ。

馬場　それは、対象がどんどん低くなってったからよ。流行歌は、十八、九のものじゃなくたっていいんだもの。

寺山　たとえば、佐藤惣之助や西条八十は、なるほどうまい歌詞を書きましたよね。しかし、歌の言葉なんてものは、うまい必要なんて全然ないと思う。問題は、どこまで感情の複製化に耐えられるか、逆にいうと、ブレヒトやベンヤミンは、演劇について、俳優が日常生活の中で引用できる身振りをいくつするかが大事だ、という俳優術を提起した。まあ、現代の演劇の考え方からすると、それはもうめちゃくちゃ古いんだけども、少なくともそれは、それまでのスタニスラフスキー・システムを事もなげに覆したわけだ。つまり、その人物になり切るとか、一つの人格をある極点まで燃焼させていくとか、個人の内面を重視するとかいったことを覆し、俳優は空っぽでいいんだ、引用可能な身振りをいくつ舞台の上でするかが問題だ、といった。それは異化効果なのね。その意味では流行歌の歌詞も、引用可能なフレーズを内包してるかどうかが問題だと思う。

馬場　そうなんだけど、大事なのは、だれが引用するかでしょ。さっきの宴会の話に戻すと、宴会の場で、いまだに「妻をめとらば」が出てきたり「枯れすすき」

が出てきたりするのは、彼らが歌えるフレーズがいまの流行歌の中にないからじゃない?

寺山 恐らく、その宴会は年寄りの宴会だと思うよ(笑い)。いまはやっぱり、「あ、また打たれました。ホームラン」なんていう江川の歌……。

馬場 つまり、流行歌の世界は四〇代以上を見捨ててるんじゃない。

寺山 ただ、四〇代になっても自分の主題歌が見つからなかった人というのは、自分の内面をすごく信じてる人で、自分の複製化に耐えられず、自分は固有の存在だと思ってる人ですよ。そういう主体性を信じてる人間は、もう朽ち果てていくしかないんじゃないか。

馬場 朽ち果てるか、屹立するかのどっちかだろうと思うけど、流行歌が四〇代以上を見捨ててるってことは、一つ問題じゃないかなあ。消えていくべき古い流行歌が引用すべきフレーズとして出てくるって気がするんだけど。

寺山 でも、いまの若い人たちの宴会じゃ「妻をめとらば」なんて出てこないよ、絶対。

馬場 出てきっこないわね。だけど、流行歌って若い人のものなの?

寺山 いや。だれのものでもいいんじゃないの。そういう倫理じゃないところが歌の歌たるところで、歌はぶよぶよっとしてて、とらえどころがないわけね。しかし、つねに輪ゴムみたいになってて、ほかのものは入り込めない。

日常の感情を異化する防衛本能

馬場 話が変わるけど、われわれ、和歌との出会いは、たいてい、百人一首なの。私なんかも百人一首に最初に出会ったんだけど、百人一首では、上半句と下半句とがくっきり分かれてない歌でも、分けて読まれる。上半句を読むと下半句を取るので、歌は上と下とがはっきり分かれてるもんだっていう概念がばっちり植えつけられていた。

ところが、自分が歌をつくるようになってみると、そうじゃなくて、上下続いていてもいい、二句で切れても四句で切れてもいいんだってことがわかった。上下がくっきり切れている百人一首的リズムからは脱出したいって気持ちがあったのね。というのは、七五調に対するある種の嫌悪感と百人一首的韻律とがダブルイメージになってたから。

そして、寺山さんの短歌が出たとき、これは、短歌の原点のように把握されきっちゃっている上半句と下半句との対応の形式を非常にうまく、あくなく利用した、生かした短歌だと思った。

寺山 日本の短歌には二律背反の部分があると思う。一つは、小野十三郎なんかが「奴隷の韻律」っていったような、あらゆる感情を韻律の約束ごとの中で一般化してしまう部分。それは感情の固有性を奪うから、号令をかけたりするのと同じだ、短歌がファシズム国家に簡単に貢献し得た大きい要素の一つもここにあるんじゃないか、そう彼はいった。

確かに、短歌に代表される定型の言葉には、固有性がないから、すぐ、号令一下右へならえで、みんな同じに唱和できる世界だってことはある。だけど、短歌のおもしろいとこは、同時にそういうものの中で、短歌をつくる人たちが自分の固有性をすごく主張している点です。

一時〝われ短歌〟なんてのがはやって、歌の中に〝われ〟って言葉をやたら入れたでしょ。ぼくは、そういうやつがおもしろくて、やたら〝われ〟を入れながら、自分の経験と関係ないことを歌った。つまり、自分の固有の体験を、複製された人間の感情として歌ったわけで、その点では、流行歌と同じ水準でとらえてた。ぼくは、短歌も流行歌も、つまりうたは、音楽である必要は全くないし、うたは、薬を発明したみたいに、人間の防衛本能が日常の感情を異化するためにつくり出したもんだと思う。星野哲郎って人は、歌は人生の応援歌である、といったけども、実際はそうでもなくて、自分がまいったなあ、というとき、まいったなあというような歌を歌うことによって感情が異化される、その効果がすごく大きいと思う。

恐山のいたこのところへ行くと、七五調で口寄せをしてくれる。「これはこの世のことならず、死出の山路のすそのなる」というふうなのから始まって、数珠を鳴らしながらやる。そうすると、聞いてる方はわんわん泣くんですよ。先月死んだ女房とか交通事故で死んだ子供と話をさせてくれるんですから。

ところが、そうやって二八〇〇円、最近は千円くらいになったけど、払って、死んだ人と七五調の言葉を通して出会った後、彼らは平気でどぶろく飲んで猥談か何かして、けろっと忘れて帰っていく。そこで行われていることは、自分の固有な経験を一般化に供物としてささげるということなんです。流行歌でもそういうセレモニーを毎日やってるんだと思うのね。

呪術的な要素を含んだ短歌

馬場　「これはこの世のことならず」っていわれると、ものすごく安らいだ気持ちになって、死者に会うための序曲が出てくるわけでしょう。で、そこんところで入っていけるわけで、「これはこの世のことならず」というのは結局短歌でいえば型よね。短歌を文語でやるのも、それによって「この世のことなら」ならいことが歌えるからでしょう。短歌にはそういう、一般的にいえば呪術的な要素があるかもしれないわね。

詩の世界では、口語と文語とがまざったり、いろんなものがまざったりしていることが、かえっておもしろいリズムや何かを出している場合があるんだけども、短歌では口語と文語がまざってはいけないものと決まってる。まざると短歌の形式の中ではおかしい。だから、短歌が現代の中で文語で自分の意思なり何なりを述べさせているということは、「これはこの世のことならず」と同じことなんじゃないか。

寺山　一時こういう話があったでしょう。かなり過酷な労働を強いる会社の中庭にゴム人形の社長を立てておく。労働者は出勤するとその顔を殴る。それから仕事にいく。仕事はかなりつらいけど、ゴムでできた社長の顔を殴ることで、彼らにはあるカタルシスがある。歌にもそういう形のすり替えがあると思うのね。

馬場　そうでしょうね。

寺山　戦争中、労働のかなりひどかったところで「糸繰り仕事は心配じゃ。糸が切れたら牢屋ゆき」とか、「砂糖つくりは心配じゃ。砂糖汚せば牢屋ゆき」とかいうような歌がいっぱいあった。そういうことをそうやって節をつけて歌って異化することで、一般化しちゃう。それから免れるわけでしょ。

馬場　そうそう。大切なことは軽くいっちゃった方が……。

寺山　異化ということのマイナスの部分は、それが本当の抵抗のエネルギーにはならないということですね。

馬場　ならないのよね。歌っちゃうんだから。

寺山　ゴムの人形をたたいてる間は本当の社長は倒れないのと同じように、歌にしてしまったらば「ものみな歌で終わる」で、それは変革するエネルギーには絶対ならない。だから、何を歌うかということは、すごく重要になってくると思う。北島三郎の歌の主人公は人の妻とも知らないで、うかつに佐賀か何かの方まで行く。まあ、行く前に電話一本ぐらいして調べていけばいいと思うけど、九州くんだりまで昔の女を探していく。そういう滑稽さは、実際の日常の中で起こると、これは「新聞によりますと」というふうなことになるわけだけど、歌っている人は歌の形での代わりの体験で満足して、実際にはそれをしないですませてしまう。ただ、昔はそのための手続きとして美辞麗句を必要とした。「緑の風に後れ毛が」とかさ。

馬場　そうそう。

寺山　ところが、いまや口語体で、日常語でそれを語るようになった。ぼくはフォークの歌詞についてわりに批判的なんですよ。つまり、非常に固有の体験というか感情を私物化するというか、そういう形で、ダイレクトにいえるぎりぎりのところまできてしまったものに、節をつけるっていうことで、いやなのね。あそこまでいかなければいけない場合には節をつけないでいいなさい、ということだね。

馬場　うーむ。

寺山　プロテストソングとかいうのは、ぼくは歌にしたらもうだめだという考えなんです。ところが、流行歌というのは美辞麗句であればあるほど、日常から遠いから、異化効果は深まる。短歌と流行歌というと、短歌の方が高級だと一般に思われてるじゃない？

馬場　「歌一首あるではなしにけつまずき」という江戸時代の川柳があるけれど、短歌のリズムは日常の会話のリズムとは違ってたと思うの。そこで一つ歌があるというと、話がけつまずいて「ええと、あの歌なんだっけな」というんで、なかなか歌が出てこない。それは流行歌と同じくらいに遠いものだったかもしれない。そういう意味では常磐津や長唄や清元なんかの方が江戸時代にはずっと日常に近いものだったと思う。だけど、そういう遠いものをつくることが権威だったのかというと、そうじゃなくて、何か一番遠いところにある言葉と様式でもっていうと、一番本当のことがいえてるような錯覚に陥るというところがあったんじゃないかしら。

人間には本能的に物語つくる習癖

寺山　一時、生活綴方というのがあったでしょう。短歌には、ある意味でそういう生活記録的な機能がある。異化効果じゃなくて、自分のメモとして、メモリアリズムという言葉があるけれども、自分の生活を書き記しておくための日記と同じような役割を持っている。そういう側面があったでしょう。

それがいま『昭和萬葉集』みたいな形で整理されて、日本人の記録ということになってる。ただ、あれが本当に日本人の記録かどうか。ぼくはいささかまゆつばだと思ってるんです。みんな自分を死ぬ瞬間に自己賛美してるから。

馬場　そうね。

寺山　『昭和萬葉集』というのは、事柄だけを引き出していくと非常に感動的な出来事がいっぱいあるんだけれども、おそらくあの当時の人たちの手紙や日記の一部分を引用しても同じように感動的でしょう。つまり、その感動はたくさんの人間が書いた言葉が一つにまとめられるということの感動であって、短歌という形式の感動とは全く違ったものだ。

馬場　ましてそれが回想になるとさ……。戦争の回想詠みたいなのがいまだに歌われるでしょう。そこには大分主観が加わったり、創作が加わったりしてるかもしれないけれども、あり得べき事実として鑑賞するわけよね。それは三〇年も昔のことを詠んでいるんだから、昔話と同じなんです。昔話がいろいろな要素を加えながら語り手の感情と場によって変質していくのと同じだという気がする。

寺山　人間というのは本能的に物語をつくるという習癖があって、その物語の一番ピークになってる部分が短歌になるわけよね。『万葉集』というのは本来そうであるべきものだったんだろうと思う。だから、作者の名前がなくてもいい。それを立派な箱入りの本じゃなくて文庫で持って歩いて、それがときどき自分の感情と交換可能なものになっていったときには、それなりに流行歌と同じような効能があるんだと思うけどね。

いま、カラオケというのがあるじゃない。馬場さんがさっきいったのは、カラオケ短歌でしょ、要するに。ある祖型があって、それに自分の感情を後からはめていくわけだから。

馬場　短歌が新しくなることは求められていると思うし、自分自身も新しい短歌をつくりたいと思っている人はいるかもしれないけれども、本当はそういうものはなくて、カラオケであった方がすごく共感を……。

寺山　うん、カラオケであるべきなのよ。歌は、全部カラオケであっても構わない、原理的には。

馬場　そういうことといっていいの（笑い）。

寺山　でもぼくはそう思うよ。そりゃ霊媒、巫女がいて、ときどき演じて見せるけれども、もともとはそれは町にあるべきものだったわけで、歌そのものの中にそういう感情の複製的な機能があるのに、レコード盤という形でそれをまた複製する。そういうふうに複製が何重にも繰り返され重ね合わせられていくことによって、複製が本来持っている異化効果さえもなくなって希薄化していく。これはかなり恐ろしいことだろうと思う。

馬場　日本の古い歌人の中でも、自分の歌が傀儡《くぐつ》や白拍子に歌われることをものすごく喜んでいる。そういう人たちはまた傀儡や白拍子のための歌もつくってやったんだろうと思う。それが『田植草紙』や『梁塵秘抄』や『閑吟集』の中にも残ってるけど、そういうのはかなり進歩的な文化人だったし歌人だったんでしょ。けれど、一方で自分独りで歌い自分独りで楽しめばいいんだという、隠遁者みたいなのがいて、その隠遁者文学の系譜もある。それは本当に自分独りで歌い自分独りで楽しんでいただけかというと、それをわれわれが見て、自ら読者になって感激しているという場合もある。

　自分独りのために生んだものを共感して、ひそかに大事にしていきたい歌、つまりごく少数で共有したい歌と、それから広げて共有したい歌とは違う質のものとして二本あるということかな。

変質していく都会の中の「独り」

寺山　山頭火なんかのブームをどう思います。

馬場　そうねえ、どうもそこがよくわからないんだけどなあ。あれ、ブームっていうけれども、本当のブームなの。いまの文明に対する反措定みたいな気持ちでそれをいいと称する。私、実をいうと本当にいいと思えないの。

寺山　いや、もちろん、文学としてはすごく質の低いものだと思うよ。ディスカバージャパンというか、ＯＬが旅行の雑誌を買うのと同じね。地図の本がよく売れるのも同じで、自分のベルトコンベヤーがきちっと敷かれたとき、それからはみ出していきたいと思う。それは代理人にしてもらわなきゃいかんわけよね。

馬場　そういうことならわかるけれど。

寺山　山頭火が本当に愛されかかった時代があったとすれば、それは戦後の荒廃期に復員服を着て、弁当箱一つで自分のアイデンティティというか、まさに自分の主題歌を探して旅に出た時代だろうと思う。ところが、いまはきれいな、カルダンか何か（笑い）、そういうのを着た人が山頭火の本を担ぐ。

馬場　そうね。『アンアン』とか『ノンノ』とかで行くわけよ。

寺山　いまや、モデルを持つことによって自分自身の原型を確保することになった。歌の本質の複製というふうなものを、うまくテクニックとして使えるようになった。その意味で歌にとって非常に不幸な時代だという気がする。

馬場　山頭火がどこを旅したかよく知らないけれども、旅をするのは東京近辺じゃいけない。やっぱり辺境に旅をしなきゃ詩人じゃないよ、っていう一つのいき方があって、能因も西行も宗祇もそうだけど、日本で一流の詩人になるためには、どうしても都から離れて道の奥まで行かないといけない。そうしないと自分の詩人証明ができないようなところがあった。

　それは単に歌枕を訪ねていくだけじゃなくて、あらゆる文明というような拠点から離れたところでも自分の詩が屹立できるかどうかという一つのかけだったのではないかと思う。山頭火や尾崎放哉の旅にもそれに似たものを感じて、それがあこがれの的になるんじゃないか。芭蕉もそうだったと思うけれど。

寺山　いま、尾崎放哉の「せきをしてもひとり」とかいう感情は、都会ではないと思う。ただ、養老院かなんかで「せきをしてもひとり」という言葉がどきっとするような瞬間があるかもわかんないよ。

馬場　ああそうだ。それはすごくおもしろいわねえ。

寺山　けれども、尾崎放哉を老人は絶対に好きじゃないね。

馬場　そりゃ好きじゃない。

寺山　これが問題だと思う。そこで、何を自分の感情の複製の素材として選ぶかということを考えてみたい。ぼくらのころは、レコード盤のペラペラの円盤から聞こえてくる声が自分の人生を処方したり、感情を複製したりする。レコード盤というのは、そういう非常に不思議な円盤だったわけだよね。

　ところが、いまはテレビに本人が出てきて歌う。で、仮に五％の視聴率とすると三〇〇万台のテレビの中で「私ひとり」というのを歌うわけでしょう（笑い）。三〇〇万回、「私ひとり」ということを歌う。これがすでに恐ろしいことなんだけど、それをカラオケにして、複製化されたものを自分で歌うとき、もう自己複製化が始まってる。そこでは方法と方法化されるものとの位相が全く逆転して、自分がいつの間にか霊のない霊媒になってる。それが銀座あたりの地下の穴場で「私ひとり」って歌ってる。これはちょっと大変なことだと思う。

馬場　歌っている人は、衆の中の孤独とか都会の中の孤独とか、そういう「独り」というものをそこで感じているわけなんでしょう。いや、感じていると称するわけでしょう。だから「独り」というものが変質してるわけよね。

寺山　そう。語尾にSのついた独りだ（笑い）。

馬場　寺山さんが『戦後詩』を書いたときに「地理の思想と歴史の思想」ということをいったのは、とっても優れたことだと思ってるんだけども、あの時代は「地理の思想」が割合よく理解されたし、「地理の思想」の可能性が短歌の中でも割合とよく表現されていたと思うの。私なんか「地理の思想」がなかなか歌にならなくて「歴史の思想」の方になっちゃうわけだけれども、私というのは自分一個の存在であると同時に、どこか遠いところに同じような存在があるかもしれないし、また逆に自分の背中に女の影法師がいくつもいくつもずーっと、あるいは古代まで続いているような感じもある。私なんかは、いまの薄く薄くなっていく人間存在を、分厚く分厚くしたいという希望があって、自分が背中にしょってる人間像というようなものを、血をさかのぼるような形でさかのぼることもある。自分の中にいろんなものが密集してある。それをどういう形で一つのもので表現できるか。寺山さんなんかはそれを芝居の中で表現できるけど、短歌の中ではなかなか難しい。

寺山　短歌というのは結局モノローグだ

からね。

馬場　モノローグそのものがダイアローグになる……。

いいじゃん、ジンジロゲでもウスクダラでもいい

寺山　馬場さんは終始一貫、歴史を連続したものとしてとらえようとしてきたわけでしょう。

馬場　「短歌はダイアローグになり得るか」っていわれると、すごく困るのね。モノローグがそのままダイアローグになれるところに、短歌の一つの核みたいなものがあるんじゃないかしら。

たとえば『伊勢物語』なんかは一首の短歌があって、昔、寺山さんがやったけれども、その一首の短歌に「男ありけり」ということで、いろんなドラマがくっつくわけでしょ。短歌が原点としてあって、そこに物語がくっついた。だけれども、『源氏物語』なんかは初めからつくり物語であって、そのつくり物語に、あるリアリティーを出そうとしたとき、一首読まれるわけで、歌があることによって、そのつくり物語が事実になっていくという面があったわね。

寺山　正岡子規以降、短歌で事実を歌うことが真実なんだというふうに、事実と真実とがすりかえられてしまった。で、それが、私製の文学というか人間観を非常に固定化して、短歌の、近代的な意味での文学的なおもしろさまでなくしてしまったと思う。ただ、短歌がそういうものからかなり解放されたということを前提にして、それでは短歌は、というと、やっぱり流行歌ですよ。

馬場　男が女になり代わって歌ってもいいし、女が男になりかわって歌ってもいいわけだけれども、そういう性の転換をして歌われた歌というものは、だれも本当にしてくれないという変なところがあるわね。その他の創作というのは許されるのに。

寺山　だから、流行歌の方が進んでんのよ。だって、流行歌じゃそういうこと平気でしょう。

馬場　そうそう。

寺山　何回もいうけど、おれ、なぜか『翔んでイスタンブール』っていう歌、好きだけど……（笑い）。それから「東京ララバイ」っていう詞だけ覚えてる。その前後は全然覚えがない。「南無阿弥陀仏」みたいなもんで、言葉がだんだんなくなっていくっていう感じがある。演劇がだんだん文学から離れていくのは当然だと思うんだ。だから、歌だって本当は全部「じんじろげ」だとか「ウスクダラ」だとか、「ケセラセラ」だとかでもいいわけですよ。

馬場　そうよね。われわれが日常見ているものは、全部声はあるけれどせりふがないのと同じだもんね。電車の中だってどこだって、言葉は聞こえるけれども……。

寺山　その言葉がなかったらその一日が成立しなかった、という言葉が一日に何語あるかっていうことを考えることは、とても面白いことだ。

（「朝日ジャーナル」一九七九年七月六日号）

〈歌〉の原郷へ

寺山修司論

岸上大作
Kishigami Daisaku

寺山修司論

「アカハタ売るわれを夏蝶越えゆけり母は故郷の田を打ちていむ」をそのプロローグとする「チエホフ祭」が、そしてその作者である十八才の少年寺山修司が、五四年の第二回『短歌研究』五十首詠募集の特選作品として入選したことは、戦後短歌史において、まことに象徴的な「事件」であつた。この五四年をぼくらは戦後短歌史における重要な屈折点と考えることができる。同じ年の第一回『短歌研究』五十首詠募集で、「乳房喪失」の中城ふみ子が登場し、華々しい脚光を浴びながら、夭折していた。五一年に『水葬物語』を出した塚本邦雄は、五五年の『装飾楽句』に、岡井隆は五六年の『斉唱』にやがてそれぞれ含まれる作品群を発表していた。寺山修司の「チエホフ祭」とこの五四年という年は、後年いわゆる前衛と称せられるグループの作家たちの、出発点ともあるいは導火点ともなるのである。

一方、その当時の歌壇はどうであつたか。前年の五三年には、斎藤茂吉と釈迢空との死去が記録されている。近代歌人としての足跡を残したこの二人を失つた歌壇は、五三年において、近代短歌史の事実上の終焉をみるとともに、その一応の成果を五一年の「新選五人」にまとめ、戦後短歌を数年にわたつて独占してきた新歌人集団を主体とする第一次戦後派の整理期、そしてそれにかわる新しい世代による新しい短歌の出現を期待して、表面的には空白のまま、胎動している状態にあつたといえる。そういつた点において、非常にタイミングよく、しかも「十代歌人」といつたキャッチ・フレーズであざやかに演出された寺山修司とその「チエホフ祭」の第二回『短歌研究』五十首詠募集の特選入選というこの五四年の「事件」が、戦後短歌史において象徴的な意味をもつのである。

「新日本歌人」を主体とする、短歌の左翼陣営をになうものとして「公認」されているグループのように、ぼくは政治と文学(短歌)とを素朴に一元化したり、文学(短歌)が単純に社会の現実を反映すると考えることに組みしないし、むしろ、「公認」の左翼短歌との妥協のない徹底的なたたかいにおいて自分の存在理由をみいだしているのだが、戦後短歌史は、結果的にみると、やはり戦後時代史とひじように密着したかたちで感じられる。

四五年、日本資本主義は、アメリカ帝国主義との東洋の市場分割をめぐる軍事的対立である太平洋戦争に敗北した。しかし、ある点までは利害の共通性をもつアメリカ帝国主義の占領軍は、日本資本主義を徹底的に壊滅するのではなく、日本の「民主化」という偽装のもとに、その軍事的敗北よりの立ち直りを合法則的ならしめるために援助したのである。したがつて、日本資本主義は、アメリカ帝国主義への独立要求、そしてその上での資本主義的同盟の要求をかかげた六〇年の安保改定をピークとし、五〇年の朝鮮戦争・五一年の講和条約と日米安保条約とをその転回点として、貪欲な資本蓄積によつて、高度の国家独占資本主義へと進展し、拡大安定期に入るのである。体制側からの反体制側への攻撃は、「民主化」「真空論」「逆コース」そしてマス・コミを主力部隊として大衆社会の幻想と天下泰平的な安定のムードを流すといつた巧妙なジグザグの手段によつておこなわれ、反体制運動はつねに一歩の遅れと戦略・戦術の重大な誤謬とをもつていたことを、ぼくは口惜しくも認めなければならない。いわく、日共の占領軍規定・二一スト・主流派と国際派との内部抗争・火焔ビン闘争・六全協等々。

それでは戦後短歌史はどうであつたか。独占資本の拡大安定期への転回点とちようどときを同じくする茂吉・迢空の死が意味するものは、前述したように戦後短歌の屈折である。この茂吉と迢空との死によつて、戦後短歌史は、その旗手としての第一次戦後派と第二次戦後派とに分けられる。個々の作家によつて微妙なニュアンスのちがいがあつたことは当然であるが、戦後短歌の第一の旗手であつた「新歌人集団」の作家たちは、敗戦を経験して激しくゆれ動いてゆく社会で、作者の内部世界(=個)と外部の現実社会との格闘のなかから苦渋な作品を生んでいつた。だが、彼らが、どちらかといえば社会と断絶して相聞や自然詠のカラに閉じこもりがちであつた、あるいは戦争期のように「個」を没却して時の権力に迎合してゆきがちであつた短歌の世界に、もちろん個々の作家の主体性の問題も問われるのであろうがとにかく「個」と現実の格闘をもち込んだ契機として、やはり占領軍による「民主化」とそれをめぐる社会のゆれる現実は無視することができないし、それゆえに独占資本が拡大安定期に入る後年の、これらの第一戦後派の作家たちの見事な挫折も理解される。そして、第二次戦後派であるいわゆる前衛派は、独占資本の拡大安定期への転回点と合致する茂吉・迢空の死をその第一次戦後派からの屈折として、拡大安定期に入つた独占資本の現実社会を背景とし、五四年の寺山修司と、その「チエホフ祭」を導火として登場するのである。

そこで、ぼくはやつと、五四年の寺山修司とその「チエホフ祭」が戦後短歌史にもつ象徴的な意味を、その後の寺山修司を解明し、批判することによつて、説明しなければならない必要に迫られる。確かにするためにくりかえしておくが、現代の日本の社会は国家独占資本主義の拡大安定期の現実にあるのだ。マス・コミを、その攻撃の最前線に配置して、大衆社会（あるいは中間階級社会）の幻想と、天下泰平的な安定のムードが、独占資本の側より流され、反体制運動には、「公認」の指導部の日和見主義と戦略・戦術の重大な誤謬によつて、分裂・混乱の状態にある人民の革命的なエネルギーの高揚はみえない。そして、「日本の若い青年は裸の体にじっとしがみつかれて動きがとれない、やりきれないとらわれの状態にある」（大江健三郎『われらの時代』）のだ、この状況のもとで、若い世代の芸術家に課せられていることは、吉本隆明が「異端と正系」で正しく指摘しているように、「現代の社会的な情況の本質をみきわめるためには、ふかく絶望し」「そうすることによって現実的なものと本質的なものとが重なってみえるところで、現在の独占支配」の「本質をさらけだす」ことにあるのだ。あるいは、「ふかく現代の情況にも、日本の前衛的な政治にも絶望しながら、その絶望を主体的な希望のバネに転換し」（吉本・前述書、傍点・岸上）現在の「公認」の指導部の日和見主義によつて混乱させられているプロレタリアートを中核とする人民の革命的エネルギーを正しく把握し、その背景のもとに輝かしい未来の建設を指し示すことにあるのだ。つまり、大江健三郎いうところの、徹底的に「暗い眼の青年」を描くか、それとも暗さを超克した徹底的に「明るい眼の青年」を描くか、その二者択一に迫られているのである。そして、「暗い眼の青年」にしても、「明るい眼の青年」にしても、それを描きうるのは、作者の内部世界と外部の現実社会との格闘の苦渋を知つているもののみに許されているのである。

それでは、短歌において若い世代の支持をその一身に集めている寺山修司はどうだろうか。そこには、第一次戦後派とはつきりと断絶した意識と方法とでもつて、「個」と現実社会との格闘の苦渋から生まれた「暗い眼の青年」もしくは「明るい眼の青年」は描かれているのか。残念ながら、ぼくの結論はその答としての〈ｎｏｎ〉にはじまり、またそれに終わる。

まず、五四年の「チエホフ祭」から、六〇年の「砒素とブルース」にいたる寺山修司の作品をアト・ランダムに抽いてみよう。

勝ちて獲し少年の日の胡桃のごとく
　傷つきいしやわが青春は

そら豆の殻一せいに鳴る夕
　母につながるわれのソネット

海を知らぬ少女の前に麦藁帽の
　われは両手をひろげていたり

business のごとき告白ききながら
　林檎の幹に背をこすりおり

青空におのれ奪いてひびきくる
　猟銃音も愛に渇くや

乗馬袴《キュロット》に草の絮つけ帰りきし
　美しき疲れをわれは妬めり

胸病めばわが谷緑ふかからん
　スケッチブック閉じて眠れど
ラグビーの頬傷は野で癒ゆるべし
　自由をすでに怖じぬわれらに
草にねて恋ふとき空をながれゆく
　夏美と麦藁帽子と影と
わが胸を夏蝶ひとつ抜けゆくは
　言葉のごとし失いし日の
わがにがき心のなかにレモン一つ
　育ちゆくとき世界は昏れて
わがカヌーさみしからずや幾たびも
　他人の夢を川ぎしとして
銅版画の鳥に腐蝕の時すすむ
　母はとぶものみな閉じこめん
古いノートのなかに地平をとじこめて
　呼ばわる声に出でてゆくなり

右に引用した作品によつてもわかることとおもうが、寺山修司の作品は五音・七音を基調とした、原則的に「5・7・5・7・7」五句三十一拍の短歌の「リズム」の駆使と、多様な状況における「われ」の設定とをその特色としている。したがつて、また、ぼくのこの「寺山修司論」も、この二点において、解明し批判することになるだろう。そのことによつて、右に述べた結論を説明しなければならない。

「三十一文字という拘束は匿名的な短歌ジャンルの唯一の特色であり、非個性的であるからここに意識的に設けられた状況『シチュエーション』は可能から言えば全ての生活者の自発性となりうるものだ。更に短歌を僕たちが選んだのは、この曲折、つまりリズムがユニヴァサリティそのものであり、読む者を統べうる可能性のせいではなかろうか。」（『短歌』五六年九月号「ピラミッド上層部の歌人」）

「リズムによって社会性を保ちうる」（「短歌研究」五七年十一月号「二つの問題について」）

「五音・七音のリズムのことについて、僕は最近一つの感想をもっています。それは短歌という様式が存外人に忘れられていながら、五音・七音のリズムの方は大衆の感受性の底にまだ根強くのこっているということです。」（『短歌研究』五八年四月号「明日のための対話」）

「短歌とは五七五七七という様式であり、それ以外の何ものでもない。」（『短歌研究』五八年八月号「様式の遊戯性」）

「ながい歴史がここに五・七・五・七・七という精神の同胞性の多面形態を遺産として伝承してきたことが問題であり、日本人の感受性の最大公約数のなかに、否定しようとしても消し難い言葉の様式としての定型が在ることを誰れが認めずにいられよう。」（『短歌研究』五八年十月号「鳥は生まれようとして」）

ながながと引用したが、つまり、「短歌はリズムによって社会性を獲得する」と、寺山修司のリズムについての主張は要約されるであろう。そして、このリズム論と密着したかたちで、その作品における多様な状況への「われ」の設定ということを、ぼくらは感じることができる。だから、たしかに、寺山修司は、リズムの駆使によって、現実にある「われ」の私小説的告白ではなくて現実にありうる「われ」を描いたのだし、またそのゆえにその「われ」が読者のなかにおいても普遍的に存在することをかちとった、つまり社会性を獲得したことは、そのすべての作品の微細な検討によるまでもなく理解できるが、そうだからこそ、いまやぼくらにはその社会性そのものを批判することが緊急の課題となってくるのである。

寺山修司は、嶋岡晨との論争のかたちで書いた「鳥は生まれようとして」のなかで、「現代は様式喪失の時代である」と嘆いていているのだが、むしろ「現代はすべてが様式の時代である。」と訂正すべきことは容易に理解できるであろう。つまり、ムードの時代である。革命の前衛たるべき日本共産党（代々木所感派）でさえもが、危険のない、ただ独占資本の繁栄・安定を支える一つのムードにすぎないように、すべてが、拡大安定期にある国家独占資本主義のムードに乗った（あるいは流された・利用された）様式の時代である。「怒れる若者」「ビート族」「ヌーヴェル・ヴァーグ」「ファンキー族」それから前衛芸術（草月流からミュージックコンクレートまで）等々の前衛的な側面と、能・カブキをはじめとする古典芸術・歌謡曲の湿ったメロディー・チャンバラ映画などの後衛的な側面、このふたつの側面の共存共栄は、まさしく、非常に高度に発達した側面（例えば資本蓄積・官僚組織など）と非常に遅れた側面（農村・中小企業など）と相異なる側面が矛盾することなく調和してその土台となっている日本の資本主義そのものの構造と一致するのである。だから、本来はかたちのないものまでがすでにひとつのかたちであるにすぎない現代において、もっとも洗練された既成のかたちをもつ短歌によることは、もっとも困難な、そして危険が容易に予想されうる行為である。一方、逆にその危険を主体的に認識しうるものにとっては、既成のかたちによることもひとつのたたかいの方法として可能でありうるとも言えるが、この方法は、更に前者よりも困難なわざであろう。

だから、寺山修司が「リズムによって社会性を獲得する」と言ったことに対してぼくらはその信じ切った楽天性を讃えればいいのかも知れない。しかし、寺山修司が、私小説的告白をしなかったとか、アララギ・トリヴィアリズムに陥らなかったとかいうことは少しも誇りうべきことではないのである。「リズムによって社会性を獲得した」と言っても、それは、拡大安定期にある国家独占資本主義社会の現実に呼応・迎合した「われ」のそれへの拡散、「われ」のそこでの喪失にすぎないからである。「寺山修司の歌にたびたび見い出すことのできる〈われ〉という言葉に」ついて、田島邦彦は『具象』第一号の「現代短歌試論」で、「最初にして最後である究極的な一点は、彼自身に主体的な感情・認識および意志が欠如しているのである。それは」「〈われ〉という言葉に関するところの独善的な空想・思考の捻出力とは、どれほども緊密な意味あいの繋がりは持っていない。」「感情・認識・意志が稀薄になると自己自身が稀薄になり、自己全体が稀薄になると自己全体が空想的になる。空想的ということは、より深い意味での自己の欠如である。」と正しく指摘しており、これをぼくの補足的説明にかえる。

かたちのないものまでが、かたちになつてしまうといつた、すべてが独占資本主義の繁栄・安定のムード・様式である現代においてそのリズムがもつとも洗練されていて、もつともそのムードに便乗しやすいあるいは利用されやすい短歌においては、そのリズムに抵抗し、「われ」に執着することが、文学としての存在理由をうる方法ではなかろうか。もちろん、前述したようにリズムによることによつて逆にねばつこい抵抗も可能性としてはありうるのだが、そのことは非常に困難なことであるから一応論外にしてもいいし、寺山修司の場合もそうでないことは容易に立証されるだろう。結論的に言えば、塚本邦雄のように徹底的な内部世界への求心性において抵抗を示したり、岡井隆のように内部世界への求心性と外部世界への拡散性との矛盾・軋轢においてその抵抗を示すのではなくて、寺山修司は、その短歌リズムの駆使あるいは短歌リズムへの投身によつて、「われ」を多様な状況に設定し、つまり拡大安定期にある日本の国家独占資本主義社会の現実に呼応・迎合し、「われ」をそこへ拡散し、そこで「われ」を喪失する。そのことが、寺山修司のいう社会性なのであり、また「われ」を喪失し、それに呼応・迎合することが現代社会でいわれるところの社会性でもあるのだ。このみごとな調和に、ぼくらはもはや批判のことばをもちえない。

寺山修司を罵倒するものたちは、異口同音に「彼は現代の青春を描いていない。」というのであるが、果してそうであるか。もちろん〈ｎｏｎ〉である。「寺山修司こそ青春の唄をうたつているのである。」とぼくらは主張しなければならない。いまみたように、自己を喪失している寺山修司の作品はもつとも「現代的」であるのだ。もちろん、若い世代の芸術家は、前述したように、作者の内部世界と外部の現実社会との格闘の苦渋から「暗い眼の青年」あるいは「明るい眼の青年」を描かなければならないし、ぼく自身こそそうでありたいとねがっていることに訂正はないのだが、そのことは少しも「現代的」ではない。そして、「現代的」である寺山修司の作品は、「暗い眼の青年」とも「明るい眼の青年」ともかかわりはないのである。ともあれ、プロレタリアートを中核とする人民のエネルギーが、革命への高揚を示す日まで、寺山修司の短歌は、「現代」の青春の唄として、国家独占資本主義の拡大安定期にある日本の現代社会において、その存在理由をもつことは確かなのであるから、ぼくらは、ただ、寺山修司とその支持者である「現代」の青年たちに、祝福の花束を捧げれば良いのであろう。まことにめでたいかぎりである。

最後に寺山修司と「新日本歌人」を主体とする「公認」の左翼短歌とについて書かなければならない。

寺山修司の作家としてのあり方、あるいは私小説的告白やアララギ・トリヴィアリズムから短歌を解放しようとした姿勢は、もちろん前述したように批判されるが、一面、ぼくがぼくなりに解釈して、左翼短歌の不毛に対するひとつのアンチ・テーゼとすることも可能なのである。つまり、文学（短歌）することは選ばれたる少数者の営為だということが文学（短歌）の大前提であるにもかかわらず、「公認」の左翼短歌陣営には余りにも理解されていないのだ。

「民衆短歌」（新聞・雑誌の投稿短歌、結社雑誌の底辺の短歌）を守れということは、「公認」の左翼短歌の文学（短歌）理論の一つとして、大きなウェイトを占めているが、この民衆短歌路線は、戦前のナップ成立からナルプ解散に至るいわゆるプロレタリア文学と戦後の『新日本文学』を主体とする民主主義文学、つまり「公認」の左翼文学がその文学理論として掲げたいわゆる「大衆化」路線の決定的な誤謬の延長線上のものとして唱えられている。何度もくりかえしていうが、作者の内部世界と外部の現実社会との格闘の苦渋のなかから文学（短歌）は生まれるのであつて、そうすることを許されているのは選ばれたる少数者なのである。だから、「民衆短歌」にみられる、民衆の怒り・喜び・悲しみなどとは無関係である。もちろん、そのことは、作家が「個」の世界に閉じこもつてひとりの嘆きに終始することでもなく、ひとりの人間として、現実の民衆の怒り・喜び・悲しみなどにかかわりを断つてゆくべきだというのでもない。あくまでも文学（短歌）として、「民衆短歌」は意味がないというのである。民衆短歌を守るかどうかということは文学の問題ではなくて政治の問題なのだ。国家独占資本主義の拡大安定期の社会にあつて、その安定期なムードに押しながされている現在の「民衆短歌」にあらわれた民衆の素朴な怒り・喜び・悲しみなどを、自己のおかれている状況を徹底的に追及する方法を自己のものとして獲得することによつて、現在の独占支配の本質をみぬき、革命へのエネルギーに高揚してゆくことは、ひとつの文化運動の戦術として理解するならば、決して無視できないし、むしろそれは重要な意義をもつことになるであろう。しかし、それは文学（短歌）運動とは、異なつた次元の、つまり政治上の問題である。ぼくは、さきに文学（短歌）は、「個」の内部に閉じこもるのではなく個と現実社会との格闘の苦渋から生まれるものであるといつたが、しかし、だからといつて文学（短歌）することでもつて、社会の変革に何ほどかの貢献をしうるものと考えるのは誤まりである。文学（短歌）することは、あくまで選ばれたる少数者の苦しい、しかし空しい営為なのである。文学者の社会的存在は何らの特権的地位を約束されるものではなく、つまり文学者は文学者として社会的に存在するのではなく、あくまでひとりの人間として存在するのであり、そのひとりの人間として存在するものが、自分自身の個と現実社会との格闘の苦渋のなかから文学を生もうとするのであるから、それは無償の、またそれによつて何らの社会変革への貢献もなしえない営為なのである。選ばれるのは、そのことを知つている少数者なのである。〈24 sep. '60〉

＊

〈附記〉自分かつてな自己主張のために、強引にあるいは性急にすべてを割り切つてしまわなければならない必要性をいまは余りにももちすぎているために、「寺山修司論」ならざる「寺山修司論」になつてしまつたことを誰よりもぼく自身強く感じている。『短歌』と『短歌研究』（『短研』と略す）とによつた資料を左に掲げておくので、何よりも読者自身の「寺山修司論」を書かれることを期待する。もちろん、ここに書いたかぎりにおいてはすべてぼくの責任であるから、批判があればいつでもお応えする。

　寺山修司の短歌作品は、作品集『われに五月を』（五七年作品社）と歌集『空には本』（五八年的場書房）とにその大半が含まれている。歌集以後の作品には、「街のジュネ」（五八年七月号『短歌』）「洪水以前」（五九年一月号『短研』）「氷湖に趨れ」（五九年四月号『短歌』）「飛ばない男」（五九年九月号『短研』）「他人の時」（五九年十月号『短歌』）「首」（六〇年二月号『短歌』）「砒素とブルース」（六〇年四月号『短歌』）などがある。エッセイは、長短さまざま数多く書いているが主なものとしては、「明日のための対話」（谷川俊太郎との往復書簡の往信、五八年四月号『短研』）「様式の遊戯性」「鳥は生まれようとして」（いずれも嶋岡晨との論争、五八年八月号と十月号『短研』）「葬られるべきは誰か」（加藤克巳との論争、五九年三月号『短歌』）。短歌以外の仕事としては、俳句・現代詩・ドラマ・ミュージカル・放送劇・テレビドラマ・映画脚本と幅広くあるが、資料不足で紹介できない。

　最後に寺山修司論としては、「若い肩への期待」（荒正人、五五年一月号『短歌』）「若き森への散策」（石崎晴央、五六年四月号『短研』）「危機について」（塚本邦雄、五七年三月号『短歌』）「明日のための対話」（谷川俊太郎・往復書簡の返信、五八年四月号『短研』）「新世代の旗手6・寺山修司論」（菱川善夫、五八年六月号『短研』）「空間への執着」（嶋岡晨）「荒れた花圃」（舟知恵）（ともに五八年七月号『短研』）「〈楽しい玩具〉への疑問」（嶋岡晨、五八年九月号『短研』）「歌の本棚」（仁木悦子、五八年十一月号『短研』）「寺山修司論」（原田禹雄、五九年十一月号『短歌』）などがある。

（『短歌』一九六〇年十一月号）

つらつら椿つらつらに

塚本邦雄
Tsukamoto Kunio

寺山修司がパブリックに発表した全作品を制作年代順に集録するなら、冒頭は二十九年十一月の「チエホフ祭」になるだらう。サブ・タイトルの「青い種子は太陽のなかにある　ジュリアン・ソレル」と共に、

一粒の向日葵の種まきしのみに
　荒野をわれの処女地と呼びき

を含む人口に膾炙された五十首は、作者自身が愛惜をこめつつ悪んでゐるであらう、作家としての出生の秘密、あるひは栄光を十二分に記憶してゐる。

種子・陽・土という自然に密着した思考方法は、やがて血・母・故郷といふヒューマンな、時としてはあまりにも人間的なパターンに容易に発展するのであり、民族・文明・国家といふ高さ（あるひは低さ）へも急激に移る可能性を夙に孕んでゐた。

戯曲の処女作と言つてよいものに三十一年五月の「忘れた領分」がある。ぼくは当時二十歳になつたばかりの彼を見て、この抜群の美貌を賦与された青年が、一体何が不足で歌や劇を書かうとするのだらうと訝しんだことがある。彼の傑れたエセーの一つに「行為とその誇り」といふのがある。これまた著名な、例のヒトラーの少年時代を導入部にもつ、行為と断絶した現代芸術への弾劾文であるが、行為の優先、その尊厳もさることながら、ぼくにとつてはあらゆるものの極限、至高の場所に美の幻影があり、当時のぼくの美への妄執は、それが音楽であれ昆虫であれ風景であれ、単に美しくあることで、いかなることも許容され得るのだと考へるまでになつてゐた。

寺山修司のフィジカルな美は、ぼくにとつてたとへ彼が愚昧な市井人であれ、兇悪犯罪人であれ、赦されて当然であり、その負、もしくは悪と見事につりあふものであつた。

爾後、その所感を披瀝するたびに、ぼくは彼のけたたましい

失笑をうけるのだが、そしてその失笑には何十パーセントかの含羞が混つてゐるのだが、それはともかく、その美を己が作品の美学に可能なかぎりの価値転換を計り、申分なく成功した彼に、何よりもまづ敬意を表するのだ。このやうな青年がナルシシズムに陥らず自立し得たのは奇蹟に近い。その自立をうながす強烈なサゼッションとブレーキは、一体何からもたらされたものであらうか。

　十九歳でラティゲに挑戦して彼は「はだしの恋唄」を書いてゐる。彼はその挑戦の契機を「嫉妬」と告白してゐるが、それ以後この系列だけでも、シュペルヴィエルからアヌーイへ、またジャン・ジロードゥへと延び、一方、彼の食欲で清冽な触手と感覚は、モダーン・ジャズ、スポーツ、ギャンブルにおそひかかつてこれを餌食にし、その思想はコミュニズムに、テロリズムに、アナーキーにとアタックを試み、錬磨されていつた。「大人狩り」「フットボロジイ」「殺人ブルース」「人間実験室」「血は立ったまま眠っている」「ジャズのための楔形文字」等々の代表的秀作は、彼の変転と反応の如実のパノラマと言へるだらう。勿論これらの中にも、その作家として自立してゆく、顕著な道程は見とれよう。雙面神否多面神的な彼の才能の一面一面を見て月旦する事は、ぼくのもつとも警戒するところであり、逆にまた常に彼の出生に遡つてその全作品を云云するのも採るところではない。彼の言ふ「短歌とは、孤独な文学である」、その短歌から、原則的には一歩も踏み出さぬぼくにとつて、寺山修司は最も語りにくい作家の一人なのだが、かつても今も、ジャズと競馬には全く興味のないぼくに、例外的にM・J・Qの演奏に惚れこませ、馬なる動物のうつくしさを知らせて、ぼくの短歌作品に際だつた輝きを与へ、はたまた、スタインバーグ、ビアズレー、ボッシュの絵を偶然、別別に熱愛し、アイリッシュ、秋成、ラブレーを個個に賞讃しあつてゐた知己として、その共感の因のある部分を要として釈明することは、不可能ではあるまい。

　憎悪と侮蔑、このエネルギーこそ寺山修司の作品を貫く、一すぢの焔であり、彼の営為を繋ぐ赤と黒の粘液であらう。

　戯曲集にをさめられたドラマは、期せずして冒頭に述べた血・母・故郷の三位一体もしくは三律相背反を、その明確な主題としてゐるものが過半数を占めてゐる。

　一人息子の母殺し、これを基本パターンとするそのヴァリエーションは、この巻にも、当然頻出する。巻頭の「青ひげ」と巻末に近い「十三の砂山」はその典型であり、姥捨伝説と直結しながら、あの「楢山節考」がかまととぶつて、また無意識にせよ素朴を衒つて、見て見ぬふりをした母子相姦の腥い因果絵を、エディプスもどきになまなましく描き出してゐる。「青森県のせむし男」「子守唄由来」は逆に母の息子殺しと言へようが、一方は嬰児殺し、一方はネクロフィリアから出発した、母子の愛情であり、母・息子のコントラストと脈絡に変りはない。それは「狼少年」においてローマ神話を思はすばかりの獣・人相愛の形式を借りながらも、母殺しのカタストロフで一致してゐる。父はつねに死者であり、哀れな存在であり、作者は時に軽侮と揶揄のニュアンスは見せつつも、つひに宥し愛しているのだ。私はフロイディアンではないが、この母性憎悪、父性偏愛のテーマが、戯曲集の1に、たとへば「さらば映画よ」等に顕著な、男色のモティフと決して無関係ではないことに思ひ及ぶのだ。1におけるほどあらはでなくても、この巻にある「九州鈴慕」の、鵙市と半助の、あるいは「木」にあらはれる老人と少年の優しい交情にも、父を宥そうとする作者の意識下の希求は、やはり微妙に反映してゐるのである。

　母と息子の関係は「犬神」では祖母と孫に移行してゐる。またここでは数代にわたつての「母殺し」的惨劇が暗示されてゐるが、孫の娶りに際して見せる祖母の惑乱は、母子のケース以上に腥くどす黒い。母が「女」である場合の相姦はむしろ「ノーマル」であり得るが、性を喪失した「婆」である時、その精神的な酷愛は忽ち地獄絵となつて凄じい鬼気をはらむ。作者がプラトニックな男色を奇怪だと断定するのも、あるひはこれと表裏一体の感覚ではあるまいか。さらに極論すれば、教育勅語的母孝行など、葉隠的衆道と軌を一にしたアブノーマルを美徳即悪徳となるのだらう。

> 「どうせ老人どもの書くものは決つている。壁やテーブルの裏、なけなしの紙ナプキンにまで自分の伜や娘の名を書くのだ。これは呪いというよりは執筆のようなもので、生涯の読書と決めるや、くりかえしくりかえし死ぬまで読みつづけようとするのだ。」（「青ひげ」青ひげの台詞）

名を書かれた娘もやがて婆あになり、同じ妄執の読書を繰返す。血と呼ぶ邪悪の絆は断つても焼いても消滅することはない。呪ひは別の呪ひによつて解けるとしても、執着はこの血が水とならぬ限り離れることはない。その絶望的な因果を作者は憎み蔑んでやまない。リチャードソンの「ラヴド・ワン」の死後の幸福幻想など、日本という風土の中では全くのナンセンスにすぎない。墓石に母の経血のこびりついてゐる、醜悪な地獄幻想がぴたりの後進国的条件の中で、作者は歯軋りする。所詮血のつながりと土の臭ひの、毒毒しい環境にあつては、生きてゆくこと即ち地獄めぐりに他ならず、恐山は東京の真中にもあり、賽の河原はわれわれの寝室にもひろがつてゐるのだ。

　ついでに言へば、ぼくのもう一度観たい古典映画の一つ「生けるパスカル」のプロローグが、たとへば「十三の砂山」あたりのバックにくつきりと浮び上つてくる。ピランデルロの「マティアス・パスカル」をピエール・シュナールが映画化した一九三七年の作品だが、カトリーヌ・フォントネー（ああデュヴィヴィエの「にんじん」の母親！）扮するペスカトーレ夫人とその娘、即ちパスカルの新妻ロミルダ（ああ「格子なき牢獄」の不良少女になつたジネット・ルクレル！）に、日夜苛まれ、はづかしめられ、つひに蒸発してしまふ哀れな夫、母系家族から疎外されて、居る場所を喪ふ家長の姿がそれである。これにしろ、カミュの「誤解」にしろ、姥捨どころか、尉捨て、婿殺し、息子殺しに念ひをこらし、我欲を遂げねばやまぬ鬼子母ばかり、泰西の「家庭」小説にこの類型は枚挙に遑もなく、寺山修司の戯曲にあらはれる被害者としての母など、わづかにテネシー・ウィリアムズの戯曲に描かれてゐるにとどまらう。

その哀れなパスカルが、まだ幸福であつた頃、あらうことか捕虫網ひるがへして、蝶蝶捕りに興じてゐるシーンが、蟹吉のつくる押花の彼方に、今あざやかに重なつてくるのだ。時と所をたがへた雙生児めいたこの二人が、特に「所」のちがひで一方は蒸発を強ひられ、こちらでは実の母を殺しても罰一つうけずに微笑してゐられるのだ。蟹吉はじめ、半助、松吉、死者新作、狼少年、月雄、鵙市、どれもこれも肉体的か精神的か、その両方でか、紛れもない不具者であり、曲りなりにもまともに近いのは謙吉一人であらう。先天的に罰せられたこの一人息子たちは、ドラマの中では終始薄気味の悪い恩寵をあびて、笑みをただよはせながら母を罰する。その処罰、弑逆の快感は、作者の夢であり翹望であり、強ひて言へば寺山修司の愛、この世ならぬ侮蔑と憎悪の結晶としての慈しみである。

思へば、かつて群衆の中に紛れようとする若年の無名の、類ひ稀な才能であつた寺山修司が、今日群衆にとりまかれる、壮年の有名な、稀であり得る類ひのオールマイティ・マンにならうとしてゐることを、ぼくは一方で祝福し一方で口惜しがつてゐる。それはたとへば、

「誰かがふとりはじめると、べつの所で誰かがやせはじめる」(『大山デブコの犯罪』)

といふ、限りなく優しい加害妄想を、少なくとも「天井桟敷」以前にはもつてゐなかつただらうと考へることにも関はる。自分がポテンシャル・エナージーを強化することは、そのまま誰かをインポテントにすることであり、自分の恋人が美人であることは、誰かの女房が醜女であることなのだ。

侮蔑と憎悪を糧として人と成つた、しかもそれによつて傑れた、ユニックな作品世界を形成した彼が、憐憫と慰撫を調味料として、その世界を可能な限り拡げようとするのを、また、口惜しさを道案内人として、眸を輝かせながら、地獄周り、修羅巡りを企て、地獄よりも恐るべく、修羅よりも惨澹たる「彼方《ラ・バ》」を視て、ぼくたちに告げ、それがそのまま至高の悦楽に通ずることを知らせてくれた彼が、いつの間にか完璧な道案内人に変じ、ぼくたちに創られた地獄、設けられた修羅を見せて、そのリアクションを自らの愉悦としてゐる傾向のあることを、奈落《ヘル》の天井桟敷《パラダイス》を見下し見上げしつつ沈思するのである。

こせやまのつらつらつばきつらつらに
みつつしぬばなこせのはるぬを

ピトレスクなこの万葉うたを仔細くさく引用するのは他でもない。歌人としてのぼく、歌人として一たびは出発した寺山修司が、ひとしくこれを故郷としつつ、ぼくは短歌の上でこれを弑して自立し、彼は思想としての故郷脱出、遺棄を図つて、還らざるユリシーズに自らを擬したその苦痛を伴う対比を記念す

るためであつた。〈一人《いちにん》の刺客を措きてえらぶべき愛なくば水の底の椿〉とぼくは歌つた。寺山修司はその戯曲「子守唄由来」の中で、愛されすぎた一人息子の屍の上に、その怨恨のシンボルとして大輪の椿を咲かせた。彼の現実の故郷は、温帯植物である椿の北限に位する。根の生えた椿は南国を恋ひ、わが偶然の生地を呪咀しながら、ぎりぎりの花を咲かせねばならなかつた。辛辛《つらつら》椿《つばき》辛辛《つらつら》に、脱出も反逆も果さず、母に殺された息子の憎悪の上に花ひらいたのだ。ぼくは寺山修司が腥い怨念の象徴として用ひる曼珠沙華もさることながら、この椿なるグロッタの妖花に戦慄を覚える。何年経つても還つて来ない、即ち完全に家出した息子の幻によせる、母親の血の呪ひにいかに相似することか。

家出して男になつたとたんに、「ベッドの上のあざらし！」と娼婦に嘲笑され、殺人を犯すという破局などは、更に見事な照応といふ他はない。しかもその破局は、少なくとも今日のユリシーズにとつて、貞女ペネロペとの芽出たい同衾の夢で終幕となる喜劇に比べれば、このうつつの修羅からの再脱出の契機を摑んだだけでも幸福ではあるまいか。

ペネロペもどきの女性の愛に首までつかつてゐるならば、貴種流離譚は抒事詩たることをやめて女事詩に堕ちよう。それかあらぬか、「まんだら」では、

謙作　チサと謙作か
チサ　そう、謙作とチサよ
謙作　おれの名前の方がさきだな？　男だもんな

と、健気なフェミニストぶりを示してゐる。ジロードゥが「オンディーヌ」で、「ハンス、貴方が先よ、男ですもの」と水妖少女に言はせるのと、ぴたりと一致しているが、先もあともあるものではない。男はものも言はずに女を後目にかけるものだ。少くとも天国と地獄を股にかけて、今日こそメシアとサタンの雙面神としての魔力を発揮すべき寺山修司に、女は男にとつて悦楽の器以上でも以下でもあるまい。否女のみならず、人間は人間の悦楽の器、世界とは悦楽のひしめきあふ修羅場以外の何であらう。

この東北を主軸とした風土べつたりの、いはばジャポニカ・ドラマの中に渦まく呪ひが、観るものの目から血を噴くばかりの恐怖をよぶまでの、すさまじい普遍性をもつのも、つひに、作者の徹底したヘドニズム、またの名はニヒリズムのゆゑであると考へるのだ。琵琶、三味線、尺八の騒然たる哀調を伴つて、こまぎれいろは歌はうたふだらう。

いしかねぬゐに　くちみほそ
のせもたむるは　をえれよら
おまへがみたは　まだごくらくよ
とますわこきや　あんろゑめ

（塚本邦雄『麒麟騎手』一九七四年七月）

沼の底の悲鳴

塚本邦雄・寺山修司の原点

中井英夫
Nakai Hideo

『塚本邦雄歌集』をあらためて手にしているうち、その緑いろの函表紙に、スペードのジャックの図柄が空捺《からお》しされていることに初めてのように気づいた。――瞬間、これは『寺山修司全歌集』の間違いかと思ったほど、この紋章は（いかほど彼が望もうと）すでに塚本には相応《ふさ》わない。トランプでいえば、王様の中でただひとり髭のないハートのキング、かのシャルルマーニュ大帝を写したという肖像がそろそろ似合うに到った、いまはすでに一九七〇年代の半ばである。

＊

もとより歌壇は浄らかな湖ではなかった。それはメタンガスの泡立つ、瘴気あふれる沼だった。その沼に息をつめて潜り、臭気に僻易しつつ夢中で漁《すなど》るのが私の唯一の仕事であった。獲物――といってまだしかとは正体の判らぬ、泥まみれのその何物かは、岸辺まで運ぶのもやっとだったが、ひとたび清水に洗われると眼も彩《あや》に輝き出し、何よりも芳香を放った。すると遠巻きにしていた見物人たちは一斉に嘲笑し、そんなものに何の値打があると罵るのだった。まさか彼らのことごとくが色盲で嗅盲だと気づかない私は、またも異臭を放つ沼の中に潜り、またひとつの何物かを探り当てて岸に運ぶ。すると今度は、甦ったそいつまでがするりと見物人の中に入りこみ、一緒になって私に石を投げさえした。一九五〇年代の昔である。

＊

だが、時間の彼方にあるその暗黒の沼を、私はひそかに懐しむ。泥だらけで疲れきっていた漁夫の姿に憫笑を覚えながら、なおそれは妖かしの沼、不思議な魅力を秘めた沼だった。どこか未知の海に繋っているのかと疑うほど、そこには呼びかける多くの声があった。日が暮れて、ひととき鎮まる沼の畔に躯を横たえながら、なお私はその底から多くの悲鳴を聴いた。真珠貝に似た何物かが明滅して交信し合図を送ってくる。

――待ってろ、必ず援けてやる。

そう誓いながらしかし私は、どれほど多くの未生の魂を沼の底に置き去りにしてきたことだろう。

＊

七〇年代と五〇年代。その二十年の間に何が行われたのか、私は詳かにしない。たぶん沼にも多少の浄化装置が施され、生物らしい生物もいくらかは棲めるようになったのだろう。しかしひとつの、本当に大事な改革が行われたのかとなると、私には到底そうは思えないのだ。何より、あの徹底した色盲と嗅盲とが少しは治ったのか。自分や師匠の小詰らぬ作品の系譜より、短歌そのものの生命力を大事に考えるようになったのか。無名の新人の一首にも心底おどろく感受性を取戻したのか。その一首にすべてを棄てて帰依するほど旧人は謙虚になったのか。たぶん、答はいずれもノオである。そして沼の中には、まだ多くの悲鳴が埋もれている。

＊

塚本や寺山の登場前後の歌壇情勢がどうだったかというたぐいについては、私の『増補・黒衣の短歌史』を御覧いだだくほかはないが、苦笑と憫笑はなお交々に私を領して離れない。『水葬物語』の発刊が昭和二十六年八月、塚本の作品を初めて「短歌研究」誌上に飾ったのが、それより少しばかり前の同年八月号だが、そのちょうど二年前の二十四年八月号――初めて単独で編集した号の特集が〝色彩と夢〟だったことに、私はひそかな感懐を覚える。もうそのときから私は待っていたのだ。まだ姿を現わさぬ王子・王女たちのために、ふかぶかと絨緞を敷き、花を飾り、楽を鳴らして私は佇ち尽した。二十六年の「日本短歌」一月号に〝どらんぷ〟と題して、

……つまり新人のいない理由は「多すぎる」のじゃなくて詩人が「少なすぎる」のだ。どだい短歌は面白いが小説や詩は御免だなぞという人種がガマガエルの如く多数逼塞《ひっそく》する歌壇は災いなるかな。新風を計らずして新人たらんとする度胸また勇しきかな。……

などと記し、私はその遅い登場に焦々し続けていた。そして『黒衣の短歌史』に書いたとおり、私が塚本の名を知ったのは、いまあいにく手許にない合同歌集『高踏集』を、助手としていたY青年がけなしつけていたからなので、どんな歌集、どんな雑誌の隅々にまで眼を光らしていたなら、王子たちはもう少し早く光の階段を降りることが出来たのかも知れない。

ただこのY青年が東大の仏文科の学生だったことに、私はひととき時間の混乱をSFふうに思い浮かべずにいられない。もしそれが逆だったら。彼のほうが年長で編集長で、助手の私がせっかく賞めて書いた書評を「何だ、こんなもの」と取りやめさせ、二度と塚本の作品なぞに見向きもしなかったなら。おそらくその地球では歌人・塚本邦雄ならぬ小説家の塚本が先に登場することになっただろう。どう書いても私が先見の明を誇るたぐいに受け取られるだろうが、それももうかまわない。私は新人たちの声をすべて悲鳴として聴いたのだし、葛原妙子、塚本邦雄、中城ふみ子、寺山修司、そして相良宏や春日井建や浜

田到の登場のとき居合すことが出来たのを、倖せとも誇りとも思っているのだから。実際にまたY青年の例のように、私が編集長を勤めていたのは、まったく偶然にすぎないのだから。

しかもこの編集長は、向う気だけは強かったものの歌壇の旧勢力（何といっても敵は、私の畏敬してやまぬ斎藤茂吉、釋迢空の二人を生きながら神社に祭りあげておき、その神主としてもっともらしい神託を下していたのだから、かなうわけがない）にはまだ到底正面から刃向かうことも出来ず、二十六年の十二月号だったか、今年一年のすぐれた歌集を写真入りで二ページ見開きに出すというときにも、なお無名の新人塚本の『水葬物語』を、大それた、そんなところへ入れていいものかどうか、おそるおそる社長の木村捨録にお伺いをたてた記憶がある。

「いいですとも、入れましょう」

といったのか、

「ぜひ入れなくちゃ」

といったのか、その中間ぐらいのニュアンスで返事をもらったときの嬉しさ——といえば、あまりな私の気の弱さに呆れられるだろうか。私が旧歌壇に遠慮せず、自分の考えどおりに編集し出したのは、茂吉・迢空が死んでしまった翌二十九年からのことで、それまではむしろ歌壇の序列を出来るだけ壊すまいとし、ことに葛原・塚本という大事な二人は後ろ手に隠すように、何とか日立たずにしかも作家としては確固として育つように細心の注意を払っていた。その癖があまりに長く続きすぎたせいで、ちょうど機運が熟したとはいえ、後任の杉山正樹が、大胆に真正面から塚本・岡井隆の二人を押し立て、前衛短歌路線を進めたときにもハラハラするばかりだったし、角川書店の「短歌」のほうで冨士田元彦が、これも豪腹に新鋭たちを後押しするときにも、ひそかにかぶりをふりたい気持のほうが強かった。

非難がましいことをちょっぴりいうなら、二人ともに短歌というこのダメなもの、何の役にも立たぬものを何事か証しの役に立つ気でいるらしいのが、私には気がかりでならなかったのである。それなら旧歌壇の歌人諸公の決意と大して変らない。そして塚本邦雄と寺山修司の二人は、いや二人ばかりではない、私が確かに悲鳴を聴き、この腕に抱えあげた歌人たちのすべては、心底から短歌が無用のものだと知っている人たちばかりであり、それなればこそ身を挺して己れの一首を、決して自分のためではなくその空しさに捧げようとしたのだから。

塚本・寺山の原点というとき、二人ながらその初期作品が物語性に富み、色彩感覚にあふれ、それなればこそ後年、きらびやかな小説や前衛劇に結実したなどとしたり顔にいうことはたやすいだろうが、肝心なのはこの姿勢が初めから共通していること、そしてついに己れの旧作を超えられぬと知ったとき、潔く短歌をやめる決意を持ち続け、一人はすでにそれを実行したこと、これを措いてはあり得ないが、考えてみれば果敢ない話ではないか。それは歌人にしろ小説家にしろ、すこしまっとうな作家なら誰でも当然持つべき決意だというのに。川端康成は七十二歳、ノーベル賞を受けてまでなおその決意に殉じたのである。

*

両岸にレクィエムの響《な》る河をゆく船、たそがれて薊色の帆

しかもなほ雨、ひとらみな十字架をうつしづかなる釘音きけり

兵士ねむる革椅子のかげ、古びれし地球儀の海みどり濃かりき

『水葬物語』には、畏友杉原一司、さらに昭和初年の斎藤史の系譜そのままの作品もなお数多いが、この三首はようやく手探りながら自分の歌の核を摑んだものと、いまふり返ればいうことも出来るだろう。さらには、

貴族らは夕日を　火夫はひるがほを　少女はひとで恋へり。海にて

海底に夜ごとしづかに溶けゐつつあらむ。航空母艦も火夫も

殺戮の果てし野にとり遺されしオルガンがひとり奏でる雅歌を

の三首もまた、雲海に没して見えぬバベルの塔へのひそかな登り口であった。見えないのも道理、その塔はこれから塚本自身が建てなければならなかったのだ。もうひとつ、

乾葡萄のむせるにほひにいらいらと少年は背より抱きしめられぬ

割礼の前夜、霧ふる無花果樹《いちじく》の杜《もり》で少年同志ほほよせ

ひる眠る水夫のために少年がそのまくらべにかざる花合歓

に代表される少年愛の花言葉もまた、この集を飾る妖艶な縁《ふち》取りであり、もうひとつの入口である。この入口の階段は大そう登り易く、装飾もまた贅を尽し奇を凝らしているので、ここから塚本王国へ招待された向きも多いであろう。そしてこれらすべてを統合し代表するように、次の一首がある。

禁猟のふれが解かれし鈍色の野に眸《まみ》ふせる少年と蛾と

だが、せっかくのこの一首も、少年の長い漆黒の睫毛と、羽毛状に毳《けば》立つ蛾の触角との意外な相似に一度もおどろかず心ときめかしたこともない人にとっては無縁な美しさであることはむろんである。

*

森駈けてきてほてりたるわが頬をうずめんとするに紫陽花くらし

に始まる寺山修司の初期歌篇は、これに較べるとまったくどこにも系譜を持たない、いまとなってはあまりにも明るすぎ眩ゆすぎる少年そのものの世界である。

黒土を蹴って駈けりしラグビー群のひとりのためにシャツを編む母

蛮声をあげて九月の森に入れりハイネのために学をあざむき

雲雀の血すこしにじみしわがシャツに時経てもなおさみしき凱歌

川舟の少年われが吐き捨てし葡萄の種子のごとき昨日よ

胸病めばわが谷緑ふかからんスケッチブック閉じて眠れど

いくら引用してもきりのない、かろやかで自在な言葉たち。そしてこれらの作品群は、やがて次の一首に収斂されてゆく。

　失いし言葉かえさん青空のつめたき小鳥撃ちおとすごと

この一首は、いうとおり冷やかに玻璃の青空を映し、何物かに照準を定め得た一人の詩人像を浮き上らせるという意味で、同じころの寺山の代表句と照応する。

　目つむりてゐても吾《あ》を結《す》ぶ五月の鷹

おそらくこの一首と一句は、寺山修司の歌人・俳人としてというよりは、青春前期と後期の像をあまりにも截然と区別しすぎると思うほど、みごとに彫られ射ぬかれた言葉である。旅立ちの記念碑——というのは、この先寺山は『田園に死す』の世界に入って〝土着の情念〟の証しに励み、『日本人霊歌』でまた何事か私にはよく判らない証しにいそしんだ塚本とともに、ひととき私の手の届かぬ世界へ去ってしまうからである。

＊

先に〝いまふり返ればいうことも出来る〟などと曖昧ないい方をしたのは、いまなら塚本のほうは二十五年のその鮮かな軌跡を残りなく誰の眼にも明らかにしているし、寺山は全歌集を出して、すでに歌人としての生涯がどう始まり、どんな終焉を遂げたかを角川文庫の一冊で誰にでも判るほどになっているからである。しかし私は、まったくの未知の名前として二人に出会い、これからどんな変貌をとげるのか、それよりも眼の前におかれた生原稿の作品そのものが、信じていい本物の金貨かどうかを判断しなければならなかった。

塚本には最初から舌を巻き、稟質への危惧はまったくなかったけれども、寺山となると先に俳句のほうで天才児と騒がれているという噂と、斎藤正二から注意された、いくつかの類似句の問題もあって、果して中城に続く特選にすべきか、それとも第二回は該当者なしとして推薦にとどめるべきか、杉山正樹と二人でさんざん迷ったあげく、目次に入れるべき凸版だけは特選と推薦と二つ作っておき、本人に会った最初の印象でどちらかに決めようということになった。そしてまだ黒の学生服に学帽をあみだかぶりにした本人が初めて日本短歌社を訪ねてきたときは、とっさに推薦の方の合図を送ったほどである。

このいくぶん嫌味な挿話をあえて書き記すのは、中城のときもそうだが、無条件に飛びつける新人などいるものではなく、選ぶほうもほとんどすべてを傾けてその未知数の原稿と格闘しなければならぬこと、そして本当に新しいものが登場したときには、既成の集団の悪罵が強ければ強いほどいい、他ならぬそれこそが本物の証しだということを、骨身に沁みて知ったため

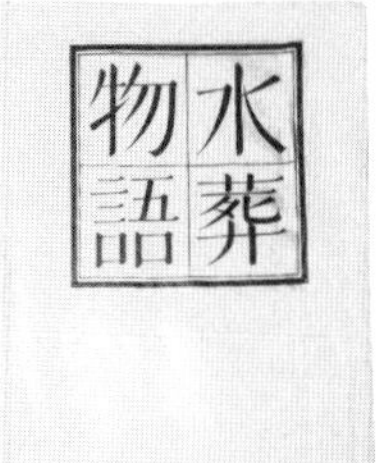

塚本邦雄『水葬物語』

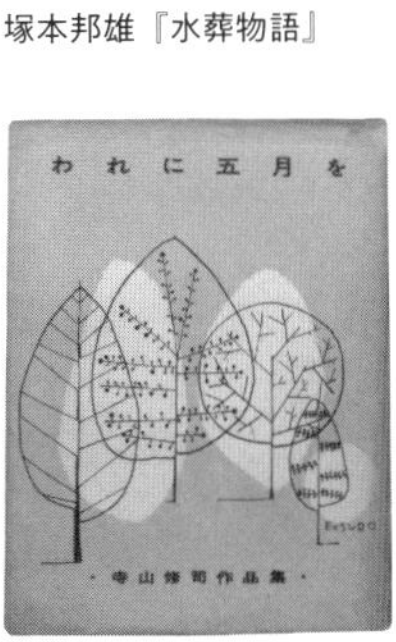

寺山修司『われに五月を』

に他ならぬ。だがいまもって寺山修司を前衛歌人などと呼ぶ無神経な評論が眼に触れるとき、歌壇の体質はついに変らぬことを苦く顧みずにはいられない。寺山や春日井の、どの一首を指して前衛などと呼び得るのだろう。

　五十歳をすぎた私の眼に、寺山の初期作品は前にもまして明るく、美しい。おそらく彼の登場のとき、内心でもっとも感嘆し、そしてそれをいえないもどかしさを胸に噛みしめていたのは、当時の五十代、結社の主宰者という肩書だけの歌人たちではなかったのか。


（「國文學　解釈と教材の研究」一九七六年二月号）

戦後少年の眼

寺山修司歌集『血と麦』

冨士田元彦
Fujita Motohiko

「うばぐるまか大きなアブちゃんか、マーマちゃんかピピたんとアブちゃんのベッドか、わたしのほんとうのあかちゃんかチワワを下さい」。

　ことし八歳になる娘が「サンタクロースさん」にあてた手紙が彼女の机にあったので、書き写したのである。「わたしのほんとうのあかちゃん」を含めて、昭和五十年の少女の願いが、すべて「遊び」にかかわるものであることに、感慨を禁じえなかった。彼女とちょうど三十歳ちがいのぼくは、終戦の年にやはり八歳であった。当時の少年にとっての願いは、半ば以上食にかかわっていた。大福餅を腹いっぱい食べたいといったように。自分で「飢餓日記」と称しているその頃の日記があるが、それは、毎日「きょうの朝ごはんは……」から始まり、三度の食事の内容やおやつにもらった大豆の煎り豆が何粒あったなど、何を食べたかについての克明な記録に終始している。少年にとって、「食う」ことへの執着がいかに深かったかを思い返すのだが、したがって、その時代に「麦」といえば、関心は、当然、それが飯の中に何分混っているかという割合にほかならなかった。ところが、ぼくの一歳年長にすぎぬ寺山修司にとっ

て、

海を知らぬ少女の前に麦藁帽のわれは両手をひろげていたり

という一首で代表されるように、麦は「麦藁帽」なのであった。実よりも、脱殻後の藁の加工品にまず目が向く、寺山修司との出会いは、そのことへの驚きからはじまった。

これは、寺山の「初期歌篇」中の作だが、『空には本』を経た『血と麦』になると、歌集の主調音の一つである「映子を見つめる」の中で、麦は次のようにうたわれる。

パンとなる小麦の緑またぎ跳びそこより夢のめぐるわが土地

厨にてきみの指の血吸いやれば小麦は青し風に馳せつつ

麦藁帽から、実を通りこして、こんどは青々とした麦畑なのである。食うべきものとしての麦のイメージは、ここにも見あたらない。そこに、戦後少年としての寺山の戦後論が沈んでいるような気がする。

いま、「主調音の一つ」という言い方をした。歌集巻頭の「砒素とブルース」を一方に据えてのことである。この一連は、

刑務所の消燈時間遠く見て一本の根を抜き終るなり

から始まっている。これは、ぼくが「短歌」編集部にはいって最初に送り出した号に載った作品だからよく覚えているのだが、初出時には「一枚の葉書出さむとトラックで来し黒人も河を見ており」が第一首目だった。しかしそれは、編集長の中井英夫氏が歌の排列に注文をつけたからのことで、もとの原稿では歌集のとおりだったのかもしれない。

初版『血と麦』は、九章の作品(と一本の評論)から成っているが、雑誌に発表されたときのタイトルと作品のまとまりがそのまま保持されているのは、この「砒素とブルース」と「映子を見つめる」の二章だけである。この一連には、右の一首のほかにも刑務所が三度も出てくるし、強制収容所、便器、地下鉄などがうたいこまれている。

きみのいる刑務所とわがアパートを地中でつなぐ古きガス管

麻薬中毒重婚浮浪不法所持サイコロ賭博おれのブルース

壁越しのブルースは訛りつよけれど洗面器に湯をそそぎつつ和す

これは、「不良少年」、というよりも戦争孤児の歌だと言っていい。婚約者への賛歌である「映子を見つめる」に対して、まさに陰と陽の関係にある。そして、この二連の対置にこそ、作品としての歌集『血と麦』にかけた寺山の寓意があるように思う。

「砒素とブルース」は、昭和三十五年四月の「短歌」に発表されている。ところが、角川文庫版『寺山修司青春歌集』に添えられた寺山自身の年譜によれば、三十二年、二十一歳の項に、「病状の小康を見て『砒素とブルース』『祖国喪失』『記憶する生』『蚪蝪の時代』など作歌」とある。制作と発表までに三年ほどのズレがあることになる。そればかりではない。同時に作られたという作品のうち、「祖国喪失」は『空には本』に収ま

り、「記憶する生」は風土社刊の『寺山修司全歌集』で設けられた「初期歌篇」というセクションに入り、そして「蚪蝪の時代」はこの全歌集ではじめて『血と麦』に加わっている。さきほど「初版」ということわり書きをしたのは、このように『血と麦』の成立・構造が単純でないからである。

もう一つ、初版九章のうち「わが時、その始まり」と「呼ぶ」の二章は、全歌集およびそれを底本とした文庫版にはなく、右の「蚪蝪の時代」と「真夏の死」の二章にいれ代えられている。では、消えた二章はどうしたのかというと、「わが時……」は、全歌集では『空には本』「初期歌篇」および「蚪蝪の時代」「真夏の死」の四か所に散らばっている。「呼ぶ」のほうは、「十五歳」と題され、そっくり「初期歌篇」の中に移されている。

なぜ、このような歌集の構成・異動にこだわるのか。それは、初版『血と麦』が、『空には本』の作品をも一部自身の中にとりこみつつ、それを媒介にして「初期歌篇」につながっていることによって、戦後少年の眼による昭和二十年代論を意図していると思うからである。全歌集の組みたてては、その絵解きであった。

戦後少年にとって、昭和二十年代とは、「アメリカの日本」の謂そのものであった。では、少年の眼に灼きついた代表的アメリカ人はだれだったか。けっしてマッカーサーなどではない。まず、フラナガン神父、フランク・オドーウル監督、マーガレット・オブライエンの名が浮かんでくる。

手許にある「野球時代」という雑誌を繙いてみると、昭和二十四年六月号の表紙裏に、「永遠につきることなき慈愛・再びフラナガンデーを迎えて」という、鈴木惣太郎の文章が載っている。フラナガン神父はアメリカのネブラスカ州オマハに、孤児や非行少年を集めた少年の町を開いた人として知られるが、二十二年にその伝記映画が公開されるのを機に来日した。そして、野球の好きな少年少女に会いたいという希望で、五月二十四日、後楽園球場の外野席を少年少女ファンに開放して、金星・中日、東急・太陽の二試合を観戦しながら神父と対面する機会が作られた。それからこの日を「フラナガンデー」と呼んで、日本野球連盟では少年少女ファンを優待することにしていたのである。孤児たちに、少年少女に野球を、という呼びかけは、朝鮮から引き揚げて東北の小都市の引揚者寮に住んでいたぼくには、とても眩しいものであった。戦後、われわれの信頼が回復したのはキャッチボールのおかげだったことを、寺山修司は『戦後詩』に書いているが、野球こそ、民主主義とアメリカの代名詞なのであった。

その意味で、戦後最初の日米野球、二十四年にオドーウル監督に率いられてやってきたサンフランシスコ・シールスのことは忘れられない。3A級のパシフィック・コーストリーグに所属するこのチームに、日本のプロ野球は六戦して一勝もあげられなかったが、全日本との最終戦、スタルヒンとメルトン、ベテラン同士の投げあいに始まった息づまる投手戦の九回表、スタインハウアーのホームラン一発により零対一で惜敗したときの口惜しさといったらなかった。もちろんテレビのない時代、ラジオにしがみついて一喜一憂していたのだった。

ハリウッドの名子役マーガレット・オブライエンは、二十七年に来日し、美空ひばりと共演して『二人の瞳』という映画を撮っている。日本の女優がアメリカ映画に出演して話題になることはあっても、アメリカの女優が日本映画に出演することは、それまでほとんどなかったのではないか。しかも共演するのは、ぼくとおない年のひばりである。オブライエンがもう過去の人だなどということは、少年は知らなかった。ひばりが扮したのは、「孤児院聖母寮建設資金募集」の旗をたてて街角で演奏している浮浪児たちの楽団のリーダーである。街のボスにいんねんをつけられた彼女が逃げこんだのが、学校の休暇を利用して日本に駐在する父をたずねてきたアメリカの少女オブライエンの家である。寮の建設資金募集は実は金稼ぎの口実で、チャリンコをやって警察につかまったりする浮浪児だったひばりたちは、疑いを知らぬ青い眼の少女の純粋さにうたれて、やがて本気でそのために働きだすというのが筋である。二十年代のアメリカと日本の関係を少年少女の世界にひきうつしたような映画だったが、ぼくらはただただアメリカという国のふところの広さに目を瞠った。アメリカという語の響きは、それ自体「現代」への存在証明だったのである。

昭和二十七年といえば、寺山修司は十六歳である。そしていま、『血と麦』を繰りながら、刑務所や鉄路や波止場を場とし、軍隊毛布が soul であるような「砒素とブルース」の世界に、この映画のひばりを見、青い小麦畑のこなたかなたに水甕を抱く少女や種まく人の点在する「映子を見つめる」に、オブライエン志向がうかがえるような思いにおそわれている。「映子を見つめる」の中で寺山は、

　　林檎の木伐り倒し家建てるべしきみの地平をつくらむために

とうたう。この「林檎」は「リンゴの唄」の「リンゴ」かもしれない。とすれば彼は、この歌集一巻の中に、みずからの「戦後」を埋めることによって、己れの二十年代のメモリアルとしての「少年の町」を、いや、水甕、山羊、馬鈴薯、そして小麦の緑と、「映子を見つめる」をおおう農本的発想からいえば「少年の村」を、築こうとしたのではなかったか。

「砒素とブルース」の二首めに「階段の掃除終えきし少年に河は語れり遠い街のこと」がある。この五句めは、全歌集以後「遠きアメリカ」と改作されている。それと歌集の後記である「私のノオト」の一節、「いま欲しいもの、『家』／いましたいこと、アメリカ旅行。／いませねばならぬこと、長編叙事詩の完成」を重ねあわせてみると、そうした『血と麦』の性格、ここに賭けた作者の意図は、さらに明らかになってくるではないか。

昭和二十年代、それは代替品の時代でもあった。イモは米の、サッカリンは砂糖の、軍靴は登山靴の代用として機能した。このような暮らしの中で代替のきかないもの、それは「血」、なかんずく寺山の場合、死によって欠落した「父」である。そこに彼は執する。

　　悪霊となりたる父の来む夜か馬鈴薯くさりつつ芽ぐむ冬

農場経営に想いおよべばいつも来るシャツのボタンのなき父の霊

　なかでも、農産物や農業にかかわる亡父のイメージが、「砒素とブルース」や「映子を見つめる」に影をおとしている。そして、代替不能の血としての父にこだわることは、代用品の時代、飢えの時代の象徴である「食べもの」をうたわないという意志につながっていった。「砒素とブルース」で、ピーナッツが少年ならぬ馬の飼料になってしまうのは、戦後少年の一つの抵抗の形であり、彼なりの「アメリカ」への反措定だったと言うことができる。

　だが、その果てに転機がくる。「映子を見つめる」掉尾の一首は、

目の前にありて遥かなレモン一つわれも娶らむ日を怖るなり

である。こんどは、自分が代替不能な父の世代となる日が近づいたのである。『血と麦』という一冊の書物に封じこめた少年の町、少年の村は、父の側に立つ日を前にした作者が、昭和三十年代・四十年代の少年のために用意したメリー・ゴーランドだったかもしれない。

（「國文學　解釈と教材の研究」一九七六年二月号）

＊初出時の標題（「血と麦」）を本書収録にあたり改題した。編集部

土俗的反世界

寺山修司詩集『地獄篇』

分銅惇作
Fundo Junsaku

『地獄篇』（昭45）は怪異な詩集だ。闇夜に黒衣をまとったような装幀、函から本を抜き出そうとしたら太い白蝋燭がころげ落ちたのには驚いた。こんな手のこんだ仕かけは、鬼面人を驚かすたぐいの悪ふざけかと思ったが、この詩集の読後感は何かしんとした厳粛なものであった。蝋燭をともして、惨烈な修司地獄に供養したい感じさえした。寺山のこれまでの多様な仕事のうちでも、これは最高に属する作品と思われた。

　この叙事的自伝詩は、その難解な独創的表現で読者を戸惑い

させることはたしかだが、無理に理解しようなどと身構えずに素直に読めば、反世界を構築しようとした作者の意図はわかりやすい。「あとがき」で、「地獄への工事だけがぼくのユートピア」「あんまり長い遺書を書きすぎて死ぬ機会を失ってしまったのがこの長詩」などと自解しているが、いわば地獄工作人とでも称すべき作者の詩的本質をその根源体験にさかのぼって自伝風に構成してみせたのが『地獄篇』の世界だ。

俳句、短歌、詩、演劇と、瞠目すべき異能を発揮してきた寺山は、現代の輝かしい前衛の闘士だが、前衛のうちなる古くて重いもの、闘士のうちなるはにかみとやさしさを見逃すわけにいかない。昔から文学青年は、まず俳句や短歌を詠み、次に詩に進み、小説や戯曲に転ずるというのが型通りのコースであった。田舎の文学青年はほぼ間違いなしにこの過程をたどって成長した。寺山はその意味で典型的な地方出身の作家である。ただ違うのは彼があまりに早熟で異能の才を示したということだ。

　目つむりゐて吾《あ》を統《す》ぶ五月の鷹
　流すべき流燈われの胸照らす
　莨火を床に踏み消して立ちあがるチエホフ祭の若き俳優
　一粒の向日葵の種まきしのみに荒野をわれの処女地と呼びき

こんな調子の初期の美しい作品は、十代の青年のものとは思えない完成度を示し、また十代でなければ生まれるはずのないナイーブさを包んでいる。比類のない叙情といってもよいが、それが単なる若さと言葉の才だけのことなら枯れるのも早いだろう。しかし彼の叙情は特異な幼少年時の根源体験に根ざしている。根源体験といっても、ふつうは年とともに遠くなり、色あせていくものだが、彼の場合は土俗的性格のものとして、年とともにふくれ、充実し、異様に輝き出している。俳句、短歌の形態には盛りこめないものとなって、詩形態を要求し、小説・戯曲へと拡散していく。目まぐるしいほど新奇な実験を試みているが、しかしその前衛の姿勢を支えているのは、意外に古くて重い根源体験なのだ。

対談集『言葉が眠るとき、かの世界が目ざめる』（昭47）所収の「関係論」（昭44・9・10「ＳＤ」）で、「作品というのは、一人の作家が世界を見るのぞきからくりの縁どりみたいなものに過ぎないということで、その背後に大アンドロメダみたいなものがある」と発言し、不可視の世界を見ることが必要だと述べている。彼の場合、大アンドロメダというのは、内奥の星雲状態つまり根源体験にほかならず、その不可視の暗い土俗的風景を反世界に映し出してみせたのが、『地獄篇』でもあるわけだ。

同じ対談集の「前衛芸術論」（昭44・1・6「週刊読書人」）では、「いま、ある意味でいちばん大事なのは根源への復帰だ。復帰じゃなくて、人間の生きる根源を再獲得しなければいけない」と発言している。回想すべき幼少年時の体験を持たない人はいないが、現代人の多くは復帰すべき根源を見失っている。詩的な根源体験は故郷や土俗と血縁関係で結びついて機能するもので、単に回想される過去の歴史的時間ではない。それゆえ、詩人とは血縁からの離脱者、家出人であることが必須の条件となろう。離脱したもののみが復帰する権利を保有するわけで、この点で寺山は資格十分の家出人である。寺山文学の基本的性格は「母殺し」「父殺し」の血なまぐさい劇であり、血族共同体から脱出して、自立しようとする戦いである。しかし、殺そうとして殺しきれないもの、脱出をはかって逃げきれないもの、それが彼の故郷であり、復帰すべき根源である。現実には彼の故郷の青森県であるが、彼の地理学では恐山に象徴される荒涼たる土俗的世界である。

われわれは土俗という言葉を手軽に使うことに馴れているが、土俗という言葉の内奥、その深い闇の母胎にはらまれたどろどろしたものを知らない。罪にけがされ、死者の怨念に満ちた土俗のなまぐささ、こわさ、悲しみを知っているのは寺山修司だけだといってもよい。土俗の闇を透視すれば、見えてくるのは不条理な地獄の風景だけであろう。しかも彼はその風景を観察者として見るのではなく、行為者として飛びこんで生きようとする。彼にとって地獄とは心象風景であり、それは見るものではなく作るものである。彼は生きたままで地獄を見るというよりも、地獄を自分で作る言葉の技師なのである。暗湿な不条理の世界を乾いた超現実の反世界として構築しようとする。彼の詩の世界にまきちらされている常套語は、死、屍、霊、死児、亡霊、墓地、仏壇、時計、位牌、念仏、棺桶、餓鬼、狐憑、犬神憑、首吊、間引、姥捨などの地獄の属性語である。さらに義歯、義手、義肢、虱、蝶、蛾、鴉、みみずく、禿鷹の類が登場し、カンナの花の真赤な血の色が燃え、半弦の月の青白い光が照らし、三味線と津軽民謡や小守唄が流れてくる舞台装置である。

寺山文学のこうした特色は、歌集では第二歌集『血と麦』（昭36）にきざし、第三歌集『田園に死す』（昭39）ではいっそう色濃いものになっている。例歌をあげて説明する紙数の余裕がないのが残念だが、短歌表現のギリギリのところというよりは、定型の形態の枠に抑えきれず、はみ出している内容の作品が多い。第三歌集の後記には「これは、私の『記録』である。自分の原体験を、立ちどまつて反芻してみることで、私が一体どこから来て、どこへ行かうとしてゐるのか考へてみることは意味のないことではなかつたと思ふ。もしかしたら、私は憎むほど故郷を愛してゐたのかも知れない」と書いている。彼は第一歌集『空には本』（昭33）では後記「僕のノオト」で「若さが僕に様式という枷を必要とした」と述べ、定型という枷が青春の情念の形態学として有効に作用したことを語っているが、第三歌集では窮屈な居心地の悪いものになっている。そのせいか「新・病草紙」「新・餓鬼草紙」の自由な詩形式で枷を壊す実験をも試みている。このころから短歌とは別に、長篇叙事詩『李庚順』（昭36）で母殺しのテーマを追求し、放送叙事詩『恐山』（昭37）で故郷の土俗を尋求しているが、短歌から叙事詩へと移行する過程で、『地獄篇』の世界が展開してくる。

同じく叙事詩的性格で、主題の追求に共通性も見られるが、『李庚順』と『地獄篇』とでは詩法が対照的である。いずれも作者のうちなる「もう一人の私」を伝記風に虚構化した物語詩だが、前者は現実的に構成され、後者は超現実的に構成されている。反世界を描く後者のシュルリアリズムのほうが、前者のリアリズムよりもかえって現実感を与えるのは、作者の詩的成熟を示すものだが、両者に共通する特色は原体験を反芻しながら、過去の短歌作品のイメージをモンタージュ式に再構成している点である。たとえば前者には「すりきれしギター独習書の上に暗夜帰航の友情もなし」「マッチ擦るつかのま海に霧ふかし身捨つるほどの祖国はありや」などの初期短歌が引用され、後者では「最後の歌」の章に「とばすべき鳩を両手でぬくめれば朝焼けてくる自伝の荒野」「暗闇のわれに家系を問ふなかれ書斎のドアのかげの亡霊」の二首が第三歌集『田園に死す』から引用されている。（ただし「暗闇の」の歌の初出の下句は「漬物樽の中の亡霊」。）

『李庚順』は第二歌集の、『地獄篇』は第三歌集の叙事詩化の試みといってもよいが、なお付言すれば、第三歌集をモンタージュしたものに近作のシナリオ『田園に死す』（昭49）がある。この作品は『地獄篇』の反世界の映画化を試みたものとみなすこともできるが、その「演出ノート」に次の言葉がある。

「これは一人の青年の自叙伝の形式を借りた虚構である。われわれは歴史の呪縛から解放されるためには、何よりも先ず、個の記憶から自由にならなければならない。この映画では、一人の青年の〝記憶の修正の試み〟を通して、彼自身の（同時にわれわれ全体の）アイデンティティの在所を追求しようとするものである」

この言葉は『地獄篇』の詩法の解説にそのまま借用しても不都合ではないだろう。『地獄篇』は自叙伝の形式を借りた虚構の叙事詩であり、作者自身のアイデンティティの在所を追求しようとするものであった。歴史の呪縛から解放され、記憶の修正を試みるために、反世界を構築する方法が用いられねばならなかったのである。

寺山はユニークな歴史観の持主で、「歴史には、何の目的も使命もない、というのが、私の少年時代からの一つの精神の綱領となっていた」（「歴史」）と述べているが、彼は歴史の無目的性に押し流されることを警戒する。過去は一切比喩にすぎず、それはエクスペリエントとしてではなくストーリーとしてとらえられねばならないと信じている。無目的な歴史の流れの必然性と、それに抗する個の存在の偶然性のかかわりあい方の葛藤に、ある力学を与えるのがアヴァンギャルドの役割りであり、ストーリーとしての過去をたぐりよせ、添削することが詩人の仕事だと考えているらしい。要するに、日常性に埋没せずに、過去を生きたものとして、その連続性を創造的行為において具現したいということだが、その切なる願いは「死を生きる」ことであり、生きたままで地獄を見る、というよりも地獄を自分で作らねばならないという義務感となる。

理屈はさておいて、『地獄篇』は第一歌から第十歌に至り、「最後の歌」の章を加えた構成になっているが、第一歌は転生の土俗信仰を叙し、自殺願望の反逆精神の芽生えを語る。第二歌では女の宿業が惨烈なイメージで歌われ、柱時計や仏壇が古く暗い〈家〉の比喩として効果的に使われている。作者の自解によれば第三歌は悪霊の法則、第四歌はその寓意的な解明、第五歌は悪霊への反抗ということになるが、凡庸な読者である私は作者の絢爛の詩才に圧倒され、地上のすべてのいかがわしい美学をひっぺはがしてしまった裸の原始的な風景、〈青森県上北郡の閻魔境〉の荒涼とした土俗的な風景、そのぬめつく血縁の地獄絵図だけが目に焼付いて、数霊を暗黒の世界の道しるべとして、死者の世界をさぐる主人公の少年探偵の姿を見失ってしまうのだ。闇を透かして見えるのは恐山の姿であり、聞えるのは哀切な子守唄のエレジーばかりである。

第六歌の故郷体験からの脱走、第七歌の都会の夜の風景あたりから、いささか説明的冗長に堕し、晦渋さが目立つが、都会の地獄を見抜くことは、この詩人の非凡な眼力をもってしても、なお及びがたいのであろうか。ともあれ、この詩集は作者自身の過去《ストーリー》への挽歌であり、魂の故郷の土俗への鎮魂歌でもある。しかし依然として地獄は鳴動して止まないようだ。

（「國文學　解釈と教材の研究」一九七六年二月号）

＊初出時の標題（「地獄篇」）を本書収録にあたり改題した。編集部

龍之介と寺山修司と

飯田龍太
Iida Ryuta

上《のぼ》りの中央線の列車（電車）が阿佐谷駅を過ぎると、左側の車窓の、家並みの向うに白い建物が見える。建物に比べて、不釣合いなほど大きい「河北病院」という看板。寺山修司が入院したという四百十号室が、かりに四階の十号室なら、あの窓のあたりだろうか、と思いながら眺める。

昭和五十八年四月二十二日、突然意識不明となった修司は、この河北救急病院に入院、意識のもどらぬまま、翌月の五月四日午後十二時五分に死去したという。享年四十七歳。

氏の入院は、いち早くテレビやラジオで、あるいは新聞紙上に報じられたが、肝硬変に腹膜炎と敗血症を併発して、最早手

のほどこしようもなかったようである。そして、一代の鬼才・寺山修司の死は、各方面に大きな衝撃を与えたようであった。

私は、寺山修司に一度も会ったことはないし、かつまた、俳句や短歌に関するいくばくかの知識を別にすると、戯曲や映画の脚本・演出等、あるいは長篇叙事詩から評論・散文のたぐいに及ぶ多彩な為事について、ほとんど知るところがなかった。

だが、一度だけ関わりを持ったことがあった。三十何年か前のこと。その年月のさだかな記憶はないが、突然氏から来信があり、第一回全国学生俳句大会を催すが、選者になってほしい。中村草田男と貴方の二人にお願いする予定である、という内意。懇篤な手紙であった。

年譜を見ると、昭和二十八年（一七歳）の項に、「全国学生俳句会議を組織、俳句研究社の後援を得て学生俳句大会を主催。」とあるから、あるいはその折であったろうか。すると、早稲田大学入学の前年、ということになる。しかもこのとき、すでに寺山修司の名は、俳壇の新星として、作品の若干とともに、私の念頭にあった。

諒承する旨の返事を出すと、折返し原稿が届いた。ひとり二、三十句だったが、さしたる人数ではなかったように思う。ひと通り目を通してみると、寺山修司の作品はとび抜けて秀抜。原稿はそれぞれ無記名であったが、すでに修司の作品として記憶にあるものが何句かあったためである。

しかし、募集要項を見ると「作品は未発表のもの」と明記してある。主催者自身、禁を破るのは感心しない。その旨したためて、選者はお断りすると返信し、原稿も送りかえした。それに対して、もとより何の返事もなかった。三十何年前といえば、当方もまだ血気のころ、あるいは文面も少々きびしいものではなかったか、と思われるが、ともかく、結果について知るところはなかった。

それから間もなく、修司自身、俳句から短歌に転身したようである。ことに第二回の「短歌研究新人賞」を得た「チエホフ祭」五十首は、発想の基盤に、ときに草田男や西東三鬼、あるいは山口誓子などの下敷きがある作品が散見するとはいえ、全体を流れる詩情の斬新さは、刮目に価するものがあった。この受賞作について、歌壇からも俳壇からも、その類想に対して若干の批判があったようだが、その点に関しては、私は、格別意とするに足りないのではないか、という感想を抱いた。むしろ、鮮やかな類想の転移に、改めて修司の才のただならぬものをおぼえた。

事実、芭蕉の作品などには、随所に見受けること。原作に追随するのではなく、それを餌食にして、自らの作品として自立したもの、という強い自負心があってのことであろう。

このことは芥川龍之介の俳句についても言い得る。たとえば、「後期印象派の肖像画を喜び見しころ、或ひとの姿の目に残れるを」と前書する大正七年の作、

労咳の頬美しや冬帽子　　龍之介

は、

死病得て爪うつくしき火桶かな

という大正四年の蛇笏の作品から発想したものだと文に記し、蛇笏宛の私信にもそのように述べている。いわれてみると、成程似通ったムードの作品ではあるが、そんな註釈がなかったら、これはこれで十分通用する句だろう。そのあたりを承知の上で、俳人は類想だの類型だのといって、兎角《とかく》かしましく詮議だてするが、これならどうだ、といっているようにも見える。これまた龍之介一流の自負心の現われだろう。

ことのついでにつけ加えるなら、龍之介は、芭蕉を論じ、あるいは凡兆や丈草の作品に関心するように見えるが、最も親近したのは、存外、炭太祇の作品ではなかったか。いちいち例証する頁ははぶくが、この推測はほぼ間違いないように思う。当時は、芭蕉や蕪村乃至《ないし》は一茶の作品、あるいは蕉門の誰彼の作品ほど、太祇の俳句は一般に知られてはいなかった。そこに素早く目をとめたところがいかにも龍之介らしい才覚といえるが、そのことは別にして、改めて龍之介の俳句を眺めると、俳人としての力量もただならぬものがあったことを痛感する。

元日や手を洗ひをる夕ごころ　　龍之介

伊勢長

竹の根の土うち越せる余寒かな
春寒や竹の中なる銀閣寺
三月や茜さしたる萱の山

一游亭来る

草の家の半ばに春日かな

飯田蛇笏へ贈る文のはさに

春雨の中や雪おく甲斐の山
昼見ゆる星うら〳〵と霞かな

先考の墓に詣づ

残雪や小笹にまじる龍の髯
かげろうふや影ばかりなる佛たち
雨ふるやうすうす焼くる山のなり

「解放」の寄稿を断る

沈む日や畑打ちやめば海の音
大風の障子閉しぬ桜餅
鶯や茜さしたる雑木山
花とぶや加茂の小路の夕日影
花散るやまぶしさうなる菊池寛
白桃の莟うるめる枝の反り
曇天の水動かずよ芹の中

即　興

明易き水に大魚の行き来かな
松かげに鶏はらばへる暑さかな

売文に糊口するすべなさはけふも二階の八畳に日ねもすペンを動かしつづけぬ

木の枝の瓦にさはる暑さかな
麦秋やうつら〳〵と在所唄
白南風《しらばえ》の夕浪高うなりにけり
黒南風の海揺りすわる夜明けかな

五月雨や雨の中より海鼠壁
　農家のいとなみのミレエの画めきたるを見、句にせばやと思ひしは
　いまだ鎌倉に住みし頃なり
炎天にあがりて消えぬ箕のほこり
青空に一すぢあつし蜘蛛の糸
昼深う枝さしかはす茂りかな
初秋や蝗握れば柔かき
　晩に円覚寺より帰る。景情おのづから画裏に在るに似たり
竹林や夜寒のみちの右ひだり
　越後より来れる婢、当歳の児を「たんたん」と云ふ
たんたんの咳を出したる夜寒かな
秋風や嵯峨をさまよふ蝶一つ
　戯れに
ふりわけて片荷は酒の小春かな
木がらしや東京の日のありどころ
　長崎より目刺をおくり来れる人に
木がらしや目刺にのこる海のいろ
　伯母の言葉を
薄綿はのばし兼ねたる霜夜かな
　自　嘲
水洟や鼻の先だけ暮れ残る
　祇園の一力に遊びし折、座にありし仲居の生国を問われたるに「あてかいな、あて宇治の生まれどす」と答へたるを
茶畠に入り日しづもる在所かな

引用句が随分の数になってしまったが、龍之介の句業といえば、一応この程度は書き出したくなる。むろんこのなかには、人口に膾炙した句がたくさんあるが、あまり知られていない作品もある。それもこれも、いまは故人となった村山古郷氏の労作、『芥川龍之介句集』（我鬼全句）（永田書房、昭和五十一年刊）という貴重な為事に負うものであり、ことに前書など、初出のものを示して、まことに有難い。

これを龍之介没後刊行された『澄江堂句集』と対比してみると、「茶畠に入り日しづもる在所かな」の前書は「あてかいなあて宇治の生まれどす」と簡潔になり、また、「炎天にあがりて消えぬ箕のほこり」「春雨の中や雪おく甲斐の山」あるいは「木がらしや目刺にのこる海の色」「木の枝の瓦にさはる暑さかな」などの句の前書は除かれて収録されている。

この『澄江堂句集』に収められた作品数は計七十七句。生涯約千句ほどはあろうかという句数からすると、たいへんな厳選ということになるが、古郷氏も指摘するように、何人《びと》の選によるものかは句集に明記されていない。しかもこの句集が、龍之介没後、香典返しの意味も含めて、知友に配られたというところから、ひところ選者の有無が詮索されたようであるが、前書の削除、乃至は簡略化などの点から見ても、龍之介自身の選出によるものと見るのが妥当だろう。

実は、この句集刊行に当っては、龍之介の遺族から蛇笏宛に、万一ミスがあってはいけないから、専門の立場でひと通り目を通してほしいという依頼があり、蛇笏はその求めに従ったよう

である。しかし、作品の加筆や削除はしていない筈である。たとえば巻首の一句。

蝶の舌ゼンマイに似る暑さかな　　龍之介

の初出は、大正七年作で。

ゼンマイに似て蝶の舌暑さかな

であり、蛇笏自身、初出を可とし、改作を否定しているところからも、我意は加えなかったことが判る。また、龍之介全句を読み通してみると、この『澄江堂句集』の選出は、やや温雅に過ぎて若干もの足りない恨みはあるが、その当否は別として、すでに自裁を決してこの一集を用意していたとすると、俳句に寄せる龍之介の心中にはただならぬものがあったのではないか。

かつまた、永別の前夜、明日、主治医の下島勲に届けてほしいと、家人に托したという、

水洟や鼻の先だけ暮れ残る

という作品は、初出の制作年次は大正十四年であるが、文字通り辞世の感慨。散文のいかなる作品よりも、この一句は、龍之介の生涯のすべてを蔽いつくしているように思われる。まさに凄絶そのもの。荒涼とした無間《むけん》の闇から、蒼顔がぬっと現われてくるような、淋しい作品である。

それもこれも含めて、私は、龍之介の俳句に接するたびに、もっと俳句にかかわる時間を与えることが出来たら、どんなに見事な俳人になったろうかと思わず我が田に水を引いて、痛恨のおもいに誘われる。かつまた、龍之介自身にしても、俳句に対する自信は、なみなみならぬものがあったのではないか。

『芥川龍之介句集』（我鬼全句）

『寺山修司俳句全集』

このことはそのまま、寺山修司に対するおもいと重なる。ともに長命はかなない難しと観じていた病弱のひと。わけても修司の場合は、年少にして詩才を発揮し、ひとたび放棄したとはいえ、折りおりの言説からしても、生涯俳句は胸裡を離れることはなかったのではないかと推察される。『寺山修司俳句全集』（新書館、昭和六十一年十月刊）に長文の解説を記した宗田安正氏は、次のように記す。

「（略）死の年の松の内が明けたころ、十何年ぶりかで寺山と会った。自分の死を前方に見ながら動けなくなることを予知していた彼は、そのときの創作活動の場を俳句に求め、俳句同人誌を出したい、と声をかけてきたのだった。創刊同人は、寺山を始めとしてかつての俳句仲間でいずれも俳句を止めてしまった作曲家の松村禎三、それに齋藤愼爾と私。作家の倉橋由美子。唯一の専門俳人三橋敏雄の六人。『蕩児　阿呆船　形態の航海　美貌の都　テクスト　家畜船　十七音階　雷帝　魔都　供養の山羊　王道　陰画』の十二語は、倒れる十日前、彼が同

人に提出した誌名案だった。しかし肝腎の俳句は一句も創らぬうちに、あの世に連れ去られてしまったのだった。（略）」

寺山修司が遠からぬおのれの死を予知していたことは、死去前年の九月、朝日新聞紙上に発表した一篇の詩に瞭らかに示されている。

懐かしのわが家

昭和十年十二月十日に
ぼくは不完全な死体として生まれ
何十年かかゝつて
完全な死体となるのである。
そのときが来たら
ぼくは思いあたるだろう
青森市浦町橋本の
小さな陽あたりのいゝ家の庭で
外に向つて育ちすぎた梅の木が
内部から成長をはじめるときが来たことを
子供の頃、ぼくは
汽車の口真似が上手かつた
ぼくは
世界の涯てが
自分自身の夢のなかにしかなかつたことを
知つていたのだ

これまた凄絶な、永別の詩《うた》。強いて龍之介の辞世句と対比するなら、ともに闇を見つめた作品ながら、修司の詩には、陽の向うに、郷愁というほのかな薄明りが見えることだろうか。しかもその郷愁は、すでに修司の肉体を離れ、最早手のとどかぬ遥か彼方にあった。

だが、多分、修司は、芥川龍之介と対比されることは好まなかったにちがいない。龍之介もまた、対比を求めなかったにちがいない。龍之介もまた、対比を求めなかったひとのように思われる。生得才に恵まれ過ぎたひとは、おお方そのように見受けられる。わけても命数のすくないことを早くから見定めた場合、その傾向は一段と顕著のように思われる。そしてこうしたひとは、早くからおのれの死を飾ろうとする。

村山古郷氏の文によると、

「龍之介が最初に作った俳句は、小学校四年生のとき作ったという

落葉焚いて葉守りの神を見し夜かな

で、龍之介自ら『わが俳諧修業』の中に書いている。しかし葛巻義敏によると、果たして当時の作であるかどうか疑問も存するという。」
そして、真の処女作は、数え年十五歳の、東京府立第三中学第二学年在学中の、
川せみの御座と見えたり捨小舟
湯上りの庭下駄軽し夏の月

水さつと抜手ついついつーいつい　倣惟然坊

その他十句あまりの作品だろうと推測する。その推測はおそらく正しいだろう。いかに才たけたひとといっても、「落葉焚いて」の句は、あまりに老成に過ぎるし、また、中学生の折の作品との隔差があり過ぎる。

似たようなことは、寺山修司にもあるようである。再び宗田安正氏の文を引く。

「寺山修司自身は、『便所より青空見えて啄木忌』の句を中学一年の時の作品（『誰か故郷を想はざる』昭和四十三年）と明言し、『中学から高校へかけて、私の自己形成にもっとも大きい比重を占めていたのは、俳句であった』（同）とも記しているが、寺山が最も長く関係していた俳誌『暖鳥』の新谷ひろしの調査によると、前記啄木忌の作品の最初の発表も高校時代ということになり、少なくとも寺山が句作を本格的に始めたのは、高校へ入ってからと考えてよかろう」と断定している。

龍之介にしても修司にしても、いわば児戯に類するこのような嘘言を、もっともらしく記す心情を咎めだてするより、私は、はじめから命数多からぬことを知った才豊かなひとの悲しみをおぼえる。悲しい出自に、せめてもの慰めを求めようと自らにささげた一枝の供華と思いたい。同時にこのことは、短歌や俳句の場合のみにある現象と思うと、

水洟や鼻の先だけ暮れ残る

という龍之介の辞世の句と、それさえも適わなかった修司の無念がおもわれる。

ところで『寺山修司俳句全集』は、開巻まず次の一句からはじまる。

目つむりていても吾《あ》を統《す》ぶ五月の鷹

「十五歳」と自記するが、前記の通り、この句は「暖鳥」発表の作で、昭和二十九年六月の十八歳のときとすると、高校三年生か、あるいは早稲田大学入学の年と思われる。

それにしても見事な句である。目開いて天空に飛翔する姿を仰ぎ、目つむりてはおのが胸中を占める一羽の鷹は、まこと青春の気息を秘めて薫風にはばたく。おそらく郷里津軽の景を念頭にしての作だろうが、北辺の初夏を背景にして、若々しい意志そのものを象徴する。

ラグビーの頬傷ほてる海見ては

これまた若々しい作だが、「頬傷ほてる」が並みの把握ではない。頬の傷という一語によって、逆に逞しくすこやかな肉体が見えてくる。

以下、制作年次にかかわりなく、作品を抄出する。いずれにしても、この一集に収められた九百句は、おおむね十八歳から二十歳ごろまでの短い期間である。

種まく人おのれはずみて日あたれる

この作、中村草田男の知られた作品の類想ではないかという指摘を目にした記憶があるが、

種まける者の足あと洽《あまね》しや　草田男

と並置してみれば判るように、静と動のちがいのみならず、対象把握の姿勢を異にする。ことに「おのれはずみて日あたれる」は鮮やかな描写。視点の置きどころが根本からちがった句である。

土曜日の王国われを刺す蜂いて

この蜂、ほんとうに作者を刺したのか。かりに刺したとしても、この語調からして、痛くも痒くもなかったろう。青春の暗部より、一句をつつむ光りの量が勝っているためだ。王国とは、いわば自恃自負のおのれひとりの世界。

老木に斧を打ちこむ言魂なり

特定の季語はないが、あきらかに枯色の中。そして斧の音はすなわち山霊の声。それをしも「言霊」と転じたところに詩才のほとばしりを見る。

冬墓の上にて凧《たこ》がうらがえし

客観的な一般表現に従うなら「うらがえり」だろう。この差に作者の俳句観が見える。あくまで主観をつらぬこうとする姿勢。

秋風やひとさし指は誰の墓

奇妙な句だ。再読、不気味な作品である。一見虚無のひびきがあるが、より辛辣な生の不安ととるほうが句意に添うだろう。

黒人悲歌桶にぽつかり籾殻浮き

当時、短歌や俳句に、さかんに黒人霊歌という文字が現われた。その意味では別段どうということはないが、「桶にぽつかり籾殻浮き」の発想の飛躍が見事。感傷を眼前の些事に転じて、情を殺したリアルな眼が鋭い。そこはかとないエキゾチズムを裏に秘めた、修司の代表作のひとつだろう。

ラグビーの影や荒野の声を負い

一般的な手法に従うなら、この句、

ラグビーの声や荒野の影を負い

となるだろう。さらに、この句の初出が、

ラグビーの影も荒野の声負うや

を改作したものという。この三点を対比してみると、修司の手法があきらかに見えてくる。成案は、他の二つに比して一段と強い表現。より意志的な作風である。

枯野ゆく棺のわれふと目覚めずや

これまた編者の考証によると、初案は「棺のひと」ついで「棺の友」となり、上掲のように定まった。さきに辞世の詩といってもいい一篇をあげたが、修司は、すでに三十余年前、このような俳句を記していたことに、ただならぬ生涯の軌跡を思う。改めて痛烈な人生行路であったことを思わぬわけにはいかない。

すでに予定の枚数を超えた。以下、目についた作品の若干を抄出して、この小文を終る。

雁渡るあやとりの梯子は消え
長子かえらず水の暗きに桃うかぶ
目かくしの背後を冬の斧通る
汽車が過ぎ秋の魔が過ぐ空家かな
葱坊主どこをふり向きても故郷

冬畳旅路の果ての髪ひとすじ
病む妹のこゝろ旅行く絵双六
小春日や病む子も居たる手毬唄
青空がぐんぐんと引く凧の糸
夕立に家の恋しき雀かな
浮寝鳥また波が来て夜となる
眠る孤児木枯に母奪られしか
海青し記憶もたざるだるまの目
馬車の子のねむき家路に春の雷
もし汽車が来ねば夏山ばかりの駅
葱刻めば遠くつかれし煙突よ
冬の猟どこの母子ぞ昼も灯し

　こう書き出して気のつくことは、敢えて読者の共感を拒否しようとする句と、逆に、作品の裏にかくれた心情をやさしく理解してほしいという無言の句とある。このことはおそらく、修司自身のこころの中で決着がつかないまま、俳句を放棄し、命終の近きを意識すると共に、再びその思いが蘇って、気の合った友人と最後の同人誌を持とうとしたのではなかったろうか。せめて一年、いや半歳でもいい。天は命数を与えてほしかった、と切に思う。

　ともかく寺山修司は、未完の俳人として生を了えたが、生得恵まれた詩情詩魂は稀有のものがあったと思う。

　わけても氏の短歌、

マッチ擦るつかのま海に霧ふかし身捨つるほどの祖国はありや
墓買いに来し冬の町新しきわれの帽子を映す玻璃あり
列車にて遠く見ている向日葵は少年が振る帽子のごとし
目つむりて春の雪崩をききいしがやがてふたたび墓掘りははじむ

　短歌の世界でもいち早くこうした秀作のいくつかを生み出しているが、命終を前にし、歌も散文も、そして戯曲、脚本その他、もろもろのすべてをいまは放下し、俳句という裂帛の短詩に凝集してこの世に遺したかったのではなかったか。

　寺山修司の才能を敬愛する俳人のひとりとして、ひそかにこの一文を一炷の香にかえたい。

（飯田龍太『秀句の風姿』昭和六十二年七月）

寺山修司のベスト・テン

九條今日子
Kujo Kyoko

寺山修司は競争が好きだった。それには、あらゆるものが競争の対象になった。

「六十歳までは生きたい！」と言った。生きることに対する執着は、彼自身の「生きる競争」であったのかも知れない。

結婚生活にあっては、朝刊さえも先に読まれることを嫌い、ミステリー小説の「犯人あてごっこ」も私たち夫婦にとっては、競争の対象になった。

同じ本を二冊ずつ買ってくる。区切りのいいページごとに、セロテープでぐるぐると巻いて、その後のページを読めない状態にしてしまう。そして、セロテープが貼られている前のページの時点で、犯人を推理するという遊びだ。

この遊びの対象になった作家はD・フランシス、A・クリスティ、R・チャンドラー、松本清張、R・マクドナルドなどなどで、出版社からの原稿の催促もお構いなく、「犯人あてごっこ」の競争に夢中になったこともあった。

毎年、年末になると我が家はいつになく騒々しくなる。その年に見た映画のベスト・テンを決定する。ボクシングの試合のベスト・テンを決定する。読んだ本のベスト・テンが決まる。競馬のレース、好きな馬、美味しかったレストラン、音楽、演劇のベスト・テンが決定されて、大して広くはない、部屋の壁にぎっしりと張り出される。

そして遊びにくる友だちや出版社の編集者たちに、年末の我が家のこの行事がひとしきり話題を提供することになって、参加者も年々増えていった。

寺山の好みには「明」と「暗」の両方が入ってくる。

例えばボクシングのボクサーの好みには、ファイティング原田（現在、全日本ボクシング協会会長）のような、明るく真面目な優等生タイプを表向きには応援するが、アトム畑井のように蒸発した母親を探すためにボクサーになったという、暗い過去のある選手も好みの対象となる。アトム細井はボクサーになって有名になり、試合をしていればいつの日にか、蒸発した母がテレビで見てくれて、再会できるという希望だけでボクサーになったのだ。しかし、彼の希望は叶えられることなく、引退した後は盗みや窃盗を繰り返して、寺山はその後もずっと、身元引受人になっていた。ボクサー時代では不可能だった母へのアピールは、悪事を働いて新聞に載ることだった。

寺山は心情的には明るい話題が好きだったが、書く仕事においては自身の過去の比喩にしても、暗い要素を引き出しては好んで書いていた。

酒もたばこも飲まない寺山は、食べることにおいては人一倍貪欲であった。新婚生活の頃は、一日中書斎にこもっているので、三度の食事はもとより合間のおやつを含めると、私は台所に立ちっぱなしということが多かった。

私の限られたレパートリーも間もなく底をつき、寺山が情報を仕入れては美味しい店を探しては連れていってくれた。寺山は食べ物の好き嫌いがなく、何でも気持ちいいほど見事に平らげた。

まだ私と結婚する前のある時、谷川俊太郎さんの家にお食事をご馳走になりに行ったときのこと、奥さまが時間を掛けて作ってくださったお料理を食べながら、谷川さんと芸術論を戦わしていて、結局、食べ終わるまでお料理の感想を一言も言わなかったので、奥さまが非常に嘆かれたとか、後になって谷川さんご夫婦から聞かされた。

新婚生活でも二人だけの食事は少なく、たいていは誰かが我が家の食卓にいて、私も同じ体験を幾度となく経験した。

それでも年末になると、美味しかったレストランの他に、私の作ったその年の料理がベスト・テンとなって我が家の壁に発表される。

「人力飛行機舎」で、「日刊ゲンタイ」の見開き二ページのコーナーを毎週一回、寺山を中心としたスタッフの仕事にしたことがあった。

「人生万才」と名付けられたその紙面で、東京中のラーメン店のベスト・テン選びを企画して、毎週ラーメンを食べ歩かされたり、毎回現金二万円を都内のどこかに埋めて、読者に競争させる〝宝さがし〟コーナーを誰よりも寺山がのって書いていた。

演劇実験室「天井桟敷」を創立した一九六七年の頃は、まだ現在のようなメセナ活動はとても考えられない時代だったので、演劇の製作費もそのつど、工面しなければならなかった。製作費の総予算から逆算して、寺山以下の全劇団員にノルマとしてチケット売りが課せられる。劇団の事務所にノルマ表が張り出され、誰が何枚売ったかが一目で分かるように、グラフ表を作ったのも寺山である。

公演が終わってミーティングの席で、売った枚数のベスト・テンを発表するのも寺山本人であった。そして、どの公演も自分が一位でないと気が済まない。

周知のとおり「天井桟敷」は、地方出身者が多く参加していて、東京に出て来たばかりで知人や友人も少ない。従って文化人が大勢集まりそうな喫茶店や大学の構内などが、当時のチケット売りのプレイガイドとなっていた。

一般のプレイガイドは、その頃にはまだ数ヵ所しかなく、前衛劇のチケットは売れないということで、なかなか置いてもらえない時代だった。

傑作だったのは、チケットが売れない劇団員のために行われたレクチュアだった。

たまたま入団してきたスタッフの中に、学生時代にブリタニカの百科事典の販売をアルバイトにしていた青年がいた。訪問販売の〝押しの一手の口上〟を劇団員にレクチュアしたことだった。その場にいた寺山にも大いに受けた。

寺山のチケット売りのアイディアのひとつが、毎月一回ファンや知人に送られていた、ニュース・レターである。その時々の近況報告として出されていた手紙には、自分の新刊本の案内や、その時に気が向いた分野のベスト・テンが書かれていた。公演案内もしっかり入っていて、「チケットの御用は僕までどうぞ」と宣伝も忘れなかった。

私の友人までもがチケット販売の対象にされて、時々劇団員の前で私と口論になった。ノルマの枚数は寺山をはじめ全員一律の枚数なのだ。

「あなたは製作を担当していて、方々へ行く機会があってチケットが売れるからいいけど、ぼくは一日じゅう稽古場にいて出歩けないからね」というのが彼の言いぐさだった。

寺山と出会って間もなくの頃、彼の部屋に初めて遊びに行ったとき、一番最初に目に飛び込んできたのは、大きなパネルにコラージュされた世界中の女優の写真だった。マリリン・モンロー、ゲイル・ラッセル、ロッサナ・ポデスタ、ブリジット・バルドー、ミレーヌ・ドモンジョなどなどが雑誌から切り抜かれて張り合わせられていた。

そして何ヵ月か後には、どこで集めてきたのか私だけの写真のパネルを作って見せた。初めて見せられたときの気恥ずかしさは、今も忘れることができない。

寺山のベスト・テン選びは、その競争心に伴ってしばしば付いていけない私の反発もあったが、没後十年の今となって振り返ってみると、よくもまあ多くの遊びを教えてくれたものだとつくづく思う今日この頃である。

〈人生では負けられないが、遊びでは負けることができるからね〉寺山修司
冗談じゃない、遊びですら決して負けることができなかった人である。


そのころのノートをひっくりかえしていたら、ベスト・テンというのが出てきた。ノン・セクションで思いつくままに書いたものらしく、これからは毎年ごとにベスト・テンを作ってみたい、というメモがついていた。だが、べつのノートをめくってもそれらしいものが出てこないところをみると、たぶん、一時的な気まぐれで終わったものであろう。
① ロートレアモンの『マルドロールの歌』
② 「西東三鬼句集」と五〇年代の「天狼」

③ 勝又行雄と高山一夫の試合
④ アントナン・アルトーの演劇論
⑤ カルネの映画「天井桟敷の人々」、とくにマルセル・エランの演じた殺し屋
⑥ 江戸川乱歩の短編
⑦ 浅草中華料理屋「トントン」の餃子《ぎょうざ》
⑧ ジョルジュ・バタイユ「眼球譚」
⑨ 石原裕次郎の歌「錆びたナイフ」
⑩ 泉鏡花「草迷宮」
次点　牝馬《ひんば》ミオソチス、ミレーヌ・ドモンジョ、コーネル・ウーリッチ『ハミングバード帰る』、トロツキーの自伝と、サヴィンコフの『アーゼフ』、宝塚少女歌劇団那智わたる。

このベスト・テンは、当時の私の好みをよくあらわしている。一位のロートレアモンの『マルドロールの歌』は、栗田勇の訳した現代思潮社版で、私にもっとも影響を与えた書物である。二位にあがっている『西東三鬼句集』と五〇年代の「天狼」というのは、私が十代に俳句少年だったことの名残をとどめたものである。

（「黄金時代」一九七八年刊）

最近「ザ・リスト・オブ・ブック」というのを読んで、いくつかの自分のベスト・テンを作ってみました。あなた自身のものと比較してみて下さい。

まず、史上名画ベスト・テンは、

① 8½
② 天井桟敷の人々
③ エル・トポ
④ 地獄に堕ちた勇者ども
⑤ 2001年宇宙の旅
⑥ 甘い生活
⑦ 旅路の果て
⑧ 暗殺の森
⑨ 審判
⑩ 大いなる幻影
次点として「アンダルシアの犬」「情事」「アントニオ・ダス・モルテス」「ペペルモコ」など。

名探偵のベスト・テンとなると、まず偽善者で良家の子ばかり優遇する小人物のホモ明智小五郎はワースト・ワン、ミス・マープルも口うるさすぎるので外し、次のようになりました。

① フィリップ・マーロウ
② ブラウン神父
③ リュー・アーチャー
④ 人形佐七
⑤ サム・スペード
⑥ エルキュール・ポアロ
⑦ ギデオン・フェル博士
⑧ メグレ警部
⑨ エラリー・クイン
⑩ シャーロック・ホームズ

金田一耕助は、もう少し清潔になってカマトトをやめたら十位のホームズと入れかえてよいと思っています。
少年時代の愛読書のベスト・テンも思い出してみました。

① 神州伝馬俠
② あゝ玉杯に花うけて
③ まぼろし城
④ 西條八十詩集
⑤ トム・ソーヤの冒険
⑥ 級長の探偵
⑦ 豹《ジャガー》の眼
⑧ 鳴門秘帖
⑨ わが心高原に
⑩ からたちの花

これは小学校時代の後半です。すこしあとになると小栗虫太郎や香山滋、夢野久作が入ってくるわけです。吉川英治と佐藤紅緑の少年物はほとんど大半読みました。あの『月笛日笛』や『朝顔夕顔』がいまどこへ行ってしまったか？　本棚から消えてしまっているのがとても残念です。

「ニュース・レター」第17便（一九七九年二月）

今月は一寸趣向を変えて少年時代に好きだったハリウッドスターのベスト・テンを選んでみました。どちらかというと年上趣味で、

① テレサ・ライト
② マリリン・モンロー
③ ドナ・リード
④ ゲイル・ラッセル
⑤ ジーン・ピータース
⑥ ラナ・ターナー
⑦ リンダ・ダーネル
⑧ パトリシア・ニール
⑨ ロレッタ・ヤング
⑩ ジューン・アリスン

「ニュース・レター」第18便（一九七九年三月）

では一九七九年の終わりに小生の今年のノンセクションのベスト・テンを書きますので、あなたのベスト・テンと比べてみてください。

① マルケスの小説「百年の孤独」
② ロンドンのチャイナタウン「利口福酒家」の鴨粥
③ アラン・レネの『プロビデンス』予告編
④ デュラスの映画「トラック」のプロット
⑤ 『The DRAMA REVIEW』の79号の内容
⑥ パリのサン・ラザール街のポルノ映画
⑦ 阪急上田監督の日本シリーズでの怒り
⑧ 人民寺院の集団自殺
⑨ 津和のり子のＬＰ「曼珠沙華」
⑩ 柄谷行人『マルクスその可能性の中心』

次点　山口組田岡組長狙撃事件

「ニュース・レター」第24便（一九七九年十二月）

さて今月は、ぼくの選んだ東京のおいしい店ベスト・テンをお送りします。

①　ローマ・サバッティニ（道玄坂）ボンゴレをすすめる
②　プチカルゴット（麻布）小さい店だが、手料理のフランス家庭料理
③　麗郷（渋谷）混んでなければ、いいのだが……
④　シェフ（渋谷）オシャックを食べること
⑤　華園（麻布）ニンニクの茎がおいしい、店の感じもユニーク
⑥　プルニエ（新宿）シーザースサラダ！　隣についているメダリオンのローストビーフも抜群
⑦　はせ甚（飯倉）ステーキがやっぱり！
⑧　栄蘭（渋谷）北京苑とならんで、ペキンダックの味がいいのです
⑨　サモワール（渋谷）入り口にニワトリがいる。ママさんが、小生のおふくろの友人
⑩　俺んち（渋谷）板前が競馬ファンで気風がいい

「ニュース・レター」第28便（一九八一年十月）

ベスト・テンといえば最近「シグネチュア」誌のために、娼婦について書いているうちに、娼婦のベスト・テンを作ってみました。（シグネチュアに書いたのと一寸ちがう本音の方を書いてみます）

①　ケッセルの『昼顔』のセブリーヌ
②　バタイユの『マダム・エドワルダ』
③　映画『あなただけ今晩は』のイルマ
④　フェリーニの『道』のジェルソミーナ
⑤　芥川の『南京の基督』の宋金花
⑥　ポーリーヌ・レアージュの「O嬢の物語」のO
⑦　映画『五番町夕霧楼』の夕子
⑧　映画『望郷』のギャビー
⑨　サドの『ジュスチーヌ』のジュスチーヌ
⑩　アポリネール『一万一千本の鞭』の少女キュルキュリーヌ

どうやらぼくは、悲しい娼婦はあんまり好きではないようです。人生半ばすぎて、エピキュリアン（快楽主義者）になったのかも知れません。

「ニュース・レター」第29便（一九八一年十二月）

バーグマンが死にましたが、ぼくの少年時代の女優ベスト・テンは、

①　テレサ・ライト
②　マリリン・モンロー
③　ロレッタ・ヤング
④　パイパー・ローリー
⑤　ロッサナ・ポデスタ

⑥ ゲイル・ラッセル
⑦ ジューン・アリスン
⑧ パトリシア・ニール
⑨ リンダ・ダーネル
⑩ リタ・ヘイワース
（①は恋人に　②情婦に　③は姉に　④は妹に　⑤は妻に　とでもいった心境でした）

「ニュース・レター」第31便（一九八二年六月）

強かった馬のことも忘れがたいが、ドラマチックな思い出を残してくれた馬のことは、もっと忘れがたい。そこで、ここでは「私の忘れがたかった馬ベスト・テン」を選んでみることにした。

① ミオソチス（忘れな草の意味）
② カブトシロー（呪われた穴馬）
③ モンタサン（不運の名馬）
④ ホワイトフォンテン（逃げ馬一代）
⑤ テンポイント（死んで生まれた馬）
⑥ ハイセイコー（公営上がりの名馬）
⑦ メジロボサツ（孤児の名牝）
⑧ ユリシーズ（私の持ち馬）
⑨ タカツバキ（ダービーで落馬）
⑩ テキサスシチー（負けつづけの馬）
（番外　ダンサーズイメージ）

こうして並べてみると、私が好きなのは必ずしも逃げ馬ばかりではなかったように思われる。しかも、どの馬も弱点をもっていて「英雄」にはなれなかった馬という点で、共通している。

（『競馬放浪記』一九八二年刊）

私の選んだ娼婦のベスト・テン
① ジョルジュ・バタイユの『マダム・エドワルダ』
② 映画『望郷』のギャビー
③ ポーリーヌ・レアージュ『O嬢の物語』のO嬢
④ ジャン・ジュネの「バルコン」の娼婦諸嬢
⑤ 久生十蘭『母子像』の母
⑥ 映画「8½」のサラギーナ
⑦ 芥川龍之介の「南京の基督」の少女娼婦宋金花
⑧ 映画『あなただけ今晩は』のイルマ
⑨ 映画『日曜はダメよ』の港の娼婦
⑩ 田村泰次郎『肉体の門』のボルネオ・マヤ、関東小政など諸嬢

（そして、次点は三沢ベースキャンプのオンリー、セツ子さん）セツ子さんは、魅力的でいい女だったが、オンリーだったので、『日曜はダメよ』のメリナ・メルクーリに及ばない。フランク・シナトラも唄っているが、オンリーはロンリーなのである。

（『幻想図書館』一九八二年刊）

（『寺山修司メモリアル』一九九三年四月）

香山リカ
Kayama Rika

青空の破片のごとく

他者の言葉をめぐって

実は、私は今まで、寺山修司とある特殊な緊張関係にあった（もちろん、関係と言っても私が一方的に想定したものだが）。いくぶん私的な話になってしまうが、そのような関係を強いることもまた、寺山のひとつのあり方ではなかろうか、と思ったので、そのまま記すことにする。

一九六〇年生まれの私が初めて寺山修司の名を知ったのは、七〇年に彼が力石徹の葬儀を演出したときのことだった。寺山はそのときすでに、世によく知られていた。しかしその後の私の成長の速度は、リアルタイムで彼の作品を追って行けるほどではなかった。つまり、寺山修司を私は、「自分が物心ついてからずっと有名」でかつ「その作品は読んだことがない」人物として、記憶に登場することになったのだ。

それでも、いくつかの初期の作品を手に取る機会はあった。しかし、それらを読んで直観的に思ったのは、「結局、私の物心がついていなかった時代こそが重要だったのだ」ということだった。七〇年代半ばになってようやく、自分も無意識の分厚い殻から顔を出して社会をのぞけるようになったときには、すでにすべてが終わっていた、というわけだ。この世に生を受ける前の時代が問題、というならまだましだが、生まれていたにもかかわらず、未熟な子供だったというだけで何も見ることができなかったのかもしれない――。そう思うとあまりの屈辱に身体が震え、私はますます寺山修司を遠ざけるようになっていった（今思えばその心の狭さは滑稽なほどだが、その当時は本当に、「私が知らない間に何か起こってしまったのかもしれない」という強迫観念に苛まれていたのだ）。

そのうち、寺山は生涯を終えた。死亡記事を新聞で見たとき、「ああ、これでこの人には出会わずにすんだ」となぜだかほっとしたのを覚えている。

それからも私は、寺山修司と彼が自己形成を遂げたその問題の二十年あまり（より象徴的に言うなら、〝戦後〟ということになろうか）に関わり合いを持たないようにして、生きてきた。作品集や研究書が次々、刊行されるのを目にするたび、そこに書かれている夥しい言葉のすべてが、私の知らないこと、知り得ないことを語っているような気がして、不安を覚えたのだ。

この不安は何なのだろう。「私は寺山修司の生きた時代を知らない」ということが、なぜ自分をこんなに苛立たせるのだろうか？

これが、単なる〝私とある時代〟という問題ではなく、もっと人間の本質的なことと関わりがあるのではなかろうか、と気がついたのは、ごく最近、私が精神分析を学ぶようになってからのことであった。京都大学の新宮一成氏の公開講義を聴く機会があり、分析の実践で必ず問題になる「他者の欲望」――自分は他者にどう欲望されているか？　それこそが私たちが最も知りたいのに最も知りにくいものだ――の話になったとき、新宮氏は「他者の欲望は文字という鳥の上の空、と譬えられるが、その鳥を最も正確に撃ったのがフロイトだ」と解説したあとで、唐突にひとつの歌を紹介した。

青空より破片あつめてきしごとき
愛語を言えりわれに抱かれて
（「夏美の歌」より）

この『空には本』に収められた若き日の寺山修司の一首に、私は胸を衝かれる思いがした。空にある破片が文字、つまり言葉になるという精神分析理論との符合にも驚いたのだが、今まで回避してきた寺山を、これほど瑞々しい歌の形でしかも他者からの言葉として与えられた、という出来事じたいに、感慨を覚えたのだ。

そう考えると、私が　疎んじていたその時代というのも、「私は存在していたはずなのに、自分ではまったく記憶していない」、つまり、ほかの人たちの言葉の氾濫を通じてしか社会も自分のことも確かめるすべがない期間と考えることができる。

寺山が、その時代で私の知らない何かを饒舌に語っている。この事実が私にもたらした不安の原因とは、「私は幼い頃、他者がどう自分を欲望してくれたのかを知ることができない」という人間の宿命そのものだったのかもしれない。彼が青空から破片を集めて作った言葉は、さらに私にとっての青空の破片となる。私は自分の空白を埋めてそこに自らの根拠を見つけるために、いつかその破片を恐れずに集める作業を敢行しなくてはならないのだ。

それから私は、彼の作品を少しずつ読み出した。まず、形式に厳しく制約された短歌を読み、次いでいくつかの評論に目を通し、やっと上演という別の意味での形式に拘束された戯曲にたどり着いたところだ。

この対談集（『浪漫時代』）に出会ったのは、そんな時点でのことだった。寺山が得意とする分野に関して、オーソリティたちと自由な形で語り合っている。当時、話ははずみ、現れてくる言葉の教も多い。

通して読むと、いつも対立項の狭間に身を置いて言葉を紡ぎだそうとしていた彼の姿が浮かび上がってくる。聖と俗、ダイアローグとモノローグ、韻文と散文、子供と大人、といったキーワードにまとめることもできそうだ。

しかし、私にとって意外だったのは、「(私の知らない)すべてを知るもの」であるはずの彼が、自分自身や属した時代については、連続した大きなうねり、つまり物語として把握しようとはしていない、ということであった。

「ぼくは何一つ連続したものがないという形で歴史を認識している。たとえば、きのうときょうと同じことを言っても、それは変わらないんじゃなくて、偶然に同じ観念が出てきたと考えるべきだと思っている。」(「短歌——佐々木幸綱」より)

「ぼくみたいにある意味での怠け者は自分で世界を閉じるエネルギーを持たないと同時に、世界を完全に閉じてしまうところまで完成された作品に近寄ることに対する怖さみたいなものも同時に持っている。」(「ことば——塚本邦雄」より)

青空から破片を自在に集めて言葉にする寺山自身にも、不連続、未完結の強い自覚がある。当然と言えば当然のことなのかもしれないが、私の中にあるこの埋められることのない隙間が寺山にもあるそれと向かい合い、合わせ鏡のように無限に増殖する感覚に陥り、眩暈がした。

もちろん、本書は懐古的に楽しむこともできるようになっているし、寺山の貴重な研究書としての価値もありそうだ、気楽なエンターテインメントと見てもおもしろい。ただ、私はこれを、私の根拠であるところの「他者の言葉」のひとつとして読もうとし、途中でその他者も不連続、未充填を抱える存在であることを知って愕然とした、というだけである。彼も最初から何かを失った者だったのだ。

あまりに自分勝手な感想であるが、実はこれらの宿命的な喪失の感覚は、すでに高校生の寺山によって歌われている。最後にそれをあげてこの極私的な文章を終えることにしよう。

失いし言葉かえさん青空の
　つめたき小鳥撃ちおとすごと
(「季節が僕を連れ去ったあとに」より)

(寺山修司『浪漫時代』一九九四年六月／河出文庫)

夭生の歌人

寺山修司について

春日井建

KaSugai Ken

寺山修司が私の第一歌集『未青年』の出版記念会の折りに送ってくれたメッセージの全文を記そうと思う。あの祝賀の会は、昭和三十五年九月二十四日、名古屋市の東山会館孔雀の間で開催された。

＊

「未青年」出版記念会おめでとう。

みんなが「大人になった自分に復讐されまいとして、少しづつ自分の未青年のうちから大人と取り引きをはじめて堕落していくとき、あなたの鮮烈な「未青年」の旗は羨やましい。

だれかひとりもっともはげしく「大人になった自分」に復讐されるとすれば、それはあなただということになるでしょう。あなたはその復讐に用いられる血ぬられた凶器が刃物であるべきか毒物であるべきか、などとあどけなげに訊ねたりするかもしれない。しかし僕がおそれるのは「未青年」が「未青年」のままでしづかに熟れきってしまうことです。この歌集にはなぜか晩年の兆しがある。春日井建は死ぬかもしれない。そう思いながら官能的にぞくぞくばかりもしていられないのが僕の気持です。

政治的季節のなかであなたは大へんプリミティブな政治の原則を愛のかたちで現してみせてくれたが、プリミティブな問題がもし現象を超えられなかったらどうなるか。つまりあなたのなかで「大人になる」こととは無関係に熟れてゆく時の果物はどう処理しなければならないか。

本を出して祝うことはおめでたいことではない。ただ僕は「未青年」ぶりを人をあつめて祝えることの豪華さに心うたれ、うらやみ、そして不安をおぼえるのです。大へん素朴に「おめでとう」と書きはじめましたが、しんじつ一ばん今夜をうれしく思っているのは僕かもしれない。僕には他人のことのように思えないのです。

行けないのが本当に残念です。

寺山　修司

＊

いかにも寺山的な懐かしい文章である。久しぶりに読み、書き写して、「青春」という言葉のもつ眩しさと酷薄さとを改めて知る気分である。

私も若かったけれど寺山も若かった。「春日井建は死ぬかもしれない」という、著者にとっては最高のオマージュを、あの日私はどんな思いで読んだのだったろう。書かれた中味を読みとることにおいては今日も昨日も何ら変るところはないと思うものの、ただ読む主体があのときは二十一歳だったのだ。

寺山は「大人になった自分」と、それ以前の「未青年」とを分けて、私が「未青年」のまま熟れ切ってしまうことを心配してくれている。確かに私はその危うさのまっただなかにいた。が、今はそのことは問うところではない。

「僕には他人のことにようには思えないのです」と、やさしくするどく語りかけているこの問題は、今日の私には寺山自身の問題でもあったと思われてならない。彼にとっては「大人になった自分」はどうだったのか。彼自身は「時の果物」をどのように処理していたのだったか。

この時、寺山修司二十四歳。すでに『空には本』を上梓し、颯爽と短歌以外の新しい分野の仕事にも手を染めていた。たとえば彼は、詩劇の台本を書き、谷川俊太郎たちと蒼月会館で舞台にのせ、その後の演劇活動への幕を切っておとしていた。しかし彼は、「大人になった自分」と決して取り引きしようなどとはしていなかった。むしろ「大人になった自分」に復讐されることの方を選んでそのことに覚悟を据えようとしていたのではなかったか。当時の寺山のラジオ・ドラマ「大人狩り」は、そのあたりの心理の上に書かれているようにも思われる。そして、そうした着想を得ることになった一つは、寺山修司に宿った「天生」の思想であったろう。「天生」というのは数ある寺山語録のなかでも、私にはもっとも印象ふかい言葉である。

寺山修司の十代のころの作品集『われに五月を』が上梓されたのは昭和三十二年一月のことだ。のちに中井英夫は、「寺山が生きているうちに本を作ってあげようと時間と競走して出した一冊だったけれど、本を出したら元気になってしまったよ」と私に語ったことがある。寺山は元気になった。なったけれど、その後もネフローゼのための薬を飲みつづけ、薬のために「ムーン・フェイス」を嘆かなければならない時期もあった。夭折するはずだったのに、天はその稟質を惜しみさらにいささかの時を与えた。だからこそこの人はその後の自分を「天生」という言葉で顕在化することとなったのだ。「夭《わか》く生きること」、少年性のままで、決然として、彼は「大人になった自分」と取り引きしないで生涯をまっとうした。

『空には本』には、病室で撮影したベッドに半身を起こした作者の口絵写真が載っている。『われに五月を』のあと、元気になったとはいえ、寺山は完全に病から解放されたわけでもなかった。回復期の明るい素顔のむこう側に、もう一人の病を自覚している青年がいた。

傷つきてわれらの夏も過ぎゆけり帆はかがやきていま樹間過ぐ
わが空を裂きゆく小鳥手をあげて時とどめむか新芽の朝は
帆やランプ小鳥それらの滅びざる月日が貧しきわれを生かしむ
雲雀の血すこしにじみしわがシャツに時経てもなおさみしき凱歌
今日生れ今日とぶ春の雲の下かく癒えしわれ山を見ており
わが内の少年かえらざる夜を秋菜煮ており頬をよごして
空のなかにたおれいるわれをめぐりつつ川のごとくにうたう日日たち
誰か死ねり口笛吹いて炎天の街をころがしゆく樽一つ

『空には本』のなかから、過ぎ去る時を感受し、時をとどめることを意識する歌を拾えば枚挙にいとまがない。一方、時をとどめることなどかなわぬことを醒めて承知している人の姿が浮かぶ。「作意をもたない人たちをはげしく侮蔑した。ただ冗漫に自己を語ることへのはげしいさげすみが、僕に意固地な位に告白性を失くさせた」（『空には本』のあとがき「僕のノオト」）と書いた寺山だったけれど、ここに登場する作中人物は実に鮮明に夭生の人寺山を写し切っている。病身であるといった寺山の生身の現象面を超えて、時の果物が結実している。

　寺山修司は昭和三十三年に刊行した『空には本』のあと、三十七年の『血と麦』を経て、四十年には寺山生前最後の歌集『田園に死す』を出版した。その跋文に寺山は次のように書いている。

「これは私の記録である。自分の原体験を、立ちどまって反芻してみることで、私が一体どこから来て、どこへ行こうとしているのかを考えてみることは意味のなかったことではなかったと思う。もしかしたら私は憎むほど故郷を愛していたのかも知れない」

　一読、おやと思わせ、再読を求める文章である。この本は寺山の記録なのだろうか。しかし、彼の言う「記録」は、実は強固な作意の上に叙された、むしろ「反記録」と呼んでもいいもの。同じ文章中にこの一本を、「私版マルドロールの歌」とも記しているのだから、「記録」の実体が解ろうというものである。

大工町寺町米町仏町老母買ふ町あらずやつばめよ
間引かれしゆゑに一生欠席する学校地獄のおとうとの椅子
川に逆ひ咲く曼珠沙華赤ければせつに地獄に行きたし今日も
念仏も嫁入り道具のひとつにて満月の夜の川渡りくる
かくれんぼの鬼とかれざるまま老いて誰をさがしにくる村

祭

村境の春や錆びたる捨て車輪ふるさとまとめて花いちもんめ

木の葉髪長きを指にまきながら母に似しとふ巫女《いたこ》見にゆく

見るために両瞼をふかく裂かむとす剃刀の刃に地平をうつし

「恐山」をはじめ、「犬神」「山姥」「子守唄」の章から抄出した。寺山はどこから来てどこへ行くのか。母や故郷もひとまとめにして、此岸彼岸を自在に渉りながら、天生ゆえに見ることのできた歌境が見事に描出されている。

この本が出版されてから四年、昭和四十四年の夏、私は「恐山」へ旅をした。寺山の作品を胸に置いて出かけた旅である。父と友人とが同行した。霊山恐山へ入るその日、七月二十一日、私たちは町の食堂のテレビで人類が初めて月に着地したのを知った。「こちら静かの基地、イーグルは着陸した！」と、歓びの声をあげる飛行士を映像は写しだしていた。

暑い日だった。硫黄の臭いが鼻につき、血の色をした熱湯の湧く地をめぐり、夜、私は恐山円通寺の宿坊を出て巫女の交霊の場を見た。盲目の老女が、蠟燭の灯のもとで死者たちの声を伝えていた。空に浮かぶ月と巫女の口寄せと。私が今見ているのは何なのだろう。そのとき、寺山の作品が私に凄いリアリティをもって迫ってきた。人は月へ足を踏み入れたというのに、一方ではなおこのように情念の闇を問いかけてやまない人たちがいる。それはまさに「見るために両瞼をふかく裂かんとす」という気分だった。『田園に死す』には、短歌のほかに、「新・病草紙」「新・餓鬼草紙」という傑作が収録されている。呪的な怨念と、言葉の綺羅とが調和した長歌である。その口拍子が展げて見せるのは、名古屋関戸家が伝える草紙の本歌取りという領分をはるかに超えた歌人の力を感得できるものだ。わけても「新・病草紙」のいくつかは、常に身近に「病」があって、その地獄と、それゆえに手に入れることのできた浄福とを知悉する天生の人の歌であることを告知している。

二十歳《はたち》にて朽つと詠ひき天生と言ひにき彼ら水の上の虹

春日井建『水の蔵』

「二十歳にて朽つ」と書いたのは中国の早熟の人李賀、そして「天生」と言ったのは寺山である。彼らは「水の上の虹」である。早々と消え去っても、その俤は消えはしない。

（「短歌研究」二〇〇三年六月号）

対談&鼎談セレクション

寺山修司アーカイブIII

現代の前衛とはなにか

岡本太郎 Okamoto Taro
金子兜太 Kaneko Tota
寺山修司

孤独な像を描く〝前衛〟民衆のエネルギーがサイケ調に

金子　岡本さんのアヴァンギャルド宣言は、たしか一九四九年だったと思うんですが、基本態度としての対極主義、あれはエネルギッシュで、その爆発力で暴いた日本探検や伝統論は有効だった。

岡本　むかしは、インテリというか、エリートが実際前衛だったと思うんですよ。だが、いまは、エリートじゃなくて、むしろピープルのほうが、ある意味では問題を進めているような気がするな。むしろインテリなんか、それに引きずられている。

寺山　かつて画家はキャンバスに世界を描いていたわけですが、だんだん、キャンバスに描くことに疑問を感じ出した。画家というのは描く人であって媒体はその手段にすぎない。本質よりも行為が先にあるべきだということから、「描く」ということだけを人格化するようになったわけです。キャンバスの概念を取っ払って、公園のベンチや樹に描いたり人間の肌に描いたりするようになってきた。ゆくゆくは地球を塗りかえるという形で世界概念を考えていく。これは媒体の拡張じゃなくて、行為を画家の本質より重んじはじめたというきわめて原始的な現象です。演劇でもそうです。初体験意識を思い出さなければいけない。

岡本　一つ言えることは、前衛という以上一種孤独な像を描かなければいけないんだけれども、いつでも孤独な存在というのは、そういっぱいいるわけじゃない。いまはやりの、かっこいいことをやっているモダーニストと区別しなければいけないことだな。たとえばいま俗に前衛らしきものというと、サイケデリックとか、キネティック・アートとか、いろいろあるでしょう。——もちろんそのおもしろさはあるけれども、ほんとうに自分の肉体から発したものじゃなくて、パターンとして輸入されたものだ。これはアメリカで公認され、アメリカからきたんだとなると、それに対して反対声明をする人もいないし、商業ペースにもどんどん打ち出されてこれが力になっている。そういうものが前衛であるということは意味ないわけなんで。つまりモードじゃね。レジスタンスがなくて前衛は考えられない。だがそういった意味のレジスタンスを、いまや喪失している時代だ。

　と同時にピープルのモヤモヤしている日常の感情が、それを借りて出てきている。だからサイケデリックとか何とかだというパターンはどうでもいいんで、むしろ一般民衆のエネルギーみたいなものが、かりそめにサイケ調になって出てきたり、アメリカ風のビート族の形で出てきている。そういうふうに考えたほうがいいんじゃないか。

寺山 きのうの前衛は前衛じゃないわけです。過去は一切比喩にすぎない。歴史は必然的なものだとしても、ものを創造するということは偶然的なことだ、という認識が問題だ。前衛とはその意味では現在進行形でとらえるべきであって、体系化を急ぐべきじゃないでしょう。

岡本 しかし、そこにも二つの意味があるね。「きのうの前衛」と言うと解りやすいんだけれども実は、現在の前衛に対する孤独な戦いというモメントがあるんで、たまたま「きのうの前衛」ということばを使ったけれども、実は君は「現在の前衛」について言っているかもしれないんだ。きのうということばに引っかかってしまうと、また問題が、展開できないおそれもある。

アヴァンギャルドは悲劇的、犠牲者的な存在

寺山 どうも文明社会の中では、自分のすることがだんだんなくなってくるような感じがあるわけですね。ロビンソン・クルーソーなんていうのは、無人島にいて、自分で全部するしかなかったから、やむを得ず自給自足していたわけでね。合理化された現代社会の中で、ロビンソン・クルーソーのように生きようとしても、ものが揃いすぎている。いろんなものを捨てたり、やめたりしなきゃ自給自足できない。これは精神経済の面でもです。いろんなものをやめていって、なおかつ、自分の個人的な存在が社会的な視野でとらえられる。代償行為でなしに、他人とつながることのできる情念を保っているときその人はやっぱり前衛なんじゃないかと、ぼくは思うわけですよ。

金子 ひどく漠然としたもんなんだね。前衛というものは——

岡本 ロビンソン・クルーソーじゃないけれども、原始時代の人間が、着るものは自分でつくり、自分のかぶるものは自分でつくる。これはその時点において実に正しかったし、そういうものを失ったから自分の堕落が始まった、という考えは正しいんだ。一般論としてはね。ただし、そういう現代だからこそ、逆に、自分が着ないものまで自分が着るようにつくらなければならないという悲劇がおこってくるわけだ。自分のかぶらないマスクまで自分がつくっていかなければならない。全部ひっかぶってやる。多くの人間のむなしさを全部しょっていかなければならない。はるかに矛盾に満ちた苦しさがあるわけだな。そうでなければ前衛じゃないし芸術家じゃないと思うんだけれどね。つまりぼくは、ほんとうの意味のアヴァンギャルド、芸術家、そういう悲劇的な犠牲者的な存在と、それから、それを支えているのはインテリじゃなくてピープルだ、日本語でいえば、「大衆」という言葉は嫌いだ。まあ生活者一般だろうね。ほんとうの意味の生活者ね。官僚的でない。

金子 ほんとうの意味の生活者てえのは、いい言葉だな。

岡本 そういうのが少ないんだ。少ないけれども、やっぱり多いんだな。ということは、一人一人で取り上げると、みんな小役人みたいなやつばっかりなんだ。ピープルといってもね(笑)。だけどそれが全体になると、案外すばらしいんだな。

寺山 そのへんがグッと違うんだな。ぼくは一人一人とだとつき合えるけれどそれが

ピープルなんてなると抽象的で信用できない。やっぱり焼鳥屋のおやじだったりバーテンだったりしながら同意したり反逆したりするところはおもしろいけれども、かたまると、どうも実体がない。

岡本 ぼくは、かたまることを言っているんじゃなくて、バラバラな生活者が勝手にやった結果、時間がたち、空間的に広がると、妙に不思議な、インテリたちの判断と違った判断をするってことだ。それが、実にまたほんとうなんだな。

金子 なるほど。

岡本 一人一人の発言なんかは全然インチキなんだけれども、だんだん時間がたち、いろんな説が出て、積み重なりしぼられてくると、ほとんど正しい意見に近くなってくる。一枚だけ違うんだ。最後の一つがふんぎれない。しかし最後の一つをふんぎるのは、やっぱりアヴァンギャルドなんだ。

金子 最後の一つをふんぎるというところで分ってきたな。どうも先ほどから伺っていると、前衛というのは、けっきょく最前線の兵隊程度で、妙にぶるぶるハッスルしたり、ブカブカドンドンやってる連中をいうのかと思っていましたが、それだけではない。民衆の意識や感情と鋭敏に同居しながら、一歩さきにふみきってゆくもの。その弁証法的な関係がしっかり見きわめられていないといけないんだろうな。

寺山 ぼくは、アヴァンギャルドというのは、何か使命をもっていたらインチキだという感じがする。歴史はそれ自体では何の目的ももっていない。その流れの中で沈黙していると、われわれは歴史の無目的性にズルズルと流されていくわけですよ。だが、自分自身の目的を発見する行為というのはしばしば偶然的なもので、人間の生死もまたきわめて賭博の出目みたいなところがある。

しかし、その偶然的な目的みたいなものが、いつの間にか使命に変わっていくわけですね。そのへんが非常にむずかしいんです。歴史の流れの必然性と、一人一人の存在の偶然性のかかわりあい方に、ある力学を与えるのがアヴァンギャルドの役割ですよ。

金子 あなたのいう歴史の無目的性と歴史の流れの必然性ということ、それが、どう結びつくのかいっこうに分らないけれど、かかわり方にある力学を与えるということには、すでに使命感が感じられるな。いまでも思想的前衛なんていう言いかたもあるけれどその場合になると、もっとはっきりしているはずだ。

寺山 思想する力はすべて前衛的なものですよ、それぞれの状況においては。

金子 思想する力そのものと思想的前衛という者とは明瞭にちがう。

根源への復帰の願望
使命もっていたらインチキ

岡本 われわれは、現時点で、失われているものを奪回しようという情熱がある。それがピープルの中に完全にあると思う。いま、ある意味でいちばん大事なのは根源への復帰だ。復帰じゃなくて、人間の生きる根源を再獲得しなければいけない。全学連なんか明らかに奪回しようとしているんだけど。しかしどうしてもパターンができちゃうんだな。たとえばサイケデリックとか、ゲバ棒とか、ゴーゴーとか、ヒッピーとかあれみんな根源への復帰であるわけなんだ。そういうものが一種のパターンになっている、に対して、いまひとつ抵抗しなきゃな

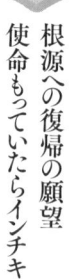

らない。なぜかというと、パターンになると、それ自体、根源復帰の願望が逆に閉ざされてしまう。そういった意味で、それにまた抵抗していかなければいけない。だから、あくまでも血だらけになるような……。

寺山　ぼくは、扇動家は前衛的だと思うんですよ。それでぼくは、アジテーションのもつ「醒めよ、醒めよ」という声は非常に大事だという発想なんですね。たとえばぼくが三派全学連の学生を評価するのは、そのアジテーションのドラマツルギーが肉体化されているということですよ。ただ、近頃のように「数の競争」になると、あまりに情勢論的で、つまらなくなる。愚連隊は隊であってはいけないというふうなね。愚連隊は、やっぱり愚連人でなきゃいけないんでね（笑）。そのへんにアヴァンギャルドの内的なエネルギーの特性を見出さなきゃいけないんじゃないか。

それは芸術においてもそうだと思うんですよ。金子兜太さんが俳句をやっていても次第に宗匠化して、パワーになってゆく。前衛俳句なんてのも生まれたときには、アヴァンギャルドだったわけですよね。ところが、いまや俳壇の前衛俳句というのは、一つのモードになっちゃってね。そのモード化現象の中の結社雑誌の主宰者になっている金子兜太に対して反前衛的な俳句暴力が出てこないところが問題なんだな。

金子　俳句暴力の出現待望はおもしろいが、実はぼく自身、むかしから自分が前衛かどうか疑ってきたんだよ。なぜかというと、たしかに、ぼくは俳句の中で意欲的に第一線的な気持ちで自分の俳句をつくってきたことについては自負している。

寺山　だから、前衛じゃなきゃだめなんですよ、金子さん。

金子　前衛俳句というふうな一つのエコールを可能にするほども自分の表現行動の結実について、態度同様に真剣に考えていたかどうか、危いもんだ。つまり、それだけの使命の自覚のようなものをもってやったらな、前衛と自負してもよい。評論家の後づけとはまったくちがうところで、つまり、自分の意欲行動の重大な核として、かたちへの結実というか、表現したものが歴史社会的な突質になる方法を置こうとしているんですよ。

寺山　行為に対して本質があとからくっついてくるわけだけれども、その行為そのものに対する自己点検みたいなものをしない作家は社会的な知覚を欠いてゆく。前衛であることを放棄したら、もうクリエーターじゃなくて趣味人なんだな。

たとえば、ぼくは最近詩のことを考えてみると走りながら詩は書けないものだろうか。どうも静止した状態で考えることというのは、思想の加速度を非常に限定しているんじゃないかとか、詩人は孤独に執着しすぎたが、集団で一編の詩ができたりすることだってあるわけだ。

エロスを汲み上げる水源はピープルの中に

岡本　ボクはさっき孤独ということを言ったけれども、現象的には孤独に発言したり、孤独に表現するけれどもいわゆる一人ぼっちという孤独感じゃなくて、ものすごい幅の広い、大古のむかしからずーっとぼくのところに呼び声が集中してくるような気がするし、地球全体がぼくを中心にわきあがってくるような気持ちで表現するな。たいへんその瞬間にぼくは孤独だと思いながら、ものすごい彩りを感じるわけだ。だから、大正、昭和の初めからいまごろまで続いた、いわゆる孤独感というものと、たいへんぼく自身は違ったつもりで言っているわけですよ。

金子　違うでしょうね。『透明な混沌』というやつ。

寺山　それは、岡本太郎のツァラトゥストラ化でね（笑）。

ただ前衛と孤独という問題も、たとえば一人の青年がヨットに乗って太平洋を横断しますね。そうすると、これは非常に英雄的な行為であるという形で評価される社会があるわけですね。ところが、どうもあれは集団から逃げていっただけじゃないかとぼくは思うわけだ。ほんとうの意味での英雄的な行為というのは、つまらない、話し相手にならないやつに、どれだけ長い間……一種の長距離話者というかな、向き合ったままで四十時間も五十時間も、相手がウンと言うまで話し続けられるスピリチュアル・ラリーの実践者だという気がする。

岡本　ぼくは、一人ぼっちということばはきらいだな、不潔な感じがする。

金子　それなんだが、さっきの最後の一つをふんぎるというやつですがね。ふんぎった、ひょいとふりかえったら誰もいなかった、ことはあると思うんだが、そんなことはかまわない。そういうふうなピープルとのかかわりを前提に前衛を考えるということは、賛成しないんですよ。一つふんぎるということは、徹底的に一人になるということで、その芸術家がマッスとして受けとっている空間に対する、孤独の戦いの時間を持つということなんです。社会全体からワーッと感じている自分の内容を一度、ピープルから徹底的に切り離す時間をもつということです。

岡本　さっき言った意味のピープルをぶっつぶすことによって、ぼくはピープルになるような気がするんだな。

寺山　前衛が汲みあげポンプの役割をするという発想でとれば、それは非常におもしろい問題をはらんでくると思うんですよ。

金子　その汲みあげポンプで何から汲みあげるのかというふうに具体的にきめてしまうと、それでは、もうおもしろくないんじゃないかな。

寺山　大衆の中にひそむエロス的な現実——たとえばいろんなものを一色に塗りたいと思っているときに、そういう時代感情の反映として汲みあげポンプがあらわれてくる。ある日一人の画家が突然、地球を青く塗りはじめたりしたら、それはやっぱりアヴァンギャルドなんだ。彼が精神病患者かアヴァンギャルドかを決める水源はピープルの中にあるということはできる。

金子　そういうこと。

寺山　そのへんが非常に大事なわけです。

岡本　ぼくの言いたいことは、そういう意味でもないんだな。逆にもっとショックを与えて全然違った形で打ち出すとピープルが救われるんであって、ピープルはあくまでも素材なんです、ぼくに言わせれば。素材だから、大事だし、またその大事な素材に対してノーと言うことによって、その素材が生きる。インテリに対してノーと言っても、あるいは政治屋さんその他、エリートたちにノーと言っても、何も発展しないんだ。

寺山　そのへんはわかる。

ピープルの肉体切る その血が素晴しい展開を

金子　インテリと世にいわれるおおかたは、

常識家で、官僚的ですね。

岡本　固定的だね。この間、ある思想家が、あなたは千手観音みたいだと言うわけだな。つまり絵をやり、彫刻をやり、原稿を書き、あらゆることについて発言し、しかも建築までやり、まるで千手観音だ、と言われたときにヒョッと感じたのは、背中から妙な格好の鉄の棒が飛び出してきたり、黄いろいギザギザがワーッとふくれあがったとたんに、まっかなペロペロとしたものが出てきたりね、そういうのをおれの背中に感じちゃったわけだな。においまでするんだ（笑）。そのおれが感じた千手観音という、彼のことばによって触発されたイメージと、彼自身が考えた意味と、まるで違うんだね。彼のはきっと千手という観念か、三十三間堂か何かしらないけれども、同じ手がワーッとはえてる、あんなのを想像してるに違いない。おもしろくないから、思想でも、たとえ観念的な思想のことばを使ったとしても色、形、においまで出てこなければほんとうじゃないんだということをぼくが言ったら、キョトンとしていたけれどね。

金子　むしろピープルのほうが、それで受けとるでしょうね。

寺山　インテリぎらいのヤクザ映画びいきというのは、最近の一つの考え方のパターンですよ。だからそれは、高倉健はいいけれども、どうも大学教授はだめだ、というふうな類型的な発想があるわけですよ。しかし、ほんとはそのだめな知識人がいちばん野蛮なことを考えていく。歴史のあやまちの大半は理性的な判断ですからね。そのへんの問題を考えつめていくと、ピープルに対してノーを言うという姿勢だけではむしろすごく危険なことを許容する姿勢になっていく。

　アヴァンギャルドの敵はピープルなのか、あるいは知識人なのか、あるいは伝統という名のナショナルな血みたいなものなのかということが問題です。思想を切ったって何も出てこないけれども、からだを切ると血が出るんだな。

岡本　それがぼくは大事だと思うんだ。いまはからだを切る時代だと思うんだ。肉体を再獲得するために、からを切っていかなければいけない。

寺山　インテリというのは、からだを差し出さないですからね。インテリはことばを先に出すでしょう。

岡本　インテリはだから相手にしないで、ピープルの肉体を、いい意味で切っちゃうわけだ。ほんとうに切っていくわけだな。そうすると、からだから血が出るわけだ。その血がすばらしい展開をしてくるだろうとぼくは思う。

寺山　それはロマンティックですよね。

岡本　たいへんロマンティック。

寺山　ことばを切っても血が出ないけれども、その血の出ないことばみたいなものが、実は歴史を規定していくというところがあるんでね。

岡本　そうは思わないな。

寺山　それが思想です。

岡本　そういう時代もあったかもしれないけれども、しかしぼくは、これから、いままでほど観念的でなくて、もっと肉体的な時代になりつつあると思うな。

寺山　そうあってほしいという感じはあるが。

岡本　これだけ人口がふえてきたり、産業が膨大化し、情報時代になり、そこに出てくる矛盾というのは、インテレクチャルな矛盾じゃなくて、逆に肉体的な矛盾になってきているとぼくは思うんだ。だから現代の様相というのは、インテレクチャルな問題よりももっと肉体的な問題なんじゃない。いま大学でもって暴力はけしからんとか学生の本分とか何とかいうような、古い精神的な解決方法では大学問題も解決しないし、それから社会問題だって、いわゆるインテレクチャルな形で解決しようとしても解決しない。全学連だって、なにもマルキシズムを勉強して、その結果出てきた彼らじゃなくて、もっと肉体のやむにやまれない爆発で飛び出してきていると思うんだね。ぼくはますますこれからの時代はそうなってくると思う。

純粋な苦痛の絶叫
意欲内の爆薬にしてゆく

金子　肉体的な状況という感じかたはよくわかるけど。さっきぼくは、インテリとピープルを相対概念として受けとって喋っていたんですが、いまのようにまったく対立的に両方をおくと、ちょっと　困るんだな。岡本さんの言っていた意味のほんとのピープルというのは、インテレクチャルなピープルだと思うんだがな。だからそういう意味の、ほんとうのインテレクチャルなピープルというのがわかってないんじゃないか、ということなんだな。前衛というのは、結果としては、そこにアッピールするものでなければならないと思っているんだけれどもね。

寺山　あなたはだれだと聞かれたときに、自分のからだと答えられるような感受性というのは、いまの時代に非常に欠けているわけです。名刺出すみたいにして職業を差し出すわけですね。ところが職業というのは何かというと彼の属性であり、社会的な階級だったり、その人の経済力だったりするわけですよ。属性をはぎとった時点で考えていくというのが、肉体的な発想ですよ。しかし、肉体だけじゃ現実変革はできない。ターザンは、今じゃ自衛隊にでも入るしかないですからね。

岡本　前衛というのは、主力戦隊に対して前に出ている少数の人間で、主力を導いていくものだなんていう形式的な考えじゃなくて、最も人間的なものに対してのわれわれの切望を、最も純粋な先鋭な、強力な形で打ち出す絶望的な叫びみたいな、苦痛の絶叫みたいなものだな。だからなにも、そこで価値づける必要はないし、また軍隊組織における前衛として、本隊を考える必要もない。われわれがほんとうに人間として叫ばなければならない叫びをいちばん叫んでいるのが、ぼくは前衛だと思う。

金子　その態度を一歩すすめて、さっきもちょっと言ったように、行為の結実への考慮を問題にする、というのがぼくの考えです。これをかたちといってもよい。歴史的に芸術的範疇たり得るものと言ってもいいが、ここまで見定めようとして、むしろそれを意欲内の爆薬にしてゆかないような前衛は、ほんとうの前衛ではないと思うんです。

寺山　それは違うね。

金子　岡本さんの対極主義、あれを主張したとき、その自覚はなかったのですかね。合理と非合理。合理のほうはアブストラクト、非合理はダダとシュール、その二つを自分の中でつきまぜていくんだと言ったとき、そこに結実してくるかたちへの目的意識との戦いはなかったのですか。

寺山　ぼくは、それはまったくないですね。ぼくはないな。

岡本　ぼくもない。

金子　それは非常に無責任だ。前衛と責任、これは矛盾した概念ではないはずです。

岡本　無責任じゃない。もっと無責任なんだ。

金子　はっきり言ってください、無責任だと（笑）。

岡本　いや、そうじゃない。もっとそうであってほしいわけなんだ。無責任どころじゃない。徹底的に責任をとりたくないわけだ。しかし、結果として残っちゃうかもしれない。つまりあなたが言ったような結果になるのかもしれないけれども、その瞬間瞬間はそうでありたくない。たとえば絵が、描いているうちに絵になるとぼくは絶望する。なんとか絵にならないようにぶちこわすし、一方、確かに権力意志がある、権力意志で社会に発言し、動かし、ものをつくり、それが不滅なものという前提でやるけれども、同時に、これが不滅であっちゃ困るな、いやだなという、そういう逆の神経がはたらく。

寺山　不滅だとか後世への遺産なんてことを考えている間はまったくだめだ。

金子　絵になると絶望するという岡本さんの意志は、既成の絵の範疇、絵というものの常識に紛れこむことをおそれているわけで、異存はない。ともかく、芸術上の前衛概念は厳密なものでありたい。前衛のムードでなく、前衛であるために。そして、一九六八年の現在ただいま、ないしはあなたのきらいな六〇年安保後だな、その意味で前衛というものがあるのか、あったのか、どうかだ。

寺山　どうして、そういう社会科学者か歴史家の司書みたいなものの考え方するか、ぼくはわからないですね。

金子　そこで寺山修司がブェーンと爆発した。「書を捨てよ、町へ出よ――」と言って素人を集めてやった。それでボワーンと爆発して消えちゃったというだけのことなら、あの戯曲の仕事は、街のあんちゃんの芝居ごっこと変らないんだよ。前衛の所業とはいえない、というのがぼくの言い方なんだよ。

寺山　自立、変革、覚醒の役割だけで充分だ。

金子　つまり自己満足でいいというわけだな。

寺山　それは観客や、参加した連中にきいてくれよ。観てない芝居の評価をされても仕方がない。あのドキュメンタリー舞台を通して「書を捨てよ」というアジテーションが、観客との相互創造にまで高まればいいんでね。ぼくらの仕事を通して観客の日常生活がごくささやかに変わったとする。その変化がぼくらの「残したもの」なんでその戯曲が、戯曲として後世に残るか残らないかとか、あるいは芸術運動の中のエコールと評価されたから前衛だったなんていう、そういう文学史的な発想というのは、批評家にでもまかしておけばいいちゃちな発想だよ。

金子　あなたの言っていることがちゃちなんだよ。あなたの言ったことで二つ問題がある。一つはあなたは、さっき前衛が使命なんかもったらインチキだといったが、覚醒の役割なんて、完全な使命感ではないですか。前言と矛盾している。それから観客に残したものがあればその戯曲はあとに残るはずなんだ。ほんもののピープルのなかに一個の戯曲としてかたちを得たものとして残るはずなんですよ。そういう志向と行動と結実をもち得ないものなんてムードにすぎない。

岡本　ぼくに言わせれば、ちょっと変わったらいいじゃないかということでは、あんまりいいとは思わないんだ。徹底的に、すっかり土台から変えなければほんとうじゃない、という気がする。

寺山 すっかり変わる、なんてことを楽観的に考えられるものとも思えませんね。エコールを残すことが前衛だという発想は、そういう意味でジャンルを整理していくような、残務整理に対する期待ばかりで歴史主義に対するロマンチシズムをこえられない。

〝存在〟は唯一の救い 変革の中で燃焼しつくす

寺山 ただ大事なことは、実際に起こらなかったことも歴史のうちである、ということですよ。

岡本 人間が、人に認められたり、寺山修司という名で活字になろうがなるまいが、それよりも、つまりこの存在。きみの肉体がそこにあるということだけが、唯一の救いであるようなもので。

寺山 歴史というのは、それ自体で何の目的ももっていないということを忘れてはいけない。ときには一つの時代の前衛をも、次の時代の惰性でおし流してしまうこともある。大衆への過信はしない方がいい。ただ、たった今の時代的な誠実、責任というものへの対処ということだけが問題になる。それはたとえばスペインの市民戦争で、名もなく死んでいった戦士のアヴァンギャルド性をどう評価するか、みたいなこととつながってくるわけですよ。実際に形として残らなかったものも歴史のうちだということを考えていかないと、アヴァンギャルドの評価というのは非常にむずかしくなっていくわけですよ。

岡本 残らなかったという言い方をするよりも、残らないことを意志したということがまた大事だと思うね。残ったか残らないかということは時点によって、刻々に違うし、一切わからないんであって、あなたの、あしたは忘れられたけれども、しあさってに思い出されるかもしれないというそれは、自分と実はかかわらないことなんで。

金子 そうです。直接には――。

岡本 けっきょく現時点におけるモメントでは、相手は自分なんだね。ピープルじゃないんだ。歴史じゃないんだ、ほんとうは。自分なんだ。自分の場合に、けっきょくそうであったということ以外に何もないんだし、あとに残ろうが残るまいが、自分がそれを承認しようがしまいが、あったということ。むしろ、それが、何よりも、まず第一に問題だ。

寺山 ぼくは、過去は全部比喩だ、未来は一切幻想だ、そういうふうに考えて、今日の変革みたいなものの中で、自分自身の燃焼する行為の力みたいなものを出しつくすべきだと思う。それがアヴァンギャルドですよ。後世というのは、現在の中にこそ存在しているんで、六〇年にあるいは七〇年に残ったから前衛であったか、あるいは前衛じゃなかったかみたいなことは、区役所の戸籍係みたいな人の仕事です。歴史をつねにパースペクティブだけでみるのもいいが、ときには内部に凝縮して、キョロキョロしないことも必要です。エコールや遺産に対する期待によって、前衛を規定していくようなことはやりたくないということです。

岡本 それは当然だ。

金子 寺山氏は言うことが公式的だね。だれが、残ったから前衛だ、残らなければそうでないなどと簡単なことを言っていますか。誰に残るか、誰が残すかの問題もある

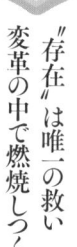

し、だいいち、残すことばかり考えてる前衛なんていやぁしませんよ。いくど言っても同じだから、これでおしまいにするが、たんなる第一線意欲万才式の前衛規定は、自己陶酔のたれ流しにおわる公算大なりということです。形式との闘い一つとってみたって、簡単ではない。

岡本　しかし、お二人が多少ごまかしているところは、寺山君がそう言うけれども、寺山君だって、やっぱり歴史的なモメントがあるんでね。だからほんとうに全部なくなってしまう無目的的なんていうことはない。

無目的と言いながら、実はそうでないものをまたねらっているし、それをねらってなければばかみたいなものだし。ちゃんとしゃべっているし、発言しているんだから、やっぱり目的的であるんで。だから目的性と無目的性の——まあむずかしいことばでいえば、弁証法的な存在であるわけだよ。だから、片っ方を強調するために片っ方を否定するということになると、水かけ論になるんだ。どうも仲裁役のほうがおもしろい（笑）。

（「週刊読書人」一九六九年一月六日号）

1967年6月、来日中のイタリア人作家アルベルト・モラヴィアと
撮影＝菅野喜勝／写真提供＝朝日新聞社

エロスは抵抗の拠点になり得るか

三島由紀夫
Mishima Yukio
寺山修司

「訓練」が認識と行動のパイプ

三島　寺山さん、あなたが主宰する「天井桟敷」、芝居はなかなかおもしろいじゃないか。ぼくも何回か見ましたがね。

寺山　ぼくは少年時代に三島さんにファンレターを何度も書きました。返事は来ませんでしたが……。

三島　まだ芝居に飽きないかね？　ぼくはほんとうに飽きちゃったよ。

寺山　そうですか。でも三島さん自身の演出の「椿説弓張月《ちんせつゆみはりづき》」、腹切る場面は、とてもそんな感じがしなかった。

三島　あれは市川猿之助の工夫なんだよ。ぼくは、あんなに血を出す気はなかった。腹切るときに先に死んだ女房が逆さに倒れてる姿ね、あれは北斎の錦絵そのままにしたいと思ったんですよ。そしたら猿之助が、血が出りゃいいんでしょう、というんで、バーと出しちゃった。とにかく芝居っていうのは、どうしようもなく飽きた。

寺山　ぼくは角兵衛獅子の親方になっちゃったもので、簡単に飽きたとは公言できないのです。（笑い）

三島　六、七年前から、もう芝居は引退だといって暮らしてた。「椿説弓張月」をやってから徹底的に飽きたね。ぼく、演出っていうのはめったにやらないでしょう。やってみると腹の立つことだらけで……。

寺山　ぼくは劇は現実原則とは別のエロス的な現実の世界だと思って割り切ってるのです……。

三島　このあいだ、朝日新聞で澁澤龍彦がいってるね。フリー・セックスは擬似ユートピアだって。澁澤さんなら、ああいうべきだと思うね。だって澁澤さんにとっては、エロティシズムは神とスレスレのところで神に背を向けるから、エロティックに高揚するんだから。それはサドだろう。だけど、そうでないセックスなんて、エロティックでもなんでもないわね。

　しかしね。ぼくは「四・二八沖縄デー」のデモを見に行って、青山一丁目から新橋までずっと歩道を歩いたんですよ。赤坂で石を投げてるところも見た。ぼくの分析は、もう新左翼は理論的に完全に破綻したと思った。というのは、あれは彼らの嫌いな民青の焼香デモだろう。言訳はあるな。つまり警察権力が強くなっちゃったから暴力デモはやれないが、大衆動員をやるにはカンパニヤ方式しかない――という言訳だね。だけど、外見上は焼香デモと同じだよ。彼らは認識が違うといいたいだろう。ところがね、認識にとどまっていてはなにもならない、認識が行動に現われなければ認識でないということは、彼らのいい出したことじゃないか。新左翼は、それしか理論的な根拠がないはずじゃないか。認識が行動に現われないですむものなら、彼らの軽蔑する大学の先生だって、そうやって毎日暮らしているわけだ。といって、こんどは認識が行動に現われるように徹底すれば、赤軍派しかないわけだろう。赤軍派になったら大衆はついてこないことはわかりきっている。そうすると、彼らは何をしようとするのか、それにはもう方法がないよ。つくづくデモを見ていて気の毒に思ったね。
　もう一つは、訓練というものの価値がそこにあると思うんだ。認識と行動をつなぐものは訓練だよ。それは兵隊さんのやってることだ。訓練至上主義というか、「兵を百年養うは一日の用にあり」という基本の考えね。新左翼は、それもできないんだよ。

文学的言語と政治的言語

寺山　ぼくは「言葉にすれば何でも自分のものになる」と長い間思ってたのです。ただ、言葉そのものの吟味が問題なんですね。新左翼、とくに赤軍派に代表される人たちは、政治的な言葉と文学的な言葉を混同している。三月十日に東京戦争が起ると赤軍派の人たちが言ったら、それは文学的な言葉ではあり得ない。それは政治的な言葉でなければいけないんだ。ところが、それが起らないと、いつのまにか文学的な言葉にすりかえてしまう。そのへんに彼らの破綻がみえている——というように三島さんは書いていらした。

三島　そうですね、ぼくのいいたいこともそれですね。

寺山　ぼくも、その範囲で新左翼が政治的じゃない、ということには反対はしません。しかし政治的言語と文学的言語の波打際をなくしていくという、わけのわからない乱世の中におもしろ味があるわけですよ。

三島　でも、それをおもしろがっちゃいけないんじゃないのかね。それでは文学もダメになるし、政治もダメになると思うんだよ。

寺山　両方ダメになってもいいんじゃないかっていう感じがあるんですよ。(笑)

三島　ぼくはそれを文学のためにも、政治のためにも心配しているんだ。たとえば、ニクソンが十五分間学生としゃべる。政治的言語でしゃべっている。「諸君は反戦を求める、平和を求める、ベトナム撤兵を求める、戦争終結を求める。まったく諸君と同じだ」というんだが、見事だと思ったね。文学的言語を見事に政治的言語にひっくり返している。いっていることは同じだが、片方は文学的言語でいっているつもりなんだ。それを、政治家は政治的言語に翻訳してしまう。日本の政治家はそうはいかないが。

寺山　日本の政治家は政治的言語のボキャブラリーが乏しい。というより、日本人はもともと政治的言語を使い馴れていない国民だったのではないか、という気がします。ぼく自身は文学的言語だけでものを言うので反戦などとは言わない。あらゆる思想はドラマツルギーだというのがぼくの考えで、いまでは日常も虚構も混同して、言語がアナーキーになってしまっているのです。革命もあんまり早く簡単に起ってもらっては困るが、止めてもらっても困る。じっくり時間をかけてもらいたい。その分だけ楽しみも長くなるでしょう(笑)。このあいだ赤軍派事件のあとで、ぼくは取調べを受け

ましたよ。（笑）

三島　それはおもしろい。

寺山　カネは出してないだろうが、カネでないものを出してるだろうって、さんざんに絞られましたよ。

三島　ぼくも直接じゃないけどね、学生が尾行されたりしてね、身辺がちょっと騒がしかった。両方やられてるんだよ。（笑）赤軍派のああいうのを見て、あなたがたはどう思うかって、急にうるさく調べてきたんですよ。

寺山　「体制」という言葉を、ただ国家権力だけと考えると危険なんで、シャツの着方とか、百メートルを何秒で走れるかとか、生活のさまざまの秩序もまた体制ではないか。するとエロスが変革の拠点になり得るような体制は、たしかにいくつかあるだろう。しかし国家権力が持っている体制を変革するためにエロスを役立てようとすると、アメリカのヒッピーみたいな発想しかできなくなるんで、つまらない。

反体制感情はエロティック

三島　エロスというのは、要するに〝欠乏の精神〟でしょう。自分に足りないから何かが欲しいという。エロスっていうのは結局、自分は美しくなくて、美しいものにあこがれている。自分に足りないものがエロスの根元だから、反体制的感情なんて、ほんとにエロティックなものなんだね。佐藤首相は全然エロティックでないよ。

寺山　税務署もエロティックでない。税務署が空想的現実をみとめたらえらいことですからね。

三島　そう。官僚っていうのが大体エロティックでないんだ。自分に欠乏するものを感じたことがないからね。一種の自己満足だから。

寺山　その欠乏を何かで埋めることでエロスが成り立つとしたら、それは何で埋めるんだろう。やっぱり言葉でしょうか。

三島　言葉で埋めちゃいけないと思う。いままで、それで失敗したんだと思うな。

寺山　ジュネに「バルコン」という芝居があります。学校で学長から絞られている教師に、淫売屋で学長の洋服を貸してくれる。淫売婦は学長さんとして迎える。教師は、学長になったつもりで欲望を満たすわけで、だからきわめてエロティックな満足があるわけです。しかし、団地アパートの夫婦の性生活がちっともエロティックじゃないのは、欠乏がないからではなく埋め合わせるものがないからではないですか？

三島　あなたにいわせれば、イリュージョン（幻影）で埋め合わせる。そのイリュージョンは芝居だってことになるのだろう。あなたの芝居だって言葉じゃないよ。

寺山　イリュージョンも、言葉のうちだと思っているわけですよ。魔法使いがいるように「言葉使い」というものがいて、うまくなってくると活字とか言語じゃない言葉を使うんでね。見えない言葉で相手をだますのもエロティシズムのうちです……。

三島　見えない言葉って、スーハーとか、そういうこと？

寺山　いや、それは伴奏の効果音ですよ。

（笑い）

三島　ぼくは旧弊な古典主義者だろうが、ロジカルな構造をもたない言葉なんて全然信じない。

寺山　そうなると、犬がアリストテレスの書物の上に座ったりすると、耐えられないでしょうね。（笑）ぼくはブリジッド・バルドーがカントの『純粋理性批判』なんかも持っているのを見たらエロティックだと思う。

三島　わからないわけじゃないけどね。わからないフリをしてるんだよ。わかったらおしまいだと思うから。

寺山　三島さんは、「おれは江戸っ子だから電車なんて認めないんだ」といって、電車に正面衝突して轢かれながら「電車はない！」と言って死んでった人のエピソードを知ってますか？

三島　それは昔からいるよ。たとえば神風連が電線の下を扇子で頭かくして通った。エレキの下を通ると伴天連《バテレン》の魔法にかかるという話があるだろう。あれは観念だと思う。白扇で頭を被わなきゃ、とても生きていけないのだよ。それがぼくの言葉なんだ。あなた方は伴天連のエレキでも何でもみんな使おうという精神だろ？

寺山　そうですね。スクラップ回収業ですか。（笑）

汝は功業、我は忠義

三島　エロスは別として、ぼくは吉田松陰の「汝は功業をなせ、我は忠義をなす」という言葉が好きなんだ。ぼくはいつも石原慎太郎なんか、精神がわかるわけがないと思ってるんだけど、やつは功業しようと思って政治家になったんだろ。ぼくは忠義をするつもりだから政治家にならないよ。ところがいま日本じゃ忠義というのは左翼しかないように思われている。というのは、野党は全然有効性がないからね。だから無限に功業から遠ざかっちゃうわけだ。左翼思想というのは全然功業の範囲がないから、ますます無効性の象徴になってきたんだ。だから青年が忠義しようと思うと、左翼になる他はないんだよ。ぼくはそれがとても腹が立ってたまらないわけだ。左翼以外だって忠義があるんだぞってことを、一生懸命にいっているわけだよ。

　忠義っていう点じゃ新左翼だって好きだよ。彼らだって忠義しようと思ってるんだからね。だけど、左翼だけしか忠義がないと思うことないじゃないか。それはエロスの中にも忠義があるだろう。反政治的な行動の中にも忠義があるだろう。ただぼくは功業だけはしたくないという気は猛烈に強い。

寺山　三島さんが賭博をおやりにならないというのは、反悟性的とお考えだからですか？

三島　偶然というのは嫌いですからね。偶然が生きるというのは、必然性がギリギリに絞られているときだけだ。たとえばA男とB子が数寄屋橋でバッタリ会う。「やあ、お久しぶり」「よく会えたね、ここで」というのは小説じゃないんですよ。ところが芝居だと舞台の両側から出てきて「やあ、珍しいとこで会ったね」「あなた、会いたかった」っていったっておかしくないんですよ。芝居は必然性のワナですよ。

寺山　必然性というのも、偶然性の一つです。ぼくらは偶然的に宇宙に投げ出されたのだ、とは思いませんか。

三島　思わない。つまり、必然性が神で、芝居のスピリットなんだよ。だから、ハプニングというものを芝居に絶対導入したくないんです。というのは、芝居は必然性があるから偶然性が許されているんで、ギリギリの芝居の線だと思う。

寺山　ぼくは賭博好きで、いつも科学から空想へ歴史をかぞえてます。必然性なんていうのは主に総括とか結果論の中でたしかめられる。だからユートピアはいつでも偶然的です。ユートピアなんて言葉はとてもいやだけど、ぼくは科学より少しはいいんじゃないかと思っている。コンピュータなんかは耐えられないですね。

三島　いやだね。あれ、必然じゃないよ。

寺山　しかしコンピュータが悟性的だと思われる時代が近いうちにやってきた場合に……。

三島　絶対反対だよ。でもそんなことはポール・ヴァレリーがとっくに予見していることだよ、そういう悟性の危機についてね。いまだって至るところで証明されてるじゃないですか。たとえば、マクナマラ戦術がダメだった。

寺山　あれは偶然だったということで、そのダメさを整理なさるわけですか？

三島　マクナマラというのは必然性じゃなくて、コンピュータが必然と考えられた時代の産物だよ。ダメなのは当り前なんだ。世間では悟性が敗れたかのように思ってるじゃないか。そして人間の理性計算が敗れて、片っ方には自由があり、ヒッピーがありアンフォルメルがあり、そういうものがマクナマラ戦術に勝ったんだと思っているじゃないか。ベトナム反戦っていうのはそういう思想じゃないか。僕はそういう考え方は嫌いなんだよ。

寺山　「出会い」がすべて必然だと考えるとこわいですよ。三島さんは昔、明日何が起るかわかっていたら、明日まで生きるのはおもしろくない——と書いていましたが、ロマネスクの構造というのはむしろ世界の偶然性です。

三島　ドン・キホーテが不思議なことにぶつかるのは偶然じゃないよ。ドン・キホーテの性格のなせるわざだろう。

寺山　性格は食い物で決まったりするんで、たまたま何を食ったか、近所にどういう食い物屋があったかという偶然性で決まる。偶然じゃない性格ってのはファシストに支配されている人間にしかないんじゃありませんか？

三島　ドン・キホーテは夢想家だ。夢想家がこの世で遭うことといったら、風車とか。だからぼくはドン・キホーテさ。ぼくはどこまで行ったって、そんな現実には出会いっこないですよ。あくまで観念。ぼくはその必然性の中にはいってるんだから、ハプニングなんかありようがない。

歴史の過ちは悟性か理性か

寺山　長い間、歴史が犯してきた過ちは悟性が犯してきて、その尻拭いを情念がしてきたわけでしょう。にもかかわらず、たまたま狂気や情念が過ちを犯して、いつも悟性は父親のごとく、それを整理、分析したかのごとくみせてきた歴史科学も悟性の産物です。最大の悪役は悟性です。

三島　でもバートランド・ラッセルはいってるんだよ。現代で狂気を演じるのは理性しかない——と。

寺山　しかし、狂気を演じているときでも、片眼は世界を見てなければいけないのでしょうか？

三島　それは理性の特徴だろうね。それで酔ったりね……。

寺山　ああ、酔っぱらいはこれは悟性の演じる狂気ってやつです。あれは、いやですね。

三島　いやです。ＬＳＤ飲むやつ嫌い、麻薬飲むやつ大嫌い。第一、セックスが麻薬でいいなんてことは信じませんよ。頭が明晰でないセックスなんて、ちっともよくない。

寺山　悟性はダメで、偶然性しかないのだというい方をする悟性の方が、執念深く長生きしてゆくのです。

三島　長生きするとか、長もちするとか、全然考えないものね。あなたのいってることは芸術行為だろう。芸術行為でそんな長もちするなんて考えないもの。芝居やってて、どうしてそんな考え持つの？　それは一夜の歓楽だけじゃないか。小屋出たら、もう何もないでしょう。

寺山　ぼくは一夜の歓楽までも必然性だと思ってしまうのはこわいです。悟性の下男にしかすぎない肉体っていやじゃないですか？　ぼくは、「笑え」と書いた台本を渡すといつでも笑う役者というのは、とても気持が悪い。

三島　それは同感だよ。（笑）気持が悪い。杉村春子が、あたし泣きたいと思えばいつでも泣けるって……ボタンを押すと涙出てくるらしいんだよ、すごいね。

ボディビルの原理

寺山　しかし三島さんは、そういう人は素晴らしいという視点に立っておられるわけですか？

三島　そう。そういう人を使わなければ、ぼくの必然性の芝居ってのはできない。

寺山　ステージの上に一人の男が立っていて、勃起したまえというと、イリュージョンを使って、パーッと勃起するというのが素晴らしいわけですね。

三島　ボディビルの原理って、そこにあるんだよ。体の中から不随意筋をなくそうというんだ。

寺山　つまり、肉体から偶然性を追放するんですか？

三島　そうなんだよ。たとえば、この胸見てごらん、音楽に合わせていくらでも動かせるんだよ。（胸の筋肉を動かして見せる）あなたの胸、動く？

寺山　ぼくは偶然的存在です……。（笑）

三島　ある晩、突然動いたりしてね。

寺山　でも、たかが五尺七寸の体の中にどんな黄金がかくされているかという幻想でも残しておかないとたのしみがない。体の構造をすべて知りつくすと、中にあるのは水分とセンイだけですよ。三島さんの中にあるのは……。

三島　君の方が長生きするわ。不随意筋を動かすことは、何にも役立たないからおもしろい。

寺山　〝三島由紀夫の上半身を動かす夕〟なんてどうです？（爆笑）天井桟敷で。

三島　リサイタルか。

寺山　これは一つの反体制運動です。子どものころ歯はヨコにみがくんだと教わっていたのに、ある日突然タテにみがけといわれたとき、何か権力が交代したという印象を受けましたからね。歯を自由に入れたり取替えたりできなければ、それは抵抗できないわけですよ。

　ポーに『使い切った男』という小説がありますね。楽屋で絶世の美男俳優がまず義手を外す。次に義足を外す。それから義眼を外す。そうして部屋から〝おれの出番はいつだ？〟っていう声だけが聞こえる。ボディビルっていうのはどうもそんな印象で、ぼくはそれを読んだとき、ボディビルってのはおそろしいなと思いました。

三島　おそろしいね。奇怪なものだよ。ところで、こんどはどこへ行くの？

寺山　アメリカです。言葉のわからないところで演出するんです。去年は西ドイツでやりました。ドイツで、役者はぼくのドイツ語の台本を持っている。ぼくはわからない。ここで笑うところだなというと、ハッハッと笑ってみせたりするわけですよ。だから〝言葉使い〟の極意は、もはや意味ばなれじゃないかと思う。

三島　ベントールが「ロメオとジュリエット」を日本でやったときも同じだよ。「ヘヤー」をやって失敗したけれど、演出家はまったく日本語がわからない。これは致命的だよ、やっぱり。セリフがいかに下手かっていうことがわからない。こわいね、言葉は。

　アメリカで絶対タブーとなっているのに「マザー・ファッカー」というのがある。ところが佐藤首相がコロンビア大学で名誉教授のローブ（礼服）をもらうときに、学生がみんなでマザー・ファッカーと叫んだ。最大の侮辱だけど、はじめは佐藤首相はニコニコして手を挙げていた、という話を聞いたよ。

寺山　母親と寝る男って、どうしていけないのですか？

三島　どうしてだろうね。キリスト教が近親相姦を禁じてる。あれからきてるんだろう。

カソリックの財産は〝罪〟

寺山　パゾリーニの映画なんか観てると、たかが母親と寝るぐらいで、どうしてあんなに悩んだりするんだろと思って滑稽だったな。

三島　この間あったじゃない、ヴィスコンティの映画。そんな場面が長々とある。

寺山　でもあんなに耽美的に大げさにやるのは、本人のイリュージョンが豊かだってことを映像の中で自慢しているということでしょうか。

三島　耽美的に大げさに見せたっていうことは、ドイツってことだよ。イタリー人がオフクロとやるときはあんなじゃないだろ。

寺山　イタリーの農村あたりへ行ったら、毎日どこでもやってるんじゃないですか。北海道、いや青森だってやってますよ。大雪が降って、兄と妹がいて、両親が隣りの町まで行って、寒い、こわい、やりますよね。当り前じゃないかと思う。要するに、セックスを生殖機能と結びつけて解説した性教育というのが、実にバカげていたわけで、トルストイなんかの性意識はきわめて間違っているのです。

三島　でも、ぼくはそういい切れないと思うよ。カソリックでは、正常なる夫婦間の、正常位による生殖を目的とする性行為しか認めないでしょ。あたかも薄いお盆に水を張って歩くのと同じことだよ。歩けば水はこぼれる。カソリックだってそのくらい知ってますよ。だから、こぼれたら地獄へ落ちるか、それとも懺悔して救われるしかない。まず人間にできないことを要求しておいて、そこからこぼれたものは自分のところへ取ろうというんだから、こんな欲張りな宗教はない。だけど、見事に成功してるんだよ。それじゃこぼしてもいいといったら、何が始まる？　文化の根本問題なんだ。エロスは稀薄になるし、第一、あと許されざるものは、この世になくなっちゃうんだよ。だからドストエフスキーが「神がいなければ、すべてが許される」といったが、それだよ。

寺山　キリスト教は抑圧の美学でしょう。しかしぼくは禁欲だけがエロスの母だとは思わないのです。三島さんはなみの夫婦にお前たちはそれを守れ、おれは守らないということですか？
三島　いや、そうじゃなくてね。水は必ずこぼれる。そのこぼれた水はみんなカソリックのタンクにはいるんだよ。その人間の罪が全部カソリックの財産になる。世界制覇ができるんだよ。
寺山　それは娼婦を追放して懺悔を聞く聴《ちょう》聞僧《もんそう》を増やすというザンゲ共同体ですね？
三島　そんな簡単なことじゃないと思う。娼婦を追放したって、アン・オフィシャルな娼婦はいっぱいいるだろ。
寺山　勿論、アン・オフィシャルな聴聞僧っていうのはいっぱいいる。コンサルタントだとか人生相談とかがそれをやっているわけでしょう。
三島　アメリカじゃ、精神分析がカソリックの代りをやっている。そこで、文化というのは人間に不可能なことを要求するものだと思うんだよ。その枠が外れると、どうしていいかわからなくなっちゃうんだ。あとは何でもできるんだから、グシャグシャになっちゃって、形ってものが存在しなくなる。フォルムというのはカソリックの夫婦間性行為と同じような意味を芸術に対してもっている。そのフォルムをこわしたら、もう芸術じゃないんだよ。
寺山　それは文学的用語か、政治的用語のどちらでおっしゃっているのか、紛らわしいというところがある。
三島　いや、紛らわしくないね。つまりカソリックは夫婦間正常位セックスしか認めない。

〝べし〟が抵抗の拠点

寺山　それは政治的用語ですね。
三島　宗教的用語だよ。芸術の場合はフォルムしか認めない。フォルムというのは人間に不可能なことなのに、どうしてあるんだろう。たとえばゴシック。人間が快適に住もうと思ったら、あんなバカなこと考えるわけないでしょ。バロック。あんなねじ曲がったもの、カアちゃんや子どもと暮らすのに要りゃしません。文化というのは、そういうものなんですよ。まったく不必要かつ不可能、そういうものがモトになっている。それを崩したら大変だぞ、と口を酸っぱくしてぼくはいってるんだよ。
寺山　しかし文化の概念が変質していくということは認めざるを得ないでしょう。
三島　絶対に認めないです。いくら変質したって、フォルムの形成意欲は変質しない。これは芸術の宿命でしょう。
寺山　フォルムを要求する心象は変らなくても、文化の形態そのものは変ります。変るから形なのだ、と言えるでしょう。
三島　それは絶えず変っていくでしょうけどね、単なる流行というか表面現象にすぎないでしょう。
寺山　不滅なんてない。
三島　不滅というのはフォルムですよ。
寺山　たとえば母親と息子がやることも文化だとはお考えにならないわけですか。
三島　もし、それが倫理化されれば文化になるんだよ。
寺山　フリー・セックスがただ「解放」に向かってるあいだは非常に軽薄ではあるけれど、しかし母親と寝、兄妹と寝ることが文化になるのは当然の成り行きだと思う。
三島　あれ、それはぼく認めるよ。ただ、あなたの話聞いてると、寝てもいいじゃないかと……。
寺山　いや、寝るべきだといってるんです。
三島　それならフォルムなんだよ。〝べき〟ということは。赤塚不二夫の漫画じゃないけれど、〝べし〟じゃなきゃ芸術じゃないんだって。〝寝るべし〟といえば、その瞬間、芸術になるんだよ。

寺山　ぼくは寝るのは当り前だ、といったんです。それは謙虚にいったので、「寝るべきである」といったんですよ。それが抵抗の拠点になり得るかです。

三島　〝べき〟でなきゃ抵抗の拠点になれないな。新左翼にも全般的にいえることだけど。

寺山　ところで、ぼくは「楯の会」のパレードを国立劇場の上でやられたのを見て、三島さんの芝居の作り方が変ってきたなという印象を受けたんだけど。

三島　ずいぶん話が飛ぶね。あれは簡単なことだ。皇居が前にあるからですよ。

寺山　皇居の前はいっぱい土地があるし、地上でもいいわけですからね。わざわざ地に足をつけないようになさっていた。

三島　でも、皇居前広場でやるわけにいかないよ。

寺山　それに武器を持っていない兵隊っていうのは魅力ないと思いますね。

三島　ほんとだね、ぼくもそう思うよ。

寺山　兵隊には言葉が武器だなんていっちゃダメで、ナタかマサカリに匹敵するようなピカッと光るものが必要なんで……。

三島　警察によくいっといてください。（笑い）

寺山　三島さん自身は積極的には不満に思っていらっしゃらないんですか、フォルムとして。

三島　うーん、非常に微妙な質問で、政治的言語を使う他はないね。

寺山　むしろ文学的用語で、絶対必要だとおっしゃったわけでしょ？（笑）「べき」である、と。

三島　そうはいかないよ。

「能」の速度は居合抜き

寺山　ぼくは速度が好きなんです。子どものころシュペングラーなんか読んで、なるほどエジプト文化っていうのは思い出の文化で保存しておけばいいのだ。インドの文化は忘れるのがいいんだと。さて、お前の文化は何だといったとき、ぼくは速いのが好きだったんですね。鉄砲のタマは速い、機関車は速い、競馬も速いから好きなわけです。

三島　それはソクラテスと同じ美学だよ。〝速いものほど美しい〟といっている。ぼくもそうですよ。

寺山　鉄砲のタマが速く飛ぶのは目的が決まっているからだとディアギレフがいっていますが、目的を一つに決めちゃうと一か所にしか飛んでいかないんで、ヨコの速度とタテの速度、地理的速度と歴史的速度っていうのがあるんじゃないか。ぼくは、あっちに飛びこっちに飛び、牛若丸の速度みたいなのがいいと思うようになってから、非常に悟性的に、つまり原因があって動機が加わって結果が出てくるという話し方じゃ、何か話が組み立てられなくなっちゃった。

三島　そうか、だからさっきみたいな話になってきたわけだな。ぼくはスピードというのは、ある観点からみた主観的なスピードにすぎないと思うよ。たとえば「お能」というのはとてもスピーディだよ。ある時点からある時点へ飛んじゃうでしょ。舞二回りぐらいすると東北から京都に着いちゃうからな。あのスピード、どうしてみんなわからないのかな。

寺山　俗物は、斬られるときには居合抜きより、田中新兵衛みたいにゆっくり斬ってもらいたがる。（笑）お能の速度は居合抜きだから宮廷向きで大衆性がない。速度というのはイデオロギーなのですね。

三島　お能のスピードは、電光石火をスローモーションで撮れば、ああなるに決まっている。恋愛でも、ドラマでも、迅速そのものにすべてが過ぎてしまって、あとは何も残らない。それで、塚の上に秋の風が吹いている。それしかなくなっちゃうんだから、すごいよね。どんな美女も、すぐ白骨になっちゃうしさ。

寺山　カカトを三センチずらすと、三年経ったりするわけです。

三島　そのくらいのスピードだね。ＳＦでこんなのがあったね。どこかの砂漠で不思議な彫刻が発見された。手が空を指していた。それから十年経ってまたそこに来てみたら、こんどは手が下がっているんだよね。この彫刻、ほんとは生きてる人間なんだが、その人間の時間感覚では手を上げてから下げるまで十年ぐらいなんだ。

寺山　しかし、同時に何もしないやつが、おれの速度は肉眼では見えないだろうっていうふうにいい出す世の中だから。

三島　そうだ、だまされるよ。

「柔軟性」は妥協か

寺山　昔、三島さんは太宰治が体操やれば思想が変ったろうと書いておられたけど、どうですか、いまは？

三島　いまでもそう思っている。つまり、崩しているからいやなんですよ。『斜陽』なんかの敬語の間違いっていうの、耐えられないんです。仮にも華族が自分の家の台所のことを〝お勝手〟なんていうことはあり得ないことです。お勝手というのは民衆の言葉ですよ。

寺山　もし太宰じゃなく、森茉莉が間違えても許しませんか？

三島　森茉莉は絶対間違いません。あの人は文法からいっても、そういうことは間違いません。一番基本的なことですから。

寺山　しかしあれだけ長い間自分は怠けものだと言いつづけるためには、それなりのトレーニングはあったと思う。

三島　体力は相当あったろうね。敬語の間違いのことだが、たとえば宮様を呼ぶのに男は、殿下、妃殿下というが、女がいうときには宮様、君様といわなきゃいけない。そういうしきたりは彼は何も知らなかったよ。そういうこと、とても嫌いなんだ、許せないですよ。

寺山　堀辰雄は軽井沢の馬糞のことは書けないだろうと言ってました。

三島　いや、旋盤工の生活とか、高速道路は書けないだろうと書いた。馬糞とは書かなかった。

寺山　ところで三島さんには、これは書けないという世界は何ですか？

三島　ぼくはないと、自信をもっている。鷗外から学んだんだよ。つまり、日本の雑種文化を表現できる言葉は、どんな下品な雑種文化でも、上品な言葉で表現できることを鷗外は証明しているよ。鷗外がいま生きていたって、何でも表現しちゃうでしょう、おそらく。井伏鱒二が〝アロハシャツ〟って言葉が嫌いでね。〝たらしワイシャツ〟なんて書いてますよね。それでちゃんと表現できていると思うんですよ。

寺山　たとえばヤクザなんか、あんまりお書きにならないですね。

三島　ぼく、知らないですからね。書く気になって調べれば、絶対自信ありますよ。

寺山　ぼくのところに一週間、飯島連合会から若い連中が来て、仁義入門とか賭博の正しい打ち方、それから隠語の講習会をやったんですよ。それで思ったのですが、彼らはいつのまにか日常性を虚構化してしまった。こうした人たちのおもしろいところは右も左も同じだということですね。この間のデモのとき、赤軍派の連中だけが門を出るとき、全員が時計を合わせていたでしょう。今日はどうせ歩くだけだとわかっていながら、時計合わせて出発するなんて、なかなかいいではないかと思いました。

三島　うん、おれもあれはなかなかいいと思った。

寺山　三島さん。いつか胸をこうやって動かすんだよって胸張っても、自在筋の動かない日が、ある日突然やってくるわけですよ。

三島　そういう日は来ないよ。

寺山　いや、来ます。そういうときにエロチシズムが横溢する。

三島　そういう日は来ないよ、絶対に。でもヤクザほど形を重んじるものはないじゃないの。形、形、形じゃないか。

寺山　だから、形の中で死ぬべきだと思います。その形も見えない形と、見える形の使い分けみたいなものが非常に複雑な時代になってきたという印象をもつわけですよ。形を柔軟性で使い分けていくのが思想になってゆく。

三島　柔軟性というのは妥協だよ。こわいよ。いま柔軟性なんてことをいい出したら、どこまで連れて行かれるかわからないよ。

寺山　でも三島さんもやっぱり柔軟性を使い分けてるわけですよ。「楯の会は明日から武器を持つべきじゃないですか」といったら、「それは政治的な言語を使うしかない」と仰言《おっしゃ》った。（笑）あれはやっぱり柔軟性でしょう？

三島　ところで『家畜人ヤプー』という小説読んだ？

寺山　読みました。おもしろかったです。

三島　ぼくが非常に憤慨していることは、ぼくが「楯の会」をやっているから、ああいう小説が嫌いになった——と奥野健男があとがきで書いているんだよ。ぼくは、そんなつまんない人間じゃないよ。いまの日本人が馴れ馴れしくあの小説読むっていうのは嫌いだね。戦後の日本人が書いた概念小説としては絶頂だろう。

寺山　ああいう装幀で、ベストセラー第何位なんていうのはいやですね。

三島　挿絵は、もっともっとリアリスティックでなきゃいけない。変に抽象化しているが、あれでは作意が生きないよ。もっともリアリスティックにやれば、検閲の問題がうるさいかもしれないがね。

寺山　その部分が巧妙に描かれてなくっても、ちょっと下手なくらいリアルだというところでいいんじゃないですか。秘密出版社で出している性的雑誌の挿絵は、判で押したようにリアルで少し下手なためにエロティックになっている。

三島　少年雑誌みたいなリアリズムが『家畜人ヤプー』みたいな小説には必要なんだ。この小説で感心するのは、前提が一つ与えられたら、世界は変るんだということを証明している。普通にいわれるマゾヒズムというのは、屈辱が快楽だという前提が一つ与えられたら、そこから何かがすべり出す。すべり出したら、それが全世界を被う体系になっちゃう。そして、その理論体系に誰も抵抗できなくなってしまう。もう政治も経済も文学も道徳も、みんなそれに包み込まれちゃう。そのおそろしさをあの小説は書いているんだよ。

寺山　あの小説は発想のわりにアレゴリーにならず肉体的な小説になり得ているというところが稀有だと思うのです。ふつうならば、発想からしてＳＦになってしまう。ぼくはスイフトの「ヤフー」のことを忘れて読みましたからね。

寺山　女についてはどうですか？

三島　女は形的じゃないものだよ、どうしても形にならない。女房持ってみりゃ、あんたわかるだろう。昔は女大学で一生けんめい形作って何とか形になっていたんだけど、女大学が瓦解したら、もう形はないよ。

寺山　それはそうですよ。時間に遅れるのはいつでも女ですからね。

女性が時間を支配する

三島　だけど、時間を支配してるのは女であって、男じゃない。妊娠十か月の時間、これは女の持物だからね。だから女は時間に遅れる権利があるんだよ。

寺山　ただ女は二十八日ごとに血が出てくるもう一つの時間を信じてるから、精工舎が作った時計の時間に対して、無頓着になってしまっている。女は時計そのものですからね。

三島　だからこのごろ気がついたんだけど、ぼくとっても時計が好きなんだよ。よく銀座あたりへ行って、百二十万とか八十万とかいう時計の前でしばらくヨダレたらすんだ。女房は安い時計ばかり持って歩いている。時計買ってやろうかっていっても、絶対に欲しがらない。亭主は時計のところで立止まる。これには何か本質的なことがあるんじゃないかと思うんだ。

寺山　三島さんは刺青《いれずみ》するみたいに、背中に時計をはめ込んだらどうですか。

三島　そう。女は自分が時計なんだから、肉体がちゃんと時計の役割をして、規則正しく自分の影響を受けている。時間内存在なんだよ。男は時間外存在になりかねないから、しょっちゅう時計に頼らないと、こわくてこわくて。

寺山　だからぼくは、男はいつも偶然的な存在だから、外側に時計を探して歩いていなきゃいけないんじゃないかと考えるのです。

三島　かもしれないね。自分をしばるものが欲しくて欲しくてしようがないんだよ、男というのは。時間を逸脱するっていう危険がしょっちゅうあるから。

寺山　賭博の楽しみというのは、非常にマゾヒスト的な楽しみです。

三島　そうかもしれないな。

寺山　武智鉄二は馬券買うとき、この馬は来ないだろうな、と思って買う。ところがその馬が向こう正面を通って三コーナーから四コーナーにかかるとき、一瞬来そうな気になって、そのときゾーッと寒気がするんだって。そしてその馬が直線へ入って、やっぱり負ける。ああやっぱり来なかったというときに、それは二百円や千円じゃ味わえない敗北のカタルシスをものにしたと思って、満足して帰って行くのですね。中山大障害ぐらいになると、五分ぐらい楽しめるわけですよ。だから、マゾヒスティックな楽しみも長いのですよ。「勝つものだけが美しい」なんていいながら、いつも負ける。（笑）ほんとの人生では、そう簡単に負けられないと思うと、たのしくて仕様がないらしいのです。

（「潮」一九七〇年七月号）

デモも恋愛もテレビですます現代人

深沢七郎
Fukazawa Shichiro
寺山修司

寺山　貯金通帳をふところに入れて、フミ切りで行き倒れですよ。

深沢　あっ、大変だ。（深沢氏、立上り今川焼を裏返し始める）

ほら、いまちょうどいいからさわってごらんなさい。

今川焼って、こっちをこうひっくり返してこうのせるでしょ。（熱心にやってみせて）非常にセクシーなもんですよ。重ねたところをちょっと押えてごらんなさい。アソコよりも柔らかいでしょ。おれ、ポルノ焼って名にしようかなって（笑）。セクシーまんじゅうとか。（しばらく二人してさわっている）

寺山　（働いている五、六人の若者を指して）あの人たちはどうしました？

深沢　あのね、一人は家出してきてね。一人は横浜から今川焼買いにきて、ひまなようなことといってるから、それじゃ手伝えって。奥さんみたいなのが買いにきて、そのまましばらく売り子を手伝って帰るのもいますよ。わたしが全部引っ張り込むんだけど、おれ、人使い荒いからねえ。

寺山　いまは何事も便利な時代で、食物も洋服も、何んでもプロがつくってくれる。で、

から、かなり貧乏しても女にふられても哀れに見えない。「人生」の哀愁には縁が遠い感じなんだな。

深沢　哀愁を人生に対して感じない……。

寺山　いや、人生のほうがこっちに哀愁を感じてくれないんですね。深沢さんはやっぱり哀愁とシッポリいってる感じがする。

深沢　あーいしゅう（哀愁）感じないほうが最高にいいんですよオ（笑）。そオんな幸福なことないですよオ。おれなんか、今川焼はじめて忙しいばっかりでね。

寺山　しかし、何に化けても小説書きは小説書きだからね。深沢さんは永井荷風みたいにして死ぬんじゃないですかね。

深沢　荷風はどうやって死にました？

哀愁感じない人生こそ最高

寺山　ぼくは深沢さんがうらやましくて仕方がない。

深沢　そうですかア、フーン。（照れる）

寺山　新しい作業ズボン、新しい前掛けで、深沢さんが今川焼を焼いているると、「わあ、無理してるな、深沢さん」と思うけど、いまみたいに、汚なアいズボンで今川焼やいてると、何んか哀愁があって……（笑）。

深沢　ある人が来てね、「深沢さん、なかなか伊達男ですねえ」っていわれて、おらあ、げっそりしちゃったよ（爆笑）。

寺山　ぼくなんか体格がよくて人相が悪い

自分が働くったって、だれのために働いているのか分ンなくなってて。確実に自分がしていると感じるのは、自分の畑でする百姓仕事か妊娠ぐらいしかない（笑）。

深沢　いやね、百姓はちょっと疲れたからやめようってね、一時間でも二時間でも寝ころんでいられるわけですね。ところが、今川焼はそうはいかないでしょう。だからまずい商売やり出したなアと思ったんですけどね。

それがへんなことにね、百姓やってるとそういうふうに暇ですけどね、ぜーんぜん小説なんか書きたくない。ところが今川焼を忙しくやってると、おれ、落ち着いて小説書きたくなったなアーって。でも、締切日のあるのは駄目ですよッ（笑）。五、六年先でも駄目ですよ（笑）。

寺山　深沢さんの「人間滅亡的人生案内」とてもおもしろいんだが、ぼくも昔、雑誌で人生相談やってたことがあるんです。ぼくのは一寸変わってて中山式快癒器という胃下垂を治す機械の広告をパロディにした。中山式のは、使用前の患者と使用後の患者の写真が出てる。

深沢　あッ、片っぽに太った人がいて……。

寺山　ええ。で、中山式人生相談を考えた。相談前の人生に悩んだ青い顔と相談後一ヵ月のニコニコしている写真を並べて、こんなに元気になりました（笑）。

深沢　アッハッハ。

寺山　大体人生相談してくるのは、相談前にもう自分で答えが決まってるのが多い。

深沢　いまの若い人は遊んでいて、働きたくもない、ガーッコも嫌だっていう、そういう人がうんと多いですね。非常におれはいい傾向だと思ってね。ガーッコも仕事も好きだってのはごく少数で、そんな奴のいうことをきくことはないと……。（そこへ、深沢家特製の味噌を使った味噌汁が登場）

深沢　（生き生きと）あッ、きたきた。あたしは一度、寺山さんにうちの味噌食べてもらいたいと思ってね。おたくでは、ふだん味噌汁なんかこしらえますか。

寺山　つくるときは自分でつくるわけですよ。独り者ですからね。

深沢　それじゃシメタもんだ。うちの味噌汁だけのんでりゃ、病気なんか治っちゃうよ。

寺山　子どものころ百姓家にいたんで、味噌つくるの手伝わされてね。

深沢　百姓家にいたことあンですか。

寺山　青森で、親父が特高の刑事だったんだが、アル中で死んで、疎開先で百姓家に間借りしたことがある。それで、ゴム長靴で豆をふんで味噌造りを手伝わされた。深沢さんとこは、どうやって造るんですか。

深沢　（嬉しそうに）うちはね、鉄の小さな熊手があンですよ。それでもって、こうじをばらばらにすンです。そいだから勇ましいですよ。四人ぐらいでやるんですけどね、早いとこやらないと駄目だから。

寺山　非常にうまいですね。

深沢　昔味噌っていうんですけどね。こないだ有吉佐和子さんもうちの味噌食べてね、味噌が強いからよっぽどダシをしないと、ダシ負けするっていってましたね。（寺山氏、味噌汁のお代わりをする）

深沢　ああ、有難い。お代わりをされるのがいちばん嬉しいですね。

寺山さんの劇団、家出人が来ませんか。

寺山　桜の咲く頃になると毎日です。で、警視庁の少年課が毎日劇団の前に立って待ってる。警察に引き渡すのはかわいそうだから、好きなように自分で決めさせる。

深沢　こっちも家出人が多くてね。うちは帰れっていって帰らないと一一〇番する（笑）。

野たれ死になんて理想ですよ

深沢　きのうは、おれはもう喧嘩しちゃってね。疲れたねえ。まあねえ、女子の体育学校って……これがまた体育学校だからね、教養っツうか、ないんですねえ（笑）。

あのね、おれの「木曾節お六」っていう芝居をね、「はなはだ一方的ですが演ります」ってね、葉書が来たんですよ。しゃあくにさわってね、学校へ電話かけたら四人も五人も電話口に出て、「私は責任者じゃない」っていうんだね。

寺山　それでどうしました。

深沢　頭へ来ているところへ、翌日、演るという学生が五、六人で来たの、ここへ。そいで、このやろう、おれは絶対に演らせないぞって学生を押し出そうとしたんだけど、何しろ体育学校だからね、みんな電信柱みたいで動《いご》かないんだね（笑）。おれはもう息が切れたね。

寺山　ハッハッハ。

深沢　まったくね、いまの若い奴ってそういう奴もあンですよ。ほいでね、なあんで悪いことをしてるのかわかんないッツうんだから、アッタマきたねえ。まあ、体育学校だからね、教育がないことはね、わかってるけど、泥棒以上だっチったの。

寺山　でも、「木曾節お六」っていうのは、わりにあちこちで演ってるでしょう？

深沢　それが、みんなそういう野郎。「赤い花」なんていう劇団はね、演ったら承知しないぞっチったってね、演る。そおんな奴らがあるかと思うとね、おれのね、「風流夢譚」ていう小説をね、海賊版出してる奴があるんですよ、学生で。そいつらがね、「夢屋」をやったら手紙をくれてね、「今川焼開店おめでとう。海賊版を出したけど、あまりもうからない」とかなんとかってね（笑）。

寺山　おもしろいのがいますね。ところで、この店の人たちはみんな若いようですが。

深沢　二十歳から二十三歳ぐらい。二十五、六ンなってくるのはボサッとしてるね。

寺山　ああ、そうなんだ。二十五過ぎて、なんか突然ひょっこりやってくるのは、今まで駄目だった奴ですよ。

深沢　このあいだ二十七、八できたのは、「あんた今まで何してたの」ってきいたら、八月ごろまで精神病院にはいってた……（笑）。

寺山　ぼくんとこにくるのも、平均するとそんなもんですね。二十四、五になって有能なのは、こんど独立して自分でなにか始めるんですよね。

深沢　まったくねえ、人間滅亡はこっちのほうが早いみたいだねえ（笑）。

寺山　深沢さんはやっぱり、理想は野たれ死にですか？

深沢　いや、無理に野たれ死にしなくていいんですけどね。

こないだ、うちの犬が行方不明になったんですよ。お巡りさんも三人来てくれてね、一ン日掛かりで捜してくれたんですよ。ほいでね、わたしと近所の人もぜんぶ捜してくれて、結局、三日かかったんですね。三日目の朝、犬のほうでひょっこり帰ってきた。腹がぺっちゃんこなんですね。あッ、これはお産してきたなと思って行ったら、うちのね、畑の十メートルもない草むらの中へ、穴掘って、そこで五匹子ども産んでたんですよね。そンとき、わたしはね、犬って隠れてお産するってね、はじめて知ったんですね。人間てものも人が見てたら、お産もウンコもできませんよね。これ、本能でしょう。
　で、死ぬときもみんなに見守られて死ぬってこともあるかもしれないけど、人のわからないところで死にたくなるんじゃないかな。「ちょっと向こう行ってください。わたしは息を引き取りますから」って。野たれ死にってんじゃなくてね。

寺山　そうですね。だから、あした死ぬっていう前の日までは、きちっと背広着てて。

深沢　いやア、死ぬときはそうはいかねえんじゃねえスかね。だんだん、だんだんみすぼらしくなって死ぬんじゃないスか。

寺山　いや、それをあんまり知られたくないっていうような、そういうのはいるんですよ。たとえば馬でもね。セントライトなんて馬は立ったまま死んだんですよ。だから、死んでるっての、だれも知らなかったわけです。

深沢　ほおーッ、すごいねッ。

寺山　朝カイバ桶を置いて、昼行ってみたら食ってないんで、よく見たら前の日のカイバも残ってるんですね。二日前から死んでたんだけど、だれも気がつかなかった。

　ぼくなんかもやっぱり、「最近、ちょっとやせた」といわれ、「ちょっといい男になったでしょう」なんていいながらきちっと上着を着てて、そのまま死にたい。背広着て野たれ死にするのが理想です。

深沢　いや、それはねえ、理想っていうもンだと思うね。

寺山　（無言で笑う）

深沢　あたしはねえ、二年ばかり前に狭心症で、苦しかったですねえ。まあ、死ぬリハーサルやったみたいだけど、いま考えると。あんなね、二百貫もある鉄みたいな岩で胸を押えつけられて、一晩中押えつけられて、もう苦しかったよオ。

　狭心症っていうのはね、病気っツっても体質だって。そいでね、心臓ン中の血管がぎゅーっとしまるらしいですね。病気ン中で、いちばん苦しいモンらしいんだけど、それを二回やりましたね。まあ、二日目ぐらいからいくらか楽ンなったけど、口が開いたっきり閉じないんですよね。あんまり苦しすぎて口を開いて、その神経が麻痺しちゃってね。

寺山　ははあー。

深沢　いまのところ、わたしが犬飼って馬鹿みたなアと思うのは、犬は十年ぐらいしか生きないし、おれが先に死ぬのも厭だしね。

寺山　股旅者が女にほれて、旅に出られないで困っているという感じですね（笑）。

深沢　人間だったらね、「この世は無情である」ってなことといっちまうと、ああ、あいつはああいう人間かっていうことですんじゃうけれども、ねえ。

寺山　で、子持ちになって、仔犬五匹ぜんぶいるんですか？

深沢　ええ。これはだれとも分らないところへやろうと思って。相手が分っていると厭ですからね。

寺山　でも、犬は飼い主を忘れない動物でしょ。深沢さんが可愛がってるエルだったらなおのこと。深沢さんが念願のパリで今川焼のお店を出したら、ある日ひょっこりと並木の陰からこっちを見て「来たわ」とニッコリ。

深沢　ハッハハ。でも、エルが死ぬときはなるべく入院させてやるように、それだけは貯金してあるんです。

寺山　愛妻を養老院に残すというわけか。

深沢　ええ。おれが死ンじゃってからだと困るからね。

寺山　むかしは、なんか世捨て人というのは手紙もいらない住所も教えない。一切の情報はいらない、だれにも知られたくないってとこあったけど、深沢さんが犬を熱愛されるのは、当世風の世捨て人仁義だな。

深沢　ハッハハハ。

深沢さんは当世ふう世捨て人

寺山　ぼくは新聞は非常に読みますが、深沢さんは読みますか？

深沢　新聞はもうほんとに、ぜーんぜん読まないんです。朝くるとね、そのままゴミ箱へ入れちゃうんです。新聞といっしょに、うっかり手紙もゴミ箱へ入れることがあるよ。

寺山　ぼくは新聞が大好きでねえ。それから人混みが好きで、ネオンと盛り場が好きで……。

深沢　盛り場好きですよ、わたしも。

寺山　要するに新聞は、字の盛り場みたいなものでしょう。

深沢　なんか重大な事件が起るとね、人に聞くんです。えっ？　飛行機が落っこった？　へえ、それからどうした、何人死んだ？　なんてね。これで新聞読んだことになる（笑）。

寺山　やっぱり気にはなるんですね（笑）。でも、新聞は、小説雑誌よりはぜんぜん面白いですよ。

深沢　しかし、いまの映画の観客層っていうんですか、これは下司だね、というか幼稚ですね。まあ、四歳か五歳じゃないかと思う。テレビもだいたいそうだよ。七、八歳ぐらいの程度のことをやっていますね。

寺山　最近の客が下等だと思うのは、どういうことでかな？

深沢　だって、映画がヤクザものだか人情ものだか知らないけど、まあつまらんでしょう。こういうのは客は入ってるらしいけど。

寺山　ヤクザ映画を見ている観客、これは非常におもしろいんですよ。要するに会社に勤めていて、まあ、世の中がおもしろくない。人をブンなぐりたいけどなぐれない。そこで高倉健が代わりに映画の中でなぐってくれるのを見にいくんですね。映画終わって出てきた人は、みんな五、六人まとめて殺《や》ったような顔をしてる。

深沢　それが五、六歳の顔でしょう。

寺山　だから、ほんとは俳優なんてものがいることは世の中にとってワリイことだと、ぼくはこのごろ考えるようになった。喧嘩だって恋愛だってやるのは全部俳優で、観てる自分らはなーんにもしなくてもやったような錯覚を持ってしまうんですから。テレビのよろめきドラマだって、退屈なカミさんたちがドラマの中でよろめいているだけの代償行為ですからね。デモにしても中継番組を見てるだけで、自分もそれに参加したみたいな気になっちゃう人が多いわけ……。

深沢　最近の若い人たちで、テレビを全然見ないっていうのが増えましたね。いまうちにいるの、二人ばっか、全然見ないもの。

あたしはね、見るんですよ。一種の中毒じゃないか。大体映画ですけどね。人が来て見てないときにもかけてる。それでね、この間一週間ばかり故障したの。その時に、平和だったですねえ。すがすがしかったよオ。

寺山　だから、テレビがなくなると、やっぱ政府が非常に困るんですよね。

深沢　えっ？　テレビがなくなると？

寺山　テレビがなくなったら、すぐ革命が起こるんだ。テレビがあるあいだは、大衆はオシャブリを与えられた赤児みたいなもんでね。何もほしがらない。しかし、テレビがなくなるとそうはいかない。いろんなものがほしくなる。テレビの外で人を殺したり、人妻を盗る。ブラウン管の安全弁がなくなるわけですよ。今のタイクツなマイホームの人たちはみんなテレビ太りしているわけでしょう。

深沢　フォッフォフォッ。テ、い、い、い、テレビ太りってのはいいねえ（笑）。

寺山　テレビに出てくる人って、みんなニコニコしてる（笑）。世の中にあんなに次々にニコニコした人が出てくるってことはグロテスクですからね。

深沢　それで同じような坐り方してね。足を組んで、足の長いの見せて（笑）。あれは一種異様というか……。

寺山　だから、あれ、奇妙なパターンなんです。今川焼の型みたいなもんですな（笑）。入れると全部同じにやけてできてくるわけでしょう。あれやっぱり非常に困る。

深沢　こんど、ぜひ寺山さんの芝居見せてください。「天井桟敷」の住所は、えーと、渋谷三丁目ってどの辺ですか？

寺山　渋谷警察の先です（笑）。

深沢　そうだ、わたし名刺持ってきます。こんど名刺をはじめて作ってね。うれしくってしようがないんですよ（笑）。

寺山　七色ですか？

深沢　いや、五色（笑）。えーと、寺山さんにはピンクの名刺を渡しておこう。

寺山　ぼくは戦後の作家でね、おもしろいのは深沢さんと、野坂昭如、三島由紀夫の三人だと思ってるんです。

深沢　劇団の芝居やっているときに、「えー、アイス」っていうんじゃなくて、「えー、今川焼」っていうようにいきませんかね（笑）。

寺山　ああ、いいですねえ。

深沢　持ち歩かなくてね、売店みたいなところで売らしてもらってもいいですよ。焼く道具を運ぶのはたいへんだけど、まあいいや、売店で焼かしてください。それで、「ポルノ焼」ってんじゃなくて、「渋谷警察焼」、「修司焼」、「デブ子焼」なんて名まえにしよう（笑）。

（「現代」一九七二年一月号）

雨ニモ負ケテ　　寺山修司

雨ニモ負ケテ
風ニモ負ケテ
右翼ニモ左翼ニモ負ケル
オトナシイ心ヲモチ
一日イッパイ牛肉ト
豚と野菜ヲタラフク食べ
東ニオ金ノナイ人ガイテモ
知ランフリシ
西ニ死ニソウナ人ガイレバ
殺シテヤリ
南ニ強イ大臣アレバ
行ッテ弟子ニシテクレト言イ
思想モ死想モ区別ナク
歯槽ノーローデ息ガクサク
ソレデモ私ハ
政治家ダ
政治家ダ
……トハ
誰モ言イマセン

（「文芸朝日」一九六二年七月号）

人生五十年、あとは急降下

金子光晴
Kaneko Mitsuharu
寺山修司

まだ生きてますかって……

寺山　お元気ですね、先生。
金子　やっぱりね、忙しいと元気でなくちゃしょうがないです。
寺山　ぼくがはじめて先生の詩をよんだのは、中学の教科書だったんです。
金子　ああ、そうですか。
寺山　教科書に載るくらいだから、金子光晴っていう大詩人は昭和の初めに死んだとばかり思っていた。
金子　みんなそうなのよ、まだ生きてますかって（笑）。
寺山　ところが、大学生になってから、先生が新宿西口の飲み屋から出てくるのを見たんです。先輩が「あれが金子光晴だよ」って教えてくれたんですが、信じられなかった。
金子　戦争のあとですか。
寺山　ええ。トックリセーターを着てました、とても若い、不良老年といったムードでした。
金子　ああ、トックリジャケッツ。だけど、ぼくらよりも四、五年古いやつ、詩人はね、世間からたいへん優遇されたの。ぼくらぐらいから悪くなった（笑）。いままたいいでしょう。
寺山　詩は変わらないのに世の中の方が勝手に変わるんですよ。でも、先生の詩はとても好きでした。日本の抒情詩特有の、べとついたものがない。「鬼の児放浪」なんか、暗記しています。
金子　ぼくらの時代には、教科書に藤村ぐらいはあってもいいわけだが、その時代はまだ新体詩書きなどは柔弱な色事師のやることにされていたから、良家の子弟を教育する教科書なんかに載せるのはもっての他だったのでしょう。現代詩はぜんぜん載ってない。ひとがね、詩人なんて紹介するでしょ。すると漢詩人だと思うんですよ。「そうじゃない、われわれの書くのは都々逸みてえなもんだ」って（笑）。
寺山　そうでしょうね、自由詩がかんたんに理解されたとは思えない。詩というのは形式だと思ってきたわけだから、その形式をとり払ってしまうと、ふつうの文章とどこがちがうかわからなくなるんだと思うな。
金子　だけど、詩を書く若い人の気持ってものは似たようなもんでしょうね、われわれの時代と。こないだもね、こんなに持ってくるんですよ、知らんが。おれは死のうと思うんだけどね、これだけのこしたいとかって。そうなってくると脅迫されてるようなもんで（笑）。まあ、しかし、詩人にしても芸術家ちゅうもんは、いつの時代でも共通した勝手なところがあるね。あなたなんかにも、それを感じたね。けさね……ゆうべかな、あなたの自伝ね、拝見してそう感じました。なかなか大変でしたねえ。

寺山 いや……。

金子 青森ですね、青森のどの辺……?

寺山 青森市がいちばん長かったんですけど親父が巡査だったんで、いつも転勤するわけです。だから、子供時代の思い出は風景が走ってたということです。汽車に乗ることが多かったから。

金子 ぼくもね、青森へ行ったことありますよ。弘前へ行って、碇ヶ関に二月ぐらいいた。

寺山 いつごろですか。

金子 わたしが二十七だからね、五十年前。福士（幸次郎）がいたの。福士が呼んでくれてね、行ったわけです。

寺山 青森の印象はいかがでしたか? 寒くありませんでしたか?

金子 いや、あれはなかなかいいところだ。いいしね、故郷《ふるさと》らしいですよ、あそこはね。ぼくらも故郷は欲しいけど、こいつぁしょうがないね（笑）。

寺山 ぼくは東京へ出て来てから、青森というところは空が暗くて屋根が低い、血なまぐさい土地だと書きまくったわけです。ところが友達が青森に遊びに行くと全然ちがう。おまえは暗い暗いっていうけど、けっこう天気もいいしほがらかでいいとこじゃないかって言われるんです（笑）。

金子 夏はいいでしょう。

寺山 いいですね。先生はだいぶ旅行されたように思いますが……。

四十五日かかってパリへ

金子 あんまりしないですね。知らないとこの方が多い。

寺山 関門海峡の有名な作品がありますね。

よその船の汽罐室の賑ひを眼の前にすれちがふとき、

私は離れてきた肉親をかいだ。

金子 あれは子供を妻の父のところに預けてあったものだから、しょっちゅう往復していた。長い汽車だなあと思ってね、二十何時間かかるのよ、そのころは。

へんに日本は汽車の混んでいたときがある。そうすると、身動きができないのよ。むろん席はない、立っている。立ってると小便がしたくなる。しょうがないから、お茶の土瓶をこう回してね。あすこへやるとまたひとが「この茶瓶はどうするの、捨てていいの?」ときく。……親切なもんでそれを窓口まで順送りして捨ててくれる。

寺山 リレーするわけね、手渡しでね。

金子 でね、昔の奴はおかしいんだよ。汽車ん中で駆けている奴がいる。気が急《せ》くんだ（笑）。

寺山 こないだは京都の稲垣足穂のとこへいらっしゃったそうですね、新幹線で……。

金子 ええ、あの仁はね……。新幹線は速いですねえ（笑）。柱がボンボン飛ぶでしょう。で何か食おうと思ってね、あすこに食堂みたいなとこあった。片っ方だけ、こう通るでしょ、食えないですよ、ガチャガチャして（笑）。

寺山 ……（笑）旅行と言えば、先生は戦前、ヨーロッパへ何度も行かれたときいてますが、最後はいつごろだったのですか?

金子 最近は、終戦から四、五年前です。

寺山 すると、この二十年ぐらいはずっと日本ですね。

金子 そう。一九四〇年以前です。まああまり行きたいと思わないですな。行くんならね。ジャワの――今のインドネシアのバンドンてとこがあるんです。いいとこですよ。だいたい一年中、気候は同じで、春夏秋冬がないんですよ、四〇度ぐらい、ずうっとのべたらで。

寺山　いいですね。

金子　気候の変化の心配がないわけだ。ぼくら喘息《ぜんそく》をやってんです。だからいいと思うけど、退屈なような気もするね、ちょっと(笑)。しまらねえところがあるかもしれんな、春と秋だけってのはね。

　まあ、それはともかくとして……。初めてヨーロッパへ行ったのは一九一九年、第一次欧州大戦の終わった年に、一番の船で行ったの。それが佐渡丸だ。ボロ船だからね、いろんな練習させられた。それから浮遊水雷が世界の海を野放しでふらついている。それにぶつかる場合の準備にね、毎朝袋つける練習をしたの。実際に一つ通りましたよ、ぶつかりはしなかったけどね。

　あんた飛行機ばっかりですか。

寺山　そうです。船に乗りたいといつも思ってるけど、いざとなると飛行機にしちゃう。飛行機にのるというより、速度にのるって感じで、ぼくは子供のころから「速いものは美しい」と思ってたんですね。それが船だとヨーロッパまで一ヵ月かかる。

金子　ええ、それはかかります。一ヵ月じゃないですよ、四十五日。

寺山　飛行機だと十六時間ですから、朝発《た》つと、もう夕方パリで映画見てるって感じですからね。船に乗るときは、最初からそれを目的にしておきたい。船というのは大きな「劇場」みたいなもので、たのしみも多い。それに、船のいちばんのたのしみは、海を連れていけるということでしょうか。

金子　船は変な港へとまるのが面白い。アデンだとかね、ピナンだとか。

寺山　港々にドラマあり、ですか。

金子　そういうところが面白いんだ。

　その次に行ったときは一九三〇年でね、三〇年になっても、フランスってとこはケチくさいところでね、第一に汽車がひどい。ブルマンならともかくぼくらは三等に乗ると板の椅子で、冬などたまったものではなかった。

寺山　今はいいですよ。六人ずつ一部屋になってカーテンが閉まる。だから女と二人で入ってカーテンを中から閉めると、もう四畳半の感じです。

金子　ああ、そう。四畳半でばっかりやってきたんじゃないか(笑)。

　今でも部屋はとりやすいですか。

寺山　日本に比べると、すいてますね。大抵は横になってごろ寝できます。もっとも、ときどき全くわけのわからぬ人と相室になることがある。尼さんと一緒だったりすると窮屈で参りますね。

金子　ぼくらのときは、部屋もとりやすかったけど、それでもなかなか気に入った部屋がないものでね。それからある時は若い書生が来てね、「金子さん、あんたほかへ引っ越すんだってね」――あと貸してくれっていうわけだ。海老原喜之助っていう絵描きだった。気の早い奴で、ウンとも言わないうちに、その日の午後にね、荷物持ってやって来ちゃったの。困っちゃって、そしたら幸いにね、部屋の奥にぼくらの知らないアトリエがあったのよ。それは、そのほうがうってつけだったのだ。ぼくらあそこでずうっと自炊してたんだ。あなた方、ホテルでしょ。

寺山　いや、安下宿です。自由ですよ。窓に豆を出しておくと鳩が集まってくる。向こうの安下宿のいいのは、家具が全部ついてることです。前に住んでいる人の古着が捨ててあったりする。それ着て町に出かけたりするのも、ちょっといいものです。

金子　ああ、それはよっぽどぼくらよりは上等な旅をしてるな。羨ましい限りだ。

馬の肉で半年、猫の肉で一年

寺山　パリのたのしみは朝起きて近くまで長い棒パンを買いにいくことですね。

金子　ああ、フランスパンはうまかったけどね、昔は。

寺山　今でもうまいですよ、ぼくがいちばん好きなのはシャンパーユというパンで、それからバケットです。

東京でいちばんうまいっていうバケットを食っても、フランスの二流のバケットよりまずいですね。それから、魚貝がうまい。

金子　パリで……？　あ、そう。

寺山　カキとか貝類、エビとかカニ、フルード・メール（海の果物）といって盛りあわせてもってくるのなどは抜群ですね。

金子　それはそうなんだ。だけど、マグロはいけねえんだ。ぼくはトロのとこをね、すごいトロでうまそうなんだ。買ってきたわけだがそれがビフテキより仕方がない。ところがその脂が、なんだかギシギシしたヒマシ油のような妙な脂なんだよ（笑）。刺身で食ってみても、何にしても駄目なんだ。

寺山　だいたいフランス人は、生じゃ魚食わないんでしょ。

金子　炒めるんですね。

寺山　ビフテキにしても醤油がないでしょう。

金子　ありますよ。ぼくのいたところは、マドレーヌ株式市場の近くにありました。でね、前に肉屋があって、ヒキ肉やなんか買って来ちゃ作って、なんにも知らないで食ってたのよ。友達がやって来てね、「きみ、馬ばっかり食ってるじゃねえか」てえの。ひょいと見たら向かいの窓から、朝夕金色の馬の首がこっち向いてんの見ながら暮らしていたのだった。知らねえんだよ、こっちは。ボヤボヤしていたわけですよ（笑）。

寺山　馬肉屋だったんだ。

金子　ところが、馬肉ってやつは花柳病の防止になるというわけで、フランス人は毎朝生でペロリとやる、一切れずつ、毎朝。

寺山　食うとうまいですよ、馬は。ぼくは東京にいるときでも、競馬で負けるとくやしまぎれに馬肉屋にとびこんで食うんです。スキヤキなんかもあるが、馬の刺身というのが、とくにうまいですよ。

金子　そうですかね、馬のおかげだね、あんた……（笑）。もと吉原の土手にあったですね。けとばしっていってね。

寺山　ああ桜鍋っていうんですね。いまも二、三軒あります。馬専門の店で、ぼくは、競馬で負けた馬が食われるのだと思ってたら、実際は食用馬というのが特別に育てられるのだそうです。ポッテリとして歌舞伎の女形のような体つきの馬だそうですよ。ところで、先生はパリに何年ぐらいいらっしたんですか。

金子　ぼくはパリはわずかです。二年ぐらいでブリュッセルの方が長かったのだが、そのブリュッセルでも知らずに猫食ってたんだよ。駅の裏（ガール・ドゥ・ノール）に安い料理屋があって、そこへいくと猫の頭のシチューがあるの（笑）。兎のシチューだって食わしたね。一年ぐらい食ってたの、ぼくは（笑）。とうとうそれを見つけた人がいて、「そりゃ猫だよ」てえの。ポートサイドの町で、たくさん猫売ってるのもみたよ。ここからあとはひんむいてね、手だけが猫だってわかるんですよ。

寺山　うまいですか。

金子　おいしいかどうか、ちょっと見当つかないですよ。ぼくはいろいろね、食通みたいな顔してるけど、またそう誤解している人も多いが、その僕が犬、猫、豚の区別がつかない（笑）。けっきょく味はわからんのですね、ぼくは。

寺山　フランス人は不思議なものを、平気で食う。亀も兎も馬も鹿も食う。ぼくは猫は知らないけど、ロバなんか高級ですね。キノコを食べたロバの肝臓なんてご馳走なんですね。レストランの入口に絵が描いてあって、動物園かと思ってしまう。そういえばパリには、虎を放し飼いにしてる喫茶店もあるんですよ。

金子　あそこに風変わりな娘が、チンパンジーといっしょにモンパルナスを歩いていた。

寺山　こうやってコーヒー飲んでるそばを虎が歩いてるんですよ、六匹ぐらい。ただ、よく見ると、やっぱりプラスチックで虎の道路がちゃんと仕切られてあるんです。遮《さえぎ》られてはいるんだけども、すぐそばだからちょっと凄いもんだ。

金子　うちのおばあちゃんが戦争中ね、文化使節になってベトナムのハノイに行ったんです。そうしたらおみやげにね、豹の子を二匹くれたんです。でも、考えてね、置いてきたといっていた。

寺山　今持ってたら、ちょっとした財産ですよ。だって、先生が座談会にこう来て、ここに豹がすわってるかと思うと。

金子　ああ、そりゃちょっといいな（笑）。

相変わらず隅にいる日本人

金子　ぼくらがパリにいたときは、モンマルトルからモンパルナスへね、盛り場が移ったときなの。まだモンマルトルにはミスタンゲットとか、女はイヴォンヌ・ブレタンかな。男はモーリス・シュバリエがやってたころなのよ。

寺山　古いですね。

金子　それからサングラニーエってやつがいた。歯が出てるやつ、こうやると歯並みがすっかり出るの、ピアノのキーみたいにね（笑）。おっもしろい奴なんだ。それからあれもいたですよ、フラテルニテ、女優はカルメン・ボニー。あのモンマルトルの盛んな時代がいちばん味わいがあったらしいね。

寺山　いまは、モンパルナスがすたれて、モンマルトルが、浅草みたいですよ。お化け屋敷、ストリップ、カジノそしてシャンソン劇場があったりね。

金子　ああ、そう。じゃあ、あそこの通りをワーサとこう人が通ってますか。

寺山　そうです。与太者やおかまがワーッという感じで、昔の浅草ですね。怪物館やサーカスもあるしね。ピガールが近いから、あのあたりの娼婦も出てくる。

金子　そうですか。サルトルが出てきた当時ね、サン・ジエルマン・デュ・プレってとこあるでしょ。あそこが盛んだって聞いたんですがね。

寺山　あそこはインテリの街ですね。あの界隈は東京でいうと神田、お茶の水というところで、学生か知識人ばっかりなんですよ。

金子　そうでしょう。あそこ、そんなに発展する土地じゃないんですもんね。

寺山　大学が近いせいでしょうか。カフェは満員で、本屋があったりレコード屋があったりする。五月革命が、あそこから始まったから今は警察ばかり多くなってしまった。その点モンマルトルは、アンちゃんとかサングラスをかけたヒモがごろごろしている。

金子　そうそう。

寺山　田舎者とか観光客とかワーッといる。だからモンマルトルのほうが賑やかですね。

金子　ぼくらがいたころは、キャバレー「ネアン」という店があったですよ。

寺山　知らないですね。

金子　まわりの絵が皆骸骨の舞踏会とか人生を一皮むいたり、というつもりだろうが、あれは十九世紀趣味で僕らにはなんのことはないフランスがいまも引きずっているボロみたいなものだ。それから、グラン・ギニョールってまだありますか。

寺山　ありますよ、人形劇でしょ。近ごろ、久しぶりに再開されて人形の医者が人形の脳の解剖をやってみせたりして大当りしています。

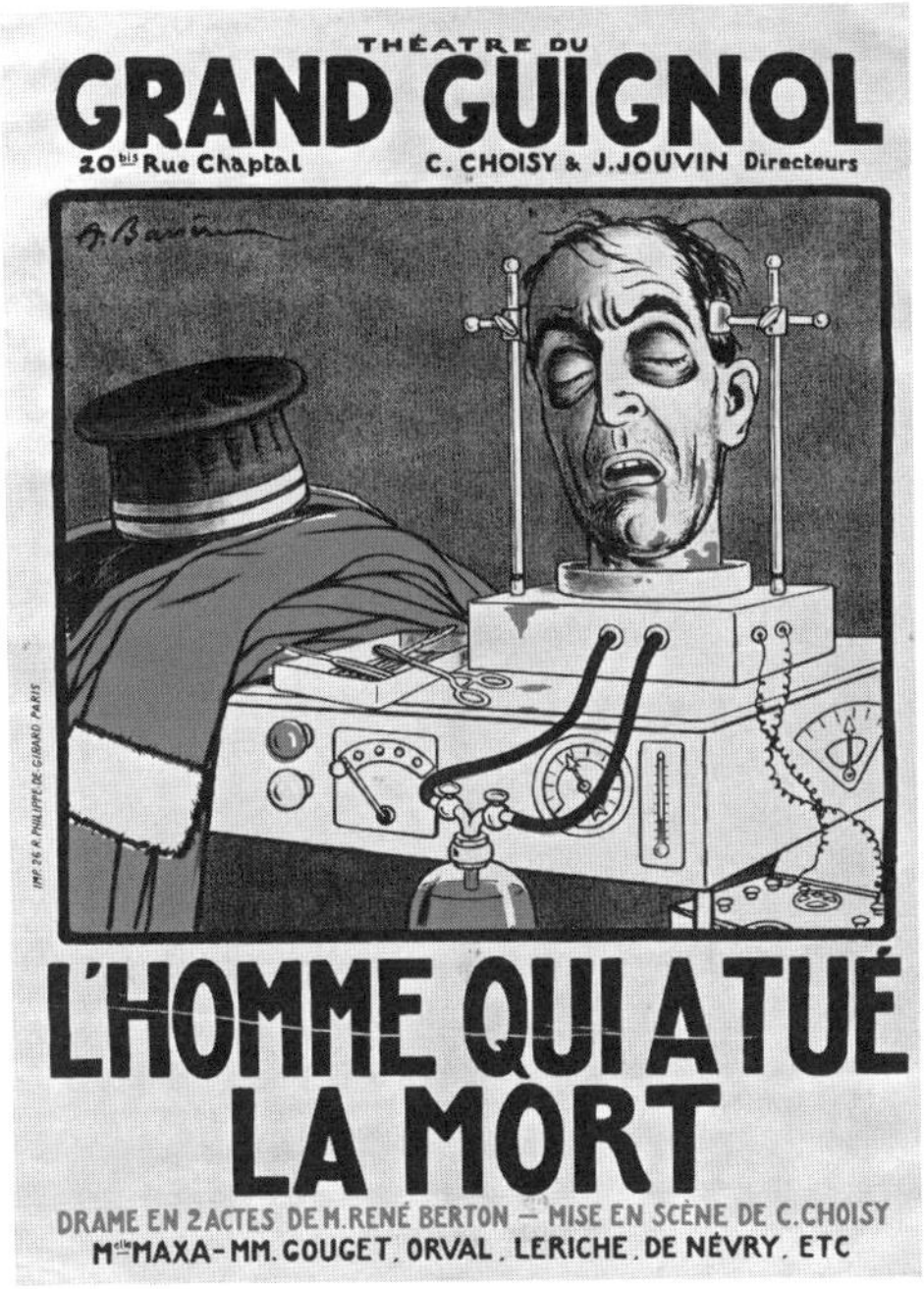

パリ・グラン・ギニョール劇場の公演ポスター
（Adrien Barrère、1928年）

金子　うん、怪奇劇もあった。ユーゴーをおもい出す。もういっぺん行ってみたくもあるしさ（笑）。

寺山　フランスは、古いものが大事にされる国だから、新しい風俗ができても流行《はや》らないわけね、古いほど値打ちがある。ところが日本は逆です。近代百年で外国を真似した国民だから、テレビができればワッとそれについてゆくんだな。

金子　まあフランスてえ国は利巧な国だからね。こんどの石油もそうでしょ。ああいうとこう文句を言うですよ、いろいろとね。

寺山　プライドが強いですね、国がちっちゃいくせにドゴールに代表される「フランス人格」というのがある。

金子　日本人てやつはどういうもんか言いたいことを言わないからね、うん。損とわかっても、なんにも言わねえ。
　そのころカフェね、日本でいう喫茶店、ああいうとこでも、すみのほうにすわって斜にかまえているやつをみると日本人……。

寺山　いまでもそうですね。フランスの喫茶店は道路につき出てる。路上でコーヒーをのむ。道路のほうにすわるのはヨーロッパの人で、日本人は奥のほうにすわってますね。

金子　そうそう。日本人はこうやって、みんなを見張ってんですよ（笑）。

病気にかかった永井荷風

寺山　第一次大戦直後にパリへいらっしたころは、日本のお金もわりに値打ちがあったんじゃないですか。

金子　そのときは日本のお金が、少し安かったんですかね……三〇年に行ったときはよかった。一フランが日本のお金で八銭だったのよ。

寺山　八銭？　ははア。

金子　それでね、ベルギーへ行くと五銭だ。だから、あのとき金を持ってけばね、大変にいい思いをしてこられたんだ。ベルギーあたりじゃルイ十五世式の家具つきキンキラキンの部屋が、台所から全部あるやつが二五〇フランぐらい。一フランが五銭でしょ、ただみたいですよ。あんた、あっちじゃなんにもしなかった？

寺山　演劇をやってたんです。自分の劇団をもって行ってね。

金子　大ぜい行ったんですか。

寺山　三十人前後。毎年行ってるんですよ。演劇祭があって世界中から集まるんです。

金子　そりゃ大変だな。じゃあ、あんまり道楽はできないですね。

寺山　ぜんぜんできないです。ヘンリー・ミラーみたいにはいかないわけ、安宿借りて女連れ込んだりする余裕はなかなか……。

金子　あ、そう。ぼくはね、見物はしてきたですよ、あそこはこわいから。病気になったらね、永井荷風みたいに舶来の淋し病になっちゃうんだ（笑）。永井荷風はね、気候の変わり目は大苦しみ。そういうことになるといけないからね。

なんか、モンパルナスの裏通りに、あれはどこだったか、一見直ちにわかるようになってんの。表の戸をこうやるとあくんですよ。青い外灯でね、二階の窓が灯りがついてこうなってんの。入って行くと左っ側のとこにね、裸のやつが四、五人並んでるの。じいさんみたいなやつがこうやって部分を手でひろげて調べていたりしてね、全く合理的なんですよ、ね。顔なんかよくたって現物はポコペンが多いから、とっくり調べて得心してあがるんだから、あそこがあ、西洋なんですね、うん。日本人はね、そういうものを見るときに、笑うくせがあるの。

寺山　いまでもそうですよ。非常にいやがられますよ。飾り窓へ行っても、三、四人で行ってテレて笑ったりしてひやかしたりね。向こうはまともに商売やってるわけだから、カメラなんか持ってって、ああだこうだと言ってると、怒るんですね。

金子　それからはにかむですね。向こうはそういうとこは常識的にやるんですよ。

寺山　先生も、だいぶもてたんですね。

金子　いや、そんなことはないがしかし大略日本人は、もてましたが、あれはあっちが客扱いがうまいんでネ。英国へ行くと駄目なんだ。英国へ行くと日本人と中国人の区別がつかない。チンチンチャイナメンなんて、外歩いてると言われる。もう癪にもさわらねえけどね。パリはね、それでもシナ人より悪かった。シナ人はやっぱり同盟国だから。こんども、大東亜戦争が始まる前に満州事変とシナ事変があったでしょ。あのときぼく帰って来たんだ。いるにいられなくなったわけだ。どうも風向きが悪くてネ。フランス人てやつは、よく新聞読むんですよ。新聞読んでね、わかってるかわからねえか知らないけど、しょっちゅう議論をしてる。衆議のうえ、日本が悪いてんだ。どうも居にくくなってきてね。それからずうっと帰る船路の着く、港々が、たいがい華僑《かきょう》でしょ。だからひどいんですよ。日本人ならシナを排撃するとなればシナから物を買わないでしょ。シナ人は儲けと心とは別なんだ。だから料理屋へ入るとちゃんと料理は出すんです。それがどういうあれかな、やっぱり感情的な国民でね、日本とおんなじように、うん。持ってきた皿を放り出すようにおくのですわ。あれはちょっと不愉快でしたね。

寺山　ぼくはアフリカへ行ったとき、日本人はレストランなんか、部屋の中で食事さしてくれないんだ。高級なレストランへ行くでしょ。有色人種ってのは全部庭で食わなきゃいけない。ぼくらがあのへんのオランダ人なんかのガイドを連れて行くわけね。するとガイドや運転手は白人だから、中に入ってめし食える。で、おれたちは庭で食うんです。ガーナですけどね。

金子　それはいつごろ?

寺山　十年ほど前です。便所も別ですね。だからすごいですよ。

金子　へーえ。居にくいな、そりゃねえ。

寺山　だから、すぐ出て来たけど、不愉快ですよ、それは。

金子　ぼくらが行ったころはフランスじゃね、女でも日本向きとシナ向きとがあってね……そいつらは日本のことを心得てる、呑み込んでるの。そういうのが来るのよ。そういうのも、日本人馴れがしすぎているのもあんまりありがたくねえからね、こっちは。

喘息で長生きをした

寺山　パリでは一人暮らしですか?

金子　あとで行ったときは二人。

寺山　女性……?

金子　いやいや、女性じゃなくて、うちのおかみさん(笑)。そのときはパリにはあんまりいなかったけど、五、六年かかってんですよ。上海で一年、香港で三カ月、シンガポールで半年とね。ジャワで一年ぐらいかかっている。

寺山　どこがいちばん印象に残ってますか。

金子　みんな残ってるけどね、面白かったのは上海でしょ、やっぱり。なぜ面白いてえと日本人がたくさんいるから。それがいろいろ、上は領事館から下はまああねしゃま階級から。

寺山　香港の町じゃ看板のあの漢字がいい。ぼくは上海は知らないけど、香港に行くと、表示が全部漢字でしょ。それなのに、何かひどく異国情緒がある。

金子　香港は、景色ばかりがいい所でね。

寺山　あの犯罪の匂いのするムードがいいですよ。

金子　ところが上海は景色はないんだ、ありゃ。大体ね、あがると、へーんな匂いがするの。人肌とも土の匂いとも、なんともかんとも言えないような、生活の体臭だな、やっぱり。

　物価は安いし、向こうは。ぼくら二人で月極めにしてね、近所の料理屋から昼と晩と持って来てもらうの。こんな天秤の上へかついで持って来る。五、六種類ついて、めしはたくさんついてね。それで一カ月十二円……(笑)。バカみたいなもんだ。だから、われわれの場合は金持ってないから、けっきょくおんなじことなのよ。向こうで稼いで食ってるんでしょ。向こうで稼ぐったっていくらも稼げねえから、これね。

寺山　稼ぐって、何やってらしたんですか。

金子　絵を描いて展覧会に出したり……〝上海風情〟だとかね、いまとっておきゃよかったと思うものがあるんです。

寺山　いま『面白半分』の表紙に描いてらっしゃる阿片の絵は、そのころの絵ですか。

金子　あれは、なんてことないですよ。

寺山　上海時代の絵かと思った。

金子　うん、阿片のときね。あれはそうです。

寺山　あれは悪意があって面白かった。ちょっとびっくりしました。

金子　そうですかア。阿片がね、ぼくは何べん飲んでもダメなんだ。あとでなんてことねえの。

寺山　きかないんですか。

金子　体質よりも、喘息やってたからですかね。あれはたいがい麻といって麻薬ですから。いま売ってませんよ。それを何年間か飲んでたから、きかないのはそれじゃないかと思う。

寺山　でも、喘息の人は長生きだっていうじゃないですか。

金子　長生きだっていう話だけど、長生きしちゃったですよ、もう（笑）。

寺山　いや、まだまだ。

金子　村野（四郎）くんがいま倒れてんの。あれが倒れると、ちょっと心細いんだけどね、ぼくは。

寺山　あの人は『体操詩集』なんか書いたりしていかにも健康そうだった。からだがガッチリしてね。

仕事するなら五十歳まで

金子　だけどね、晩年は少しむくんできたんですよ……。人間ね、四十か四十五ぐらいまでが人生で、あとは急降下（笑）。とにかくたつのが早いこと。うん。

寺山　そうですか。

金子　気をつけないといけないですよ。仕事するんなら、五十までにしておくこってすね。こんなに早いかと振り返ってびっくりしている。

寺山　先生は喘息のほかは病気はしないんですか。

金子　昭和四年ぐらいに狭心症をやりました。つづいてこれをやらないようにね、いろいろ節制してます。

寺山　お酒はダメですね。

金子　お酒もダメだし、食いものがいけないの。

寺山　あんまりしょっぱいものもいけないんでしょ。

金子　塩鮭なんかはいかんかもしれんな、ずいぶんたくさん塩を入れるですね。だけど、これを食えと、医者にも言われるし、来た友達からも言われるんだけど、そういうものは食う気しない（笑）。まあまあ秤《はかり》へかけて、食って死んだほうがいいかね（笑）、食わずに延びたほうがいいか——食わずに延びたってしょうがねえ、まったくね。だからもう、そういうことは一切かまわずやります（笑）。

寺山　どうも長いことありがとうございました。

金子　いや……ぼくはね、ここ縄張りですからね、ずっと歩いて帰ります。買物したりね、いろいろしますから。

寺山　またお目にかかりたいと思います。さようなら。

（「いんなあとりっぷ」一九七四年増刊六月号）

日付のある表現へ

武満　徹
Takemitsu Toru
寺山修司

「カモンナ・マイ・ハウス」から
MJQへ

寺山　十五年位前に谷川俊太郎の北軽井沢の山荘でMJQのレコードをきいた。ロジェ・バディムの「大運河」のサントラ盤だった。

武満　うん、ジョン・ルイスが初めて映画音楽やった……。

寺山　谷川さんが「これは武満徹から借りてきた」といって聴かしてくれたのを覚えている。ぼくのあの中の「コルテージ」っていう曲がすごく好きで、そればっかりきいていた。あれが、モダン・ジャズというものとの最初の出会いだったような気がする。でも、モダン・ジャズなんてのは、広い意味の「ジャズ」にとってほんのサブ・カルチュアにすぎないんだね。「ジャズ」そのものとの出会いを、もっとさかのぼって考えると、それは終戦のあの喧噪や闇市マーケットのアメリカ兵の笑い声だったという気もするしね。昭和二十三年頃、青森の国際劇場に江利チエミがやって来て、『Come on a my House《カモンナ・マイ・ハウス》』を、ものすごい甲高い声で歌った。「うちへおいでよ、わたしのおうちへ、あなたにあげましよキャンディ……」っていうやつ。あれをきいて、ぼくは江利チエミってのは凄い人だなと思って見てた。あの頃、「マイハウス」なんてもってる奴はいなかったからね。皆、間借りだった。だから、ジャズは焼跡を通りすぎる福音というか、何となく「うらやましい」彼岸のものだった。とても音楽なんかじゃなかった。それと軽井沢で聴いたMJQの、いわゆる西洋音楽の影響を受けた、サードストリーム・スタイルのジャズとを同じことばで語ることはできないって気がする。武満さんは、「ジャズだ」「ジャズだ」と評価した中では早かった人ですね。

武満　そうかもしれない。ぼくは、比較的子供のころから、ジャズに馴染んでたんです。ぼくの音楽体験はジャズから始まったようなもんだから……。父が古いジャズ、デキシーランドやニューオーリンズ風のジャズが好きで、小学校へあがる前だったけれど、よくレコードかけたりしていましたから。それでも、音楽を始めてから、ジャズなんてのは全くくだらないもんだと、単純に思ってたりしたことも、ひと頃ありましたけどね。

　しかし、まあなんていうのかな、音楽をやり始めた動機のきわめて最初の部分には、ジャズというものの影響がかなりあったと思うんです。たまたま、音楽をはじめた頃、東京のいろんな前衛的な拠点になった草月会館、勅使河原宏氏がやっていたホールで、毎月ジャズなんかやるようになったんだけれど、それをやりだしたきっかけなんてのは、ぼくなんかがわいわい言いだしたからなんじゃないかと思うな。

　ぼくもそうね、寺山さんとおんなじで、江利チエミが歌った『カモンナ・マイ・ハウス』なんてのはおもしろかった。『カモンナ・マイ・ハウス』をつくった人たちはアルメニア人ですよね。だからカモンナ・マイ・ハウスっていうのはアルメニア訛りなんだね。

　あの詩を書いた人は、劇作家で小説も書く、えーと、なんていったっけ、『My Heart's in the Highlands』なんて芝居をつくった人。『男』なんていう小説が出てる、日本じゃ……。

寺山　ああ、ウイリアム・サロイヤンだ。

武満　そうそう、サロイヤンがつくった歌。

寺山　そう言われると、なるほどと思うね。

武満　江利チエミは素晴しいですよ、なにしろウイリアム・サロイヤンの歌をまず日本に最初に紹介した人なんだから。（笑）ところでＭＪＱのスタイルっていうのは、バロック的な音楽の影響から出たもんで、ジャズとしては非常にソフィスティケートされたもので、あの人たちは音楽家としてもとても素晴しい。それに、それぞれが自分の哲学をもった人たちだと思うけれど、それでも音楽はね……。

寺山　ところでどうなんだろうね、ジャズを体験的に語るってことが一つある。いろんな曲とか、その曲との出会い方、そういったものをとりあえず「現象としてのジャズ」と考えるとする。すると、そういうものと全く別にジャズの「認識論」というのがあって、そういうものがわりに流行ってるでしょう。

武満　じつに驚くほどにね。

寺山　ぼくはどっちかっていうと、認識論からジャズを捉えるということやジャズ史に密着してジャズを見てゆくってことにあまり興味がない。昔はよくジャズ喫茶の休日にジャズについてのシンポジウムなんてのがあってね。認識論からジャズを捉える集まりがジャムセッションなみに人気を集めた。たとえば奴隷黒人の解放の歴史とか、西洋音楽とアフリカ黒人との出会い方の叙事詩的な認識をジャズを媒体にして政治化してゆく。第三世界の政治的な状況をフリージャズの発生に換喩する。それはそれで面白いけど、ジャズとは無縁のものであって、要するに情況論なのです。少なくともそれはジャズを疎外していたって気がしたね。ところが、ぼくの場合にはジャズの歴史からジャズを引き離す方に興味があった。ジャズってのはやっぱり、黄色いけむりの立ちのぼるダンスホールから流れてくるんだね。そういう頽廃的な感じと、オンリーか何かをやっているおふくろの笑い声。リズムの狂うドラム。もう一つのアメリカン・グラフィティというかね「存在としてのジャズ」って言ってもいいかも知れない。要するに、自分の耳で聴いたジャズっていうのはじぶんの耳を出ることがなくてね、それは戦後史のバックミュージックではあっても「戦後史そのもの」では決してありえなかった。だからジャズを革命のサンプルとして語るとそんなに立派なものかなあ、って気がしてなんとなく馴染めなくなってしまう。

武満　ぼくも、あなたと全くおんなじですよ。

定型と自由は二律背反でない

寺山　ただそれにもかかわらず、ここで認識論的に捉えてみようとすると、ジャズはぼくの孤立して退行している個の内部に非常にいい教訓を残したと思うのです。それはジャズがぼくに「定型と自由というのは二律背反じゃない」ということを教えてくれたことです。少年時代、ぼくは定型とか様式の反対語は自由とか解放だと思っていた。ところがジャズっていうのは、いわゆる定型または様式っていうものと自由または解放というのが同義語だということを教えてくれた。そんな言い方は、さっき言った自分のことばを裏返すみたいですが、何かジャズには桎梏とか拘禁のイメージと同時に解放とか自由のイメージとが二重写しになっている。それはぼくたちにとってアメリカとは何か、ってことでもあるんですね。

武満　いま寺山さんが言われたことで、すべては言い尽されているように思う。全くそのとおりです。ぼくはある時期、ジャズについての文章を随分読んだけれど、どうもそういうものは具合悪いのね、ぼくにとっては。ジャズってのは個人的なものでね。ただ、その個人性っていうのが、アラン・ジュフロア風にいえば、革命を喚起するものであるかもしれないけれど、社会とか政治とかということと一緒くたにして論ずる態度にはあまり与したくない。

　単純に言い切ることはできないけれども、日本人が白人じゃなくて、しかも黒人ではないということね。子供の頃、教会に行ったことがあったけど、神父さんが、日本人は、神様がちょうどいい具合につくってくれた。パンを焼くのとおんなじで、焦げもせずそうかといって生焼けでもなくつくってくれた、と話してくれたけれどね。（笑）ひどい牧師さんだったね、いまから思えば。そういうなんか、ある中途半端さっていうものが、日本のジャズ論にはあると思うんですね。

　白人は、たとえばナット・ヘントフが書いてる小説とか評論を読むと、子供のときにジャズに非常に憧れて夢中になって、いろんな黒人のジャズ・ミュージシャンに会って、自分が白人であるということを悩んだって、おれはなんとかして黒人に生れ変りたいなんて思ったりするわけだけれど、それが日本人の場合は、そういう内部の運動っていうのはあんまりないわけですね。ちょうどいい具合に、こんがり焼けたパンのような状態に黄色人種はいるのかもしれない。ただ道具にしちゃって、ジャズの中にひとつも入れないというところがあると思うのね。

寺山　アメリカの黒人が西洋の楽器をあてがわれて、それを道具として使いこなせるようになった。すると白人がそれをうまいこと言ってとりあげて白人のダンスの伴奏にした。まあスイング・ジャズなんていうのは白人のダンスの伴奏音楽だった。そういうものに対してビ・バップスタイルが生まれてくる。黒人たちは自分たちにジャズをとり戻すために形式を作り出した。それがマイルス・デヴィスだとかソニー・ロリンズだとかの巨人プレーヤーの時代です。しかし彼らにはいわゆる和声音楽に対するコンプレックスみたいなものがあって、ジャズを西洋音楽のカテゴリーの中へおさめようとした。そういうのに対して、コルトレーンやセシル・テーラーが反逆したというのがフリー・ジャズの誕生なんですね。

そういう非和声の、渾沌とした「音楽ではないもうひとつのジャズ」が出てきた。その葛藤に対する評価が、結局ジャズと政治の関係へ通底してゆく訳です。しかしそういう考え方でいくフリー・ジャズは革命的だと言う気がしない。フリー・ジャズはまだ音でしかないということはね、かなり決定的に革命という言葉を限定していると思うのです。

武満　そうですね。

寺山　つまりフリー・ジャズも所詮は音でしかないわけで、音でしかないということはかなり決定的に革命の比喩としては非力なんだ。もし「認識論としてのジャズ」の立場に立ったとした場合に、でもね。そうするとぼくなんか、「ダンスの伴奏にさせる」か、それとも「黒人の自己表現手段にするか」ということで殺し合いまでやりながら葛藤していったジャズ史の内実の現場にいあわせなかったため、どうしても観念的にならざるを得ない。そして、観念を生成する手段としては、ジャズは不適当なんじゃないかという気がするのです。ぼくがジャズっていうと最初に思い浮かべるのは平川唯一の英会話ですね、カムカム・エヴリボディってやつ。それはべつにジャズとは関係ないんだけどね。それにラッキーストライクという煙草。チューインガムとジープ。そして星条旗の星の数を数えるみたいにジャズのスタンダード・ナンバーの数を一つずつおぼえてふやしていった。だから、まあぼくなんかも気取ってさ、セロニアス・モンクの言葉で、「Jazz and freedom go hand in hand——ジャズと自由は手を取り合って行く」なんて引用したりするわけだけども、しかしジャズと自由は手を取り合って行くと言われても、その「自由」がアメリカ史の中の自由であったと考えると、あっ、なるほどと言うしかない。そこにはもう一つの自由の定義もないし、ジャズそのものの、まあぼくらが聴いてきた「音楽としてのジャズ」というふうなものとの体験的なつながりもない。やっぱりジャズを語るときには、個的にはじめたい、って気がするのです。そのへんがロックとちがったところでね。たとえばオーネット・コールマンの『ロンリー・ウーマン』ってのがある。あれを初めて聴いたときはちょっとびっくりしたわけだけど、そのびっくりについて考えこんでいるうちに、みんなで、寄ってたかって説明しちゃってさ。説明がついたとたんに、醒めてしまった。だからジャズのことはジャズに語らせる方がいいのであって、ジャズを道具にして革命を語るのはジャズを道具にして白人のダンスの伴奏をさせたというのと同じように、ジャズの内実を無視していることになる。

オーネット・コールマンとシュトックハウゼン

武満　それは日本ではなにもジャズだけではなくて、演歌を語って革命を語るというようなのが当今すごく溢れてるわけだから。(笑) いま寺山さんが話されたことの中にだいじな幾つかの問題があるように思うんだけれど、ぼくはべつにジャズのことを話そうと思ってるんじゃなくて、これは自分が感じたことですけれど。アフリカから連れてこえられた奴隷に白人たちの楽器が与えられて、これはまあ黒人たちから楽器を手にしたのか、それはぼくには分らないけれど、黒人は——ジャズ・ミュージシャンといってもいいけれど——その楽器を媒体として、自分の肉体というものを、実は、これが楽器なんだと知ったんで、その楽器をうまく演奏することからジャズは始まったんじゃないと思うんですよ。

寺山　うん、そのとおりだ。

武満　オーネット・コールマンの『ロンリー・ウーマン』を聴いて、ぼくもすごくイカれたときがあるけれど、それはいまぼくがやってるような音楽に、たとえばある時シュトックハウゼンの音楽に触れて感動したのと、そんなに異質のものじゃなかった。不思議なことに。ただ、『ロンリー・ウーマン』のほうに何か危険なものがあるような感じがした。シュトックハウゼンのほうは、これは面白い、凄いと思ったけれど、それほど危険じゃなくて、まあどっちかっていうと安全無害っていう感じがしたんだけれど。『ロンリー・ウーマン』は、ああ、ここにどんどんどん入りこんでいったら、おれはどうしたらいいかな、というところはあった。そういう怖さがいいジャズにはあるね。

寺山　「聖者が町にやって来る」っていうね。ぼくはあれをすごい言葉だと思ったわけです。西部劇なんかでもトランペット吹く男を先頭にしてみんなで町を演奏して巡る。あの「町」にやってくるところが、とても好きだったが、日本では聖者は町にやって来ないでサンケイホールにやって来るわけだ。それはただのコンサートでしかない。所詮は「ショーウインドーの中のアメリカ解放文化」でね、日本のジャズプレイヤーが町を演奏しながら歩くってことは殆どない。こないだロンドンに行って感じたんだけども、モーツァルトを吹く乞食なんてのがいるんだよ。道路でいつもモーツァルトを吹いてるのね。そういうのを見てると、悪魔も聖者も町にやって来るかもしれないけども、なんとなくジャズにとっては町こそが演奏会場であるべきだって気がした……。ジャズがもし現象だとすると、ぼくはシュトックハウゼンなんかもジャズとして捉えられていいような要素があると思うのです。つまり、ジャズはその存在が、ジャズの本質に先行すべきでね。たとえばだれかが「あれがいいね」って言うと、べつのだれかが、「それはジャズじゃないよ」っていうことになる。早い話が「『カモンナ・マイ・ハウス』っていいね」「あんなのジャズじゃないよ」ってことになる。逆にいうと、「飯田橋の踏切の信号の音はいいジャズだね」と言ったって、それはジャズの定義としては間違ってないはずなんだけど、そういうふうにはならない。「ジャズ」っていうタイトルの雑誌が何種類も出てる現実の中ではジャズはすっかり定義を与えられて定着してしまっているのです。ぼくがマイルス・デヴィスを初めて聴いたのはルイ・マルの『死刑台のエレベーター』の映画音楽としてでした。ジェリー・マリガンを聴いたのも、やっぱり『私は死にたくない』のBGMだった。そのことはぼくにとってかなり印象深いことでしたね。たまたまニューヨークの「レットガーター」でサン・ラの演奏を聴いたんだけど、あれは新興宗教的な、ちょっと相互救済的な、奇妙なものでね。スピリチュアル・ラリーだという人もいるけど、とにかく大家族で演奏してて、代るがわるトイレに行ったり、食事したりする。何時間もかけて一曲をやるんだ。それはほとんど生活化している。そして、最後になると必ずサン・ラが新聞紙切り抜いて、太陽の形にしたのをおでこに貼ってピアノの上に立ち上って両手をひろげる。それが「儀式」の終りでみんな帰るんだけど、あの聴衆との関係は実に奇妙なものだし演奏も「音楽」なんかじゃない。一種のガムランの口承文明の派生や叙事詩の起源、あるいはバリ島のケチャなんかと共通の集団創造で、音で生成してゆくドラマみたいなものだと思った。同時にああいうものはやっぱりぼくらから見るとジャズだなと思った。

即興とは自己模倣である

武満　寺山さんは、ジャズが異様に矮小に辱められているこの状態というものが嫌なわけでしょう。

寺山　そうね。

武満　ジャズってものはもうちょっと、この専門化したジャズ音楽なんかとは違うものとしてあるわけよね、〝ジャズ〟と呼ぶものは。

寺山　うん。

武満　ぼくもそうね。そういう点ではおんなじかもしれないな。

寺山　武満さんは例外かも知れないけれど普通、音楽家はさ、ジャズを西洋音楽と対比させるときに、ジャズの中のインプロヴィゼイションの部分だけをすごく拡大して、その部分だけで評価するという傾向があったと思うけど、そんなことないですか。

武満　いや、ぼくは特にそんなことない。

寺山　ぼくが演劇をやっていても俳優による即興ということは一つの大きな可能性でもあり、同時に一つの限界でもあるのですね。たとえばシュルレアリスムの初期は、きわめてオプティミスティックな時代で、メスカリンやアルコールが理性を解体してオートマティックに潜在意識を吐き出せ、それが一般的理性へのアンチテーゼとして「表現」にまで止揚できると思いこまれていた。しかし、それは個人という概念を大前提としたインプロヴァイズであって、モノローグ的なものです。「自動手記」と「他動手記」とのあいだの往復運動がない。ところが、現代では、どこからどこまでが自分なのか規定することがとてもむずかしくなってしまった。つまり〝自分〟の定義っていうのをどうやってするかっていうことができがたい。こうやって今、ぼくが喋っていても、もしあした誰かとジャズについて話すことになると、きょう武満さんから聞いたことを「自分のことば」として喋ることになる。たとえば、「カモンナ・マイ・ハウス」っていうのはあれはアルメニアの唄でね、ウイリアム・サロイヤンが書いた詩なんだよ」てなことを言ったりするわけでしょ。(笑)こうした情報には、特に個性とか独自性なんて必要ないわけで、しかも九十パーセントの「表現」は情報の中継しかしていないという不幸な時代に、ぼくたちは生まれてしまったという気がしないでもない。結局人間の体ってのは「言葉の容れ物」にすぎないし、出し入れも自由である、というところから出発する必要がある。だからオリジナリティとか個的感性とか主体性とかっていうものは、つねに集団との関係の中でとらえなければイミがない。体重とか身長とかで個人を定義することができず、言語でも個人を定義することがむずかしいのに個人の定義を曖昧なままにして即興なんて言っても説得力がない。即興はつねに、ゆるぎない戒律、個人の理性によって保たれている様式の反語としてあるべきであって他人の言葉を無意識に喋っているのは、他人の意識が自分の肉体を通り抜けてるだけであって即興とは言えないんだよ。

個人の定義ができない状況では、即興を

楽天的に考えることはできない。たとえば一枚の絵を見る場合で画廊に入って青い骨牌の絵を見たことは、画廊に入る直前の赤い信号を見てから入ったか緑色の信号を見て入ったかによっても違ってくる。月蝕の夜に見る青い骨牌の絵と、アメリカン・フットボールを見てきてから見る青い骨牌の絵では、ぜんぜんちがう。すると、一枚の骨牌の絵は、それ自体で成立しているかどうかだってあいまいになってくる。少なくとも鑑賞者との「関係」ではね。即興という概念は、そのへんのことについての検証をかまけるんだね。個としての自分への疑いをもたなくなる。

　そうすると即興ってのは、結局自分で自分を模倣してる状態にすぎないという感じでね、これはどうも駄目だなという気がする。

武満　大体が即興というものが陥る一番具合の悪い点というのは、自分をくり返す、自分を模倣するってことですよね。それは音楽的にもそうだし実人生的にもそうであって、ただ、これはジャズと呼ばれる音楽に限っていえば、ジャズの最も他の音楽と際立って独特なものっていうのは、やっぱり即興性だと思うんです。それは何かというと、傍のもんには多分分りようのないことなんだろうと思うんだな。だけれど、すぐれた即興演奏に接することで、ぼくがそれをある共通のものとして体験できるということはあるのね。

　それはどういうことかというと、また受売りになりますけれど、ナット・ヘントフがジャズを勉強して行く過程で、かれが黒人と接して感じたこと、とくに即興について感じたことは、その即興が本当にその人の履歴というか、自分のことを本当に喋っているかどうかということ、そしてその喋っていることが本当に手数料を払って喋ってるのかどうかっていうのね。ぼくはとってもこれは面白いと思うんだけれど、黒人がもともとジャズを専門的に演奏するなんてことは、ある段階では考えられなかった。みんなそれぞれの自分の人生があって、昼間働いて働いて、それで夜ジャズをやる。その時にたまたま白人が来合せて、黒人の音楽を聴いて、ああ面白い、自分たちもやりたいと。ところがそれがなかなかうまくいかなかった。それは、白人は手数料を払わなかったからだというわけよね。つまり白人だったら、黒人が夜だけやってる音楽を昼間っからでも勉強できたわけね。それじゃ本当に手数料を払ったことにはならない、という言い方を黒人がするわけですね。

セシル・テーラーとグロボカール

寺山　たとえばカーゲルにしても、グロボカールなんかにしても、みんな即興のカテゴリーに入るでしょう。

武満　まあ一種即興ですね。

寺山　ああいうものを含めてジャズを拡大して考えてみたい。

武満　いいえ、それはジャズの即興とは違うと思うんだな。

寺山　その違いっていうのはどういうところですか。

武満　その違いを明らかに際立たせていくっていうことは、正直にいえば、とても怖ろしいような気がするわけ。いまぼくは正直いえば、それを明らかにしたいとは思わない。ただ、違うということはいえるよ。もしかしたらいつかできるかもしれない。でも、そうしたときには、ぼくは多分自分のやってきた音楽をきっと否定することに

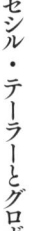

なるかもしれないね。

寺山　たぶん、武満さんはわりに誠実に言ってると思うけれどもね。（笑）

武満　いや、ぼくは非常に誠実に語っています。（笑）

寺山　ぼくはほんとは大して違いはしないんだっていう気もするんだけどね。つまり理性と狂気という二つの対立物があるのではなく、理性的な狂気と狂気的な狂気、あるいは狂気的な理性と理性的な理性の二つがある。理性によって操作された狂気は偽物で、錯乱的な狂気だけが本物の狂気だという反言語的な指向は六十年代に、マルクーゼなんかによって期待を抱かせたが、いまだに不毛だという気もするのです。勿論、「言語ばなれ」と、「理性的な判断への疑い」は、きわめて大きな暗示を残したと思いますが。

武満　それはそうじゃないですね。それはとってもスタティックだ。

寺山　書斎で書物を読んでるということと、沖仲仕をやりに夜肉体労働に出かけてゆくということは、同じように「労働者」だという認識をもつことができる。と同時に、どっちも思想的行為だということもできる、と思うのです。カーゲルとかグロボカールなんかをみてると、知的に錯乱を演出してるというか、無意識世界を意識によって演出していると見える。それに対してセシル・テーラーだとかオーネット・コールマンは、知的にじゃなくきわめて生理的にやってるかのようにみえるけれど、ほんとは同じことなんですね。オーネットにだって、現代音楽の影響が、かなり大きくある。

武満　ああ、そうです。さっき、ぼくオーネット・コールマンにシュトックハウゼンなどから受けるショックと同質のものを感じたと言ったのは、そういうことですね。オーネットの音楽には新しい音楽の影響がとてもあるってことですよね。

寺山　セシル・テーラーだってストラヴィンスキーだとかバルトークを学校で勉強した「音楽学生」出身だからね。そういう意味では変りはないんです。それでもグロボカールよりはセシルのほうが裸電球の下に言ったとき影のあるような気がする。一種のリアリティというかね。グロボカールなんかは裸電球の下に立っても影が床に映らない男だ。セシルの影は、わりにグロテスクで生活じみたところがある。そのへんがジャズらしくてよくみえるんだけども、それはやっぱり裏返しの偏見みたいなものでね。ジャズを大げさに考えすぎているだけのことかも知れない。

武満　あなたよりもぼくのほうが、ジャズに対してはもっと夢があるのかもしれないな。

寺山　そう思います。

武満　ぼくはいまの新しいジャズは、好きなものもあるけれども、総じて好きじゃない。もっとそうじゃないジャズ、ぼくが感じてるジャズはもっと違うところにあって、もっと自発的な夢であったんだな。ぼくはグロボカールの即興も、ジャズ・ミュージシャンの即興も、まあそんなに違わない、というふうにいっちゃうと、ちょっと甘くなるけれど、夢がないんだな。

寺山　分るね。

武満　それじゃぼくがいま感じてるジャズってものが果してどっかにいったらあるのか――。もしかしたら、もうなくなってるのかもしれない。

寺山　もともとなかったかも知れない。

武満　やっぱりあったんでしょう、それは。

寺山　武満徹とジャズとの出会いはある意

味で非常に感動的な事件だったと思うけどね。それはジャズ史の中のジャズなんかである必要は全くないと思う。それは音楽的事件と呼ぶよりは、むしろ人生的な事件であってね、その場合のジャズはむしろ人格化している。それはまったく、セシル・テーラーだとかアーチー・シェップだとかが演奏してるジャズというふうなものとは、おんなじものじゃなくてもかまわない。ある意味でジャズを形而上的に考えているのだと思うんですね、武満さんは。

武満　寺山さんがたまたま聴かれたグロボカールのあの音楽会が始まる直前のちょうど楽屋でね……彼は昔ジャズ吹いてたのよ。

寺山　あ、そうなの。

武満　ぼくが「じゃジャズ吹けるか」って訊いたら、それじゃ昔モンテカルロで吹いてたやつを聴かせてやるって、楽屋で吹いたわけ。それはトミー・ドーシーのね、(笑)「I'm getting sentimental over you」っていう曲でね。それは素晴しかった。カーゲルの作品よりずっと良いよ。まあぼくはかなり特殊なのかもしれない。音楽家としての資格を失っているかもしれないけれど。

寺山　でも、あの舞台でやった演奏も違った意味で非常に感動的だったと思うね。ぼくはあれは西武劇場の現代の音楽シリーズの中での白眉だったと思った。始源的な意味での「言葉」を生み出す苦悩が、あのトロンボーンと息使いの関係の中にはあったと思ったものね。

ジャズ＝異邦人の音楽

寺山　コルトレーンが死んでね、コルトレーンのバンドが解散し、メンバーがばらばらになっちゃったあと、あそこのバンドにいたファラオ・サンダースって男が自分の子供と一緒にマンハッタンのはずれの小さい、いわゆるジャスバーみたいな所で演奏してるのを見てね、その時に突然感じたのは、やっぱりジャズってのは外国人の音楽だなと思った。それは、おそらく黒人にとってもやっぱり外国人の音楽なんじゃないか、っていう感じだった。ヨーロッパ人にとってもぼくらにとっても、白人にとっても黒人にとっても、結局全部だれにとっても、ジャズは外国人の音楽――故郷喪失の音楽だって気がした。その異邦人《レゾートル》の感覚っていうのが、ひどく重く在ってね。奇妙なエキゾチシズムと奇妙なアウトサイダー意識。なんかやり切れないような疎外感みたいなもの、そういうものの総合された結果がジャズだって気がしてね。ぼくは、黒人はあのジャズを吹く時にものすごい生き生きとして、自分たちの肉体と自分たちの伝統を背負って吹いてんだ、っていうふうにいつも思い込みたいと思っていながら、アメリカで黒人のジャズを聴いて、いつも裏切られた。

武満　それはないんじゃないかな。伝統として受継がれるものではないんじゃない。

寺山　そうでしょうね。だからいつ見ても黒人はやっぱり、なんか「異邦の音楽」をやってるという感じで演奏してるようにしかみえなかったっていう感じがあった。

武満　それは面白いな。

寺山　もちろん、サッチモが『聖者が町にやって来る』なんかをやってるときは非常にオプティミステックに見えるけれど、しかしそれはべつの意識では白人の葬式の伴奏をしてあげてる黒人楽団の職業的陽気さでしかないから、やっぱり彼らのアイデンティティを見出せるという感じではなかった。

武満　それはすごく面白い感じ方だな。少くともぼくらにとってはそうだものな。ぼくらにとってはレゾートルですよね。それだけにやはりこうも、ムキになってるわけだ。

寺山　でもね、ブルースの対極にある、日本の演歌なんかもやっぱりそんな感じがする。演歌、いいなあ、やっぱり日本人の音楽だ、なんて書いてあるのを読んでもね、実際には、『センチメンタル・ジャニー』を聴いてうっとりするのと、そんなに変らないような気がしてね。演歌なんかふくめて、大衆の音楽というのは、つねに彼らの中にある故郷喪失感と、その回復願望といったものに根ざしているのかも知れないって気がする。

武満　そうね。江利チエミが『カモンナ・マイ・ハウス』を歌った頃に、米山正夫の『リンゴ追分』や、それから、『お母さん』っていう、非常に明るい流行歌があったんだよ。あれはぼくにとってものすごいジャズだったね。

寺山　なるほど。

武満　こないだギル・エバンスに会ってね、白人のピアニストで作曲家で、まあマイルス・デヴィスと何枚かアルバム作って、かれらを育てたっていうとおかしいけれど、そういう人だけれど、彼のバンドが菊地雅章の作品を演奏してね、演奏してるのが半分以上は黒人で、リーダーは白人でさ。そしたら非常に不思議な感じがしたのね。もちろん、ぼくはジャズが黒人だけのものだっていうふうには思わないけれど……。変な教会みたいなホールで聴いたんだけれど、ジャズ的な興奮があったことは確かだね。

ジャズは名指しできまる

武満　どうもぼくは「ユリイカ」に対しては悪いけれど、ジャズについて喋るのは、あまり好きじゃないのね。

寺山　それは本当にそうだ。どうしたってジャズは、それ自体ですごく雄弁だからね。雄弁ということについて周りで口ごもりながら語るってのは、余計なお世話になってしまう。

武満　ジャズについて書かれた世界中の評論を洗いざらい集めたとしても、チャーリー・パーカーはそれだけのことを三十秒間で言うことができる、っていう有名な言葉があるけどさ、全くそのとおりだと思うんですね。だけど、そういうふうに言うことすらもちょっとおかしいんでね、本当は。チャーリー・パーカーだって終りの頃の演奏なんてのは、音楽としてもくだらないし、まあ一種ヨイヨイみたいなもんだった。やっぱり音楽のことを話すのはつまんないね。

寺山　それはあなたが音楽家だからだよ。

武満　さっき言ったようにジャズ・ミュージシャンってのは、自分のことを喋るわけだから、即興の時にね。たとえばいいジャズの人はレコード聴いてて、あ、こいつは何歳でどういうふうで、いまどんな生活してて、どうだってのが分るっていうんだよ。それもナット・ヘントフの本に書いてあるんだけれど。(笑)

寺山　なるほど。『マイ・フェア・レディ』に出てくる言語学の教授みたいに、ちょっと口をきくとあなたは何歳頃まで青森にいて、何歳頃東京へ出て来て、お友達に関西出身の女の人がいましたね、ってことが分ってしまうという訳だな。(笑)

ところで、ぼくはマル・ウォルドロンが非常に好きなんだけれど、武満さんはどうですか。
武満　ビリー・ホリデイの伴奏してた人ね。
寺山　気ちがい病院から出てきてからすごくよくなったみたいな気がします。
　しかし、考えてみると、どんなに好きなものをきいても、ジャズで興奮するってことはないんだね。ロックを聴いてて楽団に興奮するとか、風呂に入って湯加減に興奮するとか、ポルノグラフィーの映画を見てて生理的に興奮するとかそういうことはあるけれども、ジャズで興奮するってことはない。やっぱりジャズっていうのは定型と自由との両性具有だ、ということがあり、快く解放されるけれども、いつも「快い」というほどのものでしかない。あれは、一つの異化効果なんだね。そうそう、武満さんはチェット・ベーカーが歌ってるの聴いたことある？
武満　トランペット吹いていた人ね。あのトランペットと同じように、柔かく歌うでしょ。
寺山　ほんとに中年のマザーコンプレックスのオカマがボーイソプラノの声で歌ってるという猥褻なところが、とてもいいのです。
武満　あれは白人だよね。
寺山　それからもちろんビリー・ホリデイなんかだってすごくいいけれど。
武満　ジャズの場合素晴しいのは、演奏者をぼくたちが名指して聴くってことですね。
寺山　絶対そうですね。さらに言うならば日にちも場所も指定して聴くっていうことだ。
武満　そうそう。ジャズで羨ましいのはさ、ルイ・アームストロングの何月何日のどこでのレコーディングなんていうわけじゃない。
寺山　ぼくは、すべての表現はそうでなければいけないと思ってる。現代詩が魅力に乏しいのは詩人が自分の書いた詩に日付と時間を入れておかないことじゃないかって思うんだけどもね。「競馬の新聞《レーシング・フォーム》」なんて、そういう意味で非常にすぐれていて、「詩の雑誌」とおんなじでね。一頭ずつの馬ごとに両親の名前から、その日までに稼いだお金から、その日の身長体重、一週間前に百メートルを何秒で走ったかってことまで全部データーとして載っているだけでも、幻想的なのです。それは虚構成立のための情報ですからね。
武満　そうね。ぼくこのあいだ、たまたまジョン・ルイスの『ジャンゴ』を聴いたら、どうもそれは以前に聴いた演奏よりもよくないと思ったのね。それはきっと録音が違ってたんだと思う。
寺山　それとね。受け手の側にもやっぱり日にちと時間と場所っていうのがある筈です。だから同じ一九三〇年の何月何日、何々教会のルイ・アームストロングの何々ブルースでも、聴くほうが女房と別れた晩であったか、結婚式の午前中であったかじゃぜんぜん印象が違ってくる。それは一つの関係の因果律だと思うんだよな、ジャズってのは。もちろん、ジャズに限らずに表現一般についてもそう言えますがね。
武満　まあジャズに限らず、音楽を聴く場合そういうことがありますね。記憶というものが不思議な作用をするから、音楽の場合は。ただ悪い音楽っていうのは、いつまでもその記憶の中に立ち停らせるだけで、いい音楽は、多分その記憶から踏み出させるに違いないから、それはジャズでもきっとそうでしょう。それにしてもジャズの話をするときは、ジミー・ヌーンのあれがすごくいいとかね。結局そういうほうがいいね。キッド・オリーの昔のなんとかのレコードがよかったとかね。「スイング・ジャーナル」なんて雑誌を見てると、もうほんとに苦々しくも思うんだけれども、でも多分そういうものなのかもしれないな、ぼくらにとってジャズってのは。

日本のジャズ＝意味という病

武満　ただ、どうなのかな。ぼくはここのところ、菊地たちが日本に帰って来て、日野皓正も帰って来て演奏を聴いたけれども、とても面白かったけれどね、でも日本のジャズはヘビーだよね。しかめっつらしい。山下洋輔さんなんていう人でも、ヘビーだね。山下さんは、いろんな人の中ではそうでもないんだけれど、それでもね、深刻ね、音楽が。それとパンフレットなんか見ると、「日本のジャズ」なんて書いてあってさ、総毛立っちゃうんだなあ。なんで「日本のジャズ」なんていうのかな。それで「東風」なんて、ゴダールの映画の題名みたいでさ、それを「こち」って読ませるわけよ、菅原道真風に。ちょっとやっぱり、少し深刻すぎるね。でも、何でもなく、菊地が終りのところに、ほんの八小節ぐらいだけ、静かにメロディックなクローズィング・テーマをやったのね。それはとてもよかった。

寺山　でも、ものをつくる人間ていうのは、誰でも自分をわりに大袈裟に考えたがる。だから武満徹のコンサートでもね、「こないだ武満さんの映画音楽聴いたら、すごくよかった。でもコンサートの方はどうしてこんなに深刻なんでしょう」って言われたら、あんまり愉快じゃないでしょう。（笑）

武満　愉快じゃないよ。

いや、ジャズの話をするってのは間違っているんだよ。だけどぼくね、油井正一さんなんかと話すと、ものすごく面白いんだな。それはね、ただ「あれはどのレコードでしたっけ」なんて言ってるからね。寺山さんと喋るとなると、愉しさだけじゃないね。

寺山　それは油井正一と話すときは、あなたはジャズに対して、外来者でいられるからでしょう。ところがぼくと話すと、あなたは一応ジャズ側に立たさせる。音楽家だからね。だから相撲でいうと東か西かという、ちがいみたいなものだけれど、やっぱりあなたは今日はジャズのスポークスマンとして坐ってるのですよ。

武満　そうかねえ。

寺山　だけど、さっき武満さんも言ったけど、日本のジャズ・ミュージシャンというのはやっぱりジャズそのものよりも、「自分がジャズをやることの意味」に捉われすぎちゃっている。一つの使命感なんだね、あれは。

武満　その上に、日本のジャズを創造するなんてことになるからね。

寺山　まあ日本の日本語を創造してる人たちもいる時代だからね。（笑）でも、場末のダンスホールで、入歯を直したらちょっとうまく吹けなくなった老人トランペット吹きが『マイ・ファニー・バレンタイン』かなんかを吹いてるのが、わりにジーンときたりする、気持ちがある。ジャズはおたずね者の音楽であってもいいのです。それはともかく一つの実体なんでね。しかし、ジャズメンに日本のジャズを背負ってもらうとなると、それはもう現象じゃない。その人たちはジャズと一緒に日本の責任者になっちゃったって感じで、そこには一種の滑稽な事大主義があるんじゃないのかな。

武満　あるね。アメリカなんかジャズの雑誌といったって「ダウン・ビート」とか、まあそのぐらいのもんでしょ。

寺山　そうね。少くとも日本のジャズ雑誌みたいな雄弁で厚いのはない。サンケイホールやヤクルトホールで前売り券つきで興業している訳じゃない。「レッドガーター」なんて安酒場だよ。昔ぼくにとってジャズがまだレコードでしかなかった頃、ぼくらは、「きーよ」とか「ヨット」なんてジャズ喫茶で気分よく堕落していた。あそこで寝泊りしていたというと大袈裟だけど、ともかく始発電車までいられるからね、いつもゆくので、じぶんの椅子まで決まっちゃっていた。ほとんど毎日通い詰めでね、マスターが輸入盤レコードを発注するとき、相談してくれたりしたもんだった。その頃、アメリカは遠かったからね、マンハッタンやシカゴには本場があってね、そこでマイルス・デヴィスやMJQが華やかに演奏してるんだという幻想をもっていた。ところが実際行ってみると、まあサンケイホールは愚か、ジャンジャンよりも貧弱な所ばっかりだね、全くね。それで煉瓦のブッ壊れたような廃ビルの中の安酒場で客が百人もいない、もう本当に四、五十人ぐらいの。隅のほうで痴話で喧嘩してる黒人夫婦がいたり、洗濯屋の帰りの女中がいたりする。そんなところでジャズをきいたよ。

武満　この部屋ぐらいしかないよね。そこへみんなベースなんか肩に担いで来てさ、真夜中に。「いまごろまで何してたんだ」っていうと、ソニー・ロリンズと今までレコーディングしてたなんつって、それからやり始めたりするでしょう。渡辺貞夫なんて、ぼく大好きだけれど、「ジャズってけっきょく、人生なんだなあ」なんて、ウイスキーの広告かなんかに出てくると、なんとなく白けるね、(笑)「ジャズはサントリーだ」っていうんならまだいいけどさ。

日付のある表現へ

寺山　六〇年代の日本で、モダン・ジャズのルネッサンスを作ったエポック・メーキングな曲っていうのは、やっぱりアート・ブレーキーの『モーニン』でしょうね。

武満　ぼくはあのとき聴きにいったけれど、ウェイン・ショーターっていう人が来てたんだよね、テナー・サキソホンで。素晴しい音楽家だったなあ。

寺山　ピアノはボビー・ティモンズでね。彼の作曲だった。あれをきいているとジャズってのは音楽というよりも歌だなあ、と思った。

武満　歌だよ。

寺山　一つ一つの曲が聴き手の記憶と馴れ合って世界を作り出してゆく。大体、日付のある表現というのはみんなそうだ。その時おれはどこにいて何してたというアリバイを伴奏しているんだ。音楽っていうのはそういうものを超えようと葛藤してきて、少なくとも現代音楽は超えてきたのだけれど、歌とかジャズの魅力はその日付を絶対なくさないことにこだわるべきです。短歌なんてのは日付なしでは成立しないけど、自由詩っていうのは日付なしで存在するようになってしまった。谷川俊太郎の詩なんかやっぱり日付がある。しかし、大半は日付のない詩がすごく多くなったような気がする。だからやっぱり、詩は歌じゃなくなったんだ。

武満　ぼくは日付のある音楽を書きたいと思うね。

寺山　そうですか。

武満　実際そうじゃなければ、もう音楽を発想することができなくなってきてるんじゃないですか。ぼくたちがやってる音楽というのは外国語ではクラシックというんだけど、不思議なことに日本語ではそれを古典音楽とはいわずに純音楽っていうんだ。純音楽っていうものを想像することができますか？　純音楽っていったら純粋音楽ってことだろ。そんなものを想像することができる？　ぼくには全く不可能だね。

寺山　でも、もっと恐ろしいことをいうと、その反対語はきっと大衆音楽っていうのよ。

武満　そうなんだ、大衆音楽なんだよ。純音楽か大衆音楽なんだよ、日本では。

寺山　つまり純音楽は大衆の音楽じゃないってことなのよ。

武満　ぼくは大衆音楽じゃないことをやってるわけなんだよ。

寺山　それは恐ろしいことだ。（笑）

武満　それがとっても恐ろしい。そんなことは想像もできないじゃないか。だから、今それを問い質さなきゃしょうがない。高橋悠治がいくらコンサートホールを否定しようなんて言っても、自分は舞台の上に乗ってマイクロフォン持ってやってんじゃない。ぼくたちは駄目なんだね。純音楽なんていう、そんなところで音楽をやってたんじゃまず駄目だよね。だから「ユリイカ」がジャズの特集なんかやるようなことになるんじゃない。（笑）純粋詩ってのあるんですか、純詩とかさ。

寺山　あるんだね、純粋詩ってのが。純粋詩ってのも困った言葉です。

武満　大衆詩っていうと星野哲郎とか……。友部なんとかさんという人は、大衆詩ですか、谷川が褒めているけれど。

寺山　中間詩ってところだね。（笑）ぼくは、彼の読んだことはないけどね。中間小説ってある位だから。中間詩なんだよ、フォークってのは。（笑）

武満　舟木一夫芸術祭参加『詩秋』っていうレコード見たことある？　ポエムの秋って書いてあるの。

寺山　怖しいね。そういうのは紫色のインクで便箋に書くやつだね。心なんて言葉がやたらに多くてね。昔ならセーラー服の女学生、今なら看護婦が詩を書いたりすると、そういう題つける。もっともそういうのも、悪くない。ときどき嘘字があったりするから、この「詩秋」というのも書き間違いかな、それとも意図的なのかな、などといろいろ迷いながら読むたのしみです。

武満　対談としてはまとまらないね、こういうのは。（笑）

寺山　ジャズ的に即興でゆくというならば、チャンバラ映画の中からW・C・フィールズがとび出したり、ジーン・ハーロウに相撲の土俵の上でチャールストンを踊らせたりして、スッチャカメッチャカに飛躍すべきだったかも知れないね。ぼくたちはジャズという言葉について話しすぎた、コードに捉われすぎて、ジャズの内実から離れてしまい即興が少なかったのは申し訳なかったと思います。

（「ユリイカ」一九七六年一月号）

死生観と短歌

吉本隆明
Yoshimoto Takaaki
寺山修司

劇的な「死」について

吉本　寺山さん、この一月八日付「朝日新聞」の岡井隆さんの文章読まれたですか。おとしよりの死の歌、高年齢層化した時代の老いの歌みたいなものが、適応を欠いていて、ここで挙げている作品では五味保義だけが適応できていて、そのあとの歌人はそれができていないといっているのがおもしろかったんですね。

　歌というのは、安心立命の老いとか、死とか劇的な死とか、そういうものに対してはなかなかいい表現の切り口をもっているように思いますが、いまみたいに高齢化社会になって、劇的な死もなければ、安心立命の死もだんだんなくなって、親子・兄弟・眷族《けんぞく》に取りかこまれて自宅の一室で死ぬみたいなものがなくなってくると、岡井さんがいっている老いとか死の歌は、どういうふうに詠まれるのかという問題があるような気がします。

寺山　いまおっしゃった「劇的な死がなくなって、安心立命の死もむずかしいという」ことについてですが、もともと、劇的な死というものがあったのかどうか、ということについて考えてみたい。劇的な死として「ある」ものと、劇的な死に「なる」ものと分けて考えたとき、あらかじめ劇的な死というものは、「ある」のではない。何が劇的な死に「なる」のかということについて検証することが、死について考える糸口になるのではないかという気がします。そうすると、劇的な死を準備するということ自体、短歌形式にそぐわなくなってきたという気がする。たとえば、三島由紀夫のような死を「劇的な死」としてとらえて、彼に遺された短歌を劇的な死に対応した短歌といっていいのかどうかという問題がひとつある。おそらく、三島由紀夫の残した「劇的な死に臨んでつくられた短歌」よりも、五味保義の歌のほうが切実に見えるような時代感情がぼくらを取りかこんでいるのだとすると、そのことがきわめて問題だという気がするんですけどね。

前田夕暮の歌をめぐって

寺山　ここに編集部のあげた三首の短歌がありますけど、そのなかで最初に奇異に感じたのは前田夕暮の歌です。

生涯を生き足りし人の自然死に
　似たる死顔を人々はみむ

とありますね。

吉本　つまり自分の死ぬのを愛した歌ですね。死顔を予想してつくっておいた歌ですね。

寺山　ぼくらが死について考えるときに、マルセル・デュシャンの「死ぬのはいつも他人ばかりだった」という言葉がいつも思い出される。確かに死ぬのはいつも他人ばかりなんですね。自分が死ぬということを自分は見ることも語ることもできない。それを経験化することはできない。にもかかわらず「死ぬのはいつも他人ばかり」というひとつの真理を引き受けながらこの歌を読むと、ナルシスティックなものとしてとらえたらいいのか、酷薄的なもの、リゴリスティックなものとしてとらえたらいいのか非常にとまどうわけです。

吉本　ぼくは、いまの歌も、「わが死顔」の一連の歌も死の歌じゃない気がするんですね。なぜ死の歌じゃないかというと、歌っている場面に登場する自分を、もうひとつの自分が見ているという視点がなければこの場合は死の歌にならないので、これは単に死をテーマにしていくつかつくっておいた歌という、主観的にいえば、自分の死のあとに読まれることを予想してつくったのかもしれないけど、主観的な歌になってなくて、自分の死を見ているもうひとつの目がどこからも照射していないという感じがするんです。死顔をテーマにした歌にしかなってないんじゃないか、軽いような気がするんです。

寺山　ここには死を認識しようとする姿勢がまったくないんですね。まるで、「面打ち」が、面をひとつ打ち終わって、そのできぐあいを人々がどう見るだろうか、気にしている。

吉本　そう思いますね。

寺山　そういう意味で、死がいとも軽やかに定型化してゆく過程のなかで、自己慰藉の心の動きが手にとるようにわかる。少なくともこれをつくったときの夕暮は元気だったのではないか、そして死を忘れていたひとときにできた歌なのではないか。

吉本　いまのことと関連して、いつも死ということについて引っかかっていることは、独創的でもなんでもないんですが、事実として青年があり、中年があり老年があり、そして死がある。そのまえに病気があるとか、事実としての死と、死というものを認知する、認識するというか、あるいは、自分のからだのなかに入れるということとは次元が違うんじゃないか。その場合に、事実としての死ということと、次元の違うところに死というものの認知をもつことと、そのもっているということをあらわさないということと、そのふたつがどうやって可能なのか引っかかるんですね。〈生涯を生き足りし人の自然死に似たる死顔を人々はみむ〉を読むと、おそらく、自己の死について問題になるようなことは全部含まれているんでしょうか、全部あいまいになっている気がするんですね。

寺山　まったくそのとおりだと思います。死には、生物学的な死と、観念としての死（生きている人間の財産として神話とか宗教とかの母胎となっている観念としての死）とがある。そして、そのどちら側に興味をもつかということは、一様には決めがたい。ぼくは、生物学的な死を、観察しながら短歌にするというのは非常に滑稽なことだという気がする。

吉本　かっこうよくいうと、リルケが『マルテの手記』で「むかしの人は、心のなかか、おなかのなかか、胸のなかか、どこかに死というものをちゃんともっていた。だから生そのものがりっぱだった」というい い方をしているのと同じで、どこかにそれをもっている。胸でも頭でもいいんですがもっていて、しかも、もっていることが、外へ出てきたら、仏教みたいな宗教になってしまうから、それはあまり好きではないんです。外にちっとも出てこないけれどもどこかに入っている、そういうことがどうして可能なのか、どうやったら可能なのかという問題のような気がするんです。

寺山　たとえば、人類というか、人間というものをいままでは道具をもつもの（ホモ・ファベール）、頭脳をもつもの（ホモ・サピエンス）、言葉をもっているもの（ホモ・ロクエンス）と分類して見てきたけれども、「死を持つもの」としての人間——そういうとらえかたがある意味で不完全だった。

吉本　そういうことだと思います。死のもちかたは、どれが正当なもちかたかわかりませんが、ある正当なもちかたを想定すると、それが見つからないのが問題なんじゃないかと思うんです。それはきっと、岡井さんの老いのもちかたがうまく決まってなくて、人のことをいわなくても、ぼく自身も意識の射程に入ってくる年になっていますから、そこのところをどう対処するか、認知するかがよくわかっていない。寺山さんはそれほどの年齢じゃないでしょうけれど。

「死」を問うことの意味

寺山　どうでしょう。吉本さんはご家庭をもっていらっしゃって、お子さんもいらっしゃる。そういう場合「持つ」という言葉に対する感じかたが、ある意味でかなり即物的というか具体的なのではないか。家のどこに何が置いてある、娘さんは何処にいる。「ある」とか「いる」という位相が、自分の位置との関係としてかなり的確に認識される機会があると思うんです。ぼくは東京に出てきてから、病院から出たあとアパートで一人ぐらしだった。一人の場合、「人間というのは非常に不完全な死体として生まれてきて、それから完全な死体になってゆくプロセスみたいなもの、つまり、成熟していくことは死に向かっていくことだ」という気がすることがある。死というのが『マルテの手記』のようにどこかにもつというかたちではなく、全体として（つまり環境として）認識されるという感じがあるわけです。つまり、持ちかた、対処のしかた、認知のしかたというかたちでうまく処理しきれない。もてあますわけですね。だから、永井荷風が踏切で電車が通過したら死んでいたみたいなかたちの、老いでもなければ劇的な死でもない。ある種の偶然としてしかみえないような死——そういうものが一番似合っているという感じかたをすることがある。

吉本　なるほどね。ぼくのイメージでいうと、寺山さんの例もそうなんでしょうが、たとえば西欧の死は、自動車事故で死んでも、マンションの一室で死んでも、何となく索漠とした死みたいなものが浮かぶわけです。もうひとつ対称的なところに日本の近代以降の一種の円熟した死、親子・兄弟・親族全部が枕頭に集まってなげくなかで死ぬイメージがあるとします。ぼくは、可能性としてどちらにもいかないような気がする。いかないんなら、どういう位置で死というものを認知するのか、何か全部集約された問題になって出てくるように思います。

寺山さんの場合には、西欧の死みたいなものがわりにぴたっとはまってくるんでしょうか。

寺山　いやいや、そういじわるくおっしゃるけど（笑）。ぼくはアパートで一人で寝ているわけです。そうすると、毎晩寝るときに、明朝、目が覚めるかどうかという保証はない。映画やテレビのドラマでは必ず終わりに「おわり」とか「ＥＮＤ」と出るでしょう。眠っている間にそのマークが夢のようにパッと出たら、それからあとは目が覚めないんだろうと思う。毎晩寝るときに、あしたほんとうに目が覚めるだろうかと不安になって、必要もないのに目覚まし時計をかけてみたりすることがある。おそらく、目覚まし時計が鳴れば目が覚めるという保証もないわけだから、不治の病になって入院すれば、ますます目覚まし時計のかずはふえていくんじゃないか。そういうかたちで目を覚ますこと自体が、新しい死体として蘇生してくるだけに過ぎないという感じかたがあるとすれば、そういう意味では、西欧的、東洋的という二元的な分類ではとらえがたい気がします。片一方には菜の花と浄土があって、片方には非常に孤独な地獄の大都会があるという対立的なものではない。むしろ、処理しきれない自分の終わりというものを、人工的に決着をつけるのがいいのか、なりゆきにまかせるのがいいのか、その間で引き裂かれているという感じを持っている。

吉本　生物としての人間の死、自然科学的にみられた死みたいなもの、また死んだらどうなるか、また、来世みたいなのがあって、もしかすると生まれ変わるかもしれないという宗教的といっていい死のあり方、どうも、その両方とも違うという気がしてしかたがないです。どっちもほんとうじゃないような感じです。人間というのはだれでも死ぬとか、生物学的にいえば、としとって死ぬとか、老いて死ぬのはわかりきっていることだといういいかたのなかに含まれている死も違うような気がします。どこかに、死ではない、死の認知のしかた、表現のしかたが必ずあるに違いなくて、それを見つけることがいまの問題じゃないでしょうか。つまり現在の死というのは、リルケ的ないいかたをすると、全部無名の無意味な死です。だれだってそうなので、二、三日だけ記憶されるかもしれないけれど、次の時間にはふたがぱちんと閉じられて流れていっちゃう。未開時代とか原始時代だったら、ぱちんと閉じられたってどこかにちゃんと存在していて、まただれかのところに入って生まれ変わってくるみたいな認識がちゃんとあったんだけど、ぱたんと閉じられたら時間が連れていっちゃう。そういう意味で無意味な死しかないみたいになって、そうとうなスピードで無意味を死が運ばれてゆきます。そういうところで、本格的な意味で、死というのは、表現としても認識としても、問わないとだめなんじゃないか。宗教的でもだめだし、科学的、生物学的でもだめだし、どこかに違う死があるんじゃないか。そんなことがそうとう大切だといつも考えます。どういうふうに考えていいかわからないんですが、引っかかるところです。

　現在の社会のなかの老いは、ほんとうに無意味にかしずかれている。そのことは五味保義さんの歌だけが歌えている。歌として劇でも感動でもなく、ロマンチックでもなく、ほんとうに無意味に、糞尿の世話をはたの人にしてもらうという歌なんだけど、それは無意味な死がちゃんと歌えていると、岡井隆さんはいっているんだと思うのです。そのほかの老いの歌は、ほんとうは現在、死が無意味になっちゃっているのに、そのことに気がついてない。また、表現が追跡してゆけない。従来の歌のパターンの認識でもって歌ってしまっている。そういうことを岡井さんはいっているんじゃないでしょうか。無意味な死なんだから無意味な歌ができるのは当然ではないか、その当然なことが五味さんだけができているんじゃないかって、ほかにはないじゃないかと、ぼくなりの理解ではそうなります。

寺山　吉本さんは、自身の死を考えるとき、無意味な老い、無意味な死というふうに認知することを寛大に受け入れることができるわけですか。

吉本　それは受け入れると思いますよ。いたしかたがない。死というのは、いつでもどこかで、次元の違うところで生を見ているから、見ているものの位置を確定する、認知することだけが問題なんです。ぼくはいやでしょうがないんですが、子供に自分の下半身の世話をしてもらわなくちゃならなくなってゆく自分を認めがたいです。次第にあきらめるかもしれないですが。三島由紀夫さんみたいにすれば別でしょうが、できないと思うから、それとは無関係に、次元の違うところに死の位置を確定したいということだけなんです。望みは。死としてはどうせ無意味にしかならないと思います。

寺山　確かに人間は死を認知できる存在として死の文化というものをつくってきた。葬式儀礼は、そのひとつのあらわれでした。ところが、動物は自分の死を認知することができないから死の文化をもてなかったという考えかたがあります。しかし、自分の死を認めがたいと思っている動物はいろいろあるんであって、たとえば象の死骸とか犬の死骸というものを、犬自身が隠し、象自身が消してしまうということを見聞することがある。そうすると、老いを老いのまま放置することが、たとえば五味さんの歌が、無意味な死をさらすことによって、非常に寛容になっているという考えかたとして受け取れるか、そういうかたちでのナルシズムに自分をさらして、そこに五味保義と署名し、自らに寛大でいることを拒むか、という問題がある。ぼくなんか〈片手なれば納豆を食ふに苦しみて丼の飯を口におしつく〉ということを、五味保義というようにして人にさらすまえに、やっぱり象のように姿を消したいところがあるわけです。

吉本　他者のそういう表現のしかたに対してはぼくはわりと肯定的なんです。ただ、自分のこととしてどうなんだということになりますと、そういう場面で老いている自分とか、生存している自分とか、死に至る過程を歩んでいる自分を、とくに肉親との関連でどうしても認める気になれないんだよなあ、そこまではゆけないんだよなあと思います。

寺山　それは、さっきいったように、死ぬのはいつも他人ばかりだったということでの寛大さではないでしょうか。しかし、五味さんにとっては自分の問題なのです。吉本さんもまた、肉親との関係をふくめてお考えになることで、はじめて吉本さん自身の死の問題として出てくるんで、五味さんの問題をぼくらが語る場合「死ぬのは他人」なんだから、「老いてゆくのも他人なんだ」というかたちで受け入れるのは簡単かなという気がしないでもないんですね。

斎藤茂吉の歌をめぐって

寺山 どうでしょう。斎藤茂吉の、

暁《あかつき》の薄明《はくめい》に死をおもふことあり
除外例なき死といへるもの

という、この「もの」が、簡単なものなのか、「死といへるもの」という、ことに対峙するものなのかを考えてきたんですけれどもね。中村草田男に〈魂とは事か音なしものみな凍て〉という句があって、魂というのは音がしないから事柄なのかもしれない。ものはみな凍てついてしまっている。そういった定義で、茂吉の「もの」というのが、凍てついたような物件として存在しているのかなとふと思わせる意味で、前田夕暮の歌とかなり違うという感じをもたされる。

吉本 さっきの死顔の歌に比べると、このほうが死というものを歌っている気がしますね。ただ、ぼく自身は「除外例なき死といへるもの」という認知のしかたは否定したい。意味ありげな死というのは……。

寺山 茂吉は「死が除外例のないものだ」というふうには必ずしも言ってないと思うんです。除外例なき死というものについての死を思うことがあると考えたとき、さっき吉本さんがおっしゃったことでおもしろいと思ったのは、死なないということはじゅうぶんあると思うんです。吉本さんが「おれは死んでないんだ、死ぬのは他人ばかりなんだから、自分は死ぬことはないんだ」と、茶の間で大の字になって、テレビをつけっ放しのまま死体になっていた、しかし「おれは生きているんだ」というのが最後の一言であった場合に、他人にとっては死だけれども、吉本さんにとっては死ではない。自分の死を最後まで認知しなかったという意味で、少なくとも自供してないわけです(笑)。そういうふうに考えると、死ということは、暁の薄くらがりで思うようなもの、的な存在で、ほんとうに「除外例なきもの」なのか。場合によってはおれは不死の存在かもしれない。折口信夫は「この世の私はあの世のイルカである」と書いていますけれど、つねに視覚的、網膜的な世界でしか現実がないのではないと考えれば、死なないことは可能である。すなわち、「除外例のない死」というものはあり得ないんで、死そのものは、かたちとしては無限にあって、ほとんど例外という言葉でとらえることができるものではないということがあると思います。

死について語るときに、死そのものではなくて、死をまえにした生きている人間の態度の問題ばかり語って、輪郭だけなぞられてきた。死そのものについて、しかも自分の死そのものについて語られることがなかった。そういう不可能なテーマを短歌で扱おうとしたという意味で、この茂吉の歌は例外的な存在としてかなり評価していいんじゃないかという気がするわけです。

吉本 これはそうとう即物的に、目の前に死というものが認知するものとしてやってきたみたいな。編集部が用意した長沢一作の、『斎藤茂吉の秀歌』では、「必然としての〈死〉を見つめている」と書いてありますけど、そうではなく、もう少し違うところにあらかじめ存在するものではないのか、とぼく自身は思います。歌として見たら茂吉的だと思いますが、何か違うかたちとか表現を空想したいですね。

寺山 実際に、これを茂吉自身が生物学的

な死を見つめる歌だというふうに言っちゃうのはどうなんでしょう。吉本さんと蓮實重彦との対談で、読み手と、作者が書いたものとの関係とのシーソーゲームについて話していますが、あの議論を思い出すような気がします。短歌の場合にはかなり、書いていなかった部分を含めて、作品が成立すると考えざるを得ないところがあって、読者が勝手に輪郭をつくり上げてしまうのは危険だとは思いますが。斎藤茂吉という固有名詞によって支配される世界だけでなくて、もう少し余白を埋める領域を見出すことによって、斎藤茂吉という集合名詞ができると考えるとすれば、これをただ一人の老歌人の、例外なく自分も死ぬんだというふうにとってしまうのはつまらない気がする。

吉本　この解説のしかたは、あまりいい解説のしかたではない気がしますね。

寺山　たしかに「人々はそれぞれ誤解する権利をもっている」ということがあるわけでしょうから、こちらもかってに誤解することが許されるとすれば、そういう意味では長沢一作という人の書いている「哲学的意味合いから遠のいて——生そのものとしてここにある」という、茂吉との同一感によって作品を共有する姿勢というのは、いっけん思いやっているふうでありながら、作品そのものを生ぐさく自分の体温で語っている気がして、ぼくはこういう鑑賞のしかたはしたくないという気がする。

吉本　この作品は、リズムとか、何かの情緒とか、感情とかが喚起されることをできる限り排除しているように思うんです。それがいいといえばいいところなんじゃないか。

寺山　茂吉みたいな定型の達人が、ここでわざわざ五音七音のリズムを排して、死を歌う歌人がつねに自己複製化に陶酔しようとする傾向に対して、意識的に破調の形式をとって、散文風を表現法をとっているところが、死に対するかなりつきつめた認識のしかただと感じます。

吉本　それは賛成ですね。劇になる感情をできるだけ排除しようというところが、いいといえばいいんじゃないかという気がします。

寺山　死に際の歌人というのは、自分の死を演じるかたちで認知しようとするでしょう。あれは、要するにそのものを見つめまいとすることで、演劇でいうと異化効果を避けて、自己複製化のなかに自分自身を隠してしまおうとする心の動きです。つまり、かんたんに死体になってしまう。そういうことを受け入れている。短歌という形式を選びながら、死そのものについては、初期の母親の死については、あんなに抒情的に定型で歌った茂吉が、自分自身の死の問題になったときに、散文的にならざるを得なかったという正直さを、ある意味で評価していいと思う。

吉本　賛成ですね。

短歌的リズムと感情移入

寺山　吉本さんは、もともと短歌に対して否定的だった部分というのは、リズムというか、定型のもっている自己複製性というものに対する疑いが、潜在的にあったような印象をぼくなんか受けてたんですけど、そんなことはないのですか。

吉本　そのこともあったんだと思うんです。短歌のリズムは、必然的に出てきたところまでさかのぼって考慮しなければいけないんでしょうが、そのリズムも、短歌的な屈折のしかたのなかに、自然とか事物とかに対する感情移入をするからではなくて、感情移入しない以前に、もう移入されているように思います。だから、意味としてたどる以前に、感情移入されているということがあるんじゃないかという疑いがはじめにあったわけです。いまもあるけれども。ただ、自分のリズムに対する考えかたが、いまだにうまくないと思っていますから、確定的なことはいえないんです。はじめから物が物として、自然が自然として、事物が事物として、短歌的なリズムのなかにはじめから不可能なんじゃないかという感じかたがあったと思うんです。それを茂吉なんかは、しゃにむに実相観入みたいなことをいうとか、写生みたいなことをいう。しゃにむにそうしようとしたんじゃないか。だからそれは無理といえば無理なんで、本来的に、短歌的リズムというのはそういうものなんじゃないか。ぼくはそう思ったんですよ。自分のリズムに対する考えかたは本格的じゃないという疑問がいつもあります。

寺山　「名づける」というか、「ものに何かを命ずる」とかということが、言葉をはじめて持った人間のよろこびだったとすると、短歌には、名づける行為みたいなものがもう終わったところからしか出発できない宿命を感じているという、そういう短歌観がかなりの歌人のなかにあるような気がします。ぼくはいま、コロンビアの作家ガルシア・マルケスという人の『百年の孤独』という小説を読んで、その感想を映画にしてみようと思っているんですけれども、そのなかで、ある架空の部落があって、その部落の人がみんな不眠症にとりつかれる。その眠れないということを何とか克服しようとしているうちに、眠るたびに少しずつ記憶が薄らいで、ものを忘れるようになってゆく。放っておくと、これは何をするものだったかわからなくなってしまう。そこでテーブルにはテーブル、コップにはコップと書いておくことにする。勿論、ちょっといたずらをして、こっちにコップ、こっちにテーブルと書きかえることもできるわけです。そうなったときに、テーブルがコップになってしまうわけですが、小人数の部落だからそういうかたちでもみんな受け入れることができる。そうするとそのことの危険を感じてひとつひとつのものに名前と機能の両方を書いておくことにする。人間までが、この人はだれのむすこの何番目で、どういう性格で、と貼紙される。その人たちのなかに決定的に欠落しているのは、文字そのものを忘れるという恐怖感がないことなんですね。

短歌をやっている人たちのなかには、あらかじめ受け入れている概念そのものをつかって、概念を疑うことはするけれども、概念というものが存在するという疑いが根底的に欠落しているんじゃないか。だからマコンドの部落の人たちのように、そのなかでの了解が成り立つか成り立たないかということだけでしか認識が生きてない。そういうことが、ある種絶望的な気がして、ぼくは歌をつくれなくなって、十何年間か全然歌がつくれないんです。机に向かってつくろうとはするんですけど、まさに、テーブルにはテーブルと書いておかなかったがために、短歌ではこれをテーブルといったのか、コップといったのかを思い出せない。そういうことのために、失語症みたいになっている。

吉本　いまのは、短歌についての根底的な問題と思いますね。それで、寺山さんはまた歌をつくる、歌を再び継続してゆくということはどうなんでしょうか。

寺山　いまのところできないんですね。

吉本　それは不可能だからですか。

寺山　やってみたいとつねに思っています。そういう意味で、自分は短歌から出発して、自由詩を書く人間に対して、短歌というものの意味をわりに真剣に考えて、つまり、吉本隆明が岡井隆と論争したりすると、ぼくも『言語にとって美とはなにか』を読んで、おれの短歌が一首出てきたと喜んでみたり（笑）、そういう青年時代があったわけですけども、いまはぼく自身、自分に不正直になっている。この形式をひとつの逆説として、つまりパロディとして、自分自身をそういう集団のなかにさらすことによって、ひとつ隠れ場所を見つけるということで短歌をつくるというごまかしをしない限りは、短歌はできにくい。つくる、つくると人には言っている。言いながら机に向かったり、旅に出たりするんですけれども、結局短歌にならない。そういうことのあせりが、自分自身を模倣するかたちで、いつの間にか自分の青年時代を複製化しようとしているんじゃないかという精神のはたらきにいらだちをおぼえたり、そういうジレンマのなかで、何となく、短歌雑誌で吉本さんと対談なんていうと、タイム・マシン的なね（笑）、戦慄を感ずる。

吉本　ぼくはね、短歌雑誌で寺山さんとというと、はじめから定型で対談しろと言われているような気がします。これが短歌雑誌でなかったら、相当自由にできる。はじめから五七五七七で対談しろと言われている感じになって、そういう規制力があるんじゃないかな。たとえば、現代詩といわれているところでも、全然ないとはいえないし、小説といわれている世界でも全然ないとは思わないですが、しかし短歌ほどは濃厚じゃないですね。

類感呪術としての短歌

寺山　短歌というのは、ある種の類感呪術というか、こっちで一人の男の腹を五寸釘でどんと打つと、向こうの三人くらいの男がばたんと倒れる、ふしぎに呪術的な共同性があって、それは吉本さんが書かれた『共同幻想論』でもとらえがたいような、怪異なものだという感じがします。

吉本　そうだと思いますね。そこのつかまえかたが、自分はうまくできない。また、茂吉なんかの声調といういいかたでも足りないし、場面の転換の速さが短歌だといったことで、もうだめなような気がして、そこがうまくつかまえられないんです。しかし効果だけは確かにあります。いまおっしゃったとおりで、こっちで五寸釘を打てば、向こうでちゃんと死ぬという、そういう感応性は、どこからきてどうなってゆくのでしょう。そう考えた場合に、やっぱりどこかで薄れてゆくんだろうと思うんです。薄れてどこへゆくのかさっぱり見当がつかない感じです。若い歌人の歌を見ていると、かなり自由に何でもやっているように思えるんです。それでもほんとうに自由があるかといったら、どうもそうじゃない感じがある。無からの自由にゆくに違いないと思うんですが、それがどうなるのかさっぱり見当がつかないというのが正直な感想です。ある意味でぼくは短歌に執着していません。短歌をつくらないけれども、読むことに執着しているのもそういうところにあるような気がするんです。寺山さんが短歌の世界を出ていって、それがどこで可能なのか、できればそれが見たいですけれどもね。

寺山　何か筋子の膜みたいに、膜で包んであるけれども、こっちを切っても、あっちを切ってもつながっているみたいな、その一番深層部分では日本人という概念に呪縛されているという、何とも説明のつかないものです。ぼくの短歌を外国語に翻訳した人が何人かいるんです。それをもう一度日本語に訳してみると、もちろん短歌になりませんけれども、それだけじゃなくて、意味の組み立てによって再現した世界としてはわかる、しかしそうなったときに、非常にはっきりすることは、短歌は意味ではなかったということです。吉本さんが、新しい人たちがかなり自由に歌っている印象を受けるというのは、非常に好意的ないいかたでおっしゃっていると思うんですけれども、ぼくなんか見ると、ボキャブラリーは変わっても、短歌という部落に一歩踏み込んだ人たちをとらえる、不眠の病というのは抜きがたくあるなということです。ハーメルンの笛吹き男ではないけれども、笛が町のどこかで響いているあいだ、学校の教師をしている人とか、工員をしている人とかが、夜机に向かって一所懸命に踊りはじめるんだと思うと、ちょっと恐ろしいなあという感じがします。

　ぼくは、要するに短歌のもっている自己回帰性というか、自己模倣性とかは、結局ダイア・ローグが成立しないからだとかってに考えて、それで演劇をはじめたわけです。演劇は、いやおうなしに他人との言葉の出会いで、自分の言葉の文脈がくずされてゆく。劇作家というのを前提にして、その劇作家が考えたことをほかの人に言わせるというかたちではなく、けいこしながら、言葉をつくってゆくかたちでとらえる。そうすると、自分の感性の範囲を超えるところから言葉が（つまり外側から）やってくる。そういうかたちで、短歌的な文脈を超えられるんじゃないかということですね。そうすると、肉体に関する関心とかいろんなものが、固有の人間としてではなく、関係のなかでとらえやすくなってくる。そういうことから演劇に興味をもつようになってきた。吉本さんには観ていただいたことはないですけれども、ぼくらのは小劇場のイメージに代表されるような一人の劇作家が、「ものがたり」をつくり、彼自身の欲望を再現するおどろおどろしい悪夢の世界ではなく、できるだけ思いがけない言葉と言葉が出会う、あるいは、ものとものとが出会う。そういうことの偶然性を想像力によって組織したい、ということなんです。勿論、そういう発想自体がかなり観念的なんですが。その原因は短歌というものに対するこだわりが潜在しているせいではないか、という気がする。

吉本　茂吉の「除外例なき死」ではないですが、短歌というものを、はじまりがあって、古今集があって、新古今集にきて、近代短歌になって、現代短歌になって、やがて死ぬんだという、そういう死滅論じゃなくて、さっきの話と関連させれば、短歌の死というのは、あらかじめどこかに入っていなくちゃならないという気がするんですね。

寺山　おそらく歌人たちは、八百比丘尼《やおびくに》が数百年生きながらえて、亭主のほうだけがつぎつぎと死滅してゆくように、歌人だけはつぎつぎと死滅してゆくけど、短歌という形式は、まさに八百比丘尼のごとく生きのびている。最後は自滅する以外はしようがないもんだと思っている。だけれど、外側からもし死を与えることができるとしたら、それは一体何なのかを、真剣に考えるべきだろうと思う。たとえば、マルクス主義ははたして短歌を殺し得るかとか（笑）、そういう発想で考えたとき、少なくとも、いまのままでは引導は渡せない。

吉本　そう思いますね。殺せないんですね。人間の死が自然科学的な死で殺せなかったというのと、つまり、究極的な死というものを、自然科学的な、生物学的な死というつかまえかたではできないのと同じような気がする。寺山さんが、演劇にはダイア・ローグがあって、そのダイア・ローグということで短歌に死を与えるということを、ぴったりとそれがゆくということで、短歌に対してほんとうの死を与えられるという、そういうつかまえかたをしているんじゃないか、というようにいま聞いていたんです。ぼくはわりに一所懸命に短歌を読むほうだと思っているんですが、つくっている人も、読むやつも、どっかでやっぱり短歌の死、死を与える死をつかまえなくちゃ嘘だと思うわけです。その問題は、つくる人にあるんじゃないかって。短歌というのは永遠不滅だと思ってつくっているのは、ぼくには合点がいかないんで。

寺山　たとえば、戦後の諸科学や民主主義というイデーとかが、結局「家」を崩壊させることさえできなかった。家族制度をいろんなかたちで組み換えはしたけれども、しかし肉親の血の因果律を変えることはできなかった。はじめて危機が出てきたのは、むすこが金属バットでおやじの頭を殴るということだったわけです。そういうかたちで、家のなかで家をこわすエネルギーが内燃していったとき、はじめて「家」の不可能性があきらかになる。これは、吉本さんがいままでかなり熱心に疑問符を提起してくださったけれども、歌人がその問題に答えつつ、同時に短歌そのものが変容していくというふうにならなかった部分も含めて、短歌様式そのものが、自らを殺していくエネルギーとして現出してこない限りは、老いの歌と、青春の歌との輪廻を繰り返すだけにすぎないという気がします。

吉本　たしかにそうで、つくる人と熱心に読む人のなかで、短歌を死なせられなかったら、ほんとうの意味の短歌の死が実現できないような気がします。

吉野秀雄の歌をめぐって

寺山　ついでみたいですが、吉野秀雄の、

　　古畳を蚤のはねとぶ病室に
　　　汝がたまの緒は細りゆくなり

に扱われている死というものをどう思われますか。

吉本　吉野秀雄の短歌のリズムは、たとえば寺山さんの短歌とか、岡井隆でも塚本邦雄でもいいんですが、そういう短歌のリズムと一次元違うような気がする。一次元違う短歌的なリズムというもののなかでは、これで限度というか、もしもそのリズムの次元を肯定するならば、限度まではよくできている作品じゃないかという全体的な印象ですね。

寺山　こういうことは気になりませんか。「古畳」で、まず畳が古いという説明ですね。そして「病室」ということで、もう一ぺん古い畳と病室の相乗効果が強調されている。さらに「たまの緒は細りゆくなり」といいますね。これは、火事が燃えて焼けたとい

うふうな、一種の重ねのくどきですね。この執拗さが吉野秀雄の粘液的なしつこさであり、同時に、ひとつのリズムを支えているエネルギーだと思うのです。ただ、ぼくなんか西東三鬼の〈犬の蚤寒き砂丘に跳び出せり〉という句なんかのほうがよくわかる。犬のあたたかいからだから跳び出した蚤は、砂丘のような、とてつもなく広いところで、まさに死ぬしかないわけで、蚤が、これから何千里跳んでも広漠とした〈無〉を脱けられないということのなかにはっと胸つまるものを感ずるんですけれども。吉野秀雄のように、同じ蚤でありながら、命の代替えとして、古畳で病室であるとかたられたときに、ちょっとしつこいなあと感ずる。このしつこさが短歌なのかどうかの問題だと思うんです。短歌をつくる人以外のジャンルの人には、わりと吉野秀雄を評価する人が多いわけですが、それは吉野秀雄のくどさが、非常に短歌的なものとしてうつるからなのかどうかということに興味があるんです。

吉本　ぼくはそういうふうには思わないで、吉野秀雄という人は、比喩でいいますと、ふわふわとした猫の毛をなぜているようで、しろうとのぼくらにわかりやすいんじゃないかと思っています。だからこの場合、貧のイメージとして古畳を、蚤がぴょんぴょん跳ねているところで寝ているみたいにとらなくて、情景の選択のしかたがかなりモダン、軽快さだってとれるんだと思います。それと「汝がたまの緒は細りゆくなり」。かなわないなあと感じますね。ここを、たとえば寺山さんでも岡井さんでもいいんですが、「古畳を蚤のはねとぶ病室に」といったら、ぜったいに、うしろのほうは細工すると思うんですね。表現的な細工をするはずで、もっと色彩なりイメージなりが小刻みに、よく出てくるように細工すると思う。それを「汝がたまの緒は細りゆくなり」とまったくあっさりやってくれるなという感じです。一種の軽快な不調和みたいなものがあって、それがこの人の特徴じゃないか。

寺山　ある種の男のユーモア。

吉本　そうです、そうです。

寺山　ぼくは吉野秀雄はある種の軽みというか、男のユーモアみたいなものを淡々と歌うようにみせながら、案外したたかな気がしてるんです。まず韻律が的確でしょう。実は横丁の隠居みたいに気むずかしく、わりとくどい人の表面的な人あたりのよさというかな。だから「汝がたまの緒は細りゆく」は、彼のテレであって前半の奇妙に綿密な部分につい用心してしまうところがあるんです。たとえば川崎長太郎の場合には、笑いと親しみみたいなもの、ある種の無手勝流的な隙だらけという感じには、自分に欠落している父性みたいなものを感じるわけです。だけれど吉野秀雄は、父性を偽装した母親という感じがしてちょっと用心してしまうんですね。

吉本　その意味はわかるような気がします。

寺山　破綻がないんです。

吉本　うーん。破綻がない、ですね。されぱといって、正岡子規でも、小説でいえば徳田秋声もそうだけれど、何かしらうすみっともない中年男が、どてらかなにか着て火鉢にあたっているふうでもないんですよ。かなり軽快さがあるのがこの人なんだろうと思います。寺山さんや岡井さんたちのリズムと違う次元に、短歌のリズムをもっていったとぼくは思っています。いってみれば、ひとつだけ次元が違って、またもっと違うところには、長塚節とか、正岡子規とか、そういうリズムが根底にあってやってきて、これが中間に重なっているんだろうと思いますね。その程度には思いますけれども、どうなんでしょうかね。寺山さんほどは意地悪くなくて（笑）、軽さ、おもしろさみたいなものを評価しているんです。意地悪く見ると、確かにそのような気がしますね。

前衛短歌の内実を問う

吉本　ぼくは寺山さんがわからないところがあるんですよ。川崎長太郎の例が出ましたけれど、川崎長太郎や映画でいえば小津安二郎みたいなのを評価するでしょう。それがわからないんですね。そこを解説してくれないですか。なぜ評価するのかというのは、小津安二郎みたいのがいやだから、寺山さんは寺山さんの短歌的なリズムを、岡井さんは岡井さんの、塚本さんは塚本さんの短歌的リズムをつくっていったわけでしょう。と思うんですよ。つまり戦後というのは、短歌の歴史も、詩の歴史も、映画の歴史も、そういうのがいやだからしてきたわけでしょう。困るわけですよ。ああいうの評価されると。だけれども、評価の観点というのがあるわけだと思いますけどね。

寺山　このまえパリで小津安二郎の『生まれてはみたけれど』を見たわけです。それに、父親を尊敬していたむすこが、クラスで自分より弱い同級生の父親に対してぺこぺこ頭を下げている。子供の世界にあるヒエラルキーと、おとなの社会のヒエラルキーの違いを見せつけられて、むすこはおやじをなじるわけです。おれはあいつよりえらいんだ。それなのにおれの父親であるあなたが何であの男のおやじや、あの男にぺこぺこするのかと。するとおやじは弁明する。あの人は社長だ。じゃあお父さんは社長よりえらいじゃないか、と。そういうことを語る映画ですよ。その映画自体は、ぼくにとってちっとも愉快なものではないですよ。ところが、その映画を撮っている小津安二郎のカメラの位置が極端に低い。そうすると登場人物はつねに見上げられている。係長より低い目の位置にカメラがいるということがあるわけですね。ぼくらは人は話をするときに、サルトルの『汚れた手』にも、いいネクタイをしていた、というと、「あなたは目よりちょっと下を見ていたのよ。あなたはまけていたのよ」というセリフがありますけれども、下から係長を見上げるという意味で、カメラの位置が奉公人の位置まで後退して、そこからすべての人を見上げている。やたら権力志向の監督とか、やたら俯瞰を撮りたがる監督がいますね。われわれのふだんの人間関係で、下を見下ろすことはあまりないのに、カメラを持つと高いところに登りたかる監督には、潜在している抑圧がかなり露呈されるわけです。それで、わかったということと、評価するということは必ずしも同じじゃないけれども、少なくともその作家をわかったと思った瞬間から、親近感が生まれるということはあるだろう。たとえば川崎長太郎の文学を評価するのかどうかといわれると、評価するといいがたい。ただ、ぼく自身父親がなくて育った。負の父性というか、マイナスの父性、そういうものを埋め合わせるために、男というものに対するいろんな関心が、文学のなかに模索される。すると、川崎長太郎は父親の不在を埋めあわせる道化を見事に演じている。そういう親しみを感じるのです。ところが、吉野秀雄の場合は父親型の歌人という評価を受けていますけれども、どちらかというと、むしろ母性をもって父を演じているという感じがして親近感をおぼえがたいわけです。そういう違いがあって、ぼくは吉本さんのように、史的に批評を構築していこうという姿勢じゃなくて、出会いの偶然性を自分の想像のなかで組み換える楽しみでじゅうぶんにすむようなところから川崎長太郎に寛大になり、吉野秀雄には用心深くなる。川崎長太郎とは一緒にめしを食いにいってもいいが、吉野秀雄とはちょっといやだとかね。そういうことにとどまると思う。それを、体系化して川崎長太郎論にまとめよ、となったときには、日本的父性への疑いからきちんと書かなければいけないかもしれない。その場合には川崎長太郎というのは、一種の侏儒というかたちでしかあらわれてこないだろうと思います。小津安二郎についておっしゃいましたが、小津にはある種の明快さがあって、西欧人にはわかりやすい。ところが明快さをもたない、抒情的資質の映画作家は、なかなか評価が出てこないです。フランスなんか極端にそうです。感性だけでは絶対に納得しないというところがある。ところが短歌というのは感性領域だけで組み立てられているものもかなりあるわけです。明確さによって語り、腑分けすると何もなくなってしまうようなものがたくさんある。それに対してある種の明快さをもち込もうとしたのが斎藤茂吉だと思います。そこで茂吉が、近代短歌史のなかでマイナスの働きをしたか正の働きをしたか、正か負かという問題はほんとうの意味で語られていないような気がしますけどね。

茂吉が、〈ふゆ原に絵をかく男ひとり来て動くけむりをかきはじめたり〉とつくる。「動くけむりをかきはじめたり」という論理性はかつての短歌にはなかった、「動くけむりをかきはじめたり」という描写、そういうものが短歌のなかにもち込まれたことは、短歌にとってどういうことなのかという議論なしに人々は簡単に評価して、茂吉の「実相観入」の実相というものの言葉の実相がそんなに問い詰められないままに定着していった。それは前衛短歌についていわれるのと同じことで、ボキャブラリーとか、論理の組み立てかたが西欧的だったり、ほかのメディアの方式を短歌形式に翻訳したという手続きの功績だけによって前衛的であるという、非常にあいまいな評価をもって引き継がれて、それが若い人たちのあいだに似たものをつくり出していった。そういうことがある意味で短歌を遠まわりさせているという気がする。前衛短歌の根底からの疑い直しというのも、前衛短歌をつくった人間が、それこそ金属バットでおやじをなぐるようなことをしなければいかんのじゃないか。たとえば、塚本邦雄がナイフでぼくの腹を刺すというような、そういうことで自滅してゆくようなかたちにならない限りは、ほんとうの意味での前衛短歌の内実は問われることがないという感じがするわけですね。

それとは全然別に、吉本さんは自分の最期の死に際をどんなふうにイメージしますか。

理念としての「死」の設定

吉本 いま寺山さんが話されたことと関連していいますと、家もあって子供もあって、子供はあの受験生と同じで、いつでも無形の金属バットをもっているように理解しています。子供はきっと、いつでも無形の金属バットをもって生きていると思うんです。

そのことと、現象的に親であり子であるとか、あるとき一緒にごはんを食べてとかいうことは、フィジカルなものとメタフィジカルなものとの関係と同じように存在していると思うんです。それと同じように、その延長線上に自分の死をたどってゆくとしますと、ごく自然に考えて、五味保義の歌じゃないけど、足腰が立たなくなっちゃって、子供に着せてもらったり脱がせてもらったりということになる可能性が一番多いような気がするんです。そのことに対して寺山さんと多少違うかもしれないと思うのは、そういう生きざま、死にざま、老いざまということについて、あまり否定も肯定もないんですよ。そのようになるだろうなあという意味合いでそのとおりだと思って。

ぼくが死というものをどう考えたいかといいますと、理念としての死があって、死というものをいつでも明確に設定したいわけです。これから老いるか老いないか、病気になるかならないかに関わりなく、明確につかまえて、場所を設定したいわけです。それはどういう場所かといったら、死んだらどうなるのか、天国にゆくのだとか、浄土へゆくんだとか、そんなものはない、無なんだ、ということになる、死んだらどう救済されるのかという問題ではなくて、次元の違うところで、いってみれば生と死の中間のところに必ず死は存在するはずだと思っています。次元の違うところでは死が想定されてなければならないことだけは確実であると思っているのです。その想定のしかたを自分で決定したいんだ、決定すべきなんだというのがぼくの課題なわけで、そのことが、いまいいましたように、としとって急激に死ぬのかもしれませんが、そうなって、いやだいやだと思いながら子供の世話になっているとか、病気でだだをこねているとかということと次元を違うところに設定したい。事実の次元ではどんな死にもあまり異議がないのです。もっといいますと、そういう怠惰なる事実の死をいやだと考えて、老いを拒否するということで、たとえば三島由紀夫さんのひとつのモチーフだったと思うんですけれども、三島さんのように自分で自分を切断する、生物学的に切断するみたいな死を選ぶかどうかといったら、たぶん選ばないような気がするんです。ごくだらしないことになると思いますね。

吉本隆明がもし癌になったら……

寺山 お子さんはお嬢さんですか。

吉本 ええ。二人ともそうなんです。

寺山 そうすると、二人がある日家を出てゆくことになるのか、それとも新しい男が一人外からやってくるのかという問題がありますね。もし二人が家を出ていったとき、奥さんと二人「家」にとり残されて、自らの青春をまえにむごたらしく老いを見つめる吉本隆明というものを夢みていても、そうならずに、一人アパートでしみじみと日常的な死と対決せざるを得なくなるということはないんですか。

吉本 それもあり得ますね。妻君と二人とも老いさらばえて、動くことも食べることもできないということはもちろん想定されるわけです。そのことについては、どういうふうに展開するかぼくはあまり異論がない。もちろん好悪はありますよね。直接の肉親の子供とかが自分の下の世話をするとか、それはちょっと肯定できない。いやだという気がします。それはその程度の問題であって、どうなるかは問題ないと思っています。問題がないというのは、死の問題はそこにはないというふうにぼく自身は思っていますけれども。

寺山　そうですね。まったく死の問題と違うことだというのはよくわかります。

吉本　やはり、そこは寺山さんは前衛的だと思うんですよ。つまりそこのところをどっかでくくってしまおうという意欲があるんじゃないかなと思う。ぼくはそういう意欲はないんですよ。その次元では垂れ流しといっていいくらい何もない。ただ設定すべき死の問題、老いの問題はあると理解しているんです。決して宗教とかに接続するものではない次元で。

寺山　たとえば、実は癌であることがわかった。あと二ヶ月で吉本隆明は生物的な死を終えなければいけない。しかし、思想的な死というものについては結論を出し終わっていない。ここで突然言行一致というふうに変えるわけにはいかない。そうすると二ヶ月死ぬのを待つか、死をまえに何かをなしとげるかというどちらかを選ばなければいけないことになったらどうしますか。

吉本　ぼくが設定しようとしている死というものは、二ヶ月がんばれば解決するとか、いざとなれば瞬時に解決する問題ではないような気がするんですね。そのときそのときで解決しながら存在しているというふうにしかないんで、二ヶ月経ったらだれでもと同じように、泡くったり憂うつになったりで、気も動転してという感じで終わる気がします。

寺山　そこがものすごくかっこいいし、自信にあふれていらっしゃると思うのです。二ヶ月後に吉本隆明が死ぬとなって、それでやっぱり今晩も、いつものように晩ごはんのときにテレビを見ながらニコニコしてお嬢さんと何気なく雑談をしながら座っているという自信までおもちだとしたら、ぼくなんかとりつくしまもない。

吉本　いや全然それは違いますよ。そんな自信なんかありようがないのであって、憂うつになってふとんをかぶって寝ているとか（笑）、どっかへいっちゃってとか、ごくだれでもがあるようにあるんじゃないでしょうか。それ以上の何もないし、それ以上の訓練もないように思います。

寺山　突然、何か書き残したいことを書いておく気になることは……。

吉本　ないように思いますけどね。そこまでのゆとりもないように思います。もてないんじゃないかなあ。それについては無防備ですし、一昨年の夏なんか、癌じゃないかと思っている間じゅう憂うつで憂うつで（笑）、とてもとても、そういう準備もないし防備もなかったです。そうきいたら気も動転してどうしようもないということになるように思います。どうにもならないと思いますけどね。

（「短歌現代」一九八一年三月号）

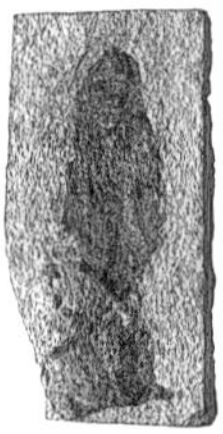

あかり・ひと・文化

阿部謹也 Abe Kinya
寺山修司

あかりをつけた瞬間に何かが始まる

阿部　まず身近なところから考えますと、私などは部屋で仕事をすることが多いのですが、照明のことを正面から考えたことは、あまりないですね。手もとが明るければいいということぐらいで。

ところが、ヨーロッパで暮らしていた時に、人を招待したりしますと、全部電気を消しちゃうんですね。だいたいロウソクの光で招待する。天井の電気をつけておくということはまずなくて、つけるとすれば隅のスタンドですね。原則としてロウソクなんです。

日本では、人を招待する時にあかりを工夫するということは、あまりないですね。

寺山　最近は部屋全体を照らすだけじゃなく、部分的なあかり――人間の顔だけを照らすとか、装置的な家具だけを照らす――とかいうことを考えて人を招ぶようなヨーロッパ的なもてなし方が、日本でも見られるようになってきたみたいです。

照明というと、ぼくは自分で演劇をやっている関係から、すぐに劇的な効果を考える。そこで、照明は何かを見せるためだけでなく何かを隠すためにも用いられることがある、ということなんです。あかりは、従来、何かを見るために工夫されたものだけれども、あかりがあるということがあたりまえになって、あかりがあるために、逆に見落しているものもある、ということを忘れている。いま阿部さんがおっしゃったように、ヨーロッパなんかで片隅にあかりがあるということは、ある意味で、あかりが全部を照らす状態より、もっと効果的に何かを見せようということから出た発想じゃないかなという気がします。

一〇年くらい前に、ニューヨークで大停電がありまして、あかりが全部消えちゃったでしょう。あの時に、ニューヨークに住んでいる人たちは初めて、世の中に月があるということを思い出した。実際、ニューヨークなんかは、朝起きても、夜中に目をさましても、部屋はいつも真っ暗で、窓は隣りのビルの壁にふさがれていますね。だから、スイッチをパッとつけて、時計を見て、いま朝だというのがわかったりするという生活をしている。ほとんど、あてになるのは人工的な照明だけです。それが、大停電なんかがあって、月の光で何かが見えると気づいた時、人工的なあかりというのは、後からできたもので、ほんとうのあかり、いわゆる自然光というふうなものは、それより前からあったんだということを思い出した。

　あかりがなければ何も見えない、ということを考えると、中世は闇の世紀だったといわれているわけですけれども、現代はほんとうに光の世紀なのか、ということはどうお考えですか。

阿部　われわれは電気で部屋を明るくする。そして、夜でも昼と同じように仕事ができるから、夜型人間というのがいまいますし、学者と呼ばれる人の中には、明け方まで勉強するのが常識のような人がたくさんいますね。それは比較的新しいことで、十六世紀ぐらいまでですと、階層のいかんを問わず、だいたい夜は暗くなれば、寝たわけです。昼は太陽の光の時間で、夜は暗闇なんですが、その間に太陽の光と月の光のふたつの光に照らされた時間帯というのがあって、それが英語でいうトワイライトの時間帯ですね。中世の場合の燈火の本来の意味はふたつあって、ひとつは、とにかく明るくする、照らすという意味の状態ですね。もうひとつは、かなり重要なんですが、悪魔を退散させる、病気を追い払う、場合によれば、嵐もあかりをつけて追い払うといった魔術を持っているのが燈火、つまり、火によるあかり以外はなかったわけです。

　ヨーロッパの場合は、部屋のあかりをともすだけではなくて、人生の節目、節目にあかりがあるわけです。赤ん坊が生まれる日に、そもそも産婆さんがあかりを持って家へやってくるわけですが、あかりを新生児に向けて産褥《さんじょく》にある母親にも光をあてて、光の恩恵を授ける。ロウソクとか油というのは、時間がたてば消えますので、これが時計のかわりをしていました。時間が経過したことを示すというので、いまでもやりますが、バースデーケーキの上にロウソクを立てますし、結婚式の時の燈火、死ぬ時のあかり、全部人生の節目、節目にあかりがあるという感じでした。ただ明るくするためのあかりというふうなものは、かなり後になってからそういう理解が生まれてきたんです。中世では、あかりをつけた瞬間に何かが始まるんですね。

寺山　火をともすということが誕生であり、明るくなることが出来事の起源だったわけですね。

ボヤッとしたあかりは、哲学者を生む？

寺山　阿部さんは、お子さんはいらっしゃいますか。
阿部　います。
寺山　お子さんは、自分の部屋というのをお持ちですか。
阿部　いまは持っていますね。
寺山　お子さんの部屋のあかり、たとえば電気スタンドだったとします。それと、阿部さんご自身がお仕事をなさる部屋のあかり、家族全員が共有している居間のあかりとの違いを感じることはありますか。
阿部　ぼくの部屋では、できるだけ天井のあかりをつけないようにして過ごしています。机の上だけ照らすスタンドはつけています。子どもは、机の上だけで勉強しませんので、スタンドがあるけれども、部屋の隅の暗いところで本など読んでいる時には「目に悪いから、上のあかりをつけなさい」というふうに指示しますね。
寺山　それは目のためですか。
阿部　なんとなくそう思っていますけれ

ども、日のためじゃありませんかね。

寺山　たとえば、江戸時代は屋内、外とも暗かった。しかし、市民は皆、目が悪かったか――だれもが細かい文字は見えなかったか――というと、そうでもなかったんじゃないかという気がしているんです。というのは、人間の目というのは、慣れるとそうとうの暗さでも、ものを見ることができるのではないかと思うんです。「明るくしなさい、目に悪いから」と、ぼくは子どもの時に言われたけれども、実は健康上というよりは倫理的なもので、何かやましいことは、暗さの中にある。ある種の罪悪感とか、禁じられているような遊戯。あるいは親に内緒の読物、そういうものを持つことに対する警戒心から「明るくしろ、明るくしろ」と言われていたような気がする。

阿部　そういうこともあるかもしれませんね。ヨーロッパでは、テレビを観る時に部屋を暗くしちゃうんですね。われわれは、テレビを観る時には部屋を明るくしないと目に悪いなんて、何となく思っている。あれはどういうことかわからないけれども、私が子どもの部屋に行ってスタンドをつけっ放しにして、天井の電気を全部消して端っこの方で本を読んでいると、やっぱり目に悪いというふうに思ってしまいますね。ヨーロッパの寄宿舎では、寝ている時でも電気をつけさせていたところがありますね。

寺山　その辺であかりとモラルというか、あかりと管理ということを考えると、あかりを照らす側に立つということは、ある意味で管理者的な感じかなという気もします。それと、ぼくらが日常生活をしている時、会話の内容、たとえば求婚する時のあかりと借金の申し込みをする時と、同じ明るさでいいのだろうかと思いますね。あらかじめあかりとか、流れている音というふうなことによって、コミュニケーションの効果が違ってくるわけですが、現代人はどれくらいそれを方法化しているんだろうか、と思いますね。劇場なんかだとカラーを使いますが、家庭で色のついた照明を使うことは、あまりありません。

阿部　あかりのカラーだけではなくて、影みたいなものが、電気だとできませんね。こちら側に坐って、いろりでも囲んで向うに相手がいて、いろりのチロチロ燃えるあかりが向こうに映って、また別な効果というか、人間のイメージが少し変わるようなものができますよね。こういうことは、中世の場合には四六時中あったと思いますね、ランプの灯とか。靴屋なんかは変なあかりを使っていまして、ガラス玉の中に水を入れまして、ランプの光をこっちに置いておいて、一種のレンズの役割りを果たしてあかりが大きくなってボヤッと見える。そこで仕事をするというふうなことを書いている人がいますけれども、意図的に効果を出すためにやったんじゃないけれども、ボヤッと見える中で仕事をしている人間が、比較的ほかの手工業者に比べると、哲学とか思索に向いている人が多いんです。これは、靴屋の場合は一応確認されているんです。現在では、まんべんなくというか、全部を照らして影がなくなってしまうから、そういう効果はほとんど期待できないですね。

あかりのない日が人間にもたらすもの

寺山　いま、家庭の照明で工夫されているのは、ベッドルームの照明ぐらいですね。それが食事の、あるいは仕事のという形で考えられていっていいんではないかと思います。

阿部　ベッドルームは、具体的な管理者というものがうんと遠くにいるからいいんですが、オフィスの場合ですと、明らかにあかりに対する立場の相違が、はっきり出てくるだろうと思いますね。

寺山　そうなんです。だから、あかりというのは力関係のバランスを考えて、明るいところには必然的に上役が坐るようになるわけですね。

阿部　また逆に、これはちょっとふまじめな話だけれども、こういう席であかりがないのは机の下だけですから、下だけパッと照らしてあったりすると、部屋に入った瞬間にちょっとど肝をぬかれて、これはどういう会議だろうかと思うんじゃないですか。足をまっすぐにしなければいけないのかとか、そういうふうに思うようならね……。

寺山　心理的なプレッシャーはすごくあります。下から照らされるあかりというのは怪談や亡霊の演出向きですからね。たとえば、六人坐るときに六本のピンスポットが落ちていて、まわりの全然いらないものが消えているとすると、人間関係にだけ関心が集中するわけだから、疲れるのかなという気もするんです。いまこの会話をするのに、全く必要のないものが視野にいろいろあるわけでしょう。そういう必要のないものを見せていることによって、あらゆるものが相対化されて、話の内容の重要さとたいして重要じゃないことが、均衡化されている。会話内容のリラックスさに、あかりがひと役買っているような気がしますね。

――いま、このように文明にどっぷり浸りこんだ現代人が、急に人工的なあかりがなくなったとき、自然の光だけに頼って生きていけるのかどうか、そのへんはいかがでしょうか。

寺山　ただ機能的なことだけを考えたら、できるんじゃないですか。人間の目というのは、簡単に慣れる。いまのような光度がなければものが見えないとか、表情が読めないというようなことはないだろうと思いますからね。ネコまでいかなくても。個人差はすごくあると思います。ただぼくは、ニューヨークの大停電みたいなことが、事故ではなく、一年に一回か二回、全く無灯火の日というのがあることによって、人間が失っていたものをいろいろ思い出すということはあってもいいいと思います。

阿部　東京でも〝天の川を見る日〟なんていうのをつくって、あかりを全部消しちゃえばいいでしょう。そうすれば、晴れてさえいれば〝天の川〟は完全に見えますからね。しかし、いまは、よほど山の中へ行かなければ、見えません。そういうことは、案外簡単にできるわけですよ。省エネルギーなんていって、二日ぐらい全部電気を消しちゃう。そうすれば天の川が見えるようになる。

寺山　でも実際にニューヨークの大停電のルポルタージュを読むと、あの闇の中で、いろいろ思いがけないことがある。たとえば、出産があったり、殺人があったりする。「見えないドラマ」がいろいろあるんです。歴史をパッと中断することは、ひとつの異化効果ですからね。最近、演劇なんかでも、中断して異化の効果を昂《たか》めるという手法が、わりとよく用いられるようになっています。中断して観客がそのドラマを一度考え直す時間をさしはさむわけです。そういうことが、実際の生活の中にもあってもいいんじゃないかという気がしますね。

阿部　意図的につくるということは、いまのところ難しいですが……。仙台の大地震の時なんかも、四階まで水を持って上らなければいけない。どうしようもなくて、共同炊事で庭で食事を始めたら普段あまりおつき合いのないような人が意外に飯を炊くのがうまかったとか、たき火がうまかったとか、いろいろな発見が新しくあったりするんですね。

寺山　コミュニティーの発見というのは、イデオロギーでやられるとすごく安っぽくなるが、思いがけぬ事件から生まれてくると、意外な効果をあげることがある。光と闇の関係についても同じなのかもしれませんね。

（「OFFICE LIFE」No.42／一九八一年／株式会社イトーキ）

身体を読む

山口昌男
Yamaguchi Masao
寺山修司

身体と肉体の二重性

山口　寺山さんは、肉体と身体という二つの言葉を分けて使っておられるのですか。

寺山　肉体という言葉は罪深い日常性をたっぷりと背負っている個的な感じがあり、身体という言葉は記号的で、具体的な名前や住所をもたない、一般的な感じがある。肉体は、それ自体で劇を内蔵しているので、演劇の素材としては、先入観が働きすぎる。そこで、肉体をもって入団してきた俳優を鍛錬によって空っぽにし、そぎ落として、身体にしてから、演劇的な表現を始めていくという考えです。

山口　ある程度、肉体と身体の往還運動と考えられると思います。身体という場合、確かに一種の単位としてある、人間の姿のようなものが考えられます。それだけだと、最近の近代スポーツのイメージがでてくるから、そこに一回は行く必要があるけれど、もう一度肉体の側に返す必要もあるのです。

寺山　その場合、「彼自身の肉体」から「役柄の肉体」へ、現実の肉体から虚構の肉体へ変容していることが大切だと思います。アントナン・アルトーという人がドゥーブルという表現をしたが、肉体と身体のどちら側に体の原型が秘んでいるのかわかりません。しかし、そのどちらでもないもの、身体と肉体の二重性によって支えられている実体のないものが、実際には、からだの一番重要なものなのではないでしょうか。

山口　からだという言葉を、両方を統一するようなイメージで使ったようですが、哲学者の市川浩さんは、最近、「身《み》」という表現を使っていますね。からだというと、確かに、今のスポーツ・ブームが当てはまります。スポーツというのは奇妙な文化現象ではあります。演劇性をそぎ落とし、スポーツが存在している。スポーツにおいて現われる関係というのは、非常に抽象的なものにとどまるようです。

スポーツの中にも、身体性が重要視されるスポーツと、あるいは肉体に返ってくるスポーツとがあります。寺山さんがのめり込んでおられるボクシングとか、僕の好きな相撲とか、村松友視さんなんかのプロレスなどは、どちらかと言えば肉体の側に戻る運動ですね。

寺山　ボクシングなんかを見ると、ベケットの「ゴドーを待ちながら」を思い浮かべます。言葉を交わすことが、二人が傷つけ合いながら現われる何か、一つの救い、神のような実体のないものを待ちながら、傷つけ合うという感じがあるのです。一対一対応のボクシングや相撲と比べて、山口さんは、野球をどう思いますか。

山口　野球は、身体は二次、三次のことで、球場という空間を共有し合う興奮状態だという気がします。競馬なども、空間的な興奮という要素が非常に強いと思います。

寺山　アメリカに行ったとき、ネルソン・オルグレンに勧められて、シカゴのラジオで野球について話をしたことがあります。そのとき、私は、野球というのは、九人の聾唖者の集団の集団愛だと言った。投手と捕手というのは、同性愛的な友情で結ばれている。彼らは、言葉を交わすことができないから、かわりに球を投げる。球は言葉のシーニュというか、象徴です。この二人に嫉妬した敵側の一人の男が棍棒をもって、二人の間に親しく往復している球を二人の関係の外にはじきとばしてしまう。二人の対話が成立しないようにするわけです。それを見かねた七人の友人が、球を拾って二人の所に再び返す。対話を続けさせようとするのです。アメリカのスポーツを文学的に解読したので、野球を生みだしたアメリカという国に対して非常に親切だと言われました。

山口　野球に対して、そういう神話作者的な見方をつけ加えるということは、これまでにあまりなかった。非常に面白いですね。

相撲なんかだと、負けた方が簡単に悪玉になってしまう。善玉が勝って、悪玉が負けた。そういう物語性が背後に常にあります。だから、肉体という部分を復権しやすいわけです。野球の場合には、神話作者的なイマジネーションを使わなければ、身体性が常に前面に出ているという感じがしますね。

行司とレフェリーと神

寺山　相撲とかボクシングとかプロレスなどは、何も着ていないでしょう。これは重要だと思います。最近は、芝居を作るときに役者になるべく、何も着せないようにする。その点、野球は、靴下をはき、靴をはき、帽子までかぶる。完璧に着ているわけです。着ているからだ、着ていないからだ、ということについてはどうですか。

山口　その間に、着ているものを段々と脱いでいって肉体を表わすという、肉体の芸というのもある。（笑）これは、着ているもの、着ていないものが段々と脱ぎつつあるものに対して対極にあるかもしれません。

寺山　それと、相撲の場合には、行司がいます。プロレスの場合だとレフェリー、野球なら審判です。こういう判定や審判する人の役割について時々、考えるのです。相撲の行司は、二人の関係を正しく見張っていて、ちょっとまわしがゆるんでも、駆け寄って条件が同じになるようにする。プロレスでは、大事なときにレフェリーは必ず横を向いています。凶器などで相手を痛めつけようとするときには、なぜか必ず横を向いていて、レフェリーは知らないという設定になっています。

審判に対する考え方が、全く反対だという気がします。審判する人間が、同じ空間つまり、土俵やリングの中にいるということについては、どう考えますか。

山口　今日では、相撲の行司は非常に貶としめられた存在ですが、本来は、神の意志を表わして、人間のことに関して原則として関わり合わないという要素がある。勝負というのは、見てわかるわけです。しかし、最終的に、神の意志が働いたことを示す存在として行司はいるのではないでしょうか。

レフェリーの場合には、むしろエンターテイナーの一部として、興業師やサーカスのリングマスターとして、いやが上にも効果を高からしめるために存在しています。飽くまでも人間の世界についている存在ではないでしょうか。行司とレフェリーでは、第三者の介在のしかたがちがってきます。

寺山　プロレスのレフェリーを見ていると現代における隣人の役割を思い起こさせます。非常に血生臭いことを見て見ぬふりをしながら、しかしなぜかいつも親し気に傍にいて見ているようです。社会科学的に考えると、レフェリーは、まさに泳げないくせに、川の傍を通りたがります。人間のもつヒューマニズムのちょうど裏返しで大変不思議なものです。サーカスのリングマスターの意味合いが非常に大きい。そうなると、現代の都市社会における隣人とは、まさにサーカスのリングマスター的な役割を持っているのかもしれませんね。

山口　テレビ文化のポジティブな面だと思いますが、レポーターを沢山登場させて、常に何かを見張っている。言葉の狩人として集めにくるわけです。一方で、ある程度挑発的になって、問題を少しずつ先に進めていくのです。レフェリー的な存在というのが、我われの日常生活の一部になってきているのかもしれません。

寺山さんの初期の頃に書かれた原稿を読むと、最近、いろいろなところで注目されるようになった大衆演劇、座長芝居などについて、すでに十数年前、入場料七十円の時代に書いています。

隣人の存在というのは面白い指摘だと思います。孤独な人が多くなったから、そういう人に対して、大衆演劇の芝居は、常にあなたの言うことを聞き、見てくれる人、考えてくれる人を傍に置くという意味で、テレビ以前からの存在であったわけです。

「等身大」と民主主義の原理

寺山　からだの問題を考えるとき、等身大のものだという前提にたって論議されます。僕は、からだとは、本当に等身大のものだけを表わすのだろうか、と考えるわけです。

僕が初めてブレッド・アンド・プペットの人形劇を観たとき、山口さんが、ジョン・フォックスについて書いておられるのと非常に似た衝撃を受けました。

町の小劇場の舞台で、五〇センチメート

ルくらいの人形が絡み合っているんです。突然、気がつくと、劇場の中に数メートルの人形たちが介在し、その中の一方を徹底的にやっつけてしまうのです。二メートルの人形の大きさに、僕らは驚くと同時に、劇場の窓を開く。外に六、七メートルもある人形が劇場を包囲し、凄い勢いで音楽をかき鳴らしています。

そこでは、人間の大きさが全く倒錯してしまっています。天井棧敷を始めたとき、僕は、からだの奇型に関心があったので、等身大の人間の限界について考えていました。だから、ブレッド・アンド・パペットには、かなりのショックを受けたわけです。現代では、身体について考えるイデオローグのすべてが、等身大ということから起想している。

ある意味で、近代が、等身大の肉体の上にだけ「人間観」を打ちたてようとしたとき、それに対する報復として、等身大ではない肉体が、夥しく発生するきっかけになったのではないですか。

山口　等身大の問題というのは、非常に大事な論点だと思います。誤解されないように言いたいのですが、民主主義の原理というのが、一人一人を、量、単位に換算してしまうので、知らず知らずのうちに、等身大が一般化してしまうということもある。

また、いわゆる西欧近代から離れて、近代化の波をかぶっていない世界では、ミクロ・コスモスとマクロ・コスモスという考え方がある。西欧でも神秘主義的な考え方の中には一般的だが、人間の身体が非常に大きく反映している。一見、眼に見える小宇宙と言ってもいいミクロ・コスモスは、大宇宙を反映する可能性もあるという風に人間を考える思考法が、かなり一般的だったのではないでしょうか。

そういう近代化の波をかぶっていない社会の儀礼などは、等身大の人間が行なうというより、神話的な、非常に巨大なもの、

1967年6月、劇団の稽古場でもある自宅にて
撮影＝菅野喜勝／写真提供＝朝日新聞社

人間でも物でもない中間的なものが世界をつき動かすような効果を狙っているということが言えます。

実際、演劇における前提としての身体の行為では、人間のからだは、見られたときに見える単位ではない。あるポイントをおさえると、遥かに大きな存在になる、そういう前提があったのではないでしょうか。

政治的儀礼や、国家行事としての儀式などが大きな意味をもつ社会が多かったのではないか。しかし、我われの社会ではそういう感覚は失われています。人間が外から見える、意識の表面に表われる単位でしかありません。つまり、隠れた意識、見えない肉体などにおける、人間の伸縮自在な部分を感ずる力が、あまりなくなってきたのだ。

そういう力を蘇らせるためにも、身体における遠近法を一回、破壊したらどうでしょうか。その発想が、普通の人間という想定からはずれるような身体も、中心的な役割をおびて登場してくる寺山さんのおっしゃった人形劇の例ではないでしょうか。

寺山　等身大という考え方が、民主主義と切り離せないという意見は、非常に面白いと思います。裏返してみれば、それは、等身大の肉体という観念から、人間を解放するためには、民主主義を疑ってみる必要があるということですね。

山口　我われが民主主義の原理を否定することは、ほとんど不可能でしょう。ただ、民主主義がもたらした人間に対する観点は疑う必要があります。政治における民主主義の過程が、もう少し演劇化されたら、再活用できるかもしれませんが、弾力化されない形で単位として人間を考える傾向があります。

寺山　民主主義か君主主義かという単純な言語化ではなく、これはまぎれもなく我われのよるべき一つの観念であるというふうに考えてしまうと、全くその通りだが、そういう言葉の使い方自体が、近代的な文脈とも言えます。民主主義という言葉からはずれて、同じことを表現できる別の観念の組み立てから始めてみるのも面白いと思います。

山口　人間は常に同じ状態にあるものではありません。瞬間瞬間で違うのだから、民であるか、君であるかという政治的な論理の分け方でなく、瞬間という原則で考えると、たとえば民主主義に対し、演技主義などということが可能であるかどうかなのでしょうか（笑）。

人間は時間的、空間的に違ってくるという立場で捉え直す方向が、いわゆる民主主義の限界を超える方向として考えうるのではないでしょうか。

脅かされ始めた肉体と言葉

寺山　民主主義の観点から考えると、一つの肉体は、あるときは一人、二人、またあるときは一個、二個になったりします。数えられるものとしての人間が必ず前提としてあるのです。

しかし、人間とは、一人であると同時に数人であったり、自分であることが他人であることの証明であったり、得体の知れない説明不可能な状態で、始終変容しているわけです。あまりはっきり、一人、二人と数えられてしまうと、何か近代が肉体を疎外し、抑圧してきた歴史と歩調が合いすぎます。

山口　一個の肉体、あるいは身体としての人間という考え方が、現実生活の中で徐々に脅かされてきていることは確かではあります。実際、ロボットが一般化してくると、人間が一個の肉体の構成要素として考えていたものが、いくらでも分解できます。入れ替えも可能となるのです。臓器すら自由に入れ替えることもできるとしたら、どこまでがその人の固有の肉体であるのか、という定義が、ますますおかしくなります。自分であるものが、何か他のものであるのかもしれません。そう考えていくと、個としての肉体が、どうして一つの空間に収まっていなければならないのか、という必然性が次第に薄れていくと思うのですが。

寺山　臓器交換が、非常に運命的なものとして捉えられているが、いろいろなことが交換可能となった社会では、一人の人格という考え方で、ほとんどからだと密接した、切り離すことのできないものとしての人格という問題も、かなり揺らいでくるのではないでしょうか。

山口　身体、あるいはからだということと、言葉の両方に起こっている現象だと思います。ここ数世紀の間、一つの言葉は一つの意味に対応するという前提で、言葉が変わらないという、一種の約束事がありました。言葉を言った人間は、その言葉に責任を持つという前提ができていたのです。今日、言葉は状況によっていくらでも意味が変わるということが自明の理になりつつあります。言葉自体が、全く不安定な、とりとめのないものになりつつあるのです。それは肉体についても言えることでしょう。

　言葉とからだによってできた、確固不動であったはずの人間という観念、あるいはアイデンティティという人間のからだ、言葉を含めた一人の人間の全体が揺らいできているのです。

　アイデンティティは確かに何も保証するものではなく、かりに、ある時期、そういうふうに思いこむ、ある種の心の拠り所にすぎないという時代になりつつあるようです。

「私の解体」と夢について

寺山　アイデンティティの問題は、現代では、たかが身分証明書程度の役割しかもたないのではないか。いろいろのものが交換可能となってくると、最終的に、私という単位が残るかどうかということが問題となります。

　僕は今、「私の解体」ということに非常に興味をもっています。それは案外不可能かもしれない、という前提があるから面白いわけです。〝私〟という概念が成立しなくなるときが来るかもしれません。それは、記憶を自在に編集できるような時代が、来るかも知れないからです。山口さんの初恋が僕の初恋になったり、幼児体験を他人と交換したり、倒錯したりということになる。そうなると〝私〟というコアが全くなくなってしまいます。それでもなお、〝私〟が重要なものとして捉えられなければいけないのだろうか。

山口　文学批評家の三浦雅士さんは〝私〟は、ある種の瞬間的な現象であるという立場に立っている。一人一人がもつある時期の仮定法である——という言い方をしています。寺山さんのおっしゃった記憶の編集という点は、我われ自身も夢という形で行なっているわけです。

　夢をみる主体とは何か。日常生活の私たちは、とても〝私〟とは考えません。誰が夢をみるのか、ということになると、私は非常に怪しくなる。夢に対して責任をもたないなら、それでは誰に対して責任をもつのでしょうか。

　夢の彼方には、やはり死の問題があります。〝私〟の否定。いわゆる限られた、狭い、限定された〝私〟の否定という要素が、夢の中にはあるのです。夢を夢みているのは、〝私〟を包む、〝私〟には気づかない遥かに大きな〝私〟の外延であるという言い方もあります。〝私〟の問題は、絶えず夢の問題に還るのです。背後に死のイメージと狭い意味での〝私〟を否定するもののイメージがある。夢のイメージの世界で起こることは、寺山さんが主張している死体という問題、死体の彼方の豊かさ、これが闇を含むものかどうかは、私もまだ理解できないのですが。人間は死体に向かって成長していくという現象と対応するのではないでしょうか。

寺山　確かに、夢というのは身体・肉体・からだということを考える上で、かなり重要なキー・ワードだという感じがします。密教では計画的に夢をみる訓練を真剣に考えている、という文章を読んだこともあります。計画的にみた夢がそれでもなおかつ夢であるのかどうか、が非常に興味深い。たとえば、夢の中で得体の知れない穴が一つあって、その穴の実体がわからないまま、日々深まっていく恐怖感。夢の中でしか会ったことのない人で、非常にその人に迷惑しているが、どこを探してもその人はいないというようなことがあります。
　見えない日常、別の日常としての夢の側から考えると、醒めている間というのは、夢の現実からみると眠っていることになるわけです。だから、肉体的な訓練で夢を見ないように、あるいは見るようにする。そういう形で、夢と肉体との関係を考えると夢が単に精神分析の鍵であるだけでなく、途轍もなくスケールのある体験領域だと思います。

山口　私は非常によく夢を見るのですが、普通は記憶しないように努めています。

　十数年前、アフリカで調査したとき、からだをあまり動かさない生活、のんびりした村のリズムに巻きこまれた生活を続けていました。都会生活は悪夢のようなものだから、日常生活自体で夢を見ているような気がします。しかし、アフリカの農村生活は単調で、会う人も少ない。そんなとき、夢は肉体を超えてしまうような怖ろしさをもっています。

　初めのうちは、朝の時間が長いので、夢を記録していたのです。村の人の生活は日の出とともに始まるのですが、私はそんなに早く起きる必要がない。そんなボーッとしている時間に、半分眠りながら、夢を記憶して連鎖をたどっていくようにしたのです。

　夢というのは、日常のときと比べて、非常に活気があるんです。書きとめていくうちに、昨日見た夢の続きを見たくなったり夢を操作したくなって、逆に夢に食い尽くされてしまうのではないかと思い、三カ月くらいでやめたことがあります。

　夢というのは、それだけ肉体の使い方と相互作用があるのかもしれません。完全に夢を消してしまうと、人間は存在しないかもしれない。

夢・言語・肉体・伝達

寺山　僕はからだが弱いので、ときどき夜中に目ざめてトイレに行くことがある。その時は夢の続きが見れるのかどうか、ということがすごく不安ですね。寝ると夢の続きを見ることができたりするけれど、だんだん図々しくなって「これは夢だから」と夢の中で意識するようになる。夢だから大抵のことは許されるのだと、他人の部屋の中にズカズカと入りこんで布団を剥いだりする。他人に失礼なことを言っても、これは夢なのだから、と夢の中で意識するわけです。しかし、自分がある種の抑圧をもって「いや、いくら夢だからといっても、こんなことをしてはいけない」というのと「夢だから構わない」というのとが葛藤します。そういう夢から醒めて、ああ、随分ひどい夢を見たと思うと突然天井がダーッと降りてきたりするんですね。ハッと気づくと、もう今度は夢ではないから救いようがない、というような夢だったりする。

そうなると、夢は自分の中で小説を読んだり書いたりする以上の充足感があります。

ただ、夢は伝達できない。夢の伝達というのは、痛みの伝達と同じ位、不可能なことだ、という気がします。

伝達ということで考えると、肉体が伝達できるものと、できないもの、というのは言語に比べてかなり制約があるようです。

山口　夢を通して現われてくる感覚、恐怖感を含めての感覚では、我われの肉体とか神経を含めて、日常の醒めている間には、意識という形、言葉という形で表わせないレベルで、いろいろな現象が受けとめられていると思います。

表現媒体のないものが随分あります。それは、人によっての個人差もまた、大きい。そういうエーテルみたいなものからいろいろ感じとるのですが、非常に限定された形で意識の対象にのぼったり、言葉を通して表現を与えたりする。ある程度、イメージを使って表現するのだが、それでも掬《すく》われないような感覚をからだが受けとめているということが随分あると思う。そういうものが、夢に向かって段々と表面化したり、浮上したりする傾向はあります。

伝達には、伝達する必要のある部分と、すでに伝達の了解として伝達されている部分、伝達されやすい部分とがある。たとえば、痛みの場合、いろいろ微細な感覚があり、伝達できない部分は、寺山さんが言うように「私はあなたの病気です」という形、病気という非常に個人的な表現となる。そういうものは伝達できないかもしれない。

しかし、にもかかわらず、痛みなどはある程度、共通の意識として広がっており、共同の意識として下意識といってもいい形で、思わず伝わってしまうという部分があるのではないでしょうか。そのことも、先程からの問題である、個というものの中で身体を考えることができないという問題につながります。

伝達できない部分もあるが、我われが伝達しないと思っても伝達している部分もあるのです。その部分は、個を超えている部分だ。人間の行動を考える際、そういうことをいかにプログラムにのせていくかが、演劇なんかの問題でもあると思う。

体罰は個を超えうるか

寺山　演劇の一番大きな関心は、個ではないものから個になるというプロセスです。

最初の項、自分の演劇の関心が、奇形《フリークス》の人たちを舞台にのせることにあったわけです。背中に瘤のある人、身長が全然伸びない人というような侏儒、畸型、巨人、多毛症、小頭人などを舞台にのせ、そういう人たちを異化の手段として、知の支配から肉体を解放しようとしていた。しかし、そういう方法では、観客が自分自身の私性を単に強く確認するという役割しか果たさないのではないか、という気がして、最近では、できるだけ俳優に固有名詞を与えない、役柄にも日常現実の類型的なものを与えないようになった。そして、一般名詞に与えられ続けている体罰を、舞台の上で受けるような形で、観客と一対一対応で向きあわせる。呪術の始源的状態に近い身体表現を考えるようになってきた。そうすると、外国でも東京でも、お客の反応が同じように感じます。

山口　現在でも、学校教育など身近なところで体罰は問題になっています。体罰というのは、いろいろな方向に広がっていきます。体罰を全面的に否定しても、我われの生活が平和でありながら、ダイナミックになっていくとも思われません。

タクシーに乗って運転手がいろいろなことを話しかけてきた話題に体罰のことがあった。栃木県の人なんだけれど、彼が学生の頃、いつもぶん殴られていた先生がいたと言うんです。しかし、その先生は責任をもって殴っていたので、彼はそのことによってすごく強くなった。今でも、その先生は七十七、八歳くらいで、元気だが、その先生との関係は、生涯で絶対的な、得がたいものだと語るわけです。

こういう師弟関係をどうにかして復活できないだろうか、と議論をもちかけてきました。そういう先生がいた場合にはいいが、体罰が形式になってしまったら、非常に困ることになる。殴る側と受けとめる側に愛が成立するような関係にならない限り、体罰は駄目なのではないか、と答えたのですが。

寺山　今では、体罰が、教育的な目的とか、規律を守らせるための戒めという、明確な目的をもっている。しかし、体罰起源は、必ずしもそういう教育的な感化力から発生したものとは思われません。

これは、一つの性表現の変型というか、愛情表現の変型、あるいは言葉にならないもどかしさの現われといったものではないでしょうか。

ベン・エスコバルという聾唖のボクサーがいた。東洋チャンピオンにまでなってたんですが、とにかく試合をやっているときが一番幸福そうなんです。相手の手応えが確実にからだにくると、実に嬉しそうな顔になる。しかし、相手が反則したとき、レフェリーにそのことを訴えようとしても、言葉がない。そうすると身悶える。苦しむんですね。それが印象的で、彼は、演劇を考える上で、一つの大きなヒントを残したと思うのです。

山口　体罰について、私は身近かな例で言いましたが、体罰そのものは、別の言葉で言うならパッションに近い。肉体の苦痛というのは、肉体の個を超えるための、非常に大きな通信手段であると考えられます。

ただ、神話のプロメテウスのようなものが、比重大きく語られたり、北欧神話におけるローキシンみたいな人が、逆さまに吊るしあげられるような形で言われている場合、そういう神々は、大抵の場合、異なった世界をつなげる役割を果たしていると思うのです。天と地とをつなぐ役割のようなものです。

体罰というものの原理には、個を超えるものがあるので、いろいろな神話的な姿を与えられることとなります。三島由紀夫が尊敬していた聖セバスチャンのイメージは、ヨーロッパでは、まさに体罰という意味で、肉体を通して宇宙を貫くような感情、まあ、感情という個人的な言葉で言い表わせない、そういうつなぐ役割があります。

それが、演劇的な部分でかなり大きなものであったのではないでしょうか。たとえば、日本の中世では、寺山さんが使う病気に苦しむ〝身毒丸《しんどくがん》〟とか、山椒太夫もそうですが、非常に残酷なイメージがあります。中世の人間は、そういう残酷なイメージを説教説話などで扱ったのでしょうか。あそこで扱われている苦しみは、日本の演劇でも非常に大きな要素だったのではないでしょうか。

寺山　そうですね。山椒太夫が肉体をぎりぎりにノコギリでひいたりする。演劇というのは、俳優が観客に対し直接何かを伝達する場合と、外在化された肉体を隠さなければならない場合がある。見えないもう一つのからだが神とか、無限の力、天体、超越者と日常の現実をつなぐ媒介としての場合、つまり巫女の役割をもった場合とがあるわけです。

日常の側に立って、日常のことを複製するようなことをやっている場合には、媒介としての役割は必要ない。そこで衣装や日常性を剥ぎとられて、体罰というか、身を切り刻む残酷な表現の中で、初めて媒介物的な役割を俳優が果たすことができる。そういう感じをもっています。

最近、俳優を全部丸坊主にしたりすると、「お前はファシストか」なんて言う人もいるが、そうしないと俳優はすぐに日常性を模倣する方に逃げこんで行ってしまう危険があります。

山口　日常性の模倣は、とにかく低い次元の肉体をとりもどしてしまう。長い間につけた人間の行動の習性とかの低い次元の肉体にひきずられるからです。体罰には、そういうものをどんどん消していく作用がある。だから、体罰は人間の意識の深部をつないでいくのでしょう。

寺山さんが、言語は大体文化的で、どちらかと言うとローカルなものだと言う。それを超えるものを体罰を含めたものによって剥ぎとられた演劇で考えていくということは、演劇的言語の新しい生き方を示しているものだと思います。

寺山　言葉遊びみたいですが、日本語とかドイツ語という言語はあるけれど、日本肉体とか、ドイツ肉体というのはありません。そういう意味で、原型とか形というものは、国家や村落の単位で規定されている。それでは、演劇が近代を超えられないという気がするのです。

山口　そういう試みは、いろいろな方面でなされていた。たとえば、日本の演劇の伝統の中でも、とくに若い英雄が来るというイメージでは、苦しみというものが共同体に広がるところがつなぎの役割をする。それはユニバーサルな表現でもある。

一方では、日本と全然関係ないパゾリーニの映画で、若い男が切り刻まれ、食べられるということが新鮮な感動で我われに伝わる。そういう瞬間で、我われは我われの個を超える何かを伝達することに捉われていくということがあります。

日本肉体を通すけれども、それを超えるものの中で、何かが伝えられていくだろうという気がしますね。

NHKラジオ第二放送「現代文明展望」で昭和五十八年一月三十日に放送されたものです。原題名「からだのコミュニケーション」。

（「月刊　ロアジール」一九八三年三月号）

歌の伝統とは何か

大岡　信
Ooka Makoto
佐佐木幸綱
Sasaki Yukituna
寺山修司

「個」の退行性に抗して

佐佐木　「短歌に何を求めるか」という近代・現代短歌詩集の一環の座談会として、お二人においでいただきました。

　詩人の大岡さんは、古典から現代まで、短歌を含めた詩一般に鋭い発言をされてきていますし、寺山さんは、歌集を持った歌人として以前活躍しておられたのですが、ここ十数年、歌壇では沈黙を守っておられる。現在、短歌をどう見ておられるのか、非常にお聞きしたいところです。

　きょうは現代短歌が話題の中心ですが、できれば古典との関わり、あるいは現代短歌が伝統をどうプラスにあるいはマイナスに負っているか、に話が集中していければと思っています。

　最初は一般的な、現代短歌・近代短歌の印象から入っていきたいのですが、寺山さん、どうですか、しばらく離れていて。お読みになりますか。

寺山　贈ってもらった歌集を読むことはあるけど、短歌雑誌を見に本屋に行くことは滅多にない。

　俳句を作らなくなった当時は、本屋に行って他人の作った俳句――つまり東京であれば神田の東京堂へ行って「万緑」や「天狼」「寒雷」等の雑誌を見たりするのが楽しみのひとつだったけれど、短歌に関しては、作るのをやめたらそんなに気にならなくなって……。

　ただある一時期、古典といわれる作品を少し読み直してみようかなと思って再読したことはあります。それから比較的最近、歌壇という系譜からは全くはずれた人たち――例えば夢野久作・宮沢賢治・岡本かの子等の短歌をまとめて読んで、短歌型式における「私」の捉え直しをしてみようかと思ったこともある。

　しかし、そういう自発的な仕事は、毎日が多忙だと、なかなか進まない。読んではいるけれど実際に分析し論文化するところまでいかなくてね。今は読み手としても作り手としても、非常に中途半端な状態で、宙吊りになっている状態です。

　このところ病気になってからは――これが短歌のだめなところなんだけど（笑）――また短歌を作ってみようかなという気が起きているんですが、発表できるような形にはなかなかまとまらない。

　過去の自分を模倣するという形でしか短歌が出てこない。このことはわりに重要だと思うけれど、短歌は意識する、しないに関わらず自己肯定の文学で常に内面化の方向に向かっていく。つまり自分自身を身体的に（あるいは非身体的にでも構わないけれど）、見つめることに非常に適しているという思い込みがあると思う。

　つまり、病気にでもならない限り、「個」と「個の内面性」への退行は自己を密室化し、閉鎖的にしていく傾向があるということに反撥している。僕の場合も、そうした退行現象からできるだけ離れようとして演劇にのめり込んで行ったわけだしね。

　しかし、身体が病むと「個」の問題が再燃してくる。そしてそれは、現在短歌をやっている人間たちの中にも根強くある内面化への衝動と無縁ではないと思う。これを文化の問題として考えた時に、内面化に向から膨大なエネルギーは、社会的か、反社会的かと疑ってかかってもいいんじゃないか。

佐佐木　内面化というのはどうなんでしょう、古典和歌の世界からずっとある短歌の本質部分なんでしょうか。

寺山　万葉集からは、そうした印象をあまり受けない。「私」という存在と国家、あるいは人間の全体的な概念との間に二元的に対立することなどなかったのじゃないか。つまりあの時代には運命は個人が一人一人持っているのではなくて、国家が独占してたような気がする。ところがいつ頃からかはわからないけれども、「運命の個人化」が始まった。
　人によっては、バビロニアで占星術が生まれてからだというわけですが、日本では古今集あたりから、内面化、つまり「私」には私の運命があるという形の短歌が出てきたような印象を受けます。

佐佐木　大岡さんは「うたげと孤心」という語で、日本詩歌史の個と個を超えさせたものをとらえておられますが、寺山さんの話についてどう思われますか。

大岡　寺山さんの話でおもしろいと思ったことの一つは、自分が病気になったら短歌をまた作ってみようかという気分になって、作ってはいるけれども、それが短歌のためなところで、という話ね。それは今の内面化の問題とも関連するんでしょうが、短歌の中に内面化を誘い込む要素があるのかどうかになると、まあ常識的にいえば俳句に比べれば、そういう要素はずっと強いと思う。

　ただ、確かに古今集の頃から、個人の内面を見つめるという動きはあるのだけど、あの人たちの内面は、内面といえばいえるけど、近代以降のわれわれが考えている内面――つまり全体の中で自分は、全体の秩序とは別個に内面を持っている、とわれわれが思っている、そういう内面意識はなかったんじゃないだろうか。

　美意識の問題でも、その時代の美意識はもうきちんと生活様式によって決められていて、その中でしか生きていかれなかったということは、はっきりしているような気がする。

　ただ、その中でなおかつひとりぼっちでいるという状態はあると思う。だけど基本的にはみんな同じ方向を向いていて、同じ方向を向いている連中の中で何となくひとりに帰る、という動きはあるにしても、その、ひとりに帰ること自体は、決してそこに純粋な「個」があるのではなく、あらかじめもうその時代のひとつの特殊な社会集団の指導原理によって染められている「個」しかなかったような気がする。

　そういう点が多分、古典和歌と近代短歌のいちばん大きな違いなんだろう。

寺山　内面化を厳密にとらえるなら「私」

という概念は近代がつくり出したものだといえる。だから近代以降の短歌の中には、「他」あるいは「他者」との差異がはっきりした形で出てくる。

しかし万葉集と古今集との比較で考えると、大岡さんが言ったように、一般通念としての「私」であり、規格品としての内面ではあるけれど、そうした「個人」化の兆しが万葉集にではなく古今集に初めて出てくるといえる。

例えば古今集は、西欧の中世文学に比べて、はるかに個人的なものを濃密に持っているような気がする。それともう一つ、新古今あたりになると、作品の三割以上が色ごとをテーマにしたものです。

つまり、色ごとは、さしあたって秘めごとであり、他人に公開したくない部分であるわけでしょう？　にもかかわらず短歌は、何故これを第三者に聞かせなければいけないのか、という問いかけの形で現れてきている。その辺の矛盾が興味深いのです。三割近い、色ごとの歌があるということの中にも、確実に運命の個人化が読みとれることになる。

佐佐木　パーソナル、プライベートなものである現実の恋愛が歌の共通のテーマになりえたということね。

近代以前では、病気と貧乏は、全く短歌のテーマに出なかった。それが近代になって、俺は病気だ、俺は貧乏だ、という歌が大量に出てきた。

つまり恋愛歌にしても、近代以前と以後では質的に異なっているんで、題詠の問題がからむわけです。恋愛は題詠の題たりうるけど、貧乏とか病気はプライベートなもので題たりえぬという、「私」の囲い込み方にあるけじめというか、節度というか、共通理解みたいなものがあって、そういう中での「個」だったんじゃないか。

寺山　大岡さんが「ひとり寝の歌」について書いているけれど、「ひとり寝の歌」は、私は現在ひとりです、ということを他人に知らせることによって「私」の独自性を強く打ち出している。つまりあれはただのモノローグではない。「交際新聞」の広告のような、あるいは宛てのない恋文みたいなところがある。

例えばこういう歌はどうですか。

　思ひつつぬればや人のみえつらん夢としりせばさめざらましを

この歌の場合、「人のみえつらん」という表現は、ある特定の人を具体的に指していると今までは解釈されてきたけれど、私には誰も愛する人がいなくて寂しい、寝てる時だけ誰かと恋愛できるんだという解釈も成り立つ。もちろんそれは、当時の小野小町の生活状況がどうであったかということで決定されるわけではない。

新古今に「ひとり寝の歌」や「夢の歌」が多いという現実は、相当高い比率で「恋人求む」という歌が多かった――ということではないのかな。（笑）

大岡　今の小野小町の歌の場合は、小野小町が伝記的にどういう生活をしていて、男たちとどういう関係を持ったかがほとんどわからないわけでしょう。ごく少数の男たちは歌の中にも出てくるから、人との関係もわかるけど、それも実際にはどの程度深い関係だったかは全然わからない。

ただ一つ考えられることは――これは小野小町がどのくらいの地位にいたかにもよるでしょうけど、例えば天皇とか、あるいは藤原家の高位の人とかと実際に恋愛関係があった場合は、これは今の、「思ひつつぬればや人のみえつらん」みたいな歌で、つまりフィクションでそれを言うこともありうるような気がする。

　だから、単純に「恋人求めてます」というモティーフで書かれているかもしれないし、あるいは自分が恋愛しているのを隠すためにああ書いたのかもしれない。

　そのあたりは古今集時代の特徴的なところで……つまりフィクションをつくっていく、というね。

寺山　つまり、「私性」を表現手段として虚構化して使うことによって、最小限の告白願望を満足させるということですか。

大岡　そうね。小町は伝不承だから、そういうこともある意味では考えてもいいんじゃないか。夢の歌がわりと彼女は多いんですよ。古今集には確か十八首ぐらい載ってて、それも公式に認められているのはたった十八首で、あとの小町集なんかに載っているほかの歌は、本当に小町の作った歌かどうかはかなり疑問なものも含まれている。

　その十八首の中で、例えば古今集の巻十二の、恋の歌の第二巻目の巻頭に今の「夢の歌」が三首載ってるんだけど、その夢が全部、同時に見ている夢じゃなくて、三回とも別々の機会に作った夢の歌らしいものを、古今集では巻十二の冒頭に三首パッと並べてる。ということは、これは編集した紀貫之たちの思惑があったと思う。そういう「夢の歌」をまず出したということ。

　そのあたりに、古今集における編集者の隠れた手練手管もあるような気がする。つまり、この歌をわれわれは「恋の歌」として出しているけれど、彼女の夢の歌はちょっと特別なものなんですよ、だから巻頭に置きますよ、とね。そういうこともありうると思う。

寺山　扱い方によっては藤原家の高官と何かあったという推理も面白いでしょうね。

佐佐木　万葉集にも夢の歌があるけど、夢の歌が主役という感じはしない。これが勅撰集時代に入ってくると夢の歌が主役になってきて、また近代・現代になると、夢の歌でいい歌はあまりないでしょう。

大岡　ないですね。

寺山　しかし、夢は内面との葛藤が生み出すもので、個的なものだということを見落とすわけにはいかない。

伝統との通路

寺山　いま聞いていて面白いと思ったのは、われわれが伝統的な「過去の歌」を解釈する時、推理の視点を作歌された時代に置いているようにみえるけれど、実際は現代の目で見ているということです。

　樋口清之とたまたま汽車で一緒になった時に話したのだけれど、彼はこんな面白い言い方をしていました。小野小町は美人だという通説があるわけだけれども、その美の内実を信じないわけですね。

　あの時代の女は髪を引き摺るほど長くのばしている。その髪の毛は膨大な量で、しかも当時風呂がない。枕草子にも入浴に関する記述が一つもない。それに外出がほとんどできないから、いつも家の中にいて、しかも夏でも十二枚も重ねて着物を着る。

　そうすると汗で皮膚がただれて、体臭でどうにもしようがないから、今度は香を焚く。香の匂いと、皮膚の悪臭と、部屋にたちこめる排泄物の臭いで、そばにも寄り付き難い状態になっている。しかも、残されている高階級の女でも平均して二十歳そこそこで死んでいる、そのほとんどが心臓病と皮膚病だという。

現代では源氏物語にせよ伊勢物語にせよ、宮廷生活を美しく描いているけれど、想像してみると、当時の女性は、平均身長が一メートル三十センチそこそこで、皮膚病で、悪臭をたてて家の中にうずくまって、簾越しにジッといる。(笑)

それを美人ととらえるのはどんなものかと思うわけです。確かに樋口説はある意味で説得力があるけれども、ただそれは史実を問題にしてるわけよね。明治維新だって、写真に残っている英雄たちはあんなもんですよ。

「ラマンチャの男」という芝居の台詞で「真実の最大の敵は事実だ」というのがあるけど、そうつきつめていくと、伝統をとらえる時にも僕たちは、それをイメージによって再構築するしかないから、言語化の過程で耽美的になったりしてもいい。

そういう形で伝統が素材化していく現象を、実際に教壇に立って伝統文学を教えてゆく立場としては、どう感じる?

佐佐木 実際に歌を作っていると、向かい合っているのは五七五七七という純粋に形式だけだと、僕はそう思ってやってるわけです。

しかし、実際には「我ゆきすぎて」とか「俺ゆきすぎて」とか書くわけですけれども、五音、七音単位のフレーズがすでにバーッとあるのですね、『国歌大観』を引くと。そういうものと敵対しているという感じは、やはりあります。

だから僕は作歌する時に、自分なりのイメージで伝統を構築して、それを意識して戦っているところがある。ドン・キホーテと同じで、自分の描いた影としての伝統と戦っているにすぎないとは思うけど、それを意識しないわけにはいかない。教壇でも、事実と真実、影と実体を往復するしかない。

寺山 佐佐木さんは「俺ゆきすぎて」という表現をよくする。この矛盾した文法の中にあなたと伝統の葛藤があるわけでしょう。

あなたは、あなたの「内なる王朝」と、さっきの樋口さんの話のような皮膚病で一メートル三十センチで悪臭の小野小町とを、どう統合する?

佐佐木 それはそれでいいんじゃないですか。その時代に小野小町を抱いた人の——まあ美人は大体そうでしょう、抱いた人はあまりあいつ美人だと言いふらさないもので、実際は遠くから見ている人がイメージとしての美人像をつくるんじゃないですか。同時代にすでに像は一種ではない。

マリリン・モンローだって、実際にシャネルの五番を着て寝てたかどうかわからないけど、画面なり何なりに出てくる彼女にみんながそれなりのイメージを託して、時代性を託して見るのと同じで……

寺山 塚本邦雄にもこれと同じ話をしたら、彼は怒ったね。(笑)

例えば、あの時代の簾はこういう形をしていて、それがきちんと残っている。ああした王朝美学と不衛生とが同時に共存しているという、文化の混乱は自分には考えられない。つまり、そうした現代的解釈は、言語の中で充分に超克されていたんだ——というわけ。

佐佐木 美女像はそれなりの努力をして時代がつくるわけでしょう。美人をつくるために周囲も……。

寺山 その美の概念も多様なんだね。例えば黒人は黒いから美人だという人と、白人が白さによって美人なのだと考える人では尺度がまるで違う。平安時代の美人像が、いま原宿あたりを歩いている女の子に置き換えがきくかというと、そうじゃない。

つまり実在しないものを夢見、それに憧れて、そこに自分のアイデンティティを賭けて言語化していくという作業は、ある意味では非常にロマンティックなことでしょう。そうすると、自分が四十五歳を過ぎてそうしたロマンティシズムに裏切られてゆく、ということはありませんか？

大岡　寺山修司が短歌を作っている時も、そういう短歌の伝統の照り返しを受けているという感じがあるわけ？

寺山　非常に強くある。だから過去の様式の中に自分をまかせていると、耳なし芳一が体中に経文を書かれて、姿が消えていったように、自分のアイデンティティが失われてしまう、という不安があった。それで異種交配しなきゃいけないと思って短歌の前衛化などと取り組んだわけだ。

例えば、大岡さんが「トロイアの女」の台本を作る。その台本を僕が読んで最初に感じたのは、日本語は言文一致していないのに、書き言葉で台詞を書くと、言語の修辞的な面だけが表に出てきて、それが俳優の肉体と葛藤し合う。その意味で、あなたの台本は非常に残酷だった。

ところが何度か観てるうちに、考えが変わってきた。つまり、あなたの台本が口語で、つまり話し言葉の領域でテキストロジーしていることは、「トロイアの女」に描かれているギリシアのドラマとの差異を演劇化するエネルギーになるんだね。

つまり、書き言葉で書くことによって、観客を劇に参加させてゆくことが試みられているんじゃないかと思ったわけ。観客は言文不一致のあいだで引き裂かれた「意味」を俳優の肉体が表現しようと葛藤している場に立ち合って、自分自身でドラマを探し出すことを要求されていく。

岩波ホールで上演された時のように重層化された意味のすきまでヤカンのカタンという音が、意味を無化して……

大岡　落差が出てくる……。

寺山　そう、すごく衝撃的に出てくる。

佐佐木さんにしても大岡さんにしても何かを伝承しようとして、自己媒介化する。佐佐木さんが「我ゆきすぎて」を「俺ゆきすぎて」にするということもその一例でしょう。

僕が「俺ゆきすぎて」というとバカかと思われるけれど、名門佐佐木幸綱が「心の花」を背負って「俺ゆきすぎて」というと「俺」という言葉の、ある種の無謀さを知ってそれをやっているというところに内的な葛藤がにじみでてくる。そしてそのへんがある意味で信用のおける部分じゃないか。

だからあなたがすごく巧みに現代的語法を獲得し、伝統との摩擦を避けて佐佐木幸綱風の歌を作っていっても、それはちょっとだめなんじゃないか、と思うね。

僕は、例えば「歌右衛門が非常に優れた俳優で、猿之助はけれんが多くて、ハッタリばかりでだめだ」という現在の評価に反対なんです。猿之助がああいう形で古典を超克しようとするのは、かなり難儀なことだという気がするんです。

歌右衛門は、形を踏襲しそのまま老熟していった。確かにうまいが、演劇は、ああした個の複製だとは思いたくない。うまいとは思うけれど、何か創造的な衝動を掻き立てられるということがないんだな。

佐佐木　歌舞伎の俳優と歌人とは違うと思うけれども、伝統継承と伝統ばなれの方法に関しては基本的には僕も賛成です。同じ形式、同じ日本語を使い込んだ先輩がずっといる。合わせ鏡みたいに、互いに彼らは写し合いつつ、しかし一個の個性としてバーッといる。そのただ中に突っ立ってみて何か自分がそこにいることのきしみみたいなものね、それは感じます。そして、そのきしみの意識が、新しくしていくバネになるということは確かにあると思う。

寺山　しかしね、佐佐木幸綱がいくらラグビー選手のような格好をして歩いても、人はやっぱりあなたが市電に乗って、カンカン帽をかぶって着物を着て、扇子で煽ぎながら外の風景を眺めている、そういう佐佐木幸綱の原型を見てるんだよ。（笑）

佐佐木　そうかなあ。

寺山　うん。歌人は自分が思うほど現代的ではないんだよ。

例えば後楽園球場から巨人・中日戦を観終わって出てきた人が、あの人は短歌作ってる人で、佐佐木信綱の孫で「心の花」という短歌雑誌を主催している人です、といったら、やっぱりびっくりするでしょう。それは伝統の亡霊というかな。「えっ、どうして、あの若さで」という感じを持つと思うよ。（笑）

大岡　それは寺山修司の願望もあるんじゃないの、佐佐木幸綱をそういうふうにしてみたいという。（笑）

佐佐木　期待に答えてそういう格好でいたほうがいいのかな。

寺山　それは何を着たってそうなんだよ。

大岡信だって、お父さんがあれだけ短歌を作った人であなたも短歌についてあれだけ書きながら、自分は短歌作らないでしょう。

大岡　作ったよ、少し。下手くそな綴り方短歌を……。（笑）

佐佐木　斎藤茂吉は、それでいいやと開き直った人でしょう。明治維新そのままが大正になっても歩いているというので、いいやと思った。白秋はそうじゃなくて、野球場で最もナウな野球通になろうとした。そういう先端を行っている人として自分を見せた人じゃないかな。

寺山　ただ僕は、白秋はよくわかる。白秋はいってみれば短歌を売ったというか、裏切ったというかそういう存在です。僕は、やったことは全然違うけれど、どちらかというと常に茂吉を羨ましがりながら白秋になった男、という気がしている。（笑）

やっぱり茂吉の短歌のほうが白秋の短歌より、ずっと手応えがあるんだね。

佐佐木　伝統とのきしみを感じつつ、伝統とあくまで付き合っていく決意みたいなものが、茂吉の中にはものすごく強いと思う。

自分であることを忘れない

寺山　僕はいつも不思議だと思うのは、短歌は非常に内面化していて、ある意味で自己肯定でしか成り立たない要素を持っているのにもかかわらず、社会的な事件が起こると形式ごと簡単に巻きこまれてゆくということです。もちろん表現上は自己を否定するような美的修辞を並べるけれども、形式的には短歌を作っている人はやはりみんなナルシストです。

そういう自己讃美みたいなものが根底にものすごく強くあって、その上、「私」と他との関係についてあれだけ敏感なのに、戦争があった時には画一化してしまうでしょう。要するに滅私と内面化の極限は、ある意味で同じものなんじゃないか。

佐佐木　そこのところはすごく難しいしおもしろい問題なんだけど。寺山さんはずっと前から短歌は自己讃美の形式であると言っておられる。でも式子内親王とか、あるいは実朝もそう思うけど、自分を消すために、沈黙を言うために歌を作っている人たちも、いるんじゃないかな。

大岡　中世和歌はそういう要素が強いですね。

寺山　でも実朝なんか非常に自己讃美的でしょう。彼の置かれている政治的な状況の中では、ああいう形でしか自己表出できなかったということはわかる。

佐佐木　近代短歌に関しては僕も寺山説に賛成です。つまり和歌革新運動が成し遂げたことには、いろいろプラスの面があるけど、マイナス面は、寺山さんが言われるように、自己肯定の詩として短歌を規定してしまったことでしょう。近代短歌が忘れてきた伝統のある部分、短歌の歴史のある部分に、自分を消していく形はあったんだろうと思う。

寺山　「川を見るバナナの皮は手より落ち」と詠んだ高浜虚子なんかに、そういうものを感じる。

それから茂吉歌でも、例えば、

ふゆ原に絵をかく男ひとり来て動くけむりをかきはじめたり

というのがあるでしょう。その場合の「動くけむりをかきはじめ」た男は、茂吉自身なのか、あるいは第三者なのか、実在しない幻影なのか。

一般的には、ただの写生短歌としてとらえられているけど、それだけじゃない。動くけむりとそれを見つめる動かない目の関係は、実相の観入だけじゃない何かがある。

佐佐木　それは、自己讃美だけじゃない世界、ということ？

寺山　茂吉には自己讃美も自己否定もない。超自我といったものを感じる時がある。

俳句でも「ホトトギス」の初期の同人だった人たちの中に共通していますね、虚子にしても高野素十にしても。それが「寒雷」とか「天狼」とかの、いわゆる新興俳句の洗礼を受けた人たちになると私文学としての色彩を強める。

マルケスの「百年の孤独」の中で、主人公が家具の名を忘れる場面がある。そこで茶碗には「茶碗」、箸には「箸」と書きとめておかないとわからなくなる。そのうちに箸に「箸」と書いておいただけでは用途がわからないから、「食事をする時に食物をつまむもの」――茶碗には、「お茶を入れたりミルクを入れて飲む容器」と書くようになる。

やがて妻や家族から、食料品の一つ一つに至るまで全部に書く。そうしないと意味との関係が崩れてしまう。しかし、もっと恐ろしいのは、人間が言葉を忘れるようになる日が来ることだ、言葉を忘れてなお生きているということは何か――が一つのテーマです。

だが「忘れる」ということは、短歌形式の中ではあまり考えられない。短歌は、在ったものが姿を消すのは歌えるが、「忘れた」ものは歌えないんじゃないか。何々を忘れた、と書くことは、そのことを覚えていることだからね。

大岡　いまの話は、短歌だけの問題として特に語られているけど、それは短歌以外でも同じような問題があるわけでしょう。言葉がなくなっていく、ということをいえば。

ただ僕はそうは思わないんで、人間が言葉を失う時は、人間もいなくなっているだろうと思う。つまり、人間という概念がもうなくなっているだろうと。

人間という概念は、言語を持って、言語でしゃべって、お互いに言語で意思疎通ができている、そういう存在が人間であって、もし今のような話で、言葉を失ったあと人間はどうするか、という設問があるとすれば、その時には人間は人間でなくなっている、と僕は答えるわけね。もちろんその時には表現行為も、それが仮にありえたとしても全然別のものになるから、いずれにしても現在からは考えられないだろう、と。

寺山　その場合の言葉の概念は、もっと始源的な意味があるでしょう。盲人にとっては盲人の、聾唖者にとっては聾唖者の言葉が存在していると考えないと、彼らはいない人間になっちゃうわけだからね。

しかし今語っているのは、始源的な意味、人間という存在を支えている「ことば」じゃない。——一般的な言葉の概念を僕らは音声言語と文字言語に二分限定しているけど、短歌はその中の音声性さえなくしつつある。

大岡　必ずしもそうでもないと思う。絶えずそれについての自己批判が歌人の中にある限り、音声性は……例えば万葉歌人は、いわゆる万葉人の調べ、というもので、それが「万葉調」であるなんてことは全然自覚せずに歌った。そういう意味での調べはもう現代歌人には失われているだろうと思うけど、しかしそれを自己批判的に、そういうものを失っている自分を批判的にとらえて、なおかつそこに新しい調べを見い出そうという動きは、絶えずありうると思う。

寺山　詩人が、グーテンベルグのはめた猿ぐつわを外そうとして朗読したりするでしょう。その時に発声法について考えたり、言葉を数人で分読したり、呼吸法訓練をしたりすることがない。歌人は依然として同じ朗詠法の中で反復してるんじゃないですか。

佐佐木　いや、つい最近、福島泰樹のレコードが出たし……

寺山　それはどういうの？

佐佐木　短歌のギター入り……。（笑）

大岡　そうね、福島泰樹の歌だったら、朗詠じゃなくて朗読になりうるだろうね。

佐佐木　寺山さんも何年か前にやったじゃない（注・大修館刊『現代短歌朗読集成』のこと）、大正琴入れて……。（笑）

寺山　でも自分のものに関していうと、あれは単に遊びの領域だという感じがする。短歌の新しい伝達手段というよりは芸能なんだよ。そして芸能としては浪曲に及ばない。桃中軒雲右衛門の、シャーッという針のノイズ音がして、レコード盤から地獄の声が流れてくるような感じじゃなくて、書いたものを音に翻訳しました、伴奏を付けました、という感じしかないんだよ。

調べとかリズムとか、国文学の学究たちが分析するような短歌の特性を活かした音声表現がほしい気がする。

佐佐木　音声で歌が発表・伝達されるケースは非常に少なくなったのは事実かもしれないけど、しかし実際に歌作ってる時、寺山さんは発音しない？　僕は出来た歌を発表する前に、何回も何回も口に出して言うし、テープに入れたりしますよ、自分の詠み方で。

つまり意味としてはこっちのほうがいいけど、音楽としてはこっちのほうがいいからこっちとるという、言葉の選択の仕方はするでしょう。

寺山　もちろんそれはよくわかる。「目で聴く」というのが短歌の一つの特性だからね。

ただ、もっとラジカルに、例えば字を読めない人に自分の短歌を聴かせる時、ギターの伴奏をつけて読み聴かせても、それは文学とは言いがたい。

だいたい、マルケスのマコンドたちのように文字を忘れるというところまでいってしまえば、あらゆる文字表現、つまり文学はなくなってしまう。同じように、「自分が自分である」という最小限の認識は、自分が自分であることを知ることではなく、自分が自分であることを忘れないってことじゃないか。

短歌の場合、自分であることを忘れない、ということへの配慮が働きすぎて、自己讃美の文学になりやすいんじゃないか、ということです。

実名と匿名

大岡　寺山さんの話でよくわからないのは、ありとあらゆる表現行為が人間の中で失われてしまう日のことをあなたは気にしているわけね。現在のところはそうでないから、これは一応未来の仮説だよね、そういう仮説を立てておいて、そこから発想するという考え方だと思うのね、今のは。

そういう仮説を立てた場合、その仮説で短歌をどれくらい切ることができるかというと、僕はあまり切ることができないような気がする。短歌はわりと平然と生き残っているのではないか。文字言語としての言葉とか、音声言語としての言葉以外の、人間が持ちうる言語的な行為を全部含めて、そういうものがある限り、短歌を作る人はやはりいるはずだ、と歌人は思っているだろう。そして、その短歌は、今まで作られてきた短歌とそれほど変わらないだろう、と考えていると思うのね。

それはなぜかというと、ちょっと逆説的な言い方になるけれど、五七五七七がなぜ存続しつづけているのかといえば、理論的にその存在理由が説明できないからですよ。とにかくこれが歴史的に一千年以上もの間実在していたことが、それの唯一の存在証明であって、理論的にはなぜ五七五七七が特別にすぐれているのかは、すっぱりと解明できない。

すると、歴史的にそれだけの長期間存在してきたものだ。それに対して自分はたかだか三、四十年、あるいは五、六十年やっているだけだから、この間にこの形式がつぶれるようなことはないだろう、とみんな思っている。だいたいその程度の基本認識で、短歌は人々に共有され、作られていると思う。

短歌の未来について、例えば正岡子規が、将来滅びるだろうと言ったとか、あるいは釈迢空・尾上柴舟が滅びるだろうと言ったとか、そういう滅亡論はあるけれども、そういう滅亡論がなぜあんなに力がないか。これは非常におもしろい問題だと思うのね。

寺山　いま大岡さんが言ったのは、本質よりも存在が先行してきたのが短歌の歴史だという考えです。だから「まぎれもなく存在しているもの」は、予言によっては変え難いという。しかしそれが、結果としての短歌の様式性を支えているというのは一応考え直してみてもいいんじゃないか。

歌人たちにはいやがられるんだけど、短歌が現在存在しているのは、ある意味で民間宗教的な呪的行為というか、相互救済の最小限の共通語としての機能があるからだ。

だから論文や小説ではだめなんで、あの最小限の字数（三十一文字）の中で、「意味されているもの」と「意味しているもの」との関係はないがしろにされがちになる。そして短歌を作ることによって連帯しているという（つまり戦争中にユダヤ人たちがイディッシュで話すことだけでお互いが理解し合って、話の内容よりも、イディッシュを語ることで理解しあえた）のと同じように、短歌を作ることだけで最小限のコミュニケーションを保っている。

佐佐木　ナチに追いつめられたユダヤ人のように、非常に追いつめられた状態になった時に、短歌の歴史は興隆しているという事実は、確かにある。新古今集を典型としてね。

寺山　戦後史の中でも波乱はすごくあった。そして短歌は、社会的な危機状況の時と、怠惰に停滞しきった時の、両極にあって生きのびてきた。

例えば学園闘争のバリケードの中で、学生たちはよく短歌を作った。しかし短歌雑誌の部数は、確実に下降したのです。

そして逆に、現在のように相対的な秩序が安定して、怠惰な毎日の中では、危険感を持った学生たちは歌を作らない。テレビからも笑いが溢れ、シニシズムの支配している社会にあっては、作者より読者が増える。そして最近の短歌ブームみたいな形になって現れてきているわけです。僕は、こうした仮構のブームより、むしろ飢餓下の前衛短歌運動のほうを懐しく思っています。

佐佐木　量が増えればピラミッドが高くなるみたいな形では、うまくいっていない。

寺山　何かに所属していないと生きられない社会だというのが大衆の志向です。しかし宗教団体には入れないし、かといって創造活動に自分の生活を賭けるところまでのリスクはしょいたくないという人々が多い。

そこで短歌です。これは全く自分を傷つけない。自分の日常のメモを記録して、お互いの情報交換をしつつお互いがわかり合える言葉を共有する。メモ・リアリズムというやつです。

佐佐木　歴史的にいえば、短歌は実名の文学であった。ほとんど貴族・武士・僧侶でしょう、短歌史の古典を背負ってきた人たちは。

で、俳句は匿名の文学でしょう。簡単にいえば、短歌は実名の文学であり、俳句は匿名の表現である。これが原則です。しかし、例外もある。

僕はいま万葉集の東歌をやっているんです。東歌はみんな民謡だと言われているけど（全然署名がないのが大きな理由）どうもそうじゃないらしい。防人歌のように作者はいたんだけど、作者の名前が隠れたんで、隠れてもいいやと、そういう作り方をしていた人々なんだと思われる。

こういう歴史が消されていった短歌史があるんじゃないか。古今集の「よみ人しらず」とか、いくつかこういう歴史があって。

寺山　「よみ人しらず」は、本当に詠んだ人がわからないのではなくて、罪人だったり、反体制的な人だったりで、実名を明かせないということがあった。

佐佐木　そういうのもあるけど、全く事実がわからないのもいっぱいあるわけでしょう。

大岡　階級が低いとね。古今集なんかは六位以下だと、なかなか名前を出してもらえなかったろうからね。

名前は出ても、採られる歌の数は、例外もあるけれど概して少ないし。もちろん古今の「よみ人しらず」の歌の多くは古い時代の歌謡の名残りとみられるから、名前がなくて当然でしょうが。

佐佐木　実際に庶民のほとんどは名前がないわけでしょう。

大岡　ないですね。江戸時代だって名前がない人が多かったのだから。姓については、村の杉の下に住んでるから杉下だとか、そういうのはあるだろうけど。

　姓は多くの場合、住む位置や方位などに関わってついたんでしょうが、名前はね。一郎、二郎のような数字が一番つけやすかったろうが、とにかく単純な原理が基本だね。

寺山　なるほど。僕はそんな簡単なことを迂闊にも全く考えたことがなかったけれど、名前がない人間が生きた時代ってのもあるんだね。

佐佐木　それでやっぱり歌を作るわけですよ。そこでは署名入りで何かが実現されるという自己満足は全くない。

寺山　しかし、だからこそ非常に切実に、あの杉の木のことを歌ったのは自分だという、自己主張はあると思うな。

佐佐木　その場ではあるでしょうね。

大岡　今の東歌の問題は、勅撰和歌集の系列だとあまり入ってこないけど、勅撰和歌集と並行して存在してた平安歌謡の梁塵秘抄が、たまたま発掘され、大正の初めに本になって出たことで、その一部がわれわれの目に触れるようになったけど、ああいうところに残っている歌の作者は、むしろ和歌の作者よりもずっと個性的な表現者だよね。

　仏教の歌とか神道の歌は、お経の経文の意味を庶民にわかりやすく伝えるものだから、インテリが書いたに決まってるし、形もだいたい決まっているけど、そうじゃなくて、一般の風俗、習慣を歌った歌は、明らかにそれぞれが、例えばこれは江口の遊女が作ったに違いないとか、そういうことを特定できる歌がいっぱいあるわけでしょう。

　当時においては、例えばどこどこの川のほとりにいるあの遊女は素晴らしいというのがよく知られていたはずだね。そういう女の一人がたまたま後白河院のような人を弟子に持てば、“後白河院の先生”ということになるから、ちゃんと名前、といっても芸名だね、それが残るわけだ。そうでない遊女たちは、素晴らしい歌の作り手歌い手であったとしても、名前を残すチャンスがなかったと思う。

　後白河の先生だった乙前という老女、あの人の名も芸名だと思うけど、つまりそういうふうに芸名ならあった。紫式部だって、たまたまああいう大作家だったから名前は残っているし、誰と結婚してどうのこうのということは残っているけど、幼女の頃どういう名前だったかとかはわからないわけでしょう。

　紀貫之だってよくわからない。阿古久曽と呼ばれていたらしいけど、久曽というのはなになにチャンのチャンに当たる愛称らしいし、例えば菅原道真だって子供の時は久曽つきだから、まあたいして違いがない。

　つまり近代的意味での個人名ではなく、与えられた職業上の名前とか、階級的な役割の名前で呼ばれていたわけだから、そういう連中の個性は、近代人が個性的な名前の持ち主として生きているのとは全然別な形で僕は生きていたと思う。いずれにしても、勅撰和歌集の系列だけでなく、歌謡というものを一緒に考え合わせないと、歌の歴史の全体はつかめないんじゃないの。

寺山　そうだね、学校教育は勅撰和歌集中心だからね。

　しかし、逆にいうと、無名の囚人の歌をまとめたもの、置屋のおばさんが短歌が好きで、そこの遊女たちまでみんな短歌を作ったのをまとめたものなど、結局公にならなかったもの、埋ずもれたものもいっぱいありうるということね。

大岡　そうね。それに関係あると思うけど、江戸時代の俳諧師は、遊女の作も含む女たちだけの『俳諧玉藻集』のような句集を編んでいますね。それらの句の大半は格別面白くないけど、蕪村の編、千代尼の序文つきで出てるからね。

俳諧のほうが和歌よりも一人一人の個性を重んじたということが言えるんじゃないかしら。俳諧のほうが、少なくとも近代以前では、個人の持っているものをより重んじた文学形式だと思う。和歌は様式性の支配が強かったんだ。

寺山　それに勅撰句集という発想がないからね。俳句はもともと出発からして、庶民社会のものだったから。

大岡　和歌の問題は、歌謡を排除してゆく方向で様式として完成されていったところにもあったんだろうね。

古今集ではそういう項目も一応考えられていて、「をかし」という種類の歌を重んじていた。だけど、時代がだんだん下って鎌倉になってくると、とてもじゃないけどそんな悠長な配慮はしていられなくなった。先の見通しがきかない時代になってくれば、死んだ時にどうするかというような心構えを歌う歌のほうがずっと幅をきかせてくる。新古今では神祇の歌、釈教の歌あたりに、ある意味ではいちばんいい歌が並んじゃう。

つまり死というものに切実な関心が出てくるから、人生をのどかに修飾して、ユーモラスに楽しくやりましょうという気分はなくなってくるわけね。

和歌の中でそういう要素が消えていくかわりに、同時代の歌謡が、和歌から排除された要素を掬い取っている部分があると思う。

佐佐木　歌謡的な側面を排除する、それが敷島の道だという、そういう「道」意識というものがありますね。近代になってこれが私至上主義に一転していく必然性はあったんじゃないか。

寺山　短歌では、相聞歌と挽歌が素材としてのインパクトが強い。というより、究極的には、どんな歌もどちらかに含まれる。

しかし、挽歌といっても、庶民の死は、勅撰のカテゴリーでは掬い上げようがない。戸籍がないんだからね。

佐佐木　それからもう一つ、大岡さんが『詩の日本語』の中で書いておられる〝道〟という意識。

茶道にしても、華道・柔道・剣道にしてもいろんなところで出てくるけど、基本はやはり歌と仏道でしょう。〝生きる〟とか〝つくる〟とかが〝道〟だという認識ね。

勝・負ということ

寺山　僕が不思議なのは「歌合」なんかで、すぐ勝ち負けがつく。(笑) あの勝ち負けを判定する基準は、何もないんだね。

大岡　歌合の判者の難かしさは、一つには、歌合に出てきた歌が古典をどう踏まえているかを見る能力が要求された点ですよね。

踏まえ方がオーソドックスで、しかも時代の新味を出していなければいけない。そういう勘どころを敏感に、作者たちも、それから判者もパッと見分ける力が要求されたし、実際それでやってきたわけだから、歌合はみんなに一つの共通の教養の土台があって、その上で成り立つ形式だったんだね。

寺山　だいたい、勝ったといわれている歌のほうが……

大岡　だめか……(笑)

寺山　必ずしもだめかどうか、わからないけど、……こういう判定はむずかしい。

大岡　現代人から見るとだめに見えることがあるんですよ。なぜかというと、そういう歌が古典をきちんと踏まえて破目をはずしていないから。退屈なんですよ。

佐佐木　個性的なものが生臭く立ちのぼっている歌は負けですね。個性を殺す、型に殉じる殉じ方が格好いいんで……。

寺山　その時代に勝ち負けを、そういう価値基準だけでやったのかどうかということにも、僕は興味があるんです。

例えば、現代の結社で短歌会をやると互選の他に、選者選というのがある。選者が選ぶのは、いい歌とは限らない。

結社に貢献した人で、互選で全然点が入っていない人なんかが選ばれる。主宰者は言う、「この歌の中にある大切なものを見落としている」（笑）そういうことでバランスをとっている。

佐佐木　それはだめな結社のことを言ってるんじゃない。（笑）

寺山　ただ結社の中には、そういう組織の自衛本能みたいなものが備わっているんだと思う。

佐佐木　平安朝中期ころから命を賭けて歌を作るやつが出てくる。神様にお願いをして、いい歌が一首出来れば命は要らない、それで夢のお告げで歌を作って死んじゃった、などというエピソードが出てきたり、歌合で勝つか負けるかに、名誉も何も全部賭けるとか、そんな変なやつが出てくる。

寺山　あれは、みんなが坐っているところで、御前試合的にやるわけでしょう。

佐佐木　そういうのもありますね。

寺山　江戸の元禄時代には文芸賭博があった。俳諧で勝ち負けを競うものの変型した形式で、三笠付などと言い、「三笠一句」などは封じてある文字の数をあてる博奕なんですね。「朱丸本くじ」なんてのもあるが、このへんになると判じものと変わらない。けっこう庶民のレベルで、一両とか十文とか賭ける。やがて腕を賭けたり、小指を賭けたり、お金だけじゃないものまで賭ける。「正解」があるから勝敗ははっきりするのです。

しかし、歌合で、天皇以下が居並び、そのまん中に坊さんと女が差し向かいできちっと正座して、短冊で詠み合わせたりするようなのは儀式としては見事だが、正解がない。だから敗けても「実害」には至らないんじゃないの。

佐佐木　いや、実害もあるでしょう。貴族社会で、歌で負けたという評判の実質的な痛手は、かなりあったと思いますよ。

大岡　そうね。それまで持っていた社会的地位は失うと思うね。

寺山　そうすると（これは冗談だけど）、結社の主宰者全部で歌合かなんかやったらどうだろう。佐佐木幸綱が予選第二回線で負けた、なんてことになったら「心の花」はもう立ち上がれなくなる。（笑）

それで、会員や同人はどこへ行くか、やっぱり「未来」にでも行かなければだめか、なんてことになる。（笑）

佐佐木　大岡さんが判者になって、寺山修司と佐佐木幸綱が左腕を賭けて一首ずつ歌を出すみたいな、そういうのがあったら話題になるでしょうね。（笑）

寺山　あなたは会員何百人を背景にしているから、示談にしてくれと言ってくるだろうな。（笑）

佐佐木　天井桟敷を吸収するかもしれないよ。（笑）

しかし、そういう何かを張って、みたい

な切実な意識が近・現代短歌に欠けているとは言えそうですね、古典に比べて。「アララギ」と「明星」の喧嘩を見たって、そういうものではないですから。篠弘の『近代短歌論争史』を見てもこれは言える。

大岡　共通のある基準がもうないという認識から出発したのが近代短歌だと考える必要もあるわけだから、そうすると共通の土台で勝負することが不可能になることは当然ですね。

　にもかかわらず歌壇はあって、明治以後の長い歴史の中で、お互いずいぶん違うはずの人々が、一応わかり合ってやっているというもう一つの事実がある。例えば宮柊二の歌はいいと大勢の人が認めれば、宮さんの歌の人気が上がってくる。

　そこのところは簡単に昔の歌人たちのようにはいかなくて——昔の歌人たちの場合には古典の典拠をどう踏まえるか、その踏まえ方のうまい人はまず必ず同時代においては有名になりえた。

　ところが今はそういう人は消えちゃった。今はむしろ典拠を個性的に踏みはずす人のほうが好まれる。古典詩人についての評価もそうで、例えば曽禰好忠は、同時代には全然認められない、というかむしろ嫌われていたにもかかわらず、後の時代に名前が上がってきた。

　つまり、歌の集団の中で一所懸命そこに入ろうとして必死になって頑張ったけど、つまはじきにされて追い出されたとか、あるいはどうしても自我を抑えることができなくて、自我に固執したやつとか、そういう人の歌のほうがむしろ残っているという、和歌の歴史の持っているもう一つの不思議なダイナミズムがある。それがだいたいにおいて和歌を革新しているのね。

　そこが今の近代以後の短歌とはちょっと違っていて、近代短歌においては、ひとかどの人はみな、俺は格をはずすんだ、と思ってるんじゃないの。それが正岡子規がつくった、大きな一つの基準だと思う。

　正岡子規は、古今集なんて拝んでいるやつはだめだと言っちゃったから、古今集を拝んできた一千年の歴史がそこで否定されてしまった。そこで、なるほど、それじゃああいう神社は拝まないで自分で神社になろうと、みんなやってきたわけでしょう。そこのところがずいぶん違っている。

　だから今は神主さんがいっぱいいると考えたほうがいい。だけど、その人々が信じている神様はみんな違うかもしれない。そこのところが古典和歌との大きな違いだと思う。

三十一文字の収載量

寺山　現代歌人は枕詞なんかほとんど使わない。パロディとして使うことはあっても、まともな修辞法としては、ね。三十一文字の中にどれだけたくさんの感情を歌い込めるかという時、無意味な枕詞で五文字も使うのはもったいない、と思ってるわけです。

　しかし、いずれにしても枕詞を排除しなければいけないほど、複雑な感情や情報の量を歌うには、短歌は不適なんだ。古今集的な系譜を現代の表現の中で蘇生させる方法がないのは、まだまだ三十一文字の収載量に期待があるからだと思うよ。

佐佐木　古今集的なものの復活云々は別として……？

寺山　いや、古今集的なものを復活するということじゃなく、あの様式が問題だ、ということなんだ。

佐佐木　さっき寺山さんが大岡さんの「ト

ロイアの女」を例に言われたよね。そぐわない文章語を舞台で、生身の現代人の俳優がしゃべることによって起こるきしみみたいなものが、観客を挑発すると。
　そういうことは心ある歌人の何人かはやはり考えているんじゃないかな。今でも、枕詞とか序詞とか、そういう古典和歌のテクニック、あるいは古今共有の経験の蘇生みたいなことは考えてますよ。

寺山　しかし贈られてくる歌集を読む限りはそういう感じはしないな。（笑）
　曽禰好忠の有名な歌があるでしょう。

　　由良のとを渡る舟人かぢを絶えゆくへ
　　　も知らぬ恋の道かな

　この「ゆくへも知らぬ恋の道かな」は、客観認識としてはアフォリズム的で、非常に退廃的な感じがするけれども、私的感情としてとらえるときわめて感傷的なものに変わってしまう。自分の居場所――つまり「私」はどこにいるのか、ということがなかなかわからない。恋の歌を詠んでても古今集の時代は。

佐佐木　「私」を消す、ということで言っている部分があるということかな。

寺山　「ゆくへも知らぬ恋の道かな」――それを言いたいのだけど、「私」はどこにいるのか？

佐佐木　表現的に勝負してるのは序の「由良のとを渡る舟人」だろうけどね。

寺山　人麿の「長々し夜をひとりかもねん」も、私ひとりで寝てるのがつらいということを言うために「足引の山鳥の尾のしだり尾の長々し」まで付けるわけ？

佐佐木　実辞と虚辞があるとすれば、むしろ虚辞のほうで勝負している、ということだと思う。

寺山　問題は「ひとりで寝るのがつらい」それだけでも十分に短歌の素材たりうるということだ。そうなると三十一文字じゃ足りないからといろんなことを入れ込んで、散文の文脈の中にからめとられちゃってる現代の短歌がつまらなく見えてくることもある。

佐佐木　無駄な言葉よりも、無駄な意味ね。近代以降、現代短歌は意味を重視し、意味を信頼するでしょう。そういう大きな風潮が、近代・現代短歌を作ってきた一つの大切な背骨ではあるけど、長い短歌の歴史から見ると現代短歌のつまらなさだという感じはしますね。「長々し夜をひとりかもねん」みたいに、意味なんて本当に単純でいいんで、単純だからこそさ……。

寺山　もしグレース・ケリーがこの短歌を作ったとしたら、大変なことだ。あるいは皇太子妃が「長々し夜をひとりかもねん」と詠んだらスキャンダルでしょう。
　現代のように、歌われている対象と歌う人間との関係が不可分のものとしてとらえられている（つまり「私」性の文脈、あるいは実録）として、認識されている状況にあっては、ひと言かふた言だけを告白に費し、あとは全部装飾語にしてしまっても社会的な状況が背景を補完していくから、すごい大きな膨らみを持ってくるということです。

佐佐木　そこはしかし十数年前とは短歌状況が変わっていて、寺山さんが活躍されたおかげで、私性の文脈だけではとらえられなくなっているとは思いますがね。しかし、逆にそれを利用する手はあるな。

大岡　藤原定家の時代には、和歌は貴族社会の表現だから主題は限られていて、つまり四季の歌を別にすれば、恋愛とか、社交とか、人の死に対してお悔やみを言うとか、あるいは自分が仕えている人が八十になったからお祝いを言うとか、神仏への祈願とか、その程度の主題であって、素材も限られていた。

　そういう主題は、平安時代の三、四百年の間に、だいたい使い果たしているでしょう。それで定家は、源氏物語のような――もともと源氏物語だって、ある意味では、和歌的な情緒の世界を細かく精密に分析し、描写し、追求していくうちに散文の世界にはみ出ていったと考えれば考えることもできるわけだけれど――そういう物語世界がふくらまされた和歌原産の富を、もう一度和歌の世界に奪い返そうとした。

　新古今集が集として持っている意味は、そこに一つあるわけね。つまり、いったん散文の世界に吸い取られた和歌の富をもう一回奪い返した。これと同じような問題が現代にも生じているんじゃないか。これが現代短歌の直面しているいちばん大きな問題だろうと思う。

　絶えず散文にむしられていくわけでしょう。大正の末に釈迢空が、歌は終わりだ、円寂するんだ、という危機意識を持った時にも同じ問題があった。それで迢空は四行詩まで提唱した。

　実際には実現しなかったけど、そこまで追いつめられた。なぜかといえば、一首でスッと、一つの声調で詠み下すのではもうだめだから、行を変えて、四行なら四行の行数にすれば何とかもう少し複雑なものが歌えるのではないかと、そう思ったのだろう。

　するとこれはいま寺山さんが言ったことと同じことで、つまり、現代短歌は行数を分けたりする工夫によって、極度に散文化してしまった社会に対応しようとしている、しかしそれはだめなんじゃないか、そんなこと言わなくても、ほんのちっぽけなことを言うだけでも、例えば枕詞なり何なりを活用しながら、意味の稀薄なといわれている言葉を使うことでも歌はやれるんじゃないか、というのが今の寺山説だよね。そういう問題は絶えず歴史の中で繰り返されていると思う。

　新古今時代にもやはりそれがあって、あの時代には見事に一つの美学をつくったけど、現代短歌にそれができるかどうかが、多分いまは大きな瀬戸際の問題で……いま、短歌情況が十数年前とは変わったと幸綱さんが言ったのは、そういうことを含めての発言だと思うんだけど、歌人の中にはそれについて相当深刻に考えている人も何人かいると思う。

　で、その上でいろいろなことをやっていく。その結果がどう出るかは、これからあと十年とか十五年先には多分はっきりすると思うけど……。

寺山　枕詞と言っても、例えば夜に「ぬばたま」を付けるような常套的な手法じゃなく、全く新しいものを創り出していくことができると思う。
　僕はもともと、短歌のほうが俳句よりも情報量を収容する能力は少ないと思う。俳句は切れ字があるから、そこで時間を圧縮できるんだ。それが短歌の場合は中途半端に長い。

佐佐木　俳句の切れ字的なものを短歌に輸入した先駆者が塚本邦雄だったと、僕は塚本さんの前衛性を理解しているんです。
　僕の最初の歌集『群黎』の解説に、大岡さんが、非常に俳句的だと書いて下すったことがあったけど、現代短歌は一時期そういう洗礼を受けてるみたいですね。

寺山　枕草子の中には、あの時代の女性の風俗がほとんど歌い込まれているけど、入浴に関する描写は一つもない。やはり女性は風呂に入らなかったんでしょうね。下じもの人は川へ行って洗ったりできるだろうけど、身分のある人なんかはそれもできないし……。

佐佐木　絵もないかな。

寺山　絵もないよ。

佐佐木　餓鬼草子にお産の場面はありますね。

寺山　お産するから、子供ができるんだよ。(笑)

平安の女性のことに戻るけど、美のカテゴリーは時代によって違っているわけで、当時は「清潔」なんて問題じゃないのかもしれない。

逆にいえば現代の美といわれているものだって、平安時代に美として通用できたかどうかわからないわけで、そういう意味では時間との緊張関係の中でしか、伝統美は成立しないのだと思う。

勅撰だって現代には違う形で生きている。正月の「歌会始」なんかね。

佐佐木　勅撰じゃないでしょう。でもまあ、皇室から委嘱された選者ということで、あれは勅撰なのかな。

寺山　一応皇室立ち合いで、歌壇の大御所といわれている人たちによって選ばれているんだけど、その年の昭和古今集という感じにはなっていない。

あれは応募制をとってることにも問題がある。しかし応募制をとらないで同じ選者が選んだら、その年の代表的な歌が集まるかというと、全くそうじゃないんだ。

佐佐木　全く皇室のあり方が違うんで、平安朝までは、あるいは中世のぎりぎりの時は特にそうだけど、文化は皇室が背負っているという建前があった。中世では、武力・軍事、あるいは政治は武家が持っているけれど、文化は皇室だという建前。そういう微妙な……。現在の学士院・芸術院とは根本的に違う。

寺山　「勅撰」といっても、結局、代理人が選歌していくわけで、一応、現代の紀貫之たちが正月に集まって選歌すると思われる。

佐佐木　でもそれは、皇室が本当に文化を背負っていて、選者にも皇室のそういう文化を背負っている一環だという意識、信頼関係があれば別でしょうが。

寺山　信頼関係があれば同じ選者でもいい歌を選ぶと思う？

佐佐木　さあ？

寺山　しかし、あれは権力が任命しているわけだからな。

佐佐木　任命されても断わってる人もいるでしょう。

寺山　断わっているのか？　佐佐木幸綱のところにもきたことある？(笑)

佐佐木　こないですよ、僕のところには(笑)。

現代は、文化の背負い手としての皇室という信頼関係がないから、応募者も違うでしょう。

歌集を作る意識が変わった

寺山　それじゃ勅撰ということに全然こだわらなくていいけど、年に夥しい短歌が作られて、その中にはいい歌もたくさんある。だから毎年一冊ぐらいずつ歌集を選んでいくことは、そんなに難儀なことじゃない。

勅撰じゃなく私撰でも構わないけど、何人かの選者が集まってその年の歌を選べば、いい歌集ができる、という考えもある。

佐佐木　年間ミステリー・ベストテンみたいなのがありますね。

寺山　ただ、そうして選んでも、時代を代表する歌が集まるかというと、必ずしもそうじゃない、という気もする。それは、価値の多様化と簡単にいえるようなものなのだろうか……。

大岡　それともう一つは、いわゆる歌人として名のある人は、一応プロフェッショナルでしょう。だけど短歌の作者の性質からすると、プロフェッショナルでない短歌で、その人が一生に一度しか作らなかった素晴しい歌が一つだけあって、あとはどうでもないという、そういう歌の作者もたくさんいると思う。そしてこれが短歌を支えている、実はいちばん大きなエネルギーでもある。

　例えば新聞歌壇なんか見てても、すごくいい歌があるよね。

寺山　稀にね。

大岡　ええ、稀だけど。びっくりするような歌がありますよ。でも、だからといってその人たちが歌人として、自分の仲間を集めて何かやれるかというと、まずありえない。

寺山　そういう場合、ひとり一首でも僕は構わないと思う。ただ、例えば綜合誌の新人賞があるじゃない。そんな時、選者は自分の結社の人とか自分のお弟子さんを推す傾向がある。

　僕も何度か選考委員をやりましたけど、他の選者はまず間違いなく自分の結社の人を推す。それで非常に熾烈な論争になる。

　つまり、いい実作者が必ずしもいい短歌の読者あるいは選考者とは限らないということです。

佐佐木　それはおっしゃる通りで、いい作者が必ずしもいい読み手ではない。つまり批評家と作者の関係が、現代は非常に曖昧になっていることは確かです。そして、それを批判したり裁いたりする場がないわけですよ。例えばミスジャッジをしたら首になるとか……。

寺山　だから結局みんな、自分の作品をまとめて歌集を出していくことにだけ熱中するようになる。

佐佐木　それともう一つ、近代以降の短歌の発表のシステムの問題がある。活字文化の問題があって、一首で勝負するのではなくなってきている。だから、年間歌集を作って一首ずつ選んでもいい歌が載るわけじゃない。歌集としていい、というまた違う読まれ方を生み出してきている。

　勅撰集の時代は終わって私家集的歌集の時代になってきたという、そういう歌の変遷があるでしょうね。

大岡　ただその場合には多分、こういう問題があると思う。

　現代の歌人たちが、歌集を作ることに意識的になってきている、と。で、毎月発表する歌のそれぞれはある意味でいうとその歌集のための素材にすぎない、という考え方は相当多くの現代歌人の中に生まれてきていると思う。

　ところが面白いのは、じゃその歌集とは何だというと、これはそれぞれの歌人によって少しずつ違うと思うけど、概して言えば、歌集は、その歌人のある何年間かの歴史をそこで表現しているものだということが一つ。

　それからもう一つは、それ以前にその人が出した歌集に比べて、美的にも、表現の力でも、明らかに前のものよりもよくなっているということ。そういう確信がなければ歌集は作れないはずですね。

ところが、本当にはたしてそうか、という問題は常に残ってくる。なぜかというと、昔の歌集の作り方は、個人の歌集でも勅撰和歌集と同じように、春、夏、秋、冬、そして賀の歌とか、別れの歌とか、恋の歌というのがある。

そういう古今集のスタイルを、明治時代でも旧派の歌人はみんなとっていて、そしてその場合には必ずしも若い頃に作ったものが初めのほうに出ているとは限らないわけ。

これは句集でも同じですね。この頃春、夏、秋、冬で分けて作る人がまた出てきて——森澄雄さんもそういうことに関心があるようだけど、そうでない俳人たちは、「何年」というふうにしてその年に作ったものを順序通りに並べる。これは自己の歴史をそこに示すつもりであって、主なるモティーフはそこにあるのね。

ところが、春、夏、秋、冬、恋、といういわば部立ての意識で一冊の歌集を作る人がもしこれからまた現れるとすると、その人は自分が何年に何をやったかなんてことには興味がないわけでしょう。

年代記ではなくて、自分の頭の中にある美意識からすると、こういう並べ方をしなければならないという、そういう〝ねばならぬ〟でやってるはずなのね。つまり、自然に経過してきた歴史ではなくて〝ねばならぬ〟という美の主張に基づいてやると。

そうすると、そこに歌集なり句集なりの作り方に二種類あることがはっきり出てくる。

自分自身がこの現代に生きてて、何年から何年まで毎年こういうふうに徐々に時を刻んできました、という事実そのものに意味を持たせて配列するのか。つまり寺山修司説で言えば、自己肯定的にやるのか。それとも、自分の個人的な歴史なんてどうでもいい。自分の作った歌なり句なりは、時間の経過とは別個の普遍的な原理によって詠まれ、また編まれているから、その観点から読まれることを希望すると。そういう並べ方の中に主張がはっきり出てくるような行き方をとるか。

こういうことがやはり問題になってきますね。

それは、歌人が個に固執するか、それとも個を離れて自分の歌を、いわば一種の加工された普遍性の具体化としてポンと出して、これこそ現代の歌ですよ、と言うか、その問題が今後、新しい形で出てくるだろうと思う。

佐佐木 編年体歌集が普遍化してくるのは、おおよそ大正十年代。最初に、ある作品と何年何月何日という日付けとを付け合わせることを必死になって試みた歌集が『東西南北』です。

題詠の歌——もともとは題詠の歌なんだけど、それをある日付を付けて歌集に入れる。それがいまおっしゃった、私史として作品を扱おうとした最初であり、明治二十年代の末期からそれが始まって、完全に主流を占めるようになるのが大正十年頃。

大岡 それは、自分自身をいわば全集として編んでいくということですね。

佐佐木 そうですね。完全な部立て別歌集であれば、これは何年かに一回出すことはないので、一生に集大成を一冊出せばいい。私家集がそれですね。『東西南北』はそこから半歩脱出したわけです。

大岡 寺山修司の歌はそうじゃないの。自分自身の生活の、何年何月何日にどうだったとか、それを記録した歌ではないわけだから。

寺山　僕は、日記を付けるように短歌を作って、ノートにたまったから一冊の歌集にまとめるというのには反対なんだ。そういうのはたいてい、自己肯定を前提にした「私」短歌になってしまうからね。
　むしろある時期の自分を短歌の形で再構築、あるいは解体してみようと思い立つ。それでプロットを組立てるところから始めていって、二カ月なら二カ月、ほかの仕事をしないでそれだけに打ちこむ。
　つまり、「事ありて」とか「妻病む」とか、そういうサブタイトルをつけて二首とか四首とかをまとめ、「私」という連続性を大河小説としてとらえるという発想はないんだ。
佐佐木　一生かかって十冊の歌集を出して、それが大私小説なんだという……。
寺山　ただ、大私小説というか大河小説に見合うところで短歌を作ろうとするには、日常を一つのダイナミズムとしてとらえていくバネというか、歴史との葛藤、「選ばれてあることの恍惚と不安」がないと無理ですよ。
大岡　でないと、だいたい心境小説に行くね。この人はこの歌集の次だんだん心境が澄んできたとか（笑）、そういうことになる。
佐佐木　いまおっしゃったことは、結局、現代短歌の大批判だな。今はそういう歌集が多いでしょう。何となく編年体で、その場その場の真実を私は描いてますという……。
寺山　でもそれはその場の真実でさえないんだね。ただ、自己を正当化するためのトリックを用いているだけにすぎないことのほうが多い。
大岡　歌人が社会的事件に対して敏感だということとそれは大いに関係があると思う。現代詩人はある意味ではいちばんそういう情況的なものに敏感であるはずなのに、むしろそれほど敏感に詩の中で反応はしない人が多い。僕もその一人だが。
　歌人には大いに敏感な人がかなりいる。それは多分、今の問題とからんでいる問題だと思う。歌を毎日毎日の自分の真実の記録と思って作ってきたら、当然そういう方向に行くはずです。
寺山　「荒地」創刊当時の詩人たちは、焼跡のあちこちから集まってきて、自分たちの日常を組み立て直すために、さまざまなメタフォアを発見した。だが、歌人たちはそこまで「方法意識」を持つことはなかった。
佐佐木　戦後短歌の大批判になってきたところですけども、そろそろ時間ですので、残念ですが……。

（昭57・9・16）

（「國文學　解釈と教材の研究」一九八三年二月号）

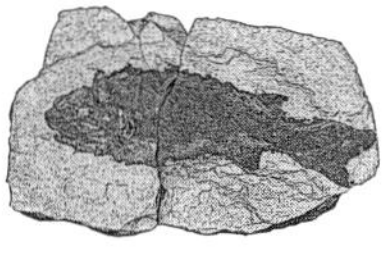

寺山修司年譜

白石征●編
Shiraishi Sei

一九三五年（昭和十年）
十二月十日、青森県弘前市紺屋町にて、父八郎、母はつの長男として生まれる。父は警察官。

一九四一年（昭和十六年）五歳
父の転勤で八戸市に転居、幼稚園に入園。秋に父が出征、母子は青森へ転居。

一九四二年（昭和十七年）六歳
青森市立橋本小学校に入学。

一九四五年（昭和二十年）九歳
青森大空襲で焼け出され、三沢で父八郎の兄が営む寺山食堂二階に転居。古間木小学校に編入。父がセレベス島で戦病死（九月二日）。母はつは米軍の三沢基地で働く。

一九四八年（昭和二十三年）十二歳
古間木中学校に入学。青森で映画館「歌舞伎座」を経営する叔父坂本勇三のもとに寄留。青森市立野脇中学校に転校。母が九州の福岡県遠賀郡芦屋町の米軍キャンプで働くため三沢を去る。中学時代は文芸部の部長をつとめる。学校新聞や学級雑誌に童話や詩・俳句を発表。とくに俳句づくりに熱中する。漱石、芥川を読破する傍ら、乱歩や吉川英治の少年冒険小説も愛読。

一九五一年（昭和二十六年）十五歳
青森県立青森高校に入学。文学部、新聞部に入部。「青校新聞」に詩「黒猫」、「東奥日報」に短歌「母逝く」などを発表。「暖鳥」句会に出席する。

一九五二年（昭和二十七年）十六歳
青森県高校文学部会議を組織。詩誌「魚類の薔薇」を発行。全国の十代の俳句誌「牧羊神」を創刊。この雑誌編集を通じて中村草田男、西東三鬼、山口誓子らの知遇を得る。手製の自選句集「べにがに」製作。「東奥日報」「読売新聞青森版」「学燈」「蛍雪時代」「氷海」「七曜」などに投稿。

一九五三年（昭和二十八年）十七歳
全国学生俳句会議を組織し、高校生俳句大会を主催。中村草田男『銀河依然』、ラディゲ『火の頬』を愛読。手製の自選句集「浪漫飛行」製作。

一九五四年（昭和二十九年）十八歳
早稲田大学教育学部国語国文学科に入学。埼玉県川口市の叔父宅に下宿。シュペングラーの『西欧の没落』に心酔する。夏休みに奈良の橋本多佳子、山口誓子を訪ねる。北園克衛の「Vou」および短歌同人誌「荒野」に参加。「チエホフ祭」五十首で第二回「短歌研究」新人賞。母はつは立川基地に職を得る。混合性腎臓炎のため立川市の河野病院に入院。

一九五五年（昭和三十年）十九歳
二カ月後退院。新宿区高田南町に下宿。早稲田大学の学生山田太一と親密になる。病気が再発、ネフローゼで新宿区の社会保険中央病院に入院。詩劇グループ「ガラスの髭」を組織し、処女戯曲「忘れた領分」を書く。「早稲田詩人」「風」などに「ジュリエット・ポエット」と自ら名づけた即興幻想散文詩を発表。病状悪化し、一時面会謝絶となる。

一九五六年（昭和三十一年）二十歳
絶対安静の日がつづく。スペイン市民戦争文献、ロートレアモン、バタイユ、カフカ、鏡花などを読む。

一九五七年（昭和三十二年）二十一歳
第一作品集『われに五月を』刊。
一九五八年（昭和三十三年）二十二歳
第一歌集『空には本』刊。七月に退院。青森に一時帰省後、新宿区諏訪町に転居。ネルソン・オルグレンの『朝はもう来ない』に感動。
一九五九年（昭和三十四年）二十三歳
谷川俊太郎のすすめでラジオドラマを書きはじめる。ラジオドラマ「ジオノ」（民放祭入賞）、「中村一郎」（民放祭会長賞）、処女シナリオ「十九歳のブルース」を発表。
一九六〇年（昭和三十五年）二十四歳
ラジオドラマ「大人狩り」が、革命、暴動を煽動するものとして物議をかもす。戯曲「血は立ったまま眠っている」が劇団四季により上演。実験映画「猫学 Catlogy」を監督。モダン・ジャズを好み、ラングストン・ヒューズの詩集を愛読。篠田正浩監督「乾いた湖」のシナリオを書く。松竹の女優であった九條映子と出会う。大江健三郎、石原慎太郎らの「若い日本の会」に参加。小説「人間実験室」を「文学界」に発表。テレビドラマ「Q」を書く。早稲田大学中退。
一九六一年（昭和三十六年）二十五歳
ボクシング評論を書きはじめる。新宿区左門町に転居。母と同居。文学座アトリエで戯曲「白夜」を上演。長編叙事詩「李庚順」を「現代詩」に連載。
一九六二年（昭和三十七年）二十六歳
ラジオドラマ「恐山」、テレビドラマ「一匹」を書く。第二歌集『血と麦』刊。
一九六三年（昭和三十八年）二十七歳
九條映子と結婚。杉並区和泉町に転居。長編叙事詩「地獄篇」を「現代詩手帖」に連載。放送ドキュメンタリー「ダイナマイク」でパーソナリティを担当。
一九六四年（昭和三十九年）二十八歳
仮面劇として「吸血鬼の研究」、ラジオドラマ「山姥」（イタリア賞グランプリ）同「大礼服」（芸術祭奨励賞）を発表。塚本邦雄、岡井隆らと青年歌人を組織。
一九六五年（昭和四十年）二十九歳
ラジオドラマ「犬神の女」で第一回久保田万太郎賞。長編小説「あゝ荒野」を「現代の眼」に連載。第三歌集『田園に死す』刊。テレビインタビュー番組「あなたは……」で芸術祭奨励賞。世田谷区下馬に転居。
一九六六年（昭和四十一年）三十歳
ラジオドラマ「コメット・イケヤ」でイタリア賞グランプリ。「街に戦場あり」を「アサヒグラフ」、「巨人伝」を「芸術生活」、「絵本千一夜物語」を「話の特集」に連載。ラジオドキュメンタリー「おはようインディア」で芸術祭賞、放送記者クラブ賞、テレビドラマ「子守唄由来」で芸術祭奨励賞。『遊撃とその誇り』刊。
一九六七年（昭和四十二年）三十一歳
映画「母たち」（ヴェネチア映画祭短篇部門グランプリ）のコメントを書くため、松本俊夫監督とフランス、ガーナ、アメリカを回る。横尾忠則、東由多加、九條映子らと演劇実験室「天井桟敷」を設立。「青森県のせむし男」「大山デブコの犯罪」「毛皮のマリー」などを公演。テレビドラマ「まんだら」で芸術祭賞。『書を捨てよ、町へ出よう』刊。
一九六八年（昭和四十三年）三十二歳
「暴力としての言語」を「現代詩手帖」、「幸福論」を「思想の科学」に連載。アメリカ前衛劇事情を視察に渡米。羽仁進監督「初恋・地獄篇」のシナリオを書く。ラジオドラマ「狼少年」で芸術祭奨励賞。『誰か故郷を想はざる』刊。競走馬ユリシーズの馬主となる。
一九六九年（昭和四十四年）三十三歳
渋谷に天井桟敷館落成。「時代はサーカスの象にのって」公演。作詞したカルメン・マキの唄「時には母のない子のように」が大ヒット。ドイツ国際演劇祭で「毛皮のマリー」「犬神」を上演。演劇理論誌「地下演劇」を創刊。『アメリカ地獄めぐり』刊。『寺山修司の戯曲』の刊行開始。

一九七〇年（昭和四十五年）三十四歳
「ガリガリ博士の犯罪」、市街劇「人力飛行機ソロモン」など公演。実験映画「トマトケチャップ皇帝」を監督。ニューヨークのラ・ママにてアメリカ人俳優による「毛皮のマリー」を演出。九條映子と離婚。「あしたのジョー」の力石徹の葬儀を喪主として行う。

一九七一年（昭和四十六年）三十五歳
映画「書を捨てよ町へ出よう」（サンレモ映画祭グランプリ）を脚本・監督。「人間を考えた人間の歴史」を「週刊新潮」に連載。ナンシー演劇祭で「邪宗門」「人力飛行機ソロモン」を上演し、パリ、アムステルダム、ソンズビークで巡演。ロッテルダム国際詩人祭で詩を朗読する。ベオグラード国際演劇祭で「邪宗門」上演、グランプリ。

一九七二年（昭和四十七年）三十六歳
渋谷公会堂でヨーロッパ凱旋公演として「邪宗門」を上演。ミュンヘン・オリンピック芸術祭で野外劇「走れメロス」を上演。デンマークで「邪宗門」、オランダで「阿片戦争」を上演。

一九七三年（昭和四十八年）三十七歳
イランのペルセポリス・シラーズ芸術祭で「ある家族の血の起源」、ポーランド国際演劇祭で「盲人書簡」を上演。「呪術としての演劇」を「新劇」に、「花嫁化鳥」を「旅」に連載。『棺桶島を記述する試み』『映写技師を射て』など刊。

一九七四年（昭和四十九年）三十八歳
アテネフランセ文化センターで「寺山修司特集」開催。映画「田園に死す」（芸術祭奨励新人賞）を脚本・監督。実験映画「ローラ」「蝶服記」など製作。『新釈稲妻草紙』『地平線のパロール』など刊。

一九七五年（昭和五十年）三十九歳
東京杉並区で市街劇「ノック」を上演、警察が介入して注目をあつめる。カンヌ映画祭に「田園に死す」を出品。オランダ、西ドイツで「疫病流行記」を上演。実験映画「迷宮譚」でオーバーハウゼン実験映画祭銀賞。句集『花粉航海』刊。

一九七六年（昭和五十一年）四十歳
「疫病流行記―改訂版」を東京で公演。「阿呆船」を東京、イランで公演。映画「田園に死す」がベルギー・バース、スペイン・ベナルマデナ各映画祭で審査員特別賞。天井棧敷館が渋谷から元麻布に移転。「ペーパームーン」に童話「赤糸で縫いとじられた物語」を連載。『迷路と死海』刊。

一九七七年（昭和五十二年）四十一歳
西武劇場プロデュース「中国の不思議な役人」を作・演出。東映映画『ボクサー』を監督。実験映画「マルドロールの歌」がリール国際短篇映画祭国際批評家大賞、「消しゴム」「二頭女―影の映画」などと共に実験映画をまとめて「寺山修司全特集」として発表。「寺山修司幻想写真展」をアムステルダムで巡回。

一九七八年（昭和五十三年）四十二歳
「奴婢訓」をオランダ、ベルギー、西ドイツ各都市、および東京で上演。「身毒丸」「観客席」公演。フランスのオムニバス映画の一編「草迷宮」を脚本・監督。「畸型のシンボリズム」を「新劇」に連載。『黄金時代』『寺山修司の仮面画報』『マザー・グース』（翻訳）刊。

一九七九年（昭和五十四年）四十三歳
「レミング―世界の涯まで連れてって」公演。イタリア・スポレート芸術祭で「奴婢訓」上演。カリフォルニア大学にて映画全作品上演と解説。「青ひげ公の城」を作・演出。肝硬変のため北里大学附属病院に一カ月入院。

一九八〇年（昭和五十五年）四十四歳
「シティロード」読者選出ベストテンにて演劇作家・演出部門、ベストプレイ部門で二年連続第一位。「奴婢訓」をサウス・キャロライナ、ニューヨークで公演。「ヴィレッジャー」紙の八〇年度最優秀外国演劇賞。フランス映画「上海異人娼館」を脚本、監督。

一九八一年（昭和五十六年）四十五歳

肝硬変のため再び一カ月入院。「百年の孤独」「'81版・観客席」公演。『不思議図書館』『月蝕機関説』など刊。

一九八二年（昭和五十七年）四十六歳

映画「さらば箱舟」で沖縄ロケ。利賀国際演劇フェスティバル、およびパリで最後の海外公演として「奴婢訓」を上演。九月に詩「懐かしのわが家」を「朝日新聞」に発表。「レミング―壁抜け男」公演が最後の演出となる。谷川俊太郎とビデオレター交換。『臓器交換序説』『競馬放浪記』など刊。

一九八三年（昭和五十八年）四十七歳

絶筆「墓場まで何マイル？」を「週刊読売」に発表。四月二十二日、意識不明、杉並区の河北総合病院に入院。五月四日午後零時五分、肝硬変と腹膜炎のため敗血症を併発、同病院にて死去。享年四十七歳。五月九日、青山斎場にて葬儀と告別式。墓は八王子市高尾霊園に造られた。『ニーベルンゲンの指輪・ラインの黄金』（翻訳）『さらば、競馬よ』など刊。追悼号として「現代詩手帖」「新劇」「ペーパームーン」「美術手帖」「優駿」「早稲田文学」「創」「五月の伝言」「あおもり草子」などが特集を組む。

一九八四年（昭和五十九年）

映画「さらば箱舟」（芸術祭大賞）が公開される。シナリオ『さらば箱舟』、『時代のキーワード』『パフォーマンスの魔術師』刊。

一九八五年（昭和六十年）

三回忌が高尾の高乗寺で営まれる。「俳句空間」が特集。母はつ著『母の螢―寺山修司のいる風景』、九條今日子著『不思議の国のムッシュウ―素顔の寺山修司』刊。「寺山修司全映像詩展」開催。

一九八六年（昭和六十一年）

「寺山修司全仕事展」を西武百貨店で開催。『テラヤマワールド』『寺山修司イメージ図鑑』『巨人伝・ほらふき男爵』『寺山修司の戯曲』（5・6）『寺山修司俳句全集』刊。

一九八七年（昭和六十二年）

『寺山修司の戯曲』（7・8・9）刊。

一九八九年（平成元年）

七回忌。カセット『寺山修司　声のメモワール』刊。「歌壇」「俳句空間」「短歌」が寺山修司特集。競馬コラム『風の吹くまま』『競馬三文オペラ』など刊。「寺山修司シネマ・メモワール」開催、「奴婢訓」を万有引力が上演。

一九九〇年（平成二年）

三沢市に歌碑が建立。「鳩よ！」が特集。『人生万才』『往所馬券必勝法』など刊。

一九九一年（平成三年）

母はつが国立第二病院で死去。「鳩よ！」「女性セブン」「朝日ジャーナル」「太陽」が寺山修司特集。北上市に文学碑建立。

一九九二年（平成四年）

「現代詩手帖」「現代短歌　雁」「短歌」「短歌往来」が特集。「レミング」を万有引力が上演。

一九九三年（平成五年）

「ビデオ・レター」刊。『新潮日本文学アルバム・寺山修司』『寺山修司全シナリオⅠⅡ』『畸型のシンボリズム』『新文芸読本・寺山修司』『寺山修司メモリアル』「毎日グラフ」別冊、「ユリイカ」別冊および「雷帝」（創刊終刊号）刊。「俳句α」で特集。「新寺山修司展・劇場美術館」開催。「盲人書館・上海篇」を月蝕歌劇団が上演。

一九九四年（平成六年）

『ジオノ・飛ばなかった男』『寺山修司から高校生へ―時速一〇〇キロの人生相談』刊。「国文学」で特集。

一九九七年（平成九年）

三沢市に寺山修司記念館オープン。

一九九八年（平成十年）

「一日だけの天井棧敷」として青森市で市街劇「人力飛行機ソロモン」（J・A・シーザー演出）公演。

執筆者一覧

阿部謹也《あべ・きんや》　一九三五年生、二〇〇六年没。西洋史学者。『ハーメルンの笛吹き男』『中世の窓から』。

飯田龍太《いいだ・りゅうた》　一九二〇年生、二〇〇七年没。俳人、評論家。句集『百戸の谿』『春の道』『山の木』、随筆集『無数の目』『思い浮かぶこと』。

大岡　信《おおおか・まこと》　一九三一年生、二〇一七年没。詩人、評論家。詩集『記憶と現在』、評論集『紀貫之』。

岡本太郎《おかもと・たろう》　一九一一年生、一九九六年没。洋画家・彫刻家。大阪万国博の「太陽の塔」を制作。評論集『沖縄文化論』。

長部日出雄《おさべ・ひでお》　一九三四年生、二〇一八年没。小説家。『津軽世去れ節』、評伝『桜桃とキリスト』。

春日井建《かすがい・けん》　一九三八年生、二〇〇四年没。歌人。歌集『未青年』『行け帰ることなく』『青葦』『白雨』。

金子兜太《かねこ・とうた》　一九一九年生、二〇一八年没。俳人。句集『両神』『東国抄』、評論集『荒凡夫一茶』。

金子光晴《かねこ・みつはる》　一八九五年生、一九七五年没。詩人。詩集『こがね虫』『鮫』『人間の悲劇』、随筆集『絶望の精神史』、自伝『どくろ杯』。

香山リカ《かやま・りか》　精神科医、評論家。『多重化するリアル—心と社会の解離論』『さよなら、母娘ストレス』。

岸上大作《きしがみ・だいさく》　一九三九年生、一九六〇年没。歌人。作品集『意思表示』、『岸上大作全集』。

九條今日子《くじょう・きょうこ》　一九三五年生、二〇一四年没。女優、プロデューサー。『回想・寺山修司』。

佐佐木幸綱《ささき・ゆきつな》　一九三八年生。歌人、国文学者。歌集『群黎』『瀧の時間』『ムーンウォーク』、評論集『万葉集の〈われ〉』。

白石　征《しらいし・せい》　一九三九年生。編集者、劇作家。『母恋い地獄めぐり』『望郷のソネット　寺山修司の原風景』『遊行かぶき　一遍聖絵』。

武満　徹《たけみつ・とおる》　一九三〇年生、一九九六年没。作曲家、評論家。代表作「ノヴェンバー・ステップス」、評論集『時間の園丁』。

多田道太郎《ただ・みちたろう》　一九二四年生、二〇〇七年没。仏文学者、評論家。『複製芸術論』『しぐさの日本文化』『変身放火論』。

俵　万智《たわら・まち》　一九六二年生。歌人。歌集『サラダ記念日』『未来のサイズ』、評伝『牧水の恋』。

塚本邦雄《つかもと・くにお》　一九二〇年生、二〇〇五年没。歌人、評論家。歌集『水葬物語』『日本人靈歌』『不變律』、撰著『定家百首』。

鶴見俊輔《つるみ・しゅんすけ》　一九二二年生、二〇一五年没。哲学者、評論家。『アメリカ哲学』『限界芸術論』『戦時期日本の精神史』。

中井英夫《なかい・ひでお》　一九二二年生、一九九三年没。編集者、小説家。小説『虚無への供物』『悪夢の骨牌』、随筆集『黒衣の短歌史』。

馬場あき子《ばば・あきこ》　一九二八年生。歌人、評論家。歌集『葡萄唐草』『阿古父』『鶴かへらず』、評論集『鬼の研究』『歌説話の世界』。

深沢七郎《ふかざわ・しちろう》　一九一四年生、一九八七年没。小説家。『楢山節考』『みちのくの人形たち』。

冨士田元彦《ふじた・もとひこ》　一九三七年生、二〇〇九年没。編集者、評論家。『冨士田元彦短歌論集—無声短歌史』。

分銅惇作《ふんどう・じゅんさく》　一九二四年生、二〇〇九年没。国文学者。『宮沢賢治の文学と法華経』。

松田　修《まつだ・おさむ》　一九二七年生、二〇〇四年没。国文学者、文芸評論家。『闇のユートピア』『日本刺青論』『江戸異端文学ノート』。

三島由紀夫《みしま・ゆきお》　一九二五年生、一九七〇年没。小説家、評論家。『仮面の告白』『金閣寺』『豊饒の海』、戯曲『近代能楽集』。

三橋敏雄《みつはし・としお》　一九二〇年生、二〇〇一年没。俳人。句集『まぼろしの鱶』『畳の上』『長濤』。

森　秀人《もり・ひでと》　一九三三年生、二〇一三年没。評論家。『日本の大衆芸術』『性的時代』『荒野の釣師』。

八木忠栄《やぎ・ちゅうえい》　一九四一年生。詩人。詩集『雲の縁側』『雪、おんおん』、随筆集『「現代詩手帖」編集長日録 1965-1969』。

山口昌男《やまぐち・まさお》　一九三一年生、二〇一三年没。文化人類学者。『歴史・祝祭・神話』『道化の民俗学』『「敗者」の精神史』。

山田太一《やまだ・たいち》　一九三四年生。脚本家、小説家。シナリオ『早春スケッチブック』、小説『岸辺のアルバム』、随筆集『月日の残像』。

山野浩一《やまの・こういち》　一九三九年生、二〇一七年没。小説家、競馬評論家。『X電車で行こう』『鳥はいまどこを飛ぶか』。

吉本隆明《よしもと・たかあき》　一九二四年生、二〇一二年没。詩人、評論家。『吉本隆明詩集』『言語にとって美とはなにか』『共同幻想論』。

編集余滴

●何が躓きになるかわからないと思い知った。偶々、新聞の切り抜きを整理していて、晩年（享年四十七歳）の寺山修司の顔写真を見て、その表情の暗いことに言葉を失った。体調不良という私の側の事情もあった。すぐ快復するだろうとの予測は外れ、私は目下、失語症というか鬱状態になってしまい、現在に至っている。

寺山主宰の劇団天井桟敷を通過した団員は二千人を超えると聞く。私はこの劇団が好きだった。彼らの青春は私のそれでもあった。寺山の側近中の側近といわれた九條今日子さん、小川太郎、高取英の両君も世を異にする。〈無名〉の役者群像も含め、彼ら彼女らの荒ぶる魂を、寺山修司のそれと同じく心から鎮魂したい。

今度の『寺山修司の〈歌〉と〈うた〉』には、装丁の髙林昭太氏にも編集に加わってもらった。労を多としたい。

（齋藤愼爾）

●寺山修司が長命であればその卓越した才能を多くの分野で発揮できたのではないだろうか。やり残したことへの思いをはせながら、もっと彼の作品風景の奥深さを知ることをできなかったことが惜しまれます。

（永安浩美）

●国会図書館で寺山修司のテキストを調べていると、改めてその活動の量と多彩さに驚かされます。それら多様な表現の中から、〈歌〉と〈うた〉に焦点を合わせた本書には、対話という〈声〉も収められています。絶版や品切れによって寺山修司の著作の多くが書店で入手できない今、本書が寺山修司の〈再発見〉に少しでも繋がることを願っています。

（髙林昭太）

寺山修司《てらやましゅうじ》の〈歌《うた》〉と〈うた〉

2021年９月10日　初版第１刷　発行

編　集　　齋藤愼爾・白石 征・渡辺久雄

発行者　　伊藤良則

発行所　　株式会社 春陽堂書店
〒104－0061
東京都中央区銀座3－10－9　KEC銀座ビル
電話　03－6264－0855㈹

印刷製本　ラン印刷社

ISBN978-4-394-90391-8　C0095